MAX FREI

Das Echo-Labyrinth 3

Buch

Eines Tages begegnet Max einem bezaubernden Chaoten namens Ande Pu, der sich als Chefreporter der »Königlichen Stimme« ausgibt und einen Artikel über Max' berühmte Katzen Armstrong und Ella schreiben will. Die beiden schließen schnell Freundschaft miteinander. Bald stellt sich heraus, dass der chronisch abgebrannte Ande von einem Fettnäpfchen ins nächste tritt, am liebsten Schriftsteller wäre und sich ins warme Tascher sehnt, wo man die Dichter liebt. Da dieses Vorhaben sich aber nicht so einfach in die Tat umsetzen lässt, muss Ande sich als freier Journalist durchschlagen. Und bald bietet sich ihm die Chance auf eine sensationelle Story, denn der Kleine Geheime Suchtrupp der Stadt Echo bekommt es mit Dschifa Savancha zu tun, einem Räuber, der mit seiner Bande in einem Gang- und Höhlensystem unter dem Wald von Mahagon haust und von dort aus Raubzüge unternimmt und Reisende überfällt. Das Irritierende daran: Dschifa Savancha ist seit gut dreißig Jahren tot. Mit Ande Pu und den Kollegen von der Stadtpolizei macht Max sich auf, um den Räuber zu fangen. Doch es erweist sich, dass der Räuber von einem höchst gefährlichen Meister der Magie wiederbelebt worden ist. Kein Wunder, dass Max und seine Kollegin Melamori in den labyrinthischen Gängen unter dem Wald von Mahagon in einen Kampf auf Leben und Tod geraten …

Autorin

Max Frei ist das Pseudonym des russischen Autoren-Paares Svetlana Martynchik und Igor Stepin.
Martynchik, die den Helden Max Frei erfunden und entwickelt hat, wurde 1965 in Odessa geboren, studierte in Moskau und lebt derzeit in Vilnius/Litauen.
Max Frei ist als Autor und Held der Fantastik-Abenteuer im Echo-Labyrinth äußerst populär bei russischen Lesern aller Altersklassen. Daneben ist Max Frei in Russland bekannt als Autor populärer Werke zur modernen Kunst und als Pionier der russischen Internet-Literatur.

Von Max Frei bei Blanvalet bereits erschienen:

Max Frei: Das Echo-Labyrinth 1. Der Fremdling (24413)
Max Frei: Das Echo-Labyrinth 2. Die Reise nach Kettari (24465)

Max Frei

Die Füchse von Mahagon

Das Echo-Labyrinth 3

Aus dem Russischen
von Anna Serafin

blanvalet

Die russische Originalausgabe erschien unter dem Titel
»Labirinty Eho 2A: Mazes of Echo«
bei Amphora, St. Petersburg.

FSC
Mix
Produktgruppe aus vorbildlich
bewirtschafteten Wäldern und
anderen kontrollierten Herkünften

Zert.-Nr. SGS-COC-1940
www.fsc.org
© 1996 Forest Stewardship Council

Verlagsgruppe Random House FSC-DEU-0100
Das für dieses Buch verwendete FSC-zertifizierte Papier
Holmen Book Cream liefert Holmen Paper, Hallstavik, Schweden.

1. Auflage
Deutsche Erstausgabe April 2008

Umschlaggestaltung: HildenDesign München
Umschlagfoto: © Umschlaggestaltung unter Verwendung
von Uhr: © Daniel Kvasznicza, Kanada;
Mann: © gettyimages und Eigenarchiv HildenDesign
Redaktion: Andreas Heckmann
HK · Herstellung: Heidrun Nawrot
Satz: deutsch-türkischer fotosatz, Berlin
Druck und Einband: GGP Media GmbH, Pößneck
Printed in Germany
ISBN: 978-3-442-24457-7

www.blanvalet.de

Die Füchse von Mahagon

Hallo, Max – Melifaro und du, ihr habt heute was zu feiern«, sagte Sir Juffin und strahlte dabei listig, fast boshaft.

»Dürfen wir Gemeinagenten jetzt etwa einen Harem haben? Hat der König das verfügt?«, fragte ich desinteressiert.

Ich fühlte mich schon den ganzen Tag unwohl, wusste aber nicht, warum.

»Viel schlimmer, Junge: General Bubuta ist wieder gesund.«

»Damit war irgendwann zu rechnen, doch das ist höchstens für seine Mitarbeiter ein Grund zur Sorge. Ich dagegen sehne mich nach ihm. Schließlich hat er großen Respekt vor mir.«

»Stimmt. Desto mehr wirst du dich freuen.«

»Worüber?«, fragte ich und spürte, dass mir eine böse Überraschung bevorstand.

»Bubuta kann nicht vergessen, dass Melifaro und du ihn davor bewahrt habt, sich in eine Pastete zu verwandeln. Er hat euch eingeladen. Ihr sollt ihn morgen bei Sonnenuntergang in seiner Villa besuchen. Na, freust du dich?«

»Ach Juffin, ich fürchte, ich bin morgen schwer damit beschäftigt, Ihnen den Kopf eines Großen Magisters zu liefern oder eine neue Welt zu erschaffen. Deshalb krieg ich es nicht hin, am Abend bei Bubuta vorbeizuschauen. Schade eigentlich.«

»Du träumst wohl! Für seine Fehler muss man büßen. Wenn ihr zwei Bubuta gerettet habt, müsst ihr auch die Konsequenzen tragen. Und mach bitte nicht so ein leidendes Gesicht. Es wird schon nicht so schlimm werden. Ihr findet sicher ein Gesprächsthema. Und danach kommst du zu mir und erzählst mir alles. Das gefällt dir bestimmt. So sind alle zufrieden!«

»Weiß Melifaro schon von seinem Glück?«

»Natürlich, und er freut sich enorm. Bei der Vorstellung, an Bubutas Tisch zu sitzen, konnte er vor Begeisterung kaum atmen.«

»Ich bin schockiert. Aber jetzt mal im Ernst: Muss ich General Bubuta wirklich besuchen?«

»Von Besuchszwang kann zwar keine Rede sein«, meinte Juffin ehrlich, »aber der arme Mann ist seit der Geschichte mit der Pastete sehr gealtert. Er liegt die ganze Zeit im Bett, macht sich Gedanken und sorgt sich um seine Zukunft. Er überlegt sogar, ein neues Leben anzufangen, und setzt deshalb große Hoffnungen auf euren Besuch. Weißt du, im tiefsten Innern ist er wirklich ein netter, mitfühlender Mensch.«

»Fragt sich nur, wer dieses tiefste Innere je zu Gesicht bekommen hat«, murmelte ich. »Na gut, ich gehe hin.«

»Das freut mich, Max. Warum bist du denn so mürrisch?«

»Das mögen die Magister wissen«, sagte ich achselzuckend. »Ringsum sind alle bestens gelaunt, nur ich nicht. Vielleicht liegt es an der Jahreszeit.«

»Na ja«, meinte Juffin etwas ratlos. »Ich hoffe, du hast nicht vergessen, beim Schlafengehen dein Armband anzulegen.«

»Das Armband vom Orden des Geheimen Krauts?«, fragte ich. »Stellen Sie sich vor: Ich hab es nicht vergessen. In letzter Zeit vergesse ich eigentlich gar nichts mehr. Ich mache sogar die Atemübungen von Sir Lonely-Lokley.«

»Aber etwas stimmt mit dir nicht. Träumst du schlecht?«

»Ich träume gar nicht«, murmelte ich genervt. »Die Reise nach Kettari hat mir diese Fähigkeit genommen.«

»Jetzt ahne ich, woher deine schlechte Laune kommt. Aber hübsch langsam: Dir wurde gar nichts genommen. Jedenfalls ist es gut, dass du unter dem Schutz des Armbands stehst.«

»Ich habe den Eindruck, alle Gespenster dieser Welt machen Jagd auf mich.«

»Auf diese Diagnose wäre ich auch ohne dich gekommen«, meinte Juffin ungeduldig. »Aber keine Sorge – irgendwann haben sie es satt, dir zuzusetzen. Alles wird gut. Außerdem kannst du dich nach erholsamem Schlaf besser darauf konzentrieren, was dir im Wachzustand widerfährt.«

»Zum Beispiel auf den Besuch bei General Bubuta. Sie haben Recht, Juffin – wozu brauche ich da noch Albträume?«

»Es geht dir offenbar schon besser«, meinte mein Chef lächelnd. »Weiter so. Lass dir die Laune nicht durch deine Traumblockade verderben. Magst du ein Gläschen Kachar-Balsam? Danach, mein Wunder, kannst du deinen Pflichten weiter nachgehen.«

»Haben Sie vielleicht im *Fressfass* Abendbrot bestellt?«

»Er hat süße Piroggen geordert«, mischte der Vogel Kurusch sich ein.

Sir Juffin schlug die Hände überm Kopf zusammen, und ich lachte. Plötzlich erschien mir mein Unbehagen maßlos übertrieben.

Abgesehen davon, dass ich seit ein paar Tagen nicht mehr geträumt hatte, ging es mir eigentlich ganz gut. Ich hatte mich nur noch nicht an die Traumlosigkeit gewöhnt und deshalb manchmal das Gefühl, wie ein Toter im Sarg zu liegen.

»Ich glaube, uns steht heute ein unglaublicher Genuss bevor«, meinte Melifaro verträumt.

Er saß entspannt auf seinem Schreibtisch, hatte die Beine übereinandergeschlagen und sah zur Decke hinauf. Ich saß auf seinem Bürostuhl und blies Trübsal.

»Weißt du, dass über Bubuta und seine Mitarbeiter jede Menge Witze gerissen werden?«, fragte Melifaro.

Ich schüttelte den Kopf.

»Du bist wirklich schlecht informiert, Sir Nachtantlitz.«

Melifaro sprang auf, ging im Zimmer hin und her, stützte sich dann feierlich auf die Fensterbank und gab einige dieser Witze zum Besten, die mich sehr zum Lachen brachten.

Merkwürdig war allerdings, dass ich sie alle kannte, und zwar aus meiner Heimat, auch wenn es dort natürlich andere Helden gegeben hatte. Offenbar reisen Witze öfter zwischen den Welten als ihr Personal – und als die, die sie erzählen.

»Sieh mal«, rief Melifaro belustigt, »da kommen die zwei besten und tapfersten Mitarbeiter der Stadtpolizei: Leutnant Kamschi und Hauptmann Schichola.« Mit diesen Worten wandte er sich an die beiden und fuhr fort: »Am besten sprechen Sie mit Sir Max. Für ein ordentliches Bestechungsgeld wird er Ihren Chef heute Abend bestimmt bespucken oder beschimpfen.«

»Das hättest du wohl gern«, brummte ich. »Ich bin unbestechlich.«

»Wieso das denn?«, fragte Melifaro verwundert.

»Keine Ahnung. Ich fürchte, ich bin weit und breit der Einzige.«

»Prima«, rief das Tagesantlitz unseres Ehrwürdigen Leiters erfreut. »Er wird es kostenlos für Sie tun.«

»Sie haben gut lachen, meine Herren, aber wir brauchen Ihre Hilfe, denn wir sind in einer schwierigen Lage«, sagte Leutnant Kamschi seufzend, und Hauptmann Schichola machte ein leidendes Gesicht.

»Natürlich sind Sie in einer schwierigen Lage«, meinte Melifaro lächelnd. »Ihnen steht die Rückkehr des großartigen Bubuta Boch bevor. Und da er sich entschieden hat, zu diesem Wesen hier nett zu sein«, fuhr er fort und wies mit dem Kopf auf mich, »hält er bestimmt bald wieder im Haus an der Brücke Einzug. Ihre fröhlichen Tage sind also gezählt. Tut mir wirklich leid für Sie.«

»Früher oder später wäre das sowieso passiert«, sagte Hauptmann Schichola und seufzte erneut. Er sah aus wie ein Gefangener, der sich jahrelang auf die Vollstreckung seines Todesurteils gefasst gemacht hatte. »Aber ausgerechnet jetzt passt uns seine Rückkehr besonders schlecht.«

»Als ob es einen passenden Termin für Bubutas Rückkehr geben könnte!«, rief Melifaro lachend. »Haben Sie denn etwas Spannendes zu verbergen?«

»Eigentlich nicht. Wir haben es nur mit dem Aufleben alter Sitten und Gebräuche zu tun. Im Wald von Mahagon sind Räuber aufgetaucht.«

»Schon wieder?«, fragte Melifaro erstaunt. »Die Welt ist Dschifa Savancha und seine Bande doch erst seit dreißig Jahren los. Und jetzt hat er einen Nachfolger gefunden? Man sollte seinen Leuten zur Abschreckung das Porträt von Sir Juffin übers Bett hängen. Und wie steht's mit Ihren Bemühungen?«

»Unsere Chancen, die Räuber zu schnappen, sind gar nicht schlecht«, erklärte Kamschi. »Solange General Bubuta zu Hause bleibt und sein Vertreter Fuflos durch die Kneipen zieht, können wir machen, was wir wollen. Aber wenn unser Chef wieder auftaucht, wird er absurde Befehle geben, und wir müssen sie befolgen! Da werden sich die Herren Räuber sicher freuen.«

»Ich verstehe Ihren Kummer«, meinte Melifaro mitfühlend. »Aber wie können wir Ihnen helfen? Sollen wir Bubuta verhexen, damit er keine Lust mehr hat, Befehle zu erteilen? Ich fürchte, das wird sich nicht machen lassen.«

»Das sehen wir auch so, haben aber den Eindruck, harte Arbeit könnte seinen Gesundheitszustand nur verschlechtern«, sagte Kamschi versonnen. »Haben Sie beide nicht auch das Gefühl? Und könnten Sie Lady Boch nicht einen entsprechenden Hinweis geben? Oder besser noch: Könnten Sie General Bubuta nicht persönlich sagen, welche Sorgen Sie sich um ihn machen?«

»Davon träume ich seit Tagen«, rief Melifaro aufgeregt.

»Ich könnte ja behaupten, ich hätte all meine Freizeit der Untersuchung der Pastete gewidmet und sei zu dem Schluss gekommen, dass ein Rückfall nicht ausgeschlossen ist, Bubuta sich also keinesfalls überanstrengen dürfe. Oder etwas in der Art. Warum haben Sie eigentlich nicht versucht, Abilat Paras zu bestechen? Das ist doch der Arzt Ihres Chefs, und jede Warnung aus seinem Munde wäre wirkungsvoll.«

»Er ist so unbestechlich wie Sie, Sir Max«, meinte Leutnant Kamschi. »Außerdem habe ich den Eindruck, der arme Mann hat es längst satt, den General zu behandeln.«

»Na schön, wir werden es versuchen«, meinte Melifaro beruhigend. »Wir werden den General darauf ansprechen, dass er ungewöhnlich blass ist, und Sir Max wird ein wenig über die Gefahren der Überarbeitung sprechen. Die Dunklen Magister können bezeugen, dass wir auf Ihrer Seite sind. Suchen Sie jetzt in Ruhe weiter nach Ihren Räubern. Und genießen Sie das Leben.«

Als die Polizisten Melifaros Büro verließen, wirkten sie deutlich aufgemuntert.

»Ich glaube, Leutnant Kamschi bleibt nicht mehr lange bei der Polizei«, meinte Melifaro nachdenklich, als wir wieder allein waren. »Marunarch Antarop ist schon alt, und die Arbeit als Direktor des Cholomi-Gefängnisses ist sehr anstrengend.«

»Warum denkst du, dass ausgerechnet Kamschi …?«

»Ich denke gar nichts. Sir Juffin hat nur mal erwähnt, Kamschi eigne sich besonders gut für diesen Posten. Und was meinst du wohl, wer über die Neubesetzung dieser Stelle entscheidet?«

»Zweifellos Sir Juffin, und das ist auch gut so.«

»Schön, dass du das auch so siehst. Bist du schon zu unserem fröhlichen Treffen bereit?«

»Nein, und das werde ich auch nie sein. Aber wir müssen es jetzt wohl über uns ergehen lassen.«

Die Villa von General Bubuta Boch war so groß wie ein kleines Stadion und lag am vornehmen Linken Ufer der Stadt, allerdings in Randlage, also dort, wo die Grundstückspreise nicht so hoch waren. Direkt am linken Ufer des Churon lebt nur, wer sich weder um Grundstücks- noch um andere Preise kümmern muss. In der Nähe von Bubutas Haus sah ich kaum weitere Bauten. Die Stadt schien hinter seinem Anwesen zu Ende.

»Der Alte lebt auf großem Fuß«, sagte Melifaro beiläufig. »Was für ein Palast.«

»Ich finde, in Echo leben alle auf großem Fuß«, meinte ich. »Erinnerst du dich an mein Haus in der Straße der alten Münzen? Nach meinem Empfinden war es viel zu groß.«

»Du bist wirklich ein Immobilienexperte! Wenn man dich so hört, sollte ein Haus möglichst klein sein.«

»Du wirst es kaum glauben, aber bis vor kurzem hat mir ein winziges Zimmer zum Leben genügt. Wie ich es dort so lange ausgehalten habe, kann ich mir heute nicht mehr erklären.«

»Damals warst du vermutlich schlanker«, meinte Melifaro lächelnd. »Und du hast bestimmt im Stehen geschlafen.«

General Bubuta begrüßte uns schon an der Tür. Er war viel dünner und blasser als früher und wirkte durchaus menschlich.

»Willkommen in meinem Haus, Herrschaften«, sagte er ehrerbietig.

Auch seine Stimme klang ungewöhnlich leise. Melifaro und ich tauschten einen vorsichtigen Blick. Ob dieser sanfte alte Mann tatsächlich das ganze Haus an der Brücke in Angst und Schrecken würde versetzen können? Was war nur mit ihm los? Als Hausherr musste er zwar höflich zu uns sein, und außerdem hatten wir ihm das Leben gerettet, und er hatte schon davor Angst vor mir gehabt – und doch kam uns die Situation sehr merkwürdig vor.

Nach der Begrüßung gingen wir ins Haus. Dort trafen wir seine Frau. Seltsamerweise war sie weder eine Furie noch ein schreckhaftes, sanftes Mädchen. Nach meiner Erfahrung heiraten Männer wie Bubuta nur Drachen oder Unschuldsengel. Lady Boch dagegen war eine sympathische, durchaus attraktive Frau mittleren Alters, die durchaus wohlwollend wirkte.

»Vielen Dank, dass Sie meinen Mann gerettet haben«, sagte sie lächelnd. »In meinem Alter ändert man seine Gewohnheiten nicht mehr so leicht, und ich habe mich so an sein Schnarchen gewöhnt.«

»Lass das, Ulima«, brummte Bubuta etwas gereizt.

»Schweig lieber, mein Herz. Du lädst die Gäste ein, und ich unterhalte mich mit ihnen – das weißt du doch. Wir haben es zwar ein paar Mal umgekehrt gemacht, aber das hat nicht gut geklappt. Also hereinspaziert, meine Herren!«

Wir landeten im Esszimmer, wo ich erneut staunen musste. Ich habe schon erzählt, dass man in Echo eine spezielle Pilzsorte als Lampe benutzt und diese Pilze in besonderen Gefäßen hält. Sie leuchten, wenn sie gereizt werden. Dafür ziehen kleine Bürsten langsam über ihre

Hüte. Auch im Haus von General Bubuta nutzte man diese Lichtquelle, aber wie!

Mitten im Esszimmer stand ein riesiges Gefäß. Ich hatte den Eindruck, selbst ein Wal hätte darin Platz gehabt. Tatsächlich allerdings befand sich darin ein gigantischer Leuchtpilz. Bisher hatte ich nur Exemplare gesehen, die groß wie Champignons waren, doch der hier hatte die Größe eines dreijährigen Kindes. Und er gab nicht nur Licht, sondern summte obendrein wie eine Hummel. Nicht nur ich war verblüfft – auch Melifaro stockte der Atem.

»Da staunen Sie, was? Das ist mein Liebling und mein Stolz«, sagte General Bubuta mit breitem Lächeln. »Den hab ich selbst gezüchtet. Er ist ungemein klug und hat schon zu leuchten begonnen, als wir noch nebenan waren. Er weiß selbst, wann er leuchten muss. Ich hab ihn nicht mal eingeschaltet.«

»Ich fürchte, er mag meinen Mann nur nicht«, flüsterte Lady Ulima mir zu. »Wenn ein anderer im Esszimmer ist, reagiert er gar nicht. Ich zum Beispiel muss ihn anschalten.«

»Ich glaube, dieser Pilz ist weltweit einmalig«, beendete General Bubuta das Thema.

»Sie sind auch weltweit einmalig«, sagte Melifaro mit kriecherischem Enthusiasmus.

»Vielen Dank«, sagte Bubuta nickend. »Und hier, meine Herren, können Sie noch eine Reliquie unserer Familie sehen.«

Mit pompöser Geste zeigte er auf die Wand, an der ein großes Gemälde hing. Vorne sah ich den tapferen General Bubuta in seltsam feierlicher Kleidung mit seiner breiten Brust einen älteren, weißhaarigen Mann schützen. In einer Ecke streckte jemand schmale Hände mit gespreizten Fingern aus, denen Bubuta mit dem Schwert drohte. Im Hintergrund kämpften tapfere Kinder mit rosigen Wangen gegen mehrere ungepflegte und unsympathisch wirkende Männer.

Ich fand das Bild scheußlich. Und es war schlimm, Melifaro anzusehen, denn er hatte seine liebe Not, nicht loszuprusten. Der Hausherr setzte seinen Vortrag fort.

»Das Bild stammt von der Hand des Galsa Ilana. Ich hatte wirklich Glück, weil er Hofmaler von König Gurig VII. war. Wer sonst hätte dieses wichtige Ereignis malen sollen? Ich habe dem König in der Schlacht bei Kuchutan das Leben gerettet, und das war der Wendepunkt des Kriegs, wie Seine Majestät immer zu sagen pflegte. Ist das nicht ein tolles Bild, meine Herren? Andere Künstler können nur mühsam etwas zusammenschmieren, aber das ist ein großes Werk.«

Das Schlimmste war, dass unser Gastgeber den letzten Satz so betont hatte, dass er sogar plausibel klang.

»Welchen Schmuck tragen Sie da eigentlich?«, fragte ich und zeigte auf das Bild. »Sind das etwa Amulette?«

»Ganz recht, Sir Max. Das sind die Schutzamulette der Königlichen Garde, die wir vom Orden des Siebenzackigen Blatts, vom Einzigartigen Orden und vom Wohlwollenden Orden bekommen haben. Ohne sie hätten wir damals sicher nicht gesiegt. Immerhin haben wir gegen die magischen Orden gekämpft, und denen kommt man nicht allein mit Schwert und Tapferkeit bei. Nicht auszudenken, was ohne diese Amulette aus mir geworden wäre.«

»Freude meines Lebens«, unterbrach ihn Lady Ulima sanft. »Hast du nicht den Eindruck, unsere Gäste sollten etwas essen? Sie sind schließlich auch deshalb zu uns gekommen.«

»Da hast du Recht, meine Liebe«, sagte Bubuta und wandte sich verlegen an uns. »Hat Ihnen mein Bild gefallen?«

Melifaro und ich nickten schweigend, um die Idylle nicht durch respektloses Kichern zu stören.

Das Abendessen verlief nicht so spektakulär wie der Auftakt des Besuchs. Alles ging glatt. Es gab mehrere Gänge, Lady Ulima unterhielt sich freundlich mit uns, und ihr tapferer Mann mischte sich nur vorsichtig ins Gespräch.

Per Stummer Rede meldete ich mich bei Melifaro: »Es wäre interessant zu erfahren, ob er zu Hause immer so nett ist oder ob das die ersten Zeichen seiner Metamorphose sind.«

»Zu so einer Frau kann er sein Leben lang nett sein. Ich kenne solche Pärchen, bei denen der Mann nicht begreifen kann, warum seine tolle Frau sich ausgerechnet für ihn entschieden hat. Ich glaube, um sie zu besänftigen, würde Bubuta nicht nur flüstern, sondern ihr sogar die Pantoffeln holen. So ein Mann versucht, das alles im Büro zu kompensieren.«

Einmal mehr musste ich zugeben, dass die Tranfunzel Melifaro ein besserer Psychologe war als ich.

Das Abendessen ging zu Ende. Vorsichtig zog ich ein Päckchen kubanischer Zigarren aus der Tasche meines Todesmantels, die ich noch in Kettari gefischt hatte, ohne etwas damit anfangen zu können. Ich weiß nie, was ich durch die Ritze zwischen den Welten so aufgabele, bewahre aber alles auf, denn man weiß ja nicht, wozu es noch mal gut ist.

Zigarren hatte ich nie gemocht und vertrug sie auch nicht. Meine Kollegen waren in dieser Hinsicht noch schlimmer dran. Meine letzte Hoffnung, die Zigarren loszuwerden, war General Bubuta Boch.

»Was ist das, Sir Max?«, fragte er sichtlich gespannt.

»Die kann man rauchen«, sagte ich. »Ich hab kürzlich ein Päckchen aus Kumon bekommen, der Hauptstadt des gleichnamigen Kalifats, in der ich Verwandte habe.«

Ich hatte mir angewöhnt, auf Verwandte in Kumon zu verweisen, um die Herkunft seltsamer Gegenstände zu erklären, denn diese Provinz liegt so weit von Echo entfernt, dass nur Sir Manga Melifaro, der berühmte Verfasser der achtbändigen *Enzyklopädie der Welt*, mich beim Lügen ertappen konnte. Als neunter Band dieses Weltreisenden hatte wohl mein wunderbarer Kollege Melifaro zu gelten, der Sohn von Sir Manga.

»Wohnen Ihre Verwandten denn so weit weg?«, fragte Lady Ulima erstaunt.

»Ja«, seufzte ich. »Kaum stellt sich heraus, dass welche in der Nähe leben, gleich ziehen sie ans Ende der Welt.«

In diesem Moment zündete Bubuta sich die erste Zigarre seines Lebens an.

»Sir Max!«, rief das unglückliche Opfer meines verwegenen Experiments begeistert. »Ich hatte ja keine Ahnung, dass es so herrliche Dinge gibt. Die sind doch alle für mich, oder?«

Bei dieser Frage zitterten seine Hände – Ehrenwort!

»Natürlich«, sagte ich. »Wenn sie Ihnen so gut schmecken, werde ich meine Verwandten bitten, mir mehr davon zu schicken. Sie sind zwar ziemlich stark, aber das ist ja Geschmackssache. Ich bin froh, Ihnen damit eine Freude gemacht zu haben.«

»Das ist wirklich …«, begann Bubuta, stockte aber, weil er keine Worte für seine Begeisterung fand. Ich hatte das gleiche Problem: Den General mit einer dicken Zigarre im Mund zu sehen, war einfach zu köstlich.

Selbst Melifaro schaffte es, sich zu beherrschen und nicht loszuprusten. Das hatte ich nicht erwartet.

Kurz bevor wir Bubuta verließen, erinnerte ich mich an die Bitte seiner Mitarbeiter.

»Herr General«, begann ich vorsichtig. »Fühlen Sie sich eigentlich wieder ganz gesund?«

»Aber ja, Sir Max. Vielen Dank der Nachfrage. Es geht mir blendend.«

Ich seufzte. Die armen Leute von der Stadtpolizei! Obwohl Bubuta eigentlich recht harmlos geworden war.

»Dann wollen Sie sicher bald ins Haus an der Brücke zurückkehren?«

»In zwei, drei Wochen, denke ich. Meine Frau meint, ich sollte nichts überstürzen.«

Ich seufzte erneut, diesmal vor Begeisterung. Um nichts musste ich mich kümmern – alles erledigte sich von allein.

»Sie haben Recht, Lady Ulima«, sagte ich zu Bubutas Frau und hätte sie am liebsten vor Freude umarmt. »Was Ihrem Mann neulich passiert ist, darf man nicht auf die leichte Schulter nehmen. Jede allzu große Anstrengung könnte einen Rückfall bewirken, glauben Sie mir.«

»Woher wissen Sie das?«, fragte Lady Ulima erschrocken. »Haben Sie diese ekelhafte Pastete etwa auch gegessen?«

»Zum Glück nicht. Aber ich habe ihre Wirkungsweise lange und ausführlich untersucht.«

»Hast du gehört, Liebster?«, meinte Lady Ulima. »Ich glaube, du solltest bis zur Jahresmitte warten, ehe du wieder zur Arbeit gehst. Oder noch länger pausieren.«

Bubuta nickte eifrig. Die Anti-Terror-Maßnahmen von Kamschi und Schichola zeitigten Erfolg.

»Kannst du mich nach Hause fahren, Max?«, fragte Melifaro müde und warf sich auf die Rückbank meines A-Mobils. »Juffin sollte uns beiden jetzt wirklich einen freien Tag geben. Ich bin schon lange nicht mehr so müde gewesen.«

»Wie kommt das? Hat dich die Unterhaltung mit Bubuta so strapaziert?«

»Willst du dich über mich lustig machen? In meinem Elternhaus isst jeder, wenn er hungrig ist, auch die Gäste. Daher sitzt immer jemand mit einem vollen Teller am Tisch. Das bin ich so gewohnt! Und jetzt hab ich drei Stunden an einer üppigen Tafel sitzen, mindestens fünf Gänge über mich ergehen lassen und mich mit vollem Mund über Gott und die Welt unterhalten müssen! Na ja, Bubutas Frau jedenfalls ist sehr sympathisch und der Leuchtpilz fantastisch. Davon können wir allen im Büro erzählen.«

»Und sein Porträt?«, fragte ich kichernd. »Hast du das schon vergessen?«

Melifaro lachte so heftig, dass mein A-Mobil wackelte. Nach einer Viertelstunde stieg er vor seinem Haus in der Straße der dunklen Wolken aus, die mitten in der Altstadt von Echo liegt. Ich schaute ihm neidisch nach und fuhr zum Haus an der Brücke, denn anders als er musste ich noch einige Stunden arbeiten.

Meine Aufgaben erwiesen sich als anspruchsvoll: Ich musste mich bequem hinsetzen, die Beine auf Sir Juffins heiligen Schreibtisch legen und tapfer große Mengen Kamra trinken. Den armen Büroboten gelang es kaum, mir ausreichend Nachschub zu besorgen.

Die Rettung kam rechtzeitig. Kurusch beugte sich gerade phlegmatisch über seine dritte Pirogge. Ich hatte den Eindruck, er entwickelte allmählich einen Widerwillen gegen Süßigkeiten. Auch ich fürchtete langsam zu platzen. Da aber erschien in der Tür ein Objekt, das mich stets aufs Neue begeisterte: die fantastische Nase von Hauptmann Schichola, der erfahren wollte, wie der Besuch bei Bubuta gelaufen war.

Ich lächelte freundlich.

»Kommen Sie rein. Ich hab jede Menge Kamra für Sie und großartige Neuigkeiten.«

»Sind Sie denn nicht beschäftigt?«, fragte der Besitzer der herrlichen Nase taktvoll.

»Das sehen Sie doch, oder?«, meinte ich lächelnd. »Ich stecke bis zum Hals in Arbeit und kann mich kaum rühren. Meine Kamra ist noch warm, mein Teller noch voll – ein Ende meiner Qualen ist also nicht in Sicht. Schlimm, was?«

Schichola kam in mein Büro. Seine imponierende Größe und sein athletischer Körperbau schienen mir nur eine Ergänzung seiner fantastischen Nase.

»Wo ist denn Leutnant Kamschi?«, fragte ich. »Hat er das Warten nicht mehr ertragen? Ist er stattdessen lieber im Churon schwimmen gegangen? Das wäre ein Fehler, denn man sollte die Hoffnung zuletzt verlieren.«

»Er hatte in den letzten Tagen viel zu tun und war so müde, dass er jetzt schläft.«

Schichola hatte eine nette Art, meine Worte immer dann mit einem leicht skeptischen Lächeln zu quittieren, wenn ich einen Witz gemacht oder etwas völlig Absurdes gesagt hatte. Aber jetzt war sein Gesicht ernst.

»Na gut«, meinte ich lächelnd. »Soll er ruhig schlafen, der Arme. Dann bekommen eben nur Sie die tollen Nachrichten zu hören. Und auch meine Kamra ist allein für Sie. Ich kann das Gesöff nicht mehr sehen.«

»Das sagt er immer«, meldete sich Kurusch unerschrocken zu Wort. »Und dann bestellt er wieder einen Krug. Ihr Menschen seid widersprüchliche Wesen.«

»Da hast du Recht, mein Kluger«, pflichtete ich ihm bei. Dann wandte ich mich wieder an Hauptmann Schichola: »Er gewöhnt sich langsam an Sie, mein Freund.«

»Was General Bubuta anlangt ...«

»Den würden Sie nicht wiedererkennen. Er ist ein netter, intelligenter Mensch, der vor Höflichkeit beinahe flüstert. Vielleicht ist er zu Hause ja immer so, und Sie wissen nur nichts davon.«

»Unsinn. Ich hab immer gewusst, dass nur seine Frau ihn zügeln kann. Sie wissen ja, wie er sonst war, auch zu Ihnen.«

»Schnee von gestern. Er hat sich den ganzen Abend erfolgreich um interessante Gesprächsthemen bemüht.«

»Das passt wirklich nicht zu ihm«, pflichtete Schichola mir ausdrücklich bei. »Was mag ihn so verändert haben?«

Der Arme konnte offenbar kaum an meine Worte glauben.

»An Ihrer Stelle würde ich mich nicht zu sehr darüber freuen. Vielleicht ist das eine Vergiftung, von der er bald genesen wird, um wieder der Alte zu sein. Doch was auch immer dahintersteckt: Sie haben Glück, denn Bubuta will nicht so bald wieder ins Büro. Und nach meinem Auftritt will Lady Ulima ihn frühestens zur Jahresmitte aus dem Haus lassen.«

»Sir Max, nicht umsonst kursieren Legenden über Sie …«

»Tun Sie mir den Gefallen, Schichola, und erzählen Sie mir ein paar davon«, unterbrach ich ihn.

»Ach, hat Ihnen Sir Kofa nichts davon berichtet?«, fragte der Hauptmann und schien wirklich erstaunt. »Ich möchte vor Ihrem Kurusch keine Dummheiten in die Welt setzen.«

»Ich schlaf sowieso«, bemerkte der Buriwuch wie nebenbei.

Ich lachte. Kurusch ist der klügste Vogel weit und breit, aber manchmal doch ein Tollpatsch. Und der lange Umgang mit den Menschen hat ihm nicht gerade gut getan.

»Sehen Sie, Hauptmann: Kurusch schläft. Also legen Sie los! Ich will die schreckliche Wahrheit hören. Wissen Sie, Sir Kofa schweigt nämlich, um meine Nerven zu schonen.«

»Es heißt, Sie seien der uneheliche Sohn von Sir Juffin«, begann Schichola verlegen. »Aber dieses Gerücht haben Sie sicher schon gehört. Man sagt auch, dass Sie fünfhundert Jahre im Cholomi-Gefängnis gesessen haben, weil Sie die drei letzten Vertreter jener königlichen Dynastie, die zugunsten von Gurig VI. auf den Thron verzichtet hat, auf besonders grausame Weise getötet haben sollen. Diese

Morde sind eine historische Tatsache, und der Täter wurde nie gefasst. Auch sollen Sie zu den ersten Magistern gehören, die eine der vielen Seelen von Sir Juffin gestohlen haben und …«

»Das ist schlimmer als je!«, rief ich auf den Spuren von Alice im Wunderland. »Haben Sie noch was über mich gehört?«

»Ja, aber es ist recht ähnlich. Sie sollen so stark sein wie Lojso Pondochwa, doch um Ihre volle Kraft zu entfalten, müssen Sie angeblich noch drei Magister umbringen. Deshalb haben Sie bei der Geheimpolizei angefangen.«

»Ach«, konnte ich nur seufzen. »Dabei bin ich ein netter, harmloser Junge. Geradezu ein Spielzeug. Ich hab natürlich meine Launen, aber das ist doch normal. Glauben die Leute wirklich an diesen Quatsch?«

»Natürlich«, sagte Schichola achselzuckend. »Das Leben ist langweilig. Also muss man was Interessantes dazuerfinden.«

»Wie schön, Hauptmann«, seufzte ich, »dass Sie für alles eine einfache und verständliche Erklärung haben. Die hätte ich auch gern!«

»Machen Sie sich über mich lustig?«, fragte er unsicher.

»Wie kommen Sie denn darauf? Erzählen Sie mir lieber etwas über Ihre Räuber und das, was sie im Wald so treiben. Ist das vielleicht eine romantische Geschichte?«

»Sehr romantisch. Der Chef der Bande ist der rothaarige Dschifa. Und sie bemühen sich wirklich, zur Legende zu werden. Vielleicht sollte ich Ihnen erst etwas über Dschifa Savancha erzählen, der vor über dreißig Jahren die Wälder unsicher gemacht hat. Er stammte aus einer bekannten Familie und war sogar mit dem König verwandt. Solche Leute gehen eher selten unter die Räuber. Seine Karriere hat eigentlich noch in der Traurigen Zeit begonnen. Damals ist bekanntlich allerlei passiert. Die Füchse aus Mahagon machten Jagd auf rebellische Magister, die ihre Orden in der Provinz verlassen hatten und nach Echo gegangen waren. Die Räuber hatten es nur auf jüngere Magister abgesehen, denn für ältere waren sie zu schwach. Aber auch dadurch unterstützten sie den König im Kampf gegen die Magister. Nach Verabschiedung des Chrember-Gesetzbuchs wollte Sir Dschifa nicht in die Hauptstadt reisen, um die verdienten Lorbeeren in Empfang zu nehmen. Ich glaube, er hatte am Räuberleben Gefallen gefunden, wie es ja nicht selten ist.«

»Da haben Sie Recht«, sagte ich lächelnd. »Und womit haben sich diese netten Jungs dann beschäftigt?«

»Sie haben ihre Raubzüge fortgesetzt, sich nun aber eher für Normalsterbliche interessiert – vorausgesetzt, sie waren reich. Händler zum Beispiel. Anfangs versuchte man noch, Dschifa zur Aufgabe zu bewegen, und die königlichen Boten haben ihm etliche Briefe gebracht. Doch schließlich begriff der König, dass seine Bemühungen umsonst waren und der Staat den Räubern das Handwerk legen musste. Dschifa war ein Meister des Versteckens und hatte diese Kunst auch seinen Leuten beigebracht. Die Räuber konnten sich sogar unsichtbar machen, und zwar im wörtlichen Sinne, Sir Max. Als man sie endlich gefangen hatte, konnte man auch ihr Versteck in Augenschein nehmen. Stellen Sie sich vor: Sie haben unter der Erde gelebt und ein System aus Gängen und Höhlen angelegt, das an vielen Stellen in den Wald von Mahagon führte. Deshalb nennt man sie auch die Füchse von Mahagon. Kein Wunder, dass man fünf Jahre nach ihnen gesucht hat.«

»Und was haben sie mit ihrer Beute gemacht?«, fragte ich und musste an die Geschichten von Robin Hood denken, die ich als Kind verschlungen hatte.

»Na was wohl? Sie haben alles in ihren Höhlen versteckt. Was sollten sie mitten im Wald mit kostbaren Dingen anfangen? Einen Teil immerhin hat Dschifa in der Hauptstadt verprasst. Am Anfang seiner Karriere hatte er noch den Mut, seine sommersprossige Nase ab und an in Echo zu zeigen. Aber seit man ihn einmal beinahe geschnappt hatte, vergrub er sich lieber in seiner Höhle.«

»Kein Wunder«, meinte ich.

Es hatte also keine Umverteilung der geraubten Reichtümer an die arme Bevölkerung gegeben. Na ja – auch bei Robin Hood hatte ich so meine Zweifel gehabt.

»Zu Lebzeiten des alten Königs konnte man den Räubern nicht das Handwerk legen«, fuhr Schichola fort. »Erst der jetzige König kündigte offiziell an, auf die Räuber Jagd zu machen, und rief viele frühere Magister zu Hilfe – natürlich keine ehemals rebellischen Magister, sondern solche, die ein anständiges Leben geführt hatten. Das war ein kluger Schachzug, denn diese Leute waren auf die Räuber, die ja ihre alten Freunde umgebracht hatten, nicht gut zu sprechen.«

»Und wie ist diese romantische Geschichte ausgegangen?«

»Vorhersehbar. Die wütenden Magister erhielten die Erlaubnis, Magie besonders hohen Grades einzusetzen, und so kamen die Füchse aus ihren Höhlen gekrochen. Mit Ausnahme von Dschifa. Der hat bis zum letzten Blutstropfen gekämpft, denn er war ein Mann von altem Schrot und Korn, der auf jeden Zauberspruch seiner Gegner eine Antwort wusste. Aber er stand ganz allein gegen sehr viele Magister, und ihr Sieg war nur eine Frage der Zeit. Schließlich hat man auch ihn aus seiner Höhle gelockt. Zwar konnte er noch vier Magister umbringen, doch dann musste er sterben.«

»Ein hübsches Ende für jemanden, der zu einer Legende werden möchte«, meinte ich. »Ich dagegen möchte möglichst lange glücklich und ohne romantische Abenteuer leben.«

»Geschmackssache«, meinte Schichola achselzuckend. »Sind Sie nicht auch manchmal hinterlistig, Sir Max?«

»Nie! Ich bin stets offen, ehrlich und ein mustergültiger Staatsbürger. Na gut, Herr Hauptmann. Jagen Sie Ihre Räuber ruhig weiter, solange der schreckliche Bubuta Sie nicht stört. Und wenn Sie die neue Bande fangen, erzählen Sie mir bitte gleich davon. Das können Sie nämlich wunderbar.«

»Vielen Dank, Sir Max. Ich halte Sie gern auf dem Laufenden, wenn es Sie interessiert.«

»Mich interessiert alles, jedenfalls ein bisschen. Gute Nacht, Herr Hauptmann. Ich habe Sie so lange gequält, dass Sie schon im Stehen einschlafen.«

Schichola trank seine Kamra aus und verabschiedete sich. Ich sah Kurusch an.

»Hat er wirklich alles richtig erzählt, mein Kluger?«

»Eigentlich ja«, bestätigte der Buriwuch. »Er hat nur ein paar Details ausgelassen.«

»Die will ich gar nicht wissen«, meinte ich. »Das reicht mir.«

Den Rest der Nacht verbrachte ich noch nutzloser. Im

Haus an der Brücke gab es keine aktuellen Zeitungen mehr. Schon lange hatte ich den für die Ordnung in unseren Büros zuständigen Mann anweisen wollen, die Zeitungen vom Tage nicht gleich wegzuwerfen. Aber natürlich vergaß ich das immer wieder und musste nun ohne die *Königliche Stimme* auskommen.

Kurz vor Sonnenaufgang erschien Sir Kofa Joch. Diesmal hatte er sich für seinen Zug durch die Wirtshäuser der Stadt ein lustiges rundes Gesicht mit kleinen, dummen Augen zugelegt. Ich musste lachen.

»Was ist denn?«, brummte Kofa. »Das ist ein ganz normales Gesicht. Nicht jeder kann schön sein.«

Nachdenklich fuhr er sich durchs Gesicht, und schon hatte er wieder sein vertrautes, rassiges Antlitz.

»Geh nach Hause, Max. Füttere deine Katzen, scher ihnen das Fell oder mach, was angehende Viehzüchter sonst mit ihren Tieren anstellen mögen. Ich bleib hier und warte auf Juffin.«

»Gut«, meinte ich. »Wenn du das sagst. Du hast heute Vergnügen an der Geheimniskrämerei, was?«

»Nein, ich bin nur müde. Und zu Hause wartet eine schlecht gelaunte Frau auf mich. Ich möchte nur etwas dösen, und wo könnte ich das sonst tun?«

»Eine mies gelaunte Frau hast du daheim?«, wiederholte ich erstaunt.

Plötzlich fiel mir auf, dass ich keine Ahnung von Kofas Familienverhältnissen hatte. Über die Situation aller übrigen Kollegen wusste ich Bescheid. Nur das Privatleben von Sir Kofa war eine unbekannte Größe für mich geblieben.

»Unter uns gesagt, ist sie eigentlich meine Haushälterin. Gestern Abend hab ich ihr einmal mehr zu verstehen gegeben, dass ich sie nicht heiraten werde, und sie hat gesagt, diese Antwort habe sie schon zum sechzigsten Mal von mir bekommen. Atili ist eine wunderbare Frau, und es tut mir leid, dass ich offizielle Zeremonien aller Art verabscheue. Warum glauben manche nur, diese Rituale verstärken die Gefühle füreinander?«

»Ich bin ganz deiner Meinung.«

»Das war mir schon klar. Deine Aversion gegen Rituale aller Art steht dir ins Gesicht geschrieben. Geh nach Hause, Max. Du bist eine große Wohltat in meinem misslungenen Leben, aber geh jetzt bitte. Ich bin wirklich müde.«

»Schon gut. Ich verschwinde.«

Rasch verließ ich das Gebäude. Der arme Kofa sollte sich erholen. Ich ging nach Hause und konnte mich endlich um meine eigenen Angelegenheiten kümmern. Was das hieß? Ich hatte endlich Zeit, meine Wohnung sauber zu machen!

Das Problem Frühjahrsputz hing schon lange wie ein Damoklesschwert über meinem Kopf und war in den letzten Tagen immer dringlicher geworden. Meine Katzen Armstrong und Ella hatten wirklich alles auf den Kopf gestellt. Natürlich hätte ich jemanden zum Saubermachen beschäftigen können, aber irgendwie gefiel es mir nicht, dass ein armes Würstchen zu mir nach Hause kam und mit dem nassen Lappen durch die Wohnung streifte, während ich mir neue Reinigungsaufgaben ausdachte und alsdann gemütlich essen ging. Auch widerstrebte es mir, dass irgendwer meine Schränke durchsah, wichtige Unterlagen in die Finger bekam und meinen Nippes falsch aufstellte. Was für ein Albtraum!

Jetzt kam die Zeit, wo ich für meine Haltung bezahlen musste. Niemand ist gezwungen, Personal zu beschäftigen, aber wenn du darauf verzichtest, Max, musst du schon selbst im Haushalt ran, ermunterte ich mich. Dann führte ich mir vor Augen, wie wichtig es für mein inneres Wohlbefinden war, nicht im Chaos zu leben.

Jetzt oder nie! Mit dieser tollkühnen Devise fuhr ich nach Hause, war mit meinem A-Mobil aber bezeichnenderweise deutlich länger unterwegs als sonst. Irgendwann kam ich an. Manches kann man einfach nicht ewig aufschieben.

An mein Haus in der Straße der gelben Steine hatte ich mich lange nicht gewöhnen können, denn seine riesigen Zimmer waren viel zu groß für nur eine Person. Eins davon hatte ich zum Wohnzimmer gemacht, ein anderes im ersten Stock zum Schlafzimmer, und die übrigen Räume dienten mir als Spielwiese für meine innenarchitektonischen Experimente. Irgendwann stellte ich auch fest, dass zwei gut gefütterte Katzen zwölf Stunden lang pausenlos spielen können.

Seltsam: Als meine Tiere und ich in der Straße der alten Münzen mit zwei Zimmern hatten auskommen müssen, waren sie sehr ruhig gewesen, Liegekatzen geradezu. In meiner neuen Wohnung dagegen bestätigte sich einmal mehr, dass große leere Räume das Chaos begünstigen. Eigentlich hätte ich am liebsten Karten gespielt, doch dazu hätte ich menschenähnliche Partner gebraucht.

Mit den leeren Zimmern war ich schnell fertig, denn in geübten Händen ist ein nasser Mopp eine gute Waffe.

Mein Schlafzimmer sah eigentlich recht ordentlich aus. Dort verbrachte ich den Großteil meiner Freizeit. Deshalb hatte das Chaos dort keine Chance, und das bisschen Unordnung machte den Raum eher gemütlich. Ich musste nur etwas Staub wischen und dann lüften, damit wieder neuer Staub reinwehte.

Versonnen betrachtete ich mein Bett und sagte mir: Mein Lieber, du hast auch noch ein Wohnzimmer. Schon vergessen?

Von meiner Entschiedenheit überrascht, lief ich die Treppe runter, um den Hausputz im Erdgeschoss fortzusetzen. Unterwegs dachte ich, ein kleines, aber gut gefülltes Tablett aus dem *Gefräßigen Truthahn* könnte einem ermüdeten Helden wie mir unmöglich schaden. Also meldete ich mich per Stummer Rede beim Wirt des Lokals. Eigentlich war es noch geschlossen, aber für einen Kunden im schwarzgoldenen Todesmantel wurde sicher eine Ausnahme gemacht.

Richtig, der Mantel! Jetzt, da ich so intensiv Ordnung machte, merkte ich, dass ich vergessen hatte, mich umzuziehen. Also kehrte ich ins Schlafzimmer zurück, schlüpfte in meine Hausskaba und fühlte mich gleich wohler. Besser spät als nie!

Im Wohnzimmer erwartete mich ein seltsamer Anblick. Die Reisetasche, die ich in Kettari dabeigehabt hatte, stand seit der Rückkehr unausgepackt mitten im Raum. Armstrong spielte mit dem Kissen, das die Ritze zwischen den Welten bedeckte, und hatte keinen Respekt vor Maba Kalochs Zauberdingen. Ella zupfte melancholisch am Rand des kostbaren Teppichs, den ich aus Kettari mitgebracht hatte und der seit meiner Rückkehr ebenfalls unausgerollt in der Ecke stand. Und damit war die Liste meines häuslichen Versagens längst noch nicht komplett.

Der raue Alltag im Kleinen Geheimen Suchtrupp der Stadt Echo hatte aus mir einen wahren Helden gemacht. Noch vor einiger Zeit wäre ich über meine jetzige Lage verzweifelt gewesen. Nun aber machte ich einfach weiter. Nach einer halben Stunde war der Tisch sauber wie der Himmel über der Wüste. Das schien mir ein guter Anfang, denn kurz zuvor war die Tischplatte noch voller Fettflecke und überflüssiger Gegenstände gewesen. Mir hatte es einfach an Tapferkeit gefehlt, tief Luft zu holen und den Dunklen Magistern meinen gesamten Nippes in den Rachen zu werfen.

Es klopfte. Das war mein Abendessen, das sich in Gesellschaft eines erschrockenen und verschlafenen Boten aus dem *Gefräßigen Truthahn* auf meiner Türschwelle eingefunden hatte. Immerhin war ich höflich genug, danke zu sagen. Alles stand bestens. Der *Gefräßige Truthahn* war ein stadtbekanntes Wirtshaus. Mit diesem Nachbarn hatte ich wirklich Glück.

Ich machte eine kurze Pause, biss dann aber die Zähne zusammen und setzte den Kampf um Sauberkeit fort. Nach zwei Stunden, als mein Kraftakt langsam zu Ende ging und ich mich fühlte, als hätte ich die letzten tausend Jahre im Steinbruch gearbeitet, klopfte es wieder.

»Kommen Sie ruhig rein, es ist offen!«, rief ich.

Körperliche Anstrengung hat meine Laune noch nie verbessert – im Gegenteil. Und warum sollte ich ein netter Kerl sein, wenn ganz Echo mich für ein Monster hielt? Das lehrreiche Gespräch mit Hauptmann Schichola hatte in meinem Selbstbewusstsein tiefe Spuren hinterlassen.

Die Tür quietschte. Dann hörte ich schnelle Schritte im Foyer. Plötzlich stand ein seltsames Wesen in der Tür, das einen für die Jahreszeit viel zu dicken Lochimantel trug. Unter dem dunklen Turban sah ein durchaus sympathisches Gesicht hervor. Wo hatte ich es nur schon mal gesehen?

Ach, natürlich! Der Mann sah aus wie Apollinaire in jungen Jahren, wie ein Dichter also, den man in dieser Welt nicht kannte. Vielleicht handelt es sich bei meinem Besucher ja auch um einen Dichter oder Künstler, dachte ich ironisch. Ein echter Dichter wäre mir jetzt gerade recht gewesen.

»Arbeitest du für Sir Max, Junge?«, fragte mein Gast heiter.

Sündige Magister – nuscheln tat er auch noch!

»Wie kommst du nur auf die Idee, mit einem Putzlumpen herumzulaufen?«, wollte er dann wissen.

»Wie komm ich wohl darauf? Ich mache sauber«, entgegnete ich lächelnd. Jetzt musterte er mich erstaunt mit seinen hübschen Mandelaugen. Hier hatten sich offenbar zwei Sturköpfe aus verschiedenen Welten getroffen! Ich wollte aus Höflichkeit vor ihm den Turban ziehen, trug aber leider keinen.

»Wer bist du, meine Freude?«, fragte ich interessiert und machte mich daran, die achte Fensterbank des Zimmers zu putzen. Was mochte sich Sir Juffin nur gedacht haben, als er dieses »bescheidene Häuschen« (wie er sich ausdrückte) für mich aussuchte?

»Ich heiße Ande Pu und bin Chefreporter der *Königlichen Stimme*«, erklärte der Ankömmling stolz. »Verstehst du, Junge? Ich arbeite nicht für irgendein Boulevardblättchen.«

»Bist du wirklich Chefreporter?«, fragte ich zweifelnd.

An den Namen Pu nämlich konnte ich mich nicht erinnern, und das war bei meiner Leidenschaft für die Presse recht seltsam. Aber vielleicht hatte ich nur ein schlechtes Namensgedächtnis.

»Ich bin *einer* der Chefreporter. Was macht das schon für einen Unterschied?«, sagte mein Besucher achselzuckend. »Unser Chefredakteur, Sir Rogro Schill, hat mich gebeten, einen Artikel über die Katzen von Sir Max zu schreiben, die mal die Eltern der königlichen Katzen sein werden. Also habe ich beschlossen, Sir Max persönlich zu treffen, obwohl mir meine Kollegen seltsame Dinge über ihn erzählt haben. Willst du mir keine Kamra anbieten, mein Freund?«

Ich sah mich um und merkte, dass dieses Naturwunder schon an meinem Tisch Platz genommen hatte und mit meinen Tassen hantierte. Der Versuch, Ordnung zu schaffen, schien umsonst gewesen.

»Schau in den Krug«, murmelte ich. »Vielleicht ist noch was übrig. Keine Ahnung.«

Dann hörte ich nur noch leises Schlürfen. Ich seufzte und wandte mich meiner letzten Aufräumaktion für heute zu: Ich wollte den Teppich aus Kettari ausrollen. Schließlich hatte ich das schwere Schmuckstück den ganzen Weg hierher im Auto transportiert und musste es endlich mal in Dienst stellen.

»Kommt Sir Max bald nach Hause?«, fragte Ande Pu mit vollem Mund.

Donnerwetter – der Kerl hatte sich auch noch über mein Essen hergemacht!

»Das weiß ich nicht«, antwortete ich verärgert. »Wenn er Lust hat, wird er schon kommen. Ich geh jetzt schlafen.«

»Ja, erhol dich nur. Ich würde gern bleiben und auf Sir Max warten«, sagte mein Gast. »Dann lerne ich auch seine berühmten Katzen kennen. Wo sind sie eigentlich?«

»Ich fürchte, die liegen in meinem Bett«, seufzte ich. »Wie wäre es, wenn du später wiederkommst?«

»Was?«, fragte Ande Pu erschrocken. »Morgen muss ich dem Redakteur meinen Artikel geben. Wenn ich Sir Max heute nicht treffe, ist das für mich das Ende. Und wenn ich nicht mal die Katzen zu sehen bekomme, dann gute Nacht!«

In seinen Augen stand solche Angst, dass mein steinernes Herz weich wurde. Ich klopfte mit den Näpfen an die Treppe, und gleich hörte ich Samtpfoten die Stufen runterkommen. Meine Tiere ließen keine Gelegenheit aus, sich den Bauch vollzuschlagen.

»Da sind sie«, sagte ich stolz und füllte die Näpfe. »Schau sie dir an, streichle sie, versuch aber nicht, ihr Essen zu kosten. Das ist lebensgefährlich.«

»Wie sieht es eigentlich bei euch zu Hause mit dem Essen aus? Ich meine, Sir Max ist ja ein reicher Mann. Da wird er doch nicht geizen, oder?«

»Nein«, sagte ich lächelnd. »Aber ausgerechnet heute wirst du hier weiter nichts Essbares finden. Ich hab nämlich schon alles vertilgt.«

Der arme Ande Pu blickte mich erstaunt an und tat mir wirklich leid.

»Na schön, vielleicht finde ich noch was für dich.«

Ich schob die Hand unter den Tisch. Das war ein guter Anlass, meinen Zaubertrick mit der Ritze zwischen den Welten zu wiederholen. Vielleicht funktionierte er ja nicht mehr.

Doch mein Gast war ein echter Glückspilz: Diesmal hatte ich weder einen kaputten Regenschirm noch eine Flasche Mineralwasser in der Hand, sondern eine heiße Pfanne, in der Rührei mit Zwiebeln und Tomaten brutzelte. Donnerwetter! So einen guten Griff hatte ich nicht erwartet.

»Wenn du das gegessen hast, mach unbedingt den Tisch sauber«, sagte ich schroff. »Falls Sir Max hier Unordnung entdeckt, sucht er gleich nach dem Schuldigen und trifft ihn mit seiner giftigen Spucke. Ich rate dir: Lass es nicht dazu kommen. Du musst also über die Katzen berichten? Hier hast du sie. Jetzt schreib über die Tiere, und geh nach Hause, wenn du fertig bist. Mit einem guten Text wirst du den Chefredakteur bestimmt beglücken. Alles klar? Ich geh jetzt schlafen.«

Ich hatte keine Kraft mehr abzuwarten, bis Ande Pu fertig war, und hinter ihm die Tür zuzumachen. Ich hatte zu gar nichts mehr Kraft.

»Toll! Woher hast du das Essen?«, fragte mein wunderbarer Gast.

»Ich hab's unterm Tisch hervorgezogen. Woher sonst?«

»Toll!«, rief Ande Pu begeistert.

Ich tat, als hätte ich seinen Enthusiasmus nicht bemerkt, und ging ins Schlafzimmer. Dort legte ich das Armband an, das vom Orden des Geheimen Krauts stammte und ohne das ich nicht mehr einschlafen durfte. Dann schloss ich die Augen.

Den Magistern sei Dank! Ich hatte endlich einen Traum. Er war zwar ziemlich dumm, aber nach so langer Abstinenz war mir fast alles recht. Als ich aufwachte, fühlte ich mich wie der glücklichste Mensch im Universum. Endlich war alles, wie es sein sollte!

In bester Laune kam ich wieder runter ins Wohnzimmer. Der lustige Journalist – wie hieß er gleich? Ande Pu? – saß noch immer am Tisch und verbreitete Unordnung, obwohl ich ihn davor gewarnt hatte. Die kokette Ella schnurrte in seinen Armen, und Armstrong spielte phlegmatisch mit seinem Mantel.

»Sir Max ist doch nicht gekommen«, sagte er enttäuscht. »Ich geh dann mal. Das war's für mich.«

»Du meinst, das ist dein Ende?«, fragte ich lächelnd. »Nein, Freund, du hast mehr Glück als du ahnst. Sir Max ist ein schwieriger Typ. Er hätte dich fertiggemacht. Was hast du da eigentlich auf dem Tisch angestellt?«

»Ach, ich wusste nicht, was ich mit dem ganzen Zeug machen sollte. Außerdem ist es ja wohl dein Job aufzuräumen. Dafür wirst du sicher gut bezahlt.«

»Ich bekomme nichts dafür«, sagte ich. »Ich bleibe am Leben – das war's. Siehst du die Tür? Sie führt in den Flur, falls du es schon vergessen hast. Dort steht ein Kohlenbecken. Bring es her und leg alles rein, was auf dem Tisch ist. Ich hoffe, das schaffst du.«

»Kein Problem«, antwortete mein Gast und wirkte etwas verlegen.

Ich nickte ihm freundlich zu und ging mich waschen. Meine gute Laune hatte keinen Schaden gelitten.

Als ich wieder ins Wohnzimmer kam, sah ich meinen Besucher alles, was auf dem Tisch lag, ins Kohlenbecken legen. Das tat er so ruhig und unerschütterlich, dass ich fürchtete, er würde bis zum Abend brauchen. Ich seufzte und verfrachtete die Reste des Durcheinanders mit einer Handbewegung ins Becken. Dann schnippte ich mit den Fingern. Diesen Trick hatte ich erst kürzlich gelernt und ließ keine Gelegenheit aus, damit anzugeben. Und wirklich: Das Kohlenbecken war leer.

»Das war's schon«, verkündete ich.

»War das Verbotene Magie? Das hast du toll hingekriegt«, sagte der einzige Zuschauer meiner kleinen Zaubervorstellung.

»Wie kommst du denn darauf?«, fragte ich. »Ich setze doch keine Verbotene Magie ein. Das war Fingergymnastik.«

Es klopfte mal wieder.

»Na«, meinte ich, »vielleicht ist das ja Sir Max. Ich vermute allerdings, dass da meine morgendliche Kamra kommt. Lass uns mal nachsehen.«

Mein Gast setzte sich bequem hin und schlug den Lochimantel vor der Brust zusammen. Journalisten sind wirklich tollkühn, dachte ich bewundernd. Nicht mal vor einem Monster wie mir haben sie Angst.

Dann ging ich mein Frühstück holen.

Natürlich musste ich Kamra und Gebäck mit Ande Pu teilen. Das war eigentlich nicht schlimm, denn Ella mochte den Jungen sehr, der allem Anschein nach bis an sein Lebensende in meinem Wohnzimmer bleiben wollte. Der arme Schreiberling schien geradezu nach einer seelischen Erschütterung zu lechzen.

Nach dem Frühstück ging ich nach oben und zog den Todesmantel an. Wenn ich schon gezwungen bin, mich in ein Monster zu verwandeln, will ich wenigstens Applaus dafür einheimsen, dachte ich auf dem Weg ins Erdgeschoss.

»Das gibt's doch nicht!«, rief Ande Pu begeistert, aber auch etwas erschrocken. »Du ... also Sie sind Sir Max? Das ist mein Ende!«

Ich kicherte. Dass er stets sein Ende ankündigte, gefiel mir. Außerdem mochte ich seine lebensfrohe Ungezwungenheit, doch nun wurde er stumm.

»Was hast du denn? Du wolltest doch etwas über meine Katzen erfahren«, meinte ich erstaunt. »Also frag mich. Aber schnell – ich muss gleich los.«

»Die Katzen …«, begann Ande Pu ehrfürchtig. »Verzeihen Sie, aber wenn Sie es eilig haben … Ich bin wohl etwas zu lange bei Ihnen geblieben … Ich hoffe nur, Sie nicht gestört zu haben …«, stammelte er, und ich merkte, wie schnell ihn der Mut verließ.

»Du hast nicht gestört«, sagte ich gnädig. »Na schön – falls du noch Fragen hast, kannst du dich ja per Stummer Rede bei mir melden.«

»Darf ich das wirklich? Vielen Dank, Sir Max.«

Ande Pu verschwand im Flur und machte leise die Haustür zu. Ich zuckte die Achseln und fuhr zum Haus an der Brücke.

»Du siehst prima aus, Max«, sagte mein Chef. »Anscheinend hat dir das Treffen mit Bubuta gutgetan. Vielleicht solltest du ihn öfter besuchen.«

»Ich wusste, dass Sie das sagen würden. Machen Sie sich ruhig über mich lustig – mir macht das nichts aus. Ich hab endlich wieder geträumt.«

»Ja?«, fragte Juffin und zog die Brauen hoch. »An deiner Stelle würde ich mich darüber nicht so voreilig freuen.«

»Ach was«, meinte ich abwinkend. »Erstens war es wider Erwarten kein Albtraum, und zweitens … aber das ist egal. Haben Sie schon von Bubutas gewaltigem Leuchtpilz gehört?«

»Versuch du bitte nicht auch noch, mir diese Geschichte zu erzählen«, sagte mein Chef, und sein Erschrecken wirkte echt. »Zum achtzehnten Mal werde ich das nicht überleben.«

»Melifaro hat diese Geschichte doch nur zehnmal zum Besten gegeben, Chef«, mischte sich Kurusch ein. »Ihr Menschen übertreibt manchmal ganz schön.«

»Nein, meine Freude: *Zehn*mal hat er in deiner Anwesenheit davon erzählt. Und dann noch siebenmal bei jeder passenden und unpassenden Gelegenheit.«

»Der fiese Melifaro ist mir also zuvorgekommen«, seufzte ich. »Da haben Sie einiges verpasst, Sir Juffin – ich hätte Ihnen diese Sache viel hübscher erzählt.«

»Daran zweifle ich keine Sekunde, aber mir reicht es jetzt wirklich. Komm, lass uns ins *Fressfass* gehen. Ich muss ein paar Dinge mit dir besprechen.«

»Wie nett!«

»Ach, nichts Besonderes – eher Kleinigkeiten. Du magst deine Arbeit, oder?«

»Ich hasse Sie«, erklärte ich mit Nachdruck. »Aber ich bin ein knallharter Karrierist und will mich hochboxen. Haben Sie das noch nicht gemerkt?«

Im Wirtshaus zeigte sich, dass Juffin mir eine neue Aufgabe zugedacht hatte. Ich sollte einen Übeltäter schnappen und ins Haus an der Brücke schaffen. Schon seit Tagen hatte Sir Kofa die Aktivitäten dieses Mannes, der sein Geld mit Kartentricks im Wirtshaus verdiente und dabei unerlaubterweise Weiße Magie sechsten Grades benutzte, genüsslich beobachtet. Sir Juffin behauptete, meine Teilnahme an dieser Aktion würde ihr besonderes Gewicht geben. Sicher würden anschließend viele Gerüchte in der

Stadt kursieren und potentielle Falschspieler abschrecken. Es sei besser, beizeiten gegen kleine Verbrecher vorzugehen, als sie später im großen Stil bekämpfen zu müssen.

Ich rümpfte die Nase und meinte, so mancher Nagel lasse sich nur schlecht mit dem Mikroskop einschlagen. Mein Chef hörte mir aufmerksam zu und wies dann wortlos zur Tür.

»Verstehe«, meinte ich reumütig. »Ich geh ja schon.«

»Nur nicht schmollen. Und viel Spaß mit dem neuen Fall, Sir Mikroskop.«

Natürlich schmollte ich ganz und gar nicht. Ein abendlicher Zug mit Sir Kofa durch diverse Wirtshäuser würde sicher sehr vergnüglich sein. Man muss nur manchmal vorab etwas schimpfen, um in Schwung zu kommen.

Gegen Mitternacht kehrte ich bester Laune ins Haus an der Brücke zurück. Die Verhaftung von Toja Baklin hatte nicht lange gedauert, doch meine Anwesenheit hatte Sir Kofas Appetit ungemein stimuliert.

Ich wollte unseren Dienstsitz gerade durch die Geheimtür betreten, als ich vor dem Besuchereingang eine vertraute Silhouette bemerkte. Ich pfiff leise, und Ande Pu kam zu mir.

»Willst du eine Reportage über die Arbeit des Kleinen Geheimen Suchtrupps machen?«, fragte ich ihn freundlich. »Bist du denn schon mit dem Bericht über meine Katzen fertig?«

»Ach, Sir Max«, sagte Ande Pu finster. »Ich warte schon drei Stunden auf Sie und wollte gerade nach Hause gehen.«

»Da hast du Glück gehabt«, meinte ich. »Normalerweise wartet man viel länger auf mich. Mein Chef hat schon überlegt, ein Bett vor meine Tür zu stellen, um denen, die mich sprechen wollen, das Leben zu erleichtern. Aber warum bist du auf der Straße geblieben? Wir haben doch ein hübsches Wartezimmer, in dem man sogar rauchen darf.«

»Das Haus an der Brücke gefällt mir einfach nicht«, sagte Ande Pu finster. »Hier laufen mir zu viele Bullen rum.«

»Irgendwo müssen sie sich aufhalten«, gab ich zu bedenken. »Und das Haus an der Brücke ist immerhin Sitz der Stadtpolizei. Hast du etwa Angst vor Polizisten?«

»Angst hab ich keine – ich mag sie bloß nicht.«

»Das versteh ich«, sagte ich und lachte los. »Du wirst es mir vielleicht nicht glauben, doch noch vor kurzem ging es mir genauso. Na schön, du mutiger Vertreter der vierten Gewalt – gehen wir in mein Büro.«

»Wie haben Sie mich gerade genannt?«, fragte der Arme und schien völlig verwirrt.

»Ach, egal. Komm mit. Oben können wir Kamra trinken und Gebäck knabbern. Das verstehst du doch, oder?«

Er folgte mir auf dem Fuße und hielt sich stets direkt im Schatten meines Todesmantels, um den vermeintlich bösen Blicken der Mitarbeiter von General Bubuta zu entgehen. Vor mir hatte er erstaunlicherweise keine Angst.

»Was ist los?«, fragte ich, als wir in mein Büro kamen. »Oder hast du nur Sehnsucht nach mir gehabt? Setz dich!«

Ande Pu machte es sich im Sessel bequem und betrachtete neugierig den auf der Lehne schlafenden Kurusch. Mit rascher Handbewegung verschob er dann meine Zigaretten, die auf dem Schreibtisch lagen, und fragte nicht mal, woher das seltsame Zeug stammen mochte. Vielleicht hatte er sie ja nicht bemerkt. Auch dem Boten, der kurz darauf mit Kamra und Gebäck erschien, schenkte er keine Beachtung. Doch als der Krug auf den Tisch kam, stand er schnell auf und goss sich eine Tasse ein. Nach der zweiten Tasse raffte er sich auf, mir von seinen Problemen zu erzählen.

»Sir Max«, begann er ehrerbietig. »Mein Chefredakteur, also Sir Rogro Schill, versteht gar nichts. Ich glaube, er ist verrückt geworden. Das ist mein Ende, fürchte ich.«

»Ach ja?«, meinte ich recht desinteressiert. »Was ist denn los mit ihm? Ich fürchte allerdings, dass ihm im Haus an der Brücke niemand helfen kann. Hier sind alle ziemlich verrückt. Uns könnte nicht mal ein guter Arzt kurieren. Aber das muss unter uns bleiben, denn es handelt sich um ein Staatsgeheimnis.«

»Sir Max«, rief Ande Pu begeistert, »Ihre Witze sind herrlich. Ein Traum geradezu. Niemand kann Ihnen da das Wasser reichen.«

»Freut mich, einen Verehrer meines Talents zu treffen«, entgegnete ich lächelnd. »Aber ich bin heute satt, guter Laune und zufrieden und darum eigentlich nicht in Form. Was ist nun mit dem Chefredakteur?«

»Er will meinen Artikel nicht drucken«, verkündete Ande.

Ich lachte auf, so sehr überraschte mich diese Nachricht.

»So, er will ihn nicht drucken? Frechheit!«

»Nein, nein, den Text über die Katzen hat er natürlich sofort genommen und sogar versprochen, ihn gleich zu bezahlen. Das ist nicht selbstverständlich, denn manchmal muss man lange auf sein Geld warten. Aber meinen *zweiten* Text hat er abgelehnt.«

»Du bist wirklich ein fleißiger Schreiberling«, meinte ich bewundernd.

Das war freilich nichts Besonderes. Alle Bürokraten und Literaten des Vereinigten Königreichs besitzen sich selbst beschriftende Tafeln. Wenn der Kopf eines Autors nicht völlig leer ist, kann er seinen Text also rasch verfertigen.

»Ich hab über *Sie* geschrieben, Sir Max. Das wird eine Sensation. Die anderen Journalisten werden bestimmt grün vor Neid.«

»Was für eine Sensation denn? Dass ich mein Wohnzimmer selbst sauber mache? Sir Juffin Halli würde dir und deinem Chefredakteur für solche Nachrichten den Kopf abreißen.«

»Schon gut. Hätten Sie nicht Lust, sich den Text anzusehen?«, fragte er und gab mir zwei von seinen Tafeln.

Ich las. Der Artikel trug die Überschrift *Rendezvous mit dem Tod*. Das klang einfach und einladend, und der Text entsprach der Überschrift ganz und gar. Aus dem Artikel ergab sich, dass ich den Verfasser einen Tag in meinem Wohnzimmer eingesperrt hatte und von zwei verzauberten Riesenkatzen hatte bewachen lassen, während ich unterwegs war, um kurzfristig einige grässliche Morde aufzuklären. Ande Pu geizte nicht mit Adjektiven, um meinen Haushalt und das erschreckende Miauen von Armstrong und Ella zu beschreiben. Natürlich hatte er auch nicht vergessen, seine Tapferkeit zu erwähnen. Schlimm war das, ganz schlimm.

»Steck das wieder ein«, sagte ich schroff. »Du bist ein netter Mensch, aber wenn dieser Mist erscheint, spuck ich dich an. So was kannst du allenfalls deinen Freundinnen erzählen. Dagegen habe ich nichts.«

»Und ich hatte geglaubt, der Text würde Ihnen gefallen«, sagte Ande Pu und errötete. »Ich dachte, Sie würden sich per Stummer Rede bei Sir Rogro melden, und er würde das drucken.«

»Willst du diesen Quatsch etwa mit meiner Hilfe verbreiten?«, fragte ich lachend. »Für wen hältst du mich?«

»Na ja«, meinte Ande Pu, »es passiert eben manchmal, dass eine Reportage dem Porträtierten nicht gefällt. Verzeihen Sie bitte die Störung.«

Es tat weh, den Armen nur anzusehen.

»Möchtest du mit mir zu Abend essen?«, fragte ich gnädig.

Sein Gesicht hellte sich auf, und die Tragik schwand aus seinen dunklen Augen, die nun zu glänzen begannen.

»Natürlich willst du. Warum frage ich eigentlich noch?«, meinte ich und meldete mich per Stummer Rede im *Fressfass*.

»Bestellen Sie Ihr Essen etwa in Bunbas *Fressfass*?«, fragte er kennerisch und schnupperte an seiner Kamra. »Das ist ein sehr gutes Lokal, in dem ich schon viel Zeit verbracht habe. Damals war ich noch so faul, dass ich die Bedienung habe sich nach dem Geld bücken lassen, das mir aus der Hosentasche gefallen war.«

»Wirklich?«, fragte ich erstaunt. Ande Pu sah weder reich noch frisch verarmt aus.

»Ach, Sir Max, Sie wissen über mich so wenig«, seufzte er und winkte ab. Dazu machte er ein Gesicht, das mich an den müden König Lear denken ließ. »Glauben Sie etwa, ich habe schon immer solche dummen Reportagen geschrieben? Von wegen! Mit kaum neunzig Jahren war ich bereits Pressesprecher am Königshof! Ich hatte meine Ausbildung gerade beendet und tolle Perspektiven. Aber irgendein Teufel hat mich geritten, mich mit dem Schreiberling eines hiesigen Boulevardblatts so offen wie mit einem Freund zu unterhalten. Am nächsten Tag ist der entsprechende Artikel erschienen. Das war mein Ende.«

»Traurige Geschichte«, sagte ich mitleidig. »Aber so was passiert manchmal. Nimm es nicht so schwer, Ande. Jetzt hast du einen anständigen Beruf.«

»Das ist doch kein Beruf, das ist bloße Scharlatanerie!«, brummte der gescheiterte Höfling traurig. »Ich muss für Leute schreiben, die sich von Silbe zu Silbe quälen – falls sie überhaupt lesen können. Und denken Sie, ich werde gut dafür bezahlt? Vergessen Sie's! Einen Hungerlohn bekomme ich dafür. Ich sollte ein echter Schriftsteller sein, nach Tascher fahren und all meine Feinde zu den Dunklen Magistern schicken.«

»Warum ausgerechnet nach Tascher?«, fragte ich erstaunt.

Von dieser sonnigen Stadt hatte Kapitän Gjata, dem ich das Leben gerettet hatte, so geschwärmt. Sir Juffin Halli hatte den armen Seemann auf tollkühne Art und Weise von seinem mit Perlmutt besetzten Gürtel – einem Meisterwerk des verrückten Magisters Chroper Moa – befreit, und ich war dabei gewesen, als das geschah. Es war eine komplizierte, lebensgefährliche Aktion, doch alle Beteiligten überlebten. Als Kapitän Gjata wieder zu sich kam, wollte er sich mir gegenüber für seine Rettung erkenntlich zeigen und verkündete, er werde so lange in der Hauptstadt des Vereinigten Königreichs bleiben, wie ich ihn brauchte.

Ich versuchte ein paar Mal, ihm eine Aufgabe zu geben, aber der tapfere Mann aus Tascher pflegte immer zu sagen: »Das muss doch nicht sein.« Und ich muss offen gestehen: Er hat genau gewusst, was nötig ist.

Der Kapitän hatte sich in Echo ganz gut eingelebt, war aber irgendwann in seine Heimat zurückgekehrt.

Wann immer es möglich ist, nutze ich die Gelegenheit, etwas über Echo zu lernen. Darum hatte ich Gjata immer gern zugehört und wusste aus seinen Erzählungen, dass Tascher keine intellektuelle Hochburg war – eher das Gegenteil.

»Ach, Sir Max, dort ist es immer warm«, meinte Ande Pu träumerisch. »Und überall wächst Obst. Außerdem habe ich gehört, dass man dort Leuten, die einigermaßen gut lesen und schreiben können, großen Respekt zollt. Was glauben Sie wohl, wie man dort Schriftsteller behandelt? Wahnsinn!«

»Das kann ich mir vorstellen«, meinte ich lachend.

»Darf ich kurz stören, Sir Max?«, fragte Hauptmann Schichola von der Tür her. »Ach, Verzeihung, Sie haben gerade Besuch.«

»Das ist nur ein Freund, und wir sind fast fertig. Kommen Sie doch in ein paar Minuten wieder.«

»Gern.« Schichola zog die Nase rasch aus meinem Büro.

Ande Pus Mandelaugen füllten sich mit Sorge. Vielleicht hatte er gehofft, unser nettes Gespräch fortsetzen zu können und das Abendbrot bis zum Frühstück auszudehnen.

»Warte im Besucherzimmer auf mich, mein Freund«, sagte ich. »Ich muss mit meinem Kollegen einiges besprechen. Danach können wir das süße Faulenzen fortsetzen.«

Schon lange war ich nicht mehr so nett gewesen. Hatte Ande Pu mich vielleicht verzaubert?

»Im Besucherzimmer?«, fragte er finster. »Vielen Dank, Sir Max. Ich gehe lieber. Sie haben sicher zu tun, und ich möchte noch bei Tschemparkaroke vorbeisehen. Gegen einen guten Teller Rekreationssuppe werde ich mich nicht sträuben. Ich habe nette Erinnerungen an dieses Gericht … Übrigens, Sir Max: Wie sieht Ihre Finanzlage aus? Könnten Sie mir ein bisschen Geld leihen? Wenn Sir Rogro meinen Artikel über Ihre Katzen tatsächlich rasch bezahlt, kann ich meine Schulden morgen begleichen.«

»Gern, aber ich habe selbst nur eine Krone und ein paar Groschen. Besonders reich bin ich nicht.«

Beim Kramen in der Schreibtischschublade fand ich ein paar Münzen. Unwahrscheinlich, dass sie alle mir gehörten. Juffin und ich leeren unsere Taschen immer aus, ehe wir auf Verbrecherjagd gehen, denn es wäre nicht gerade professionell, wenn uns Agenten bei der Festnahme von Übeltätern Kleingeld aus den Taschen fiele. So was schadet dem Renommee.

»Vielen Dank, Sir Max. Wenn ich es morgen nicht zurückzahlen kann, dann sicher in drei Tagen.«

»Du brauchst es mir gar nicht zurückzugeben. Betrachte das Geld einfach als Honorar für deinen misslungenen Text. Aber ich rate dir dringend, es mit diesem Artikel bei keiner anderen Redaktion zu versuchen. Ich bin ein netter Kerl, und du brauchst nicht immer ›Sir‹ zu mir zu sagen, doch wenn du diesen Artikel veröffentlichst, bringe ich dich womöglich um. Glaubst du mir das?«

»Behalten Sie die beiden Tafeln nur. Da ich sie schon gekauft habe, möchte ich sie ungern wegwerfen.«

»Alles klar«, sagte ich erleichtert. »Mit dieser Lösung dürften alle zufrieden sein. Gute Nacht, Ande.«

»Gute Nacht, Max.«

Von dem Wort Sir trennte sich mein neuer Freund so schnell und leicht, wie man sich von leeren, bedeutungslosen Phrasen trennen sollte. Diese Lebenseinstellung bezaubert mich immer wieder, und so schloss ich Ande Pu rasch ins Herz.

Das mandeläugige Wunder verschwand aus meinem Büro, und gleich tauchte Hauptmann Schichola wieder auf.

»Habe ich wirklich nicht gestört?«, hakte er nach.

»Wie gesagt ... Was gibt's denn?«

»Ach, nichts Besonderes. Jedenfalls nichts, womit ich Sie von der Arbeit ablenken könnte. Aber da Sie sowieso nichts zu tun haben ... Ich wollte Ihnen ein paar Gerüchte erzählen hinsichtlich ...«

»Gibt es neue Gerüchte über mich?«, fragte ich lächelnd. »Wissen Sie, allmählich reicht es mir. Ich bin leicht reizbar. Dabei sollte ich nur positiv über die Menschen denken. Das ist besser für die öffentliche Sicherheit und Ordnung.«

»Nein, nein, Sir Max, es geht nicht um Sie, sondern um die Räuber, die wir gerade verfolgen. Das alles klingt ziemlich seltsam, aber vielleicht sollten Sie davon erfahren. Ich wollte eigentlich mit Sir Juffin darüber sprechen, aber er ist ein viel beschäftigter Mensch und hat für solchen Kleinkram keine Zeit.«

Ja, dachte ich, viel beschäftigt ist er schon. Besonders in den letzten Wochen. Er muss mal gähnen, mal Kamra trinken, mal mit Kurusch plaudern. Aber das behielt ich natürlich für mich und nickte brav.

»Was Kleinkram und Klatsch angeht, sind Sie bei mir richtig. Legen Sie los, Hauptmann. Ich platze vor Neugier.«

»Leutnant Kamschi und ich haben in letzter Zeit viele Leute verhört, denen im Wald von Mahagon Geld abgenommen wurde oder die den Räubern glücklich entkommen sind. Alle haben uns nützliche wie nutzlose Informationen geliefert, und wissen Sie was? Sie alle haben uns versichert, Sir Dschifa Savancha, den wir alle noch gut in Erinnerung haben, stehe an der Spitze der Bande – der rothaarige Mann mit der schrecklichen Narbe an der Wange also, der seit vielen Jahren tot ist.«

»Der tote Sir Dschifa?«, fragte ich ungläubig, nickte dann aber und sagte klug: »So was kann schon mal passieren.«

»Ich glaube, die Lösung des Rätsels ist einfacher, als es scheint«, sagte Schichola hoffnungsvoll. »Alle Zeugen haben übereinstimmend berichtet, der Anführer der Bande ähnele dem Toten, sei aber viel grausamer. Das ist durchaus glaubwürdig, denn erstens gibt es mitunter tolle Zufälle, und zweitens spricht einiges dafür, dass der neue Räuberhauptmann dem alten täuschend ähnlich sein möchte. In der Epoche der Orden zum Beispiel hatte Ganagov Pestruschka im Gugonwald eine Bande. Diesem Ganagov wurde im Gefecht ein Ohr abgeschlagen. Nach seinem Tod hat sein Sohn die Führung der Bande übernommen und sich ein Ohr abgeschnitten, um dem Vater zu ähneln. Diese Marotte hat sich durch die Jahrhunderte gezogen. Insgesamt gab es vier Ganagovs, und alle hatten ein abgeschnittenes Ohr. Dann ist ein tapferer Sheriff in den Gugonwald gezogen und hat ein für alle Mal Ordnung geschaffen. Räuber sind Romantiker, und der rothaarige Dschifa ist für sie eine wahre Lichtgestalt – genau wie für Ihre Kunden Lojso Pondochwa.«

»Sie meinen also, der Mann hat sich die Haare rot färben lassen und sich eine Narbe beigebracht?«

»Ja. Dschifa hat sich allerdings zu Lebzeiten nie in diese Behörde verirrt. Warum sollte er es nach seinem Tode tun? Ich finde, Sie sollten Bescheid wissen. Alle, die jetzt erklären, Dschifa sei wiedergeboren worden, haben ihn früher gut gekannt. Manche davon hat er ausgeraubt, und mit manchen hat er in einem Wirthaus namens *Goldener Widder* getrunken. Diejenigen dagegen, die es für Zufall halten, dass der neue Räuberhauptmann dem alten so ähnelt, kennen Dschifa nur aus Erzählungen. Das alles gefällt mir nicht, Sir Max. Vielleicht sollten Sie doch Sir Juffin davon berichten.«

»Das mache ich übermorgen. Sind Sie sicher, dass Sie mir sonst nichts sagen wollen? Würden Sie sich womöglich besser fühlen, wenn jemand vom Kleinen Geheimen Suchtrupp Sie in den Wald begleiten würde?«

»Na ja, eigentlich …«, begann Schichola und trat von einem Bein auf das andere.

»… dürfen Sie uns nicht offiziell um Hilfe bitten«, setzte ich seinen Satz fort. »Das darf nur der Stellvertreter Ihres bezaubernden Chefs, Kapitän Fuflos also. Aber den muss man erst aus der Kneipe zerren und ihm alles erklären, und das ist der Knackpunkt. Diese Aufgabe ist selbst für kluge Leute wie Sie oder Kamschi zu schwer. Hab ich richtig geraten?«

»Sie sind ein Hellseher«, meinte Schichola lächelnd.

»Darüber staune ich selbst mitunter.«

»Können Sie uns trotzdem helfen?«

»Wissen Sie, Hauptmann, wenn ich Leute wie Bubuta oder Fuflos als Vorgesetzte hätte, säße ich längst in der Psychiatrie. Was Sie dagegen anlangt, kann ich nur sagen: Hut ab! Verstehen Sie mich bitte nicht falsch – ich mache mich nicht über Sie lustig. Ich benutze mitunter einfach seltsame Ausdrücke. Für Sie könnte ich mich sogar umbringen, aber ich glaube nicht, dass das notwendig ist. Soweit ich weiß, gehört auch Sir Juffin zu Ihren Fans. Wann wollen Sie im Wald von Mahagon eigentlich mit dem Großreinemachen anfangen?«

»Mit dem Großreinemachen? Was meinen Sie damit?«

»Ich meine Ihren Kampf gegen die Räuber. Wann wollen Sie die Füchse jagen? Doch sicher nicht erst in einem Jahr? Ich möchte nicht neugierig sein, aber Sir Juffin wäre für diese Information sicher dankbar. Er trennt sich ungern von seinen liebsten Mitarbeitern.«

Schicholas Gesicht hellte sich auf. »Sie meinen also, er wird es erlauben?«

»Was denken Sie denn? Sir Juffin verstößt nur zu gern gegen das Protokoll und hat ein Faible für romantische Geschichten.«

»Kamschi und ich wollen morgen Nacht mit dem A-Mobil zum Wald von Mahagon starten. Übermorgen früh sind wir da. Unsere Mitarbeiter sind schon dort. Sie haben Echo nacheinander verlassen, übernachten in Wirtshäusern in der Nähe des Waldes, sammeln dort Informationen und halten die Augen auf. Wissen Sie, wenn plötzlich zwölf Fremde gemeinsam in der tiefsten Provinz auftauchen, erregt das gleich Aufsehen und Verdacht. Übermorgen wollen wir uns alle vormittags im Wald treffen und den Kampf beginnen.«

»Sie haben das alles ja sehr schön geplant. Aber warum wollen Sie sich erst vormittags und nicht schon in der Nacht treffen? Können Ihre Leute in der Dunkelheit nichts sehen?«

»Soll das ein Witz sein? Alle aus Uguland sehen bei Nacht wunderbar, selbst Polizisten«, sagte Schichola und klang etwas beleidigt. »Aber die Räuber tauchen grundsätzlich vormittags auf. Abends hat man sie zwar auch schon gesehen, aber ...«, meinte Schichola und winkte ab.

Ich hatte keinen Schimmer, worauf sein Aber zielen mochte, wollte jedoch nicht nachhaken. Stattdessen goss ich ihm großzügig Kamra ein und sah ihn erwartungsvoll an.

»Wie gesagt, Kamschi und ich fahren morgen Abend. Die Reise dauert vier Stunden«, sagte er nach einer langen Pause. »Und falls Sir Juffin einverstanden ist ... Wissen Sie, Sir Max, es ist mir peinlich, darum zu bitten, aber Kamschi und ich wären ruhiger, wenn Sie mitkämen.«

»Ich? Warum ausgerechnet ich? Meiner Ansicht nach ist Sir Schurf Lonely-Lokley derjenige, mit dem man sich stets wohl und sicher fühlt. Wenn ich Ihnen einen Rat geben dürfte ...«

»Sie haben natürlich Recht. Aber mit einem Menschen, der Sir Schurf das Leben gerettet hat, fühlt man sich eben noch sicherer. Außerdem macht es Spaß, mit Ihnen zusammenzuarbeiten – trotz Ihrer ...«

»Trotz meiner dummen Witze, wollten Sie sagen?«, fragte ich kichernd. »Woher wissen Sie eigentlich, dass ich Sir Schurf gerettet habe? Gibt es neue Gerüchte in der Stadt?«

»Sir Schurf und ich sind Nachbarn«, erklärte Schichola. »Und seine Frau ist die beste Freundin meiner Schwester – mit Geheimnissen ist es da nicht weit her. Außerdem habe ich Ihren Humor nicht kritisieren wollen, sondern etwas anderes gemeint: Von jemandem, der den Todesmantel trägt, kann man kaum erwarten, dass er sich wie jeder andere benimmt. Trotzdem ist es sehr angenehm, mit Ihnen zu tun zu haben.«

»Sie laden mich also zu einem Picknick im Wald von Mahagon ein, weil mein Benehmen so gut ist«, stellte ich zufrieden fest. »Ich glaube, Sir Juffin wird mich freigeben. Er sammelt Abenteuer, bei denen allerdings nicht er, sondern ich den Kopf hinhalten muss, und wird uns bestimmt einen Korb Piroggen für unterwegs mitgeben.«

»Meinen Sie wirklich, dass Sir Juffin Ihnen die Reise erlaubt?«, fragte Schichola und wirkte nicht ganz überzeugt.

»Ja«, sagte ich nickend. »Sie werden schon sehen.«

Natürlich hätte ich meinen Posten sofort verlassen und mich ins Abenteuer stürzen können. Sir Juffin wirkte so froh, als er von meiner baldigen Abreise erfuhr, als wäre ich nicht sein Lieblingsmitarbeiter, sondern seine verhasste alte Tante.

»Das klingt toll, wirklich«, sagte mein Chef und lächelte verträumt. »Du bekommst frische Luft und die angenehme Gesellschaft der klügsten Mitarbeiter der Stadtpolizei. Auch wenn sie dir allenfalls schüchtern in die Augen schauen werden. Ich würde am liebsten selbst mitfahren.«

»Machen Sie's doch«, meinte ich. »Was hindert Sie daran?«

»Mich hat keiner gebeten mitzukommen«, antwortete Juffin schmollend. »Diese blöden Polizisten haben vergessen, mich zum Picknick einzuladen. Und ich bin stolz und möchte mich nicht aufdrängen.«

Ich konnte es mir nicht verkneifen, Juffin zu fragen: »Warum freuen Sie sich eigentlich so darüber, dass ich wegfahre? Wollen Sie mich los sein?«

»Ach was«, meinte Juffin und winkte ab. »Es ist sehr nett mit dir. Aber ich hatte in letzter Zeit Angst, du würdest Urlaub beantragen, und wenn du nun in den Wald fährst, wird dein Gewissen das sicher nicht zulassen.«

»Ich? Urlaub beantragen?«, fragte ich und verzog das Gesicht. »Auf keinen Fall. Länger als drei Tage ohne Arbeit würde ich nicht aushalten. Dann würde ich nur Trübsal blasen und über mein gebrochenes Herz und meine verlorene Jugend jammern. Da können Sie beruhigt sein.«

»Umso besser. Aber ich bin gespannt, wie du in ein paar Jahren darüber denken wirst.«

»Genau wie Sie. Wann waren Sie das letzte Mal im Urlaub? Vor fünfhundert Jahren, als Sie noch jung und dumm waren?«

Juffin räusperte sich erstaunt: »Das liegt keine fünfhundert Jahre zurück, sondern ... Jetzt reicht's mir aber! Du musst im Wald auf jeden Fall vorsichtig sein. Wenn dir dort tatsächlich ein von den Toten Auferstandener begegnet, wirst du bestimmt mit ihm fertig. In letzter Zeit ist das ja dein Spezialgebiet geworden.« Er lächelte tückisch, musterte mich und schüttelte den Kopf. »Wie auch immer – du wirst die Sache schon schaukeln. Auch wenn es sich um eine einzigartige Räuberbande handelt. Ich möchte dich allerdings bitten, keine Waffen zu benutzen, aber mit denen kannst du ja sowieso nicht umgehen. Und pass auf, dass du nicht in die Schusslinie gerätst – sonst wirst du noch zur Zielscheibe. Jedenfalls fürchte ich, dass dieser Fall nicht einfach wird.«

»Haben Sie eine Vorahnung?«

»Das nun nicht gerade. Ich kenne nur die Geschichte des rothaarigen Sir Dschifa. Er hat mich mal gebeten, für mich arbeiten zu dürfen. Damals war ich noch der Jäger aus Kettari und nicht der Ehrwürdige Leiter des Kleinen Geheimen Suchtrupps. Dschifa war ein sehr romantischer junger Mann, aber leider ganz untalentiert. Er eignete sich nicht für das, was ich tat, und ich musste ihn abwimmeln.«

»Den Jäger aus Kettari würde ich gern kennen lernen«, sagte ich und seufzte verträumt. »Den kann ich mir gar nicht vorstellen.«

»Warum nicht? Ich hab doch seither keine Metamorphose durchgemacht. Ich sehe nur etwas älter und vielleicht seriöser aus. Außerdem schlafe ich inzwischen besser.«

»Verstehe. Könnten Sie mir mehr über den untalentierten Dschifa erzählen? Worum ging es damals eigentlich genau?«

Juffin zuckte die Achseln. »Dschifa? Weißt du, Max, solche Leute nehmen immer ein böses Ende. Zuerst versuchte er, mit großem Elan zu zaubern – im Rahmen seiner bescheidenen Möglichkeiten natürlich. Dann merkte er, dass es nicht klappte, und musste pausieren. Später überfiel er erst junge, dann ehemalige Magister, bis die ihn schließlich umbrachten. Dieser Mann hat durchaus das Zeug, als Wiedergänger von den Toten aufzuerstehen und auf diese Weise zu einem traurigen Postskriptum in seiner Biografie zu kommen«, sagte mein Chef und betrachtete den dösenden

Buriwuch. »Kurusch, mein Kluger, was wissen wir über den Tod von Sir Dschifa Savancha? Na los, wach auf!«

Kurusch plusterte sich auf und öffnete die runden Augen.

»Ihr Menschen seid ungeduldige Leute«, sagte der kluge Vogel streitlustig. »Ich will zuerst eine Pirogge.«

»Gleich bekommst du eine«, versprach ihm Juffin. »Max, für dich auch zwei?«

»Mindestens drei.«

»Die Piroggen kommen gleich«, versprach uns Juffin. »Und jetzt erzähl, mein kluger Vogel. Mich interessieren allerdings nur die Leute, die etwas mit den alten Orden zu tun hatten.«

»Sir Pefuta Jongo, ein jüngerer Magister des Ordens der Löcherigen Tasse«, begann Kurusch.

Juffin musste lächeln: »Oho, ein früherer Kollege unseres Mitarbeiters Lonely-Lokley! Über den kannst du dich sicher mit Sir Schurf unterhalten, Max. Sprich weiter, süßer Vogel.«

»Sir Chonti Tufton und Sir Abaguda Tschenels, zwei jüngere Magister des Ordens der Klaren Zeit.«

»Ah ja, zwei Zöglinge von unserem Sir Maba! Toll!«

»Sir Pichpa Schun«, setzte Kurusch ungerührt fort, »ein jüngerer Magister vom Orden des Bellenden Fischs.«

Juffin verzog unzufrieden das Gesicht, sagte aber nichts.

»Sir Bubuli Dschola Gjoch, ein jüngerer Magister vom Orden der Gitter und Spiegel; Sir Jofla Kumbaja, ein jüngerer Magister vom Orden des Schlafenden Schmetterlings; Sir Altafan Mall, ein jüngerer Magister vom Orden der Kupfernadel. Das war's. Wo ist die Pirogge?«

»Hinter der Tür, mein Süßer.«

In diesem Moment öffnete sich die Tür. Ein verschlafener Bote trat mit einem vollen Tablett ein und verschwand rasch wieder im dunklen Korridor.

»Und?«, fragte ich fünf Minuten später mit vollem Mund.

»Was und?«, fragte mein Chef und aß seelenruhig weiter.

»Ist Ihnen etwas aufgefallen?«

»Ja und nein. Fahr ruhig zu deinem Picknick, Max. Wenn du Fragen hast, kannst du dich ja per Stummer Rede mit mir in Verbindung setzen.«

»Na schön«, sagte ich. »Sie wollen offenbar nicht, dass ich gewisse Dinge erfahre. Dann bleibe ich eben dumm. Solange ich im Wald bin, müssen Sie darunter ja nicht leiden. Übrigens, Kurusch, mein kluger Vogel: Sagt dir der Name Ande Pu etwas? Er ist Chefreporter der *Königlichen Stimme* – sofern er mich nicht angelogen hat.«

»Das tut ihr Menschen ja oft«, sagte Kurusch stoisch. »Ich glaube nicht, dass er Chefreporter ist, denn ich habe bisher noch nichts von ihm gehört. Und ich kenne die Kurzbiografien aller wichtigen Persönlichkeiten von Echo. Aber vielleicht solltest du dich an das Große Archiv wenden, Max. Mit Kleinigkeiten gebe ich mich nicht ab.«

»Wie wichtig ihr zwei euch nehmt! Das ist ja zum Verrücktwerden!«, seufzte ich. »Und die Leute im Großen Archiv schlafen bis zum Mittagessen. Ich werde es also schwer haben, mich zu informieren. Na schön, ich geh jetzt in die Heia.«

»Das hättest du schon lange tun sollen«, meinte Juffin. »Du hast Ringe unter den Augen und eingefallene Wangen.

Und das, obwohl du nicht gerade wenig isst. Ich kann dich nicht länger ansehen. Also verschwinde.«

»Die hohlen Wangen kommen vom gestrigen Frühjahrsputz. Mit diesen Händen habe ich alles sauber gemacht«, sagte ich und wedelte vor Juffins Nase herum.

»Das glaube ich dir gern. Es hätte mich gewundert, wenn du dir wie jeder normale Mensch jemanden zum Putzen genommen hättest. Schlaf gut, Max. Und komm morgen noch mal vorbei, um dich zu verabschieden.«

Ich schlief gut und tief und hatte süße Träume, erwachte aber seltsam schlecht gelaunt. Ich ging nach unten, und wer saß im Wohnzimmer? Ande Pu! Er hockte bescheiden auf der Kante eines Stuhls, trug meinen alten, warmen Lochimantel und sah versonnen vor sich hin. Ella lag schnurrend auf seinem Schoß, Armstrong zu seinen Füßen. Allem Anschein nach hatten meine Tiere sich nicht nur in meinen Besucher verliebt, sondern wollten ihn auch vor eventuellen Wutanfällen meinerseits schützen.

»Hallo, ihr drei! Wenn ich störe, verschwinde ich gleich wieder«, sagte ich von der Türschwelle her.

Ella miaute leise. Armstrong kam zu mir geschlendert und rieb den Rücken an meinen Beinen. Ich hatte den Eindruck, er wollte mir sagen: Keine Sorge, Max. Wir dulden dich. Du bist gar nicht so schlimm, aber du musst uns jetzt füttern.

»Ich bitte um Verzeihung, Sir Max, dass ich mir erlaubt habe, einfach so vorbeizukommen, aber es ging nicht anders.«

»Schon gut«, meinte ich abwinkend. »Wenn ich erst gebadet habe, bin ich wieder nett. Du hast eine Menge riskiert. Morgens bin ich nämlich viel schlimmer als allgemein vermutet. Du hast nur Glück, dass mein kleines süßes Mädchen so verrückt nach dir ist«, sagte ich und wies mit dem Kopf auf Ella, die Ande Pu offenbar für ihr neues Kissen hielt.

Im Badezimmer kehrte meine gute Laune langsam zurück. Die ersten anderthalb Stunden nach dem Aufwachen bin ich nicht gerade gesellig und habe absolut keine Lust, Gäste zu empfangen. Gleich wird er mir noch sagen, dass er keine Wohnung besitzt, dachte ich finster. Und dass ich doch so viele leere Zimmer habe. Und dass er hungrig ist. Am Ende wird er mich bitten, meine Zahnbürste benutzen zu dürfen, und nicht mal mein Todesmantel kann mich dann noch schützen.

Doch als ich in die fünfte Wanne stieg, verschwand meine Gereiztheit. In der sechsten Wanne war ich schon harmlos, und in der siebten sehnte ich mich bereits, meine morgendliche Kamra in Gesellschaft zu trinken. Die achte Wanne ließ ich aus, weil mich die Prozedur zu ermüden begann. Stattdessen zog ich mich an und ging ins Wohnzimmer.

Jetzt lagen schon beide Katzen auf Ande Pus Schoß. Wie konnte der Arme diese schwere Last überhaupt ertragen? Ich war hin und weg und meldete mich per Stummer Rede beim Wirt des *Gefräßigen Truthahns*, denn ich brauchte dringend frische Kamra und Gebäck. Was hätte ich sonst tun sollen?

»Und?«, fragte ich Ande. »Was gibt's denn so Dringendes?«

»Ach, Sir Max! Ich ...«, begann Ande Pu.

»Wir wollten doch ohne ›Sir‹ auskommen. Merk dir das endlich, denn solche Fehler sind Gift für meine Laune.«

»Sie klopfen vielleicht Sprüche!«, meinte Ande Pu erstaunt. »Aristokraten würden sich anders verhalten.«

»Ich bin aber kein Aristokrat. Ich bin was Besseres«, sagte ich hochnäsig. »Erzähl mir lieber, was los ist. Hat wieder jemand einen deiner Artikel abgelehnt? Du bist übrigens gar nicht Chefreporter der *Königlichen Stimme* – ich hab das geprüft. Aber du kannst beruhigt sein: Ich an deiner Stelle hätte auch so geprahlt. Doch merk dir für die Zukunft, dass man mich nicht unbedingt belügen sollte. Wie du es mit anderen hältst, ist mir gleich.«

Ande Pu schlürfte einen großen Schluck Kamra und seufzte.

»Ich hätte Ihnen doch unmöglich sagen können, dass ich einfach so vorbeigekommen bin. Dann hätten Sie gar nicht erst mit mir reden wollen. Ich arbeite tatsächlich ab und zu für die *Königliche Stimme*. Sie können mir glauben: Dort strengen sich alle festen Mitarbeiter gewaltig an, so gut zu schreiben wie ich. Aber sie haben gegen mich intrigiert, und Sir Rogro will mir keinen Vertrag geben. Da hab ich zufällig erfahren, dass die *Königliche Stimme* einen Bericht über Ihre Katzen bringen will, dass sich aber niemand zu Ihnen traut. Also hab ich mir gedacht: Das lass ich mir nicht entgehen. Schließlich hab ich nichts zu verlieren. Früher hab ich mich nicht mit solchen Kleinigkeiten beschäftigt. Das können Sie mir glauben«, sagte Ande Pu kopfschüttelnd und dachte lächelnd an seine gute alte Zeit.

»Ach so«, sagte ich, ließ die Hände knacken und goss mir noch eine Tasse Kamra ein. »Das versteh ich. Aber jetzt erzähl mir endlich dein Problem. Ich muss nämlich gleich zur Arbeit – Menschen umbringen.«

»Sie klopfen immer unglaublichere Sprüche!«, meinte Ande.

Einmal mehr war mir nicht klar, ob er das im Scherz gesagt hatte oder ob er meine Worte wirklich ernst nahm. Dann machte er sich daran, mein Geschirr umzuräumen. Nach einigen Minuten stand eine kühne Komposition aus Geschirr und Essensresten auf meinem Tisch. Ich wartete geduldig.

»Eigentlich habe ich Ihnen schon lange davon erzählen wollen. Ja, ich hab endlich tatsächlich die Aussicht, Reporter der *Königlichen Stimme* zu werden.«

»Wirklich?« Ich begann langsam zu begreifen. »Du hast Rogro Schill also erzählt, dass wir befreundet sind? Das durftest du ruhig. Damit hab ich kein Problem.«

»Wissen Sie, ich dachte, das wäre meine einzige Chance«, murmelte Ande schuldbewusst. »All die Leute mit Festanstellung leben wie die Made im Speck. Besonders die, die an der Chronik arbeiten oder über Verbrechen berichten. Die bekommen ein dickes Gehalt und obendrein noch Zeilenhonorar! Für jeden Buchstaben kriegen die so viel wie ich für eine Spalte! Und heute bin ich zu meinem Chef gegangen und hab ihm gesagt, dass ich Sie jeden Tag besuchen darf.«

»Hast du ›jeden Tag‹ gesagt?«, fragte ich erschrocken.

»Ja, hab ich – um ihn dazu zu bringen, mich einzustellen. Aber wir brauchen uns natürlich nicht jeden Tag zu sehen«, sagte Ande großzügig. »Allerdings hat mein Chef mir ohnehin nicht abgekauft, dass ich bei Ihnen ein und aus gehe. Dafür hat schon wieder dieses Ekel gesorgt, mein ehemaliger Mitstudent Jofla Baba nämlich. An der Uni war er immer still, aber inzwischen kriecht er Sir Rogro in den

Hintern. Hätte er keine Gerüchte über mich verbreitet, hätte ich schon lange einen Vertrag in der Tasche. Und heute hat er Sir Rogro wieder zu verstehen gegeben, dass ich alles, was ich über die Katzen geschrieben habe, von deinen Nachbarn erfahren hab.«

»Er weiß offenbar nicht, dass ich keine Nachbarn habe.«

So war es wirklich: Die Häuser in der Nachbarschaft standen allesamt leer. Die Straße der gelben Steine war eine der neuesten von Echo. Außerdem waren die Immobilien dort sehr teuer und verkauften sich schlecht.

Es gibt Dinge, die ich mag, und andere, die ich nicht ertragen kann, und manchmal tauschen diese Dinge ihren Platz. Aber Leute wie Baba hasse ich seit eh und je. Ich betrachtete Ande Pu aufmerksam. Diesmal hatte er sich bestimmt nichts ausgedacht. Menschen wie mein neuer Freund haben immer eine Schar von Leuten um sich, die ihnen übel wollen.

»Außerdem wollte Sir Rogro Beweise. Ich hab ihm gesagt, er könnte sich ja per Stummer Rede bei Ihnen melden, aber das wollte er nicht. Ich glaube, dieser Blödmann hat selber Angst vor Ihnen«, meinte Ande.

»Und das ist auch gut so«, sagte ich und lächelte matt. »Was meinst du? Soll ich mich bei ihm melden?«

»Das wäre eine gute Idee«, meinte Ande Pu erfreut. »Tun Sie das per Stummer Rede?«

»Damit der Arme einen Herzinfarkt bekommt? Gute Idee – das mache ich.«

»Max, Sie sind toll, absolut toll!«

Offen gestanden freute ich mich über dieses Kompliment.

Ich trank meine Kamra aus, stellte die Tasse auf den Tisch und versuchte, mich an Rogro Schill zu erinnern. Ich war ihm nur einmal kurz begegnet: Am letzten Tag des Jahres war er wie ich in der Königlichen Kanzlei erschienen und hatte der Verleihung der Orden und Auszeichnungen beigewohnt, die der König zum Jahreswechsel vornahm. Solche oberflächlichen Bekanntschaften begünstigen den Kontakt per Stummer Rede nicht gerade, aber ich probierte es trotzdem, und es klappte.

»Guten Tag, Sir Rogro. Hier spricht Sir Max, das Nachtantlitz des Kleinen Geheimen Suchtrupps«, stellte ich mich trocken vor. »Ich treffe mich wirklich ab und an mit Herrn Ande Pu und werde es auch in Zukunft tun. Glauben Sie jetzt endlich, dass er Ihnen die Wahrheit gesagt hat?«

»Aber selbstverständlich, Sir Max. Ich möchte Ihnen dafür danken, dass Sie einem unserer fest angestellten Mitarbeiter so viel Aufmerksamkeit schenken.«

Mir wurde klar, dass dieser Rogro Schill eine harte Nuss war. Die knappen Worte, in denen er mir zu verstehen gegeben hatte, dass mein Protegé gute Aussichten besaß, zeigten meiner Meinung nach, dass er ein sehr erfahrener Journalist war.

»Prima, Sir Rogro. Es tut mir leid, Sie gestört zu haben, aber ich hasse Ungerechtigkeit.«

»Ich bin selber schuld. Ich muss einfach mehr Vertrauen zu den Menschen haben«, meinte Sir Rogro nachdenklich.

»Besser nicht. Behandeln Sie den Fall lieber als Ausnahme. Gute Nacht! Und entschuldigen Sie bitte nochmals die Störung.«

»Aber Sir Max! Es war mir eine Ehre! Ihnen auch eine Gute Nacht!«

Wir schienen beste Freunde zu sein.

»Das war's«, sagte ich mit Nachdruck zu dem aufgeregten Ande. »Ich bin ein viel beschäftigter Mensch und du auch. Geh also jetzt deinen Vertrag unterschreiben und pass auf, dass auch dein Gehalt anständig ausfällt – mindestens das Doppelte von dem, was die anderen bekommen. Aber ich verbiete dir, ohne meine Zustimmung etwas über mich zu veröffentlichen. Wenn ich so ein Glanzstück wie dein *Rendezvous mit dem Tod* in der Zeitung sehe, bringe ich dich eigenhändig um. Verstanden?«

»Natürlich«, sagte Ande und nickte eifrig. »Sie sind wirklich ungemein wortgewandt, Max. So wie Sie reden, haben Sie den Alten vorhin bestimmt in die Ecke getrieben.«

Er setzte vorsichtig erst den gähnenden Armstrong, dann die dösende Ella auf den Boden. Die Katzen sahen uns aus großen blauen Augen aufmerksam an, vergewisserten sich, dass ich ihren neuen Liebling nicht bedrohte, und gingen dann langsam zu ihren Näpfen.

Ich musste Ande mit dem A-Mobil zur Zeitung bringen. Von meinem Haus in der Neustadt hätte er zu Fuß zwei Stunden gebraucht. Natürlich fuhr ich Höchstgeschwindigkeit, doch der Junge blieb tapfer und saß reglos auf dem Beifahrersitz. Womöglich betete er ja. Aber das glaube ich kaum. Die Bewohner von Echo brauchen für ihr lustiges Dasein keinen Gott.

Schließlich gelang es mir, meinen neuen Freund zu verabschieden. Er ging in die Redaktion, um seine Lorbeeren zu ernten, und ich fuhr zum Haus an der Brücke. Alle meine Wege führen dorthin.

»Guten Tag, Max«, sagte Lady Melamori und stand auf, als sie mich sah. Dann überlegte sie es sich anders und ließ sich wieder in ihren Sessel fallen. »Es heißt, du verlässt die Stadt mit ein paar Leuten von der Polizei.«

»Stimmt«, sagte ich. »Von wem hast du das gehört?«

»Schichola und Kamschi haben es mir erzählt. Und alle anderen sprechen fast über nichts anderes. Glaubst du, da draußen im Wald passiert wirklich etwas Interessantes?«

»Ich glaube gar nichts. Das ist nicht mein Metier«, antwortete ich lächelnd. »Ich lass mich einfach überraschen. Magst du vielleicht mitkommen? Ich kann dir ein nettes Picknick versprechen. Und ich vermute, Juffin hätte nichts dagegen. Du könntest uns behilflich sein und den Räubern auf die Spur treten.«

Lady Melamori schaute mich ehrerbietig und zugleich verlegen an, und mein Herz setzte kurz aus. Zeit heilt alle Wunden, aber leider nicht gerade schnell.

»Natürlich hab ich nichts dagegen«, sagte Sir Juffin, der gerade ins Zimmer kam. »Ein bisschen Praxis kann Ihnen nicht schaden, Lady. Und sehen Sie Max nicht so skeptisch an. Er hat Ihnen nur einen Vorschlag gemacht. Da wir versprochen haben, den Leuten von der Polizei zu helfen, sollten wir es auch ernst meinen damit. Warum sollte nur der grausame Max mit den Polizisten durch den Wald ziehen und die Räuber aufspüren?«

»Sie brauchen mich nicht erst zu überzeugen. Natürlich fahre ich mit, und zwar mit Vergnügen!«

Ich hätte nie für möglich gehalten, dass ein Mensch eine so traurige Stimme mit einem so fröhlichen Gesicht kombinieren konnte. Aber Lady Melamori gelang das blendend.

»Geh nach Haus, um dich zu erholen«, riet ich ihr. »Wir fahren eine Stunde vor Sonnenaufgang. Das ist vielleicht nicht die beste Zeit, um aufzustehen, aber ich kann nichts dafür. Wenigstens werde ich alle Teilnehmer unseres Ausflugs mit Kachar-Balsam versorgen.«

»Dafür wirst du vermutlich meine Flasche nehmen«, mischte sich Juffin ein. »Deine lässt du ja immer zu Hause – angeblich aus Zerstreutheit.«

»Tja«, meinte ich und zog ein schuldbewusstes Gesicht.

»Kamschi hat doch gesagt, wir fahren ein, zwei Stunden nach Mitternacht«, bemerkte Lady Melamori.

»Ja, das hat er. Aber du hast nicht bedacht, dass ich das A-Mobil steuere. Also sind wir mindestens viermal schneller da, als Kamschi und Schichola vermuten. Ich will hundertzwanzig, hundertdreißig Meilen pro Stunde schaffen.«

»Nach dieser Reise wird euer A-Mobil in so kleine Stücke zerfallen«, meinte Sir Juffin und zeigte mit Daumen und Zeigefinger einen Abstand von etwa zehn Zentimetern. »So war es schließlich schon nach der Rückkehr aus Kettari.«

»Von wegen, Sir Juffin! Damals hab ich dreihundert Meilen pro Stunde geschafft«, sagte ich und lächelte bescheiden. »Ich wollte Sir Schurf so schnell wie möglich nach Hause bringen, um zu verhindern, dass er in ein gefährliches Abenteuer geriet. Na schön, ich gehe jetzt ins Große Archiv. Ich muss endlich wissen, wen ich auf dem Hals habe.«

»Meinst du den Jungen, nach dem du dich bei Kurusch erkundigt hast?«, fragte Juffin interessiert. »Wie ist er eigentlich an dich geraten?«

»Gute Frage. Am besten erkundige ich mich bei Lukfi Penz nach ihm. Ande Pu ist ein lustiger Mensch.«

»Lustig mag er sein, aber versuch trotzdem, alles über ihn herauszufinden«, sagte mein Chef. »Und erzähl es mir.«

»Bei passender Gelegenheit mache ich Sie mit ihm bekannt. Er wird Ihnen sicher gefallen. Bis später, Melamori. Ich hol dich ab.«

»Ja, komm vorbei. Und vergiss deine Flasche Kachar-Balsam nicht. Am frühen Morgen kann diese kostbare Flüssigkeit wirklich nicht schaden.«

»Meine Flasche liegt irgendwo bei mir zu Hause. Ich hab keine Ahnung, wo, aber der Schreibtisch meines Chefs hat eine Schublade, in der ...«, sagte ich lächelnd, wandte mich an Juffin und klopfte mir zweimal mit dem rechten Zeigefinger an die Nasenspitze. Das war eine berühmte Geste aus Kettari, die bei den praktisch veranlagten Bewohnern der kleinen Stadt bedeutete: Zwei kluge Menschen können sich immer verständigen. Juffin lächelte breit und klopfte sich ebenfalls an die Nase.

Melamori verfolgte unser Ritual misstrauisch. Vielleicht hätte sie uns gern zum Arzt gebracht, doch sie sagte nichts.

Dann verabschiedeten wir uns. Ich ging ins Große Archiv, musste mich allerdings beeilen, da die Sonne schon dicht überm Horizont stand. Ich wusste zwar nicht, was die Buriwuche in der Nacht trieben, aber wenn es dunkel war, erledigten sie keine Anfragen mehr.

»Sir Max, ich freue mich, Sie wiederzusehen. Wir haben uns lange nicht getroffen.«

Lukfi Penz eilte mir entgegen und machte mir die Tür

auf. Zwar hatten wir uns zwei Tage zuvor gesehen, aber offenbar besaß er ein anderes Zeitgefühl als seine Umgebung.

»Guten Abend, Lukfi, guten Abend, ihr Klugen«, sagte ich und verbeugte mich vor den Vögeln. »Ausnahmsweise bin ich mit einem persönlichen Anliegen zu euch gekommen. Lukfi, seien Sie bitte so gut und fragen Sie Ihre klugen Tiere, was sie über einen gewissen Ande Pu wissen. Wenn er mich nicht belogen hat, war er bis vor einiger Zeit am Hof tätig und ist dort nach einem Skandal rausgeflogen. Ich hab ihm eine Festanstellung bei seinem Chef Rogro Schill besorgt und frage mich nun, ob das richtig war. Vielleicht wird Schill mich deswegen in ganz Echo jagen.«

»Aber Sir Max, wer würde es wagen, sich mit Ihnen zu streiten? Außerdem bekämpft Rogro schon lange niemanden mehr. Er ist zahm geworden«, antwortete Lukfi sehr ernsthaft.

Dann wandte er sich an einen Buriwuch. »Schpusch, mein Lieber, erzähl Sir Max von Ande Pu. Wenn ich nicht irre, bist du für Informationen über die Höflinge zuständig.«

»Du irrst dich nie«, sagte der Vogel nickend. »Dossier über Ande Pu, geboren in Echo am 222. Tag des 3162. Jahres der Ordensepoche.«

Ich rechnete schnell im Kopf nach. Die Ordensepoche endete im Jahre 3188, und jetzt hatten wir das 116. Jahr der Epoche des Gesetzbuchs. Ande Pu war also gut hundertvierzig Jahre alt und damit etwas älter als Melifaro, der am ersten Tag der Epoche des Gesetzbuchs geboren worden war. Ich hatte mich daran gewöhnt, Melifaro als jemanden zu betrachten, der etwas jünger war als ich. In Echo nämlich endet die Jugend mit etwa neunzig Jahren, und Melifaro war – so seltsam das klingen mag – nach hiesigen Maßstäben tatsächlich etwas jünger als ich. Deshalb durfte ich Ande Pu wohl für einen Gleichaltrigen halten. Diese ganze Rechnerei machte mich langsam verrückt. Ande war also so alt wie ich, hatte in Echo aber so wenig Erfolg gehabt wie ich in meiner alten Heimat. Schluss mit diesen trüben Gedanken, sagte ich mir dann und hörte wieder dem Buriwuch zu.

»Sein Großvater Sochma Pu und sein Vater Tschorko Pu sind im Jahre 2990 der Ordensepoche von einer Insel im Ukumbischen Meer nach Echo gekommen. Informationen über ihre Vergangenheit liegen nicht vor, doch es ist bekannt, dass die Bewohner dieser Inseln vor allem Piraten waren.«

»Das waren sicher Spießgesellen von Henry Morgan«, meinte ich und stieß einen leisen Pfiff aus.

»Henry Morgan?«, fragte Lukfi interessiert.

»Ach, das war nur ein Räuber bei uns in den Leeren Ländern. Aber verzeih, Schpusch. Mach bitte weiter.«

»Kein Problem«, sagte der Buriwuch wohlwollend. »Ihr Menschen unterbrecht uns Vögel ohnehin ständig … Zuerst hat Sochma Pu das Haus Nr. 22 in der Straße der runden Dächer gekauft und dort mit seinem Sohn gelebt. Im Jahr 3114 der Ordensepoche wurde Tschorko Pu Chefkoch der Residenz des Ordens der Grünen Monde.«

»Ist das nicht der Orden, in dem Magister Mener Gjusot tätig war?«, fragte ich, um sicherzugehen, dass ich mich nicht täuschte. »Der Mann, der die Fetane so leidenschaftlich bekämpfte, Hauptfeind des Ordens des Siebenzackigen

Blatts war und schließlich Selbstmord beging? Er war mal mein Nachbar und hat mir ein paar sehr abwechslungsreiche Nächte bereitet.«

»Soll ich weitermachen, oder haben Sie schon erfahren, was Sie wissen wollten?«

»Entschuldige, mein Lieber – erzähl bitte weiter.«

»Der große Magister Mener Gjusot war ein Bewunderer der ukumbischen Küche. Das führte dazu, dass sein Koch Tschorko Pu bei ihm ein gutes Leben hatte. Im Jahre 3117 der Ordensepoche begann Sochma Pu sogar, bei seinem Sohn als Küchenhilfe zu arbeiten. Der Orden hatte damals starken Zulauf, und nicht nur in der Küche fehlten Arbeitskräfte. Im Jahre 3148 hat Tschorko Pu Frau Chesa Ruma aus Echo geheiratet. Ihre Familie ...«

»Zu den Magistern mit ihrer Familie, Schpusch! Erzähl mir lieber etwas über Ande Pu selbst.«

»Wie gesagt, er wurde am 222. Tag des 3162. Jahres der Ordensepoche geboren. Von Geburt an hat er im Haus der Eltern seiner Mutter gelebt, weil Kinder auf dem Gelände des Ordens nicht erlaubt waren. Am 233. Tag des 3183. Jahres wurde die Residenz des Ordens der Grünen Monde von der mit dem Orden des Siebenzackigen Blatts vereinigten königlichen Armee zerstört. Sochma und Tschorko Pu und Chesa Ruma kamen dabei zu Tode. Ande überlebte im Haus seiner Großeltern. Im zweiten Jahr der Epoche des Gesetzbuchs wurde ein königliches Dekret erlassen, das Verwandten von Opfern der Traurigen Zeit eine Reihe von Privilegien gewährte. Dank dieses Gesetzes konnte Ande Pu an der königlichen Universität studieren, die er als einer der Besten seines Jahrgangs verließ.«

Ich stieß erneut einen Pfiff aus. An dieser Universität

studiert man im Schnitt sechzig Jahre. Wahnsinn! Aber ich sagte nichts dazu, und der Buriwuch fuhr fort.

»Nach seinem glänzenden Examen hatte Ande Pu kein Problem, einen interessanten Posten bei Hofe zu bekommen.«

Offenbar hat Pu mich also nicht angelogen, dachte ich.

»Im Jahre 68 der Epoche des Gesetzbuchs wurde Ande Pu wegen des Ausplauderns von Interna des Königshofs verurteilt. Er verlor seine Rentenansprüche und darf nie wieder bei Hofe eingestellt werden. In diese Angelegenheit war auch ein Reporter namens Kuom Manio von der Zeitung *Trubel von Echo* verwickelt, für den die Angelegenheit aber straffrei ausging. Seit dem Jahre 68 lebt Ande Pu in dem Haus, das er von seinen Großeltern geerbt hat. Er hat keine feste Anstellung und hat sich bis zum Jahre 88 mit Gelegenheitsarbeiten über Wasser gehalten. Dann hat er wegen seiner Schulden die Hälfte des Hauses an die Familie Pela abtreten müssen. Ab und zu schreibt er Artikel für die *Königliche Stimme* und ist ein paar Mal wegen Erregung öffentlichen Ärgernisses verhaftet worden. Er ist keiner größeren Verbrechen verdächtig. Das war's«, sagte der Buriwuch und wandte sich an Lukfi: »Sei so lieb und gib mir ein paar Nüsse.«

»Vielen Dank, Schpusch«, sagte ich und stand auf. »Ich kann deine Informationen ergänzen. Welchen Tag haben wir heute?«

»Den 113.«, antwortete Sir Lukfi.

»Natürlich … Am 113. Tag des 116. Jahres wurde Ande Pu auf Anweisung des Chefredakteurs Rogro Schill bei der Zeitung *Königliche Stimme* als Reporter eingestellt. Das ist das Neueste über ihn, und ich habe für diese Anstellung gesorgt. Nochmals vielen Dank, Sir Lukfi. Besuchen Sie mich doch am Abend mal auf eine Tasse Kamra. Wenn man Sie nicht ausdrücklich einlädt, kommen Sie ja nie vorbei.«

»Vielen Dank, Sir Max«, sagte Lukfi lächelnd. »Aber Sie könnten auch mal bei mir und meiner Frau Warischa vorbeisehen. Es heißt, ihr Wirtshaus *Der dicke Mann in der Kurve* sei eins der besten in Echo. Ich würde die Küche meiner Frau nicht loben, wenn ich nicht von ihrer Kochkunst überzeugt wäre.«

»Das weiß ich doch, Sir Lukfi. Und ich hätte Sie längst besuchen sollen. Wie unhöflich von mir. Übrigens sind wir inzwischen Nachbarn. Ich wohne jetzt nämlich auch in der Neustadt. Wenn ich aus dem Wald von Mahagon zurück bin, besuche ich Sie sicher bald.«

»Machen Sie dort Urlaub?«, fragte Lukfi höflich.

»Ja, aber ich gehe dort auch auf die Jagd – in Begleitung von Lady Melamori und von zwölf Männern unserer Stadtpolizei.«

»Sie haben wirklich ein interessantes Leben!«, rief er.

Mit diesen netten Floskeln verabschiedeten wir uns.

Kurz darauf ging ich mit Sir Juffin essen und erzählte ihm etwa eine Stunde lang von Ande Pu. Mein Chef mochte die Geschichte, ohne dass mir klar geworden wäre, ob er eher an meinem Erzählen oder an Andes Biografie Gefallen fand.

Dann ging Juffin heim, und ich kehrte ins Haus an der Brücke zurück. Im Büro stieß ich auf Lonely-Lokley. Er ging unruhig auf und ab. Seine Miene war ungerührt wie immer, seine Hände steckten in großen Handschuhen, und sein schneeweißer Lochimantel schleifte über den Boden.

Das war ein hübscher Anblick, und ich schüttelte bewundernd den Kopf.

»Wo warst du, Schurf? Ich hab dich seit Tagen nicht gesehen.«

»Wo werde ich wohl gewesen sein?«, fragte Lonely-Lokley achselzuckend. »Ich hab im Büro gesessen und gearbeitet. Du bist es doch, der durch die ganze Stadt tigert. Mir ist sogar zu Ohren gekommen, dass du General Bubuta besucht hast. Willst du etwa auch in den Wald von Mahagon fahren?«

»Ja, das weißt du doch.«

»Aber ich weiß nicht, was du tun wirst, wenn plötzlich der tote Dschifa auftaucht. Willst du ihn anspucken? Ich an deiner Stelle wäre damit vorsichtig, denn das wirkt nur bei Lebenden. Hast du eine Idee, wie du ihn besiegen kannst?«

»Nein. Eigentlich wollte ich, dass du mit der Polizei losziehst, aber Hauptmann Schichola meinte, er würde sich sicherer fühlen, wenn ich seine Truppe begleitete. Und auch Juffin hatte keine Einwände gegen meinen Einsatz.«

»Kunststück! Er will schließlich, dass du etwas Neues lernst. Aber ich hab da so eine Vorahnung. Deshalb wollte ich dich unbedingt noch vor deiner Abreise sprechen. Komm mit in mein Büro. Dort zeig ich dir einen Trick. Vielleicht lernst du ihn ja schnell – bei dir weiß man nie.«

»Gerne. Ich liebe Zaubertricks.«

Schurf schüttelte den Kopf und murmelte etwas in sich hinein. Dann gingen wir in sein Büro.

Das Arbeitszimmer von Sir Schurf ist ziemlich seltsam. Es ist groß und fast leer. Nur hinten in der Ecke stehen sein Schreibtisch und ein ungewöhnlich unbequemer Stuhl.

»Setz dich«, sagte Schurf und zeigte auf den Boden.

Lonely-Lokley zog die mir gut bekannte löchrige Tasse aus der Manteltasche und holte eine kleine Keramikflasche aus dem Schreibtisch. Dann überlegte er kurz und gab mir die Tasse.

»Halt mal, Max. In Kettari hast du aus dieser Tasse trinken können. Also klappt es hier auch.«

Gehorsam nahm ich die Tasse, und Schurf schenkte mir ein wenig dunkle Flüssigkeit ein. Aus den Löchern floss kein einziger Tropfen. Das brachte mich erneut zum Staunen.

»Das ist ganz normaler Wein, Max, aber ich hoffe, sein hohes Alter und meine löchrige Tasse zusammen bewirken das richtige Resultat. Obwohl man bei dir ja nichts mit Sicherheit sagen kann. Jetzt trink, aber rasch.«

Ich tat, wie mir geheißen. Der Wein schmeckte seltsam – er war etwas zu stark und etwas zu trocken. Na ja, an mir ist eben kein Weinkenner verloren gegangen.

Lonely-Lokley zog erst seine überdimensionierten Handschuhschoner, dann die berühmt-berüchtigten todbringenden Handschuhe aus, ging zum Schreibtisch, tat beide Paare in eine Schachtel und wandte sich wieder an mich.

»Siehst du die?«, fragte er und hielt mir seine zum Schnippen bereite Linke unter die Nase. »Jetzt mach einfach so!«, fuhr er fort und schnippte kaum merklich, aber laut. Ein kleiner Kugelblitz erschien auf seiner Handfläche, rollte durchs Zimmer und zersprang an der Wand in tausend Funken.

»Jetzt du!«, befahl er. »Denk nicht darüber nach, wie ich das geschafft haben mag, sondern tu es einfach!«

Der alte Wein aus der löcherigen Tasse machte ein Wunderkind aus mir, und ich konnte es Lonely-Lokley schon beim ersten Versuch nachtun. Mein Kugelblitz war allerdings grün und nicht blau wie der von Sir Schurf.

»So was sehe ich zum ersten Mal«, sagte er und schien fast erstaunt. »Das klappt schon ganz gut. Dein tödlicher Kugelblitz allerdings sieht etwas anders aus als meiner.«

»Du weißt doch, dass bei mir nicht alles ist wie bei anderen. Kann dieser Blitz eigentlich töten?«

»Und ob! Ich hoffe, davon überzeugst du dich bald selbst. Der tote Dschifa war eigentlich kein Magister, sondern nur ein mittelmäßiger Zauberer, und ich denke, du kannst ihn überlisten. Wenn du zurückkommst, erzähl mir bitte genau, wie der Blitz bei dir funktioniert hat. Ich hab den Eindruck, im Zaubern bist du ein Naturtalent. Gut, Max – ab und zu habe ich seltsame Vorahnungen, aber das bedeutet nicht immer etwas Böses. Doch geh bitte kein Risiko ein.«

»Einverstanden«, sagte ich nickend. Offen gesagt machten mir Schurfs Worte etwas Angst. »Juffin hat aber keine schlechten Vorahnungen, oder?«

»Wenn ja, würde er dich sicher nicht fahren lassen.«

Ich kehrte in mein Büro zurück und setzte mich gemütlich in meinen Sessel. Ich hatte keine Lust, über die Vorahnungen von Sir Schurf nachzudenken. Dafür hatte ich Appetit auf Kamra.

Als ich mir gerade die zweite Tasse eingeschenkt hatte, stand ein Bote in der Tür. Er war erschrocken, wie es alle Boten sind, die mit mir zu tun haben.

»Sir Max, ein seltsamer Mensch möchte mit Ihnen reden. Er steht vor dem Gebäude und will partout nicht reinkommen. Was soll ich tun?«

»Handelt es sich um einen rundlichen Herrn in dickem Lochimantel?«

»Ja, Sir.«

Der arme Bote hielt mich nun sicher für einen Hellseher.

»Sag ihm, ich bin im Büro. Wenn er nicht kommen will, kann er gern draußen bleiben und weiter von einem Bein aufs andere treten. Falls er es sich aber anders überlegt, führ ihn bitte zu mir.«

Eine Minute später erschien der Nachkomme ukumbrischer Piraten in der Tür meines Büros.

»Ich wollte mich nur bei Ihnen bedanken, Max. Alles ist sehr gut gelaufen. Das ist für Sie«, sagte er und zog ein Fläschchen aus der Tasche. »Das ist nicht irgendein alter Wein – der stammt noch aus dem Keller meines Großvaters.«

»Ist er noch aus Piratenzeiten oder aus den Beständen des Ordens der Grünen Monde? Wie dem auch sei – vielen Dank!«

»Woher wissen Sie das mit den Piraten und dem Orden der Grünen Monde?«

»Ich arbeite schließlich beim Kleinen Geheimen Suchtrupp! Warum hast du eigentlich nicht reinkommen wollen?«

»Hier gibt's einfach zu viele Bullen«, meinte Ande und blickte finster.

»Sag mal, wie willst du in der Zeitung über Verbrechen berichten, wenn du es nicht mal schaffst, das Gebäude der Stadtpolizei zu betreten?«

Ande schwieg. Ich gab ihm eine Tasse Kamra und bekam dabei eine Idee: »Hast du eigentlich einen Auftrag, oder bist du frei wie ein Vogel?«

»Ich muss entweder über Sie oder über den Kleinen Geheimen Suchtrupp schreiben. Aber das hat noch Zeit.«

»Prima. Ich fahre heute in den Wald von Mahagon, und du kommst mit. Ich reise in Gesellschaft einer netten Lady und einiger Polizisten, die du freilich Bullen zu nennen pflegst. So hast du Gelegenheit, dich an sie zu gewöhnen, und bekommst ein paar nette Eindrücke. Und wir haben Spaß mit dir. Später schreibst du einen Artikel über unseren gemeinsamen Sieg über die Räuberbande. Es sei denn, du wirst vorher erschossen – das Leben ist bekanntlich voller Überraschungen.«

»Soll das ein Witz sein?«, fragte Ande vorsichtig. »Die Bullen wollen bestimmt nicht, dass ich mitkomme.«

»Na und?«, fragte ich lächelnd. »Was denkst du, wie meine Beziehung zur Polizei aussieht?«

»Sie geben denen die Befehle, was?«, fragte Ande und begann langsam, die Zusammenhänge zu durchschauen. Nach seinen Erlebnissen mit der Polizei hatte der arme Junge offenbar die Einstellung, Bubutas Behörde sei die schlimmste und stärkste Kraft im Vereinigten Königreich. Diese Illusion musste ich ihm dringend rauben.

»Ja, ich gebe denen die Befehle. Also hab keine Angst. Wichtig ist nur, dass du auf dich aufpasst und dich auf keinen Streit einlässt. Und jetzt musst du dich entscheiden, ob du mitfahren willst oder nicht. Ich habe dir nur einen Vorschlag gemacht.«

»Gut«, sagte Ande und lächelte ein wenig. »Glauben Sie wirklich, ich stehe das durch?«

»Wenn ich das nicht glaubte, würde ich dir nicht vorschlagen mitzukommen. Geh nach Hause und komm viereinhalb Stunden nach Mitternacht wieder. Deine Flasche trinken wir, wenn wir zurück sind. Ich hatte heute nämlich einen schweren Tag und muss morgen in aller Frühe A-Mobil fahren.«

»Aber ein Gläschen kann unmöglich schaden«, widersprach Ande.

»Doch, glaub mir. Ich brauche kühne und tapfere Leute um mich. Außerdem soll alles so sein, wie ich will, weil … nun ja, weil ich es will. Keine Sorge, Ande, wir trinken diesen guten Tropfen noch, aber später.«

Der Nachkomme von Köchen und Piraten verließ brav mein Büro. Seltsamerweise bat er mich nicht, ihn nach draußen zu begleiten. Das war bestimmt ein erster Schritt, zu einem guten Freund von Sir Max zu werden. Ich dachte mir, dass es eine gute Entscheidung war, diesen seltsamen Mann mitzunehmen. Er würde uns allen – vor allem aber mir – viel Spaß bereiten.

Am meisten aber freute ich mich darüber, Lady Melamori gegenüber in Gesellschaft von Ande Pu kein leuchtendes Beispiel mehr abgeben zu müssen. Ande war mir auf der Reise so unentbehrlich wie es Fruchtbonbons für jemanden sind, der sich das Rauchen abgewöhnt. Ich hoffte allerdings, dass Ande mir nützlicher sein würde als eine Tüte Drops.

Vier Stunden nach Mitternacht klopfte ich bei Melamori an der Haustür. In der Tasche hatte ich eine Flasche Kachar-Balsam, die ich aus Juffins Schreibtisch stibitzt hatte. Melamori öffnete sofort. Sie schien auf mich gewartet zu haben.

»Fahren wir schon?«, fragte sie ausgehfertig. Sie hatte ein müdes Gesicht – viel müder als sonst.

»Wie soll ich sagen … Ich hatte damit gerechnet, dich aus dem Bett klingeln zu müssen. Jetzt haben wir noch etwas Zeit. Da können wir im Haus an der Brücke frühstücken. Ich hoffe, dir wird beim Wort Frühstück nicht übel. Immerhin hab ich das hier dabei«, sagte ich und reichte ihr die Flasche mit dem Kachar-Balsam.

»Vielen Dank, Max. Das ist sehr nett, denn ich habe keinen Tropfen mehr davon. Dumm, was?«

Melamori nahm einen kräftigen Schluck, und ihre Miene hellte sich deutlich auf.

»Gut, lass uns zum Haus an der Brücke fahren. Um diese Zeit kann man durchaus frühstücken.«

Im A-Mobil schwiegen wir. Allerdings dauerte unsere Fahrt auch nur drei Minuten. Ich raste wie ein Wahnsinniger, denn um diese Tageszeit waren die Straßen völlig leer.

Von unterwegs hatte ich mich im *Fressfass* gemeldet, und als wir ins Büro kamen, wartete das Frühstück schon im Korridor auf uns. Der Bote hatte sich nicht ins Büro von Sir Juffin und mir getraut. Melamori beschäftigte sich intensiv mit dem, was sie auf dem Teller hatte.

»Ich habe für unsere Expedition eine nette Überraschung«, sagte ich. »Ich hoffe, sie taucht bald auf.«

Auf die Schnelle erzählte ich Melamori die Geschichte des Piratennachkommen. Das war eine gute Idee, denn die hübsche Lady kicherte wie verrückt.

»Ich hab nur Angst, dass ich dem armen Sir Rogro keinen guten Dienst erwiesen habe. Ich wollte nur ein netter Mensch sein und jemandem etwas Gutes tun, dem das Schicksal übel mitgespielt hat.«

»Weißt du eigentlich, wer Rogro ist?«, fragte Melamori. »Er war Novize im Orden des Siebenzackigen Blatts und ein Held der Traurigen Zeit. Damals hat er an jedem Kampf teilgenommen, Hauptsache, es ging hoch her. Und dann, gleich am Anfang der Epoche des Gesetzbuchs, ist er für zehn Jahre im Cholomi-Gefängnis gelandet, weil er bei einer Prügelei unerlaubte Magie sechzehnten Grades benutzt hat. Aus dem Orden haben sie ihn auch geworfen, obwohl sie ihn wirklich mochten. Aber nicht mal seine Kriegsverdienste haben ihm dort noch helfen können. Na ja, und im Gefängnis ist er auf die Idee gekommen, eine Zeitung zu gründen. Dann hat er einen Brief an den König geschrieben, und der war begeistert. Das Gefängnis verließ er als geachteter Mann und Chefredakteur der von ihm gegründeten *Königlichen Stimme*. Bis dahin gab es in Echo keine Zeitung. Kannst du dir das vorstellen?«

»Seltsam ... Ich kann mir vieles aus der Welt wegdenken, aber Zeitungen nicht. Stammt diese Idee wirklich von ihm? Dann ist er ein Genie.«

»Ja«, nickte Melamori. »Es ist kaum zu glauben, aber früher waren Zeitungen gratis. Nur wenige Leute wussten etwas damit anzufangen, und der König kam für alle Unkosten auf. Später hatten sich die Leute so an die Lektüre gewöhnt, dass sie die Zeitungen auch kauften. Und vor einiger Zeit wurde der *Trubel von Echo* gegründet. Es heißt zwar, diese Zeitung würde von anderen Leuten herausgegeben, aber dahinter steckt Rogro – das kannst du mir glauben. Mein Vater ist mit ihm befreundet. Deshalb weiß ich das alles. Im *Trubel von Echo* stehen lauter Dummheiten, aber die Leute mögen das.«

»Vielen Dank für diese Informationen, Melamori. Juffin hat mir schon vor einiger Zeit empfohlen, mir die Akten von Sir Rogro anzuschauen. Offenbar hatte er mal wieder Recht.«

Melamori sah mich aufmerksam an und fragte vorsichtig: »Warum hast du eigentlich so plötzlich beschlossen, dass ich euch begleiten soll?«

Ich zuckte die Achseln.

»Erstens mache ich viele Dummheiten, die kein Mensch außer mir begehen würde. Zweitens sind wir auf deine Hilfe wirklich angewiesen, denn ich will nicht viel Zeit im Wald verbringen, sondern die Räuber schnell verhaften. Und drittens hab ich mir gedacht, ich könnte Kontakt zu dir aufnehmen, obwohl ich es eigentlich nicht darf. Außerdem finde ich, dass es auf der Welt viele spannende Herausforderungen gibt, auf die man sich einlassen sollte.«

»Du bist der interessanteste Junge im Weltall«, meinte Melamori lächelnd. »Besonders, wenn du den Mund aufmachst. Ich glaube, du kannst sogar im Schlaf reden.«

»Im Schlaf benutze ich nur Schimpfwörter. Frag Lonely-Lokley. Der hat einen meiner Monologe protokolliert.«

»Das hat er mir schon erzählt«, sagte Melamori fröhlich.

»Verzeihung, Max, störe ich?«, fragte Ande Pu taktvoll.

Er blieb an der Tür, warf Melamori einen taxierenden Blick zu und sagte: »Ich kann ja hier warten. Kein Problem.«

»Aber nicht doch«, meinte ich, stand auf und goss ihm etwas Kachar-Balsam ein. »Melamori, das ist der Herr, von dem ich dir schon so viel erzählt habe.«

»Das hatte ich bereits durchschaut«, sagte sie lächelnd.

»Ande, das ist Melamori, unsere Verfolgungsmeisterin. Wenn du dich hier vor jemandem ängstigen solltest, dann vor ihr, nicht vor den Polizisten. Vor mir natürlich auch, aber das nur nebenbei. Gut, gehen wir. Ich glaube, Kamschi und Schichola warten schon ungeduldig. Sie sind bestimmt ganz nervös und zweifeln an meinen Fahrkünsten.«

»Ach was«, widersprach Melamori. »Sie sind nur aufgeregt, und das ist bei so einem Einsatz kein Wunder.«

»Na gut. Lasst uns gehen.«

Leutnant Kamschi saß schon in meinem Dienst-A-Mobil, während sein Kollege Schichola sich dieses Wunder der Technik noch von allen Seiten ansah und dann ungeduldig auf die Hupe drückte. Die beiden wirkten sichtlich aufgeregt.

Ich sprang sofort ans Steuer, was sie sehr erleichterte.

»Das ist Ande Pu, Leute«, sagte ich und wies mit dem Kopf auf meinen Protegé. »Er ist mein persönlicher Chronist, da ich in letzter Zeit ruhmsüchtig geworden bin. Ich bitte Sie, ihn nett zu behandeln und ihm nicht zu nahe zu treten, und hoffe, dass wir unseren Ausflug in den Wald schnell hinter uns bringen. Ande, merk dir bitte die Namen deiner neuen Freunde: Das ist Leutnant Kamschi, das Hauptmann Schichola. Sie beißen nicht – auch wenn du das Gegenteil annimmst. Melamori, setz dich zu mir, denn hinten wird es eng. Sir Ande ist nicht der Dünnste.«

Ehe meine Mitfahrer nur den Mund aufmachen konnten, war ich schon losgebraust. Schichola seufzte begeistert.

»Ich glaube, wir kommen tatsächlich pünktlich im Wald an«, meinte Leutnant Kamschi.

»Nein«, widersprach ich, »wir werden eine halbe Stunde zu früh dort sein. In der Stadt fahre ich normalerweise langsam und vorsichtig, aber wenn wir Echo erst verlassen haben, werden Sie erleben, was Geschwindigkeit ist.«

Am Steuer eines A-Mobils bin ich unerträglich – so viel ist klar. Und außerhalb der Stadt verliere ich alle Hemmungen. Auch diesmal raste ich, als müsste ich dem Tod entkommen. Die Männer auf der Rückbank saßen so dicht beieinander wie Waisen bei einem Wohltätigkeitsfest. Aber das war auch besser so. Gemeinsam ausgestandene Ängste stärken die gegenseitige Sympathie. Und ich hoffte, Ande, Schichola und Kamschi würden Freunde werden, nachdem sie zusammen einige Gefahren gemeistert hatten.

»Der klopft vielleicht Sprüche!«, flüsterte Ande Pu hinter meinem Rücken. »Die können einen fertig machen.«

»Stimmt«, antwortete Kamschi mit kehliger Stimme.

»Unsere Chauffeure können in Rente gehen«, seufzte Schichola gepresst.

Mit stolzgeschwellter Brust drückte ich noch stärker aufs Gaspedal.

Melamori hielt die Hände im Schoß. Verstohlen blickte ich zu ihr rüber, um mich zu vergewissern, dass sie noch lebte, und war baff: Selten hatte sie so glücklich gewirkt. Ihre Augen glänzten, auf ihren Lippen lag ein verträumtes Lächeln, und vor Verzückung atmete sie flach.

»Ich will auch so fahren können«, flüsterte sie. »Bringst du mir das bei?«

»Da gibt es nichts beizubringen. Das A-Mobil fährt so schnell, wie der Fahrer es sich wünscht. Vergiss das nie, wenn du dich ans Steuer setzt. Irgendwann wirst du selbst mich überholen – daran hab ich keinen Zweifel.«

»Das mach ich«, erklärte Melamori selbstsicher. »Bestimmt nicht gleich, aber in ein paar Jahren.«

»Also nicht später als in zwanzig Jahren, was? Wollen wir wetten?«, fragte ich lächelnd.

»Ich weiß nicht. Geld haben wir dank Sir Juffin und seiner Kasse genug. Machen wir es lieber so: Wer gewinnt, entscheidet, was der Verlierer ihm schuldet.«

»Gut, aber pass auf – ich kann noch schneller fahren.«

»Na los, mach schon«, rief Melamori erfreut.

»Nein, die Leute hinten tun mir leid. Warten wir auf eine bessere Gelegenheit.«

»Einverstanden. Ich werde dich daran erinnern.«

Sie schwieg und sah weiter in die Dunkelheit. Ich war froh, ihr so viel Vergnügen zu bereiten – und das, nachdem ich absolut nicht mehr damit gerechnet hatte.

»Wir sind fast da, Leute«, sagte ich nach vierzig Minuten. »Ihr müsst mir jetzt den Weg zeigen, weil ich keine Ahnung habe, wo wir uns treffen.«

Leutnant Kamschi war konzentriert genug, mir schnell den Weg zu weisen. Wie versprochen, kamen wir eine halbe Stunde früher ans Ziel als nötig. Nur Melamori war darüber sichtlich geknickt. Die übrigen Opfer meines Fahrstils krochen aus dem Wagen und warfen sich ins Gras. Ich ging noch mal zum A-Mobil zurück, um das Kachar-Balsam zu holen.

»Das ist für euch«, meinte ich und reichte die Flasche mit dem Wunder wirkenden Gebräu herum, das meiner Meinung nach gegen alles half.

»Warum geht es euch so schlecht, Leute? Ich wollte euch nur eine angenehm kurze Fahrt verschaffen.«

»Das ist dir auch gelungen«, bestätigte mir Melamori.

Der Lady ging es blendend, und ihre Mitfahrer glotzten sie an, als sei sie verrückt geworden.

»Das war vielleicht ein Rennen!«, sagte Ande benommen. »Davon müssen wir uns erst mal erholen.«

Er streckte sich im Gras aus und sah gedankenverloren in den Himmel. Nicht mal ein Schluck Kachar-Balsam ließ ihn seine Lebensfreude zurückgewinnen. Die Polizisten lagen schweigend neben ihm. Lady Melamori zog die Schuhe aus und wollte gleich mit der Suche nach Dschifa beginnen.

Das unterscheidet die Mitarbeiter des Kleinen Geheimen Suchtrupps von denen der Stadtpolizei, dachte ich und betrachtete die glückliche Lady. Schurf hatte mal gesagt, kein normaler Mensch eigne sich für unsere Arbeit. Jetzt, wo ich die Insassen meines A-Mobils sah, glaubte ich, er habe Recht.

»Ich geh mich etwas umschauen«, meinte Melamori ungeduldig. »Ich bin vorsichtig und bleib hier auf der Lichtung – Ehrenwort.«

»Wenn wir dich im Blick behalten, ist das kein Problem. Aber nimm bitte nicht gleich die Verfolgung auf, wenn du jemandem auf die Spur trittst.«

»Aber Max, ich bin doch kein Kind mehr«, antwortete Melamori streng.

Ich räusperte mich skeptisch. Sie war immer vorsichtig – es sei denn, es ging um ihre Lieblingsbeschäftigung. Und das war nun mal die Verfolgung derer, denen sie auf die Spur getreten war.

»Über diese Lichtung ist schon lange niemand gegangen«, sagte Melamori nach ein paar Minuten. »Max, ich glaube, es wäre sinnvoll …«

»... weiterzugehen, ja? Kein Problem, aber dazu brauchst du Gesellschaft«, sagte ich und wandte mich an die noch immer völlig erledigten Polizisten. »Seid ihr noch am Leben? Diese Frau will durch den dunklen Wald spazieren.«

Der galante Kamschi erhob sich mühsam.

»Max, das schaff ich prima allein«, sagte Melamori störrisch.

»Kann sein, aber meine Nerven schaffen das nicht. Ich würde hier die ganze Zeit sitzen und mir vorstellen, wie du den Räubern in die Hände fällst. Ich handele also rein aus Eigeninteresse, wenn ich dir Begleitschutz verordne.«

»Na, wenn das so ist! Gut, Sir Kamschi, gehen wir«, sagte Melamori seufzend. »Je länger ich in dieser seltsamen Firma arbeite, desto mehr Vorgesetzte habe ich. Ist das nicht unlogisch?«

»Ich verstehe Sie sehr gut, Lady Melamori«, pflichtete ihr Kamschi bei und dachte dabei bestimmt an seine Probleme mit Bubuta und Fuflos.

Die beiden verschwanden im Wald. Eigentlich hätte auch ich Lady Melamori begleiten können.

Hinter meinem Rücken raschelte es. Ich sah mich vorsichtig um, weil ich noch ein Weilchen am Leben bleiben wollte.

»Alles in Ordnung, Sir Max. Unsere Leute trudeln ein«, beruhigte mich Schichola.

»Gut so«, antwortete ich bestimmt. »Schließlich geht die Sonne langsam auf. Und was ist mit dir, mein Schreiberling? Lebst du noch?«, fragte ich Ande Pu.

»Ich bin fix und fertig. Ihre Raserei war der reine Wahnsinn! Könnte ich noch einen Schluck Balsam bekommen?«

»Klar«, meinte ich lächelnd und gab ihm die Flasche. »Nehmen Sie auch noch einen Zug, Schichola. Und Kopf hoch, Hauptmann. Raffen Sie sich auf!«

»Ja doch«, seufzte er. »Vielen Dank für den Balsam. Das ist ein teures Getränk – sechs Kronen pro Flasche.«

»Stimmt. Deshalb nehme ich es immer aus der Schublade meines Chefs«, sagte ich vertraulich.

Unsere kleine Gesellschaft wuchs rasant. Von allen Enden des Waldes kamen Polizisten zu uns, die durchweg stattlich, sympathisch und gesund aussahen. Ihre Augen glänzten, wie es bei den Bewohnern von Uguland, die im Dunkeln hervorragend sehen können, üblich war. Ihr Lochimantel war taunass, und in den Haaren steckten ihnen Blätter und Blüten. Das sind keine Mitarbeiter von General Bubuta, dachte ich – das sind Elfen.

Mir war völlig klar, dass ich in dieser Welt ein Fremdling war, und das war sehr schön. Mir stockte der Atem.

Als ich mich an den Kollegen satt gesehen hatte, schaute ich mir ihre Waffen genauer an. Seltsamerweise hatten mich solche Dinge in meiner neuen Heimat bisher nicht interessiert. Die Polizisten hatten kleine Katapulte namens Babum dabei. Wir Mitarbeiter des Kleinen Geheimen Suchtrupps verachten solche Hilfsmittel. Es handelt sich um einfache Geräte, mit denen man Kugeln schießen kann. Die Munition steckt in einem kleinen Ledersack. Man muss vorsichtig mit den Kugeln hantieren, denn sie können bei Reibung oder einem plötzlichen Schlag von selbst losgehen. Jeder mit Babum ausgestattete Polizist hat einen speziellen Handschuh für die Munition.

Die Waffe sieht zwar harmlos aus, ist aber recht gefährlich, wie ich mehrmals feststellen konnte. Babumwunden schließen sich nur langsam und erfordern den mehrmaligen Besuch bei einem Heiler. Und ein Kopfschuss bedeutet den sicheren Tod. Auch jemand, der an dieser Waffe ungeübt ist, kann sie einsetzen, denn die Kugeln haben eine enorme Treffsicherheit. Außerdem hat das Babum scharfe Kanten. Wenn der Schütze also keine Kugeln mehr hat, kann er es als Schlagwaffe benutzen, was die wahren Meister – wie ich zugeben muss – sehr elegant hinbekommen.

»Max, ich hab hier eine sehr unruhige Spur«, sagte Melamori und klang dabei so panisch, dass ich zusammenzuckte. »Ich könnte drauftreten, aber das ist mir zu gefährlich.«

»Unternimm auf keinen Fall etwas!«, sagte ich und erstaunte, wie bestimmt ich per Stummer Rede aufzutreten vermochte.

»Keine Sorge«, sagte Melamori gleich. »Aber was sollen wir jetzt machen? Zu euch zurückkehren?«

»Wartet auf mich. Ich bin gleich da.«

Ich zog sofort los und meldete mich per Stummer Rede bei Schichola: »Bleiben Sie hier. Wir drei kommen gleich zurück. Falls nötig, rufen wir euch.«

Ich flog fast durch den Wald. Wie ich es geschafft habe, nicht gegen Äste zu stoßen und in keine einzige Pfütze zu treten, weiß ich bis heute nicht. Es dauerte jedenfalls kaum eine Minute. So schnell war ich noch nie gelaufen. Schließlich brachte ich den armen Kamschi zu Fall und schaffte es gerade noch, vor der am Boden hockenden Melamori anzuhalten. Unsere ehrwürdige Lady zitterte am ganzen Körper, aber Kamschis Sturz und meine Ankunft entlockten ihr ein kleines Lächeln.

»Das kannst du also auch, Max? Davon hast du mir nie erzählt.«

»Was soll ich können? Große Männer umwerfen? Leutnant Kamschi, verzeihen Sie bitte einem Trampeltier wie mir. Ich hab mich so beeilt, dass ich wohl etwas übertrieben habe. Geht es Ihnen gut?«

Kamschi klopfte sich behutsam den Staub vom eleganten Mantel. »Natürlich, Sir Max, kein Problem. Machen Sie sich nichts daraus. Gut, dass Sie zu Fuß und nicht mit dem A-Mobil unterwegs waren.«

Ich seufzte erleichtert und wandte mich an Melamori. »Was für eine Spur ist das. Ist sie wirklich so schlimm?«

»Ja, du kannst dich gern selbst davon überzeugen.«

»Wie das? Schließlich bin ich kein Verfolgungsmeister.«

»Hast du wieder keine Ahnung, was du so machst?«, fragte Melamori müde. »Was hast du deiner Meinung nach gerade getan?«

»Ich!? Als deine Nachricht kam, hab ich mich erschrocken und bin wie ein verrückter Elch durch den Wald gerast. Ich bin froh, noch am Leben zu sein.«

»Leutnant Kamschi, ich glaube, Schichola und die anderen sollten nicht allein bleiben«, sagte Melamori und sah ihn bedeutungsvoll an. »Wir kommen gleich nach. Wir müssen uns nur noch ein wenig dieser schrecklichen Spur widmen.«

»Selbstverständlich«, sagte Kamschi und nickte höflich.

Sekunden später war er im Dunkeln verschwunden. Die unerschütterliche Ruhe des Leutnants beeindruckte mich. Ich hätte mich nicht so beherrschen können, wenn ich im spannendsten Moment weggeschickt worden wäre.

»Jetzt erklär mir bitte, wie du uns gefunden hast«, sagte

Melamori. »Hast du eigentlich eine Ahnung, was gerade passiert ist?«

»Nein«, gab ich zu. »Ich weiß nicht, wie ich dich aufgespürt habe. Das war sicher Intuition.«

»Intuition? Ach so«, sagte sie. »Du bist kein Mensch, sondern ein wandelndes Überraschungsei, Max. Du bist auf meine Spur getreten, obwohl das höhere Kunst ist. Tu das nie wieder, klar? Ich hoffe, das ist zum ersten und letzten Mal passiert, denn das ist kein angenehmer Zustand für mich.«

»Interessant, wie mir das passieren konnte«, meinte ich nachdenklich. »Sir Schurf hat mal gesagt, ich habe besondere Fähigkeiten. Andererseits glaube ich, dass man alles erst lernen muss, und Juffin hat mir nichts beibringen wollen. Deshalb habe ich keine Ahnung …«

»Dann erklär ich es dir jetzt«, unterbrach mich Melamori gereizt. »Wenn du jemandem auf die Spur trittst, bleibt sein Herz stehen. Dieses Verfahren ist also nur geeignet, wenn man sein Opfer ohnehin umbringen will. Du musst unbedingt lernen, den Menschen *nicht* auf die Spur zu treten, und je schneller du das lernst, desto besser für alle. Doch jetzt schauen wir uns meinen Fund an. Aber vorsichtig!«

»Ich bringe Unheil«, seufzte ich bitter. »Entschuldige, Melamori, ich bin gekommen, um dich zu retten, und hätte dich fast umgebracht. Was soll ich jetzt tun?«

»Ganz einfach: Bevor du aufgeregt zu jemandem hinrennst, frag ihn, wo er ist. Das machen alle so. Und auf diese Weise bleiben alle am Leben«, meinte Melamori lächelnd. »He, was ist los? Es ist doch sehr gut, diese Gabe zu haben.«

Sie stand auf und ging vorsichtig zu einem alten Baumstumpf, blieb dort unentschieden stehen und wandte sich schließlich zu mir um.

»Ich will nicht auf diese furchtbare Spur treten. Mir reicht es für heute«, erklärte sie. »Probier es selber, wenn du willst. Das bekommst du sicher hin.«

Ich betrachtete den Baumstumpf von allen Seiten und sah Lady Melamori dann verlegen an. »Ich spüre gar nichts.«

Sie grübelte und zuckte schließlich die Achseln. »Ich weiß nicht, wie ich es sagen soll. Du musst die Spur unbedingt finden wollen und darfst keine Sekunde daran zweifeln, dass es dir gelingt. Aber was erklär ich dir da? Verhalte dich einfach wie vorhin, als du zu mir gestürmt bist.«

Ich blieb am Baumstumpf stehen und versuchte mich zu erinnern, was ich vor kurzem gespürt hatte. Ich hatte Melamori unbedingt sehen wollen – je schneller, desto besser.

Ach so, dachte ich. Jetzt muss ich also diesen Dschifa unbedingt sehen wollen, der eine so schreckliche Spur hat. Ob mein Wille dafür stark genug ist?

Jedenfalls versuchte ich es. Ich dachte, er wäre sicher gefährlich, da Melamori seine Spur so beunruhigte. Ich musste den schrecklichen Kerl also unbedingt finden, der durch den Wald zog und netten Leuten die Laune verdarb. Das lief wohl auf ein Einpersonenstück hinaus. Ich entspannte mich und dachte an gar nichts, ging hin und her und gab mir alle Mühe, meine Gefühle zu spüren und auf sie zu hören. Dabei umkreiste ich den Baumstumpf mit gesenktem Blick.

Plötzlich blieb ich wie vom Donner gerührt stehen und konnte mich nicht mehr von der Stelle bewegen. Ich wurde zu einer Statue; selbst das Atmen fiel mir immer schwerer. Es war schon mühsam, nur die Zunge zu bewegen. Dennoch gelang es mir, um Hilfe zu bitten.

»Stoß mich schnell weg.«

Zum Glück musste ich meine Bitte nicht wiederholen, denn gleich traf mich ein starker Schlag, und ich ging zu Boden.

»Vielen Dank«, flüsterte ich und merkte erleichtert, dass meine Zunge und auch mein Körper wieder beweglich wurden. »Du kannst ganz schön zuschlagen, meine Liebe.«

»Das will ich hoffen«, sagte Melamori ungerührt. »Siehst du – du bist in eine viel schlimmere Lage geraten als ich. Unsere Gabe ist eben ein zweischneidiges Schwert. Zwar ermöglicht sie vieles, bedroht uns aber auch. Was mag das gewesen sein, Max?«

»Was wohl? Die Spur eines Toten natürlich«, sagte ich zu meiner Überraschung, war aber sofort sicher, mich nicht zu irren. Was hätte es sonst sein können?

»Wirklich?«, fragte Melamori erschrocken. »Das geht doch nicht. Tote hinterlassen keine Spuren.«

Ich zuckte die Achseln.

»Ich fürchte, dein Informationsstand ist etwas veraltet, Melamori. Wie du siehst, hinterlassen Tote mitunter eine Spur. Und ich fürchte, sie stammt vom rothaarigen Dschifa. Er hat sein Grab verlassen, weil er sich nach dem Leben gesehnt hat. Ich kann ihn verstehen. Ich wüsste nur gern, wo er die Mitglieder seiner Bande angeworben hat. In den Nachbardörfern? Oder auf dem Friedhof? Tut mir leid, aber jetzt kann ich nicht mehr auf seine Spur treten. Das ist nämlich lebensgefährlich, wie du siehst.«

»Stimmt«, bestätigte Melamori. »Dein Gesicht war kreidebleich, als du auf seiner Spur gestanden hast.«

»Das sah sicher sehr gut aus«, meinte ich kokett. »Was machen wir jetzt?«

»Dieses Experiment darfst du auf keinen Fall wiederholen. Deine Blässe passt einfach nicht zu deinem Mantel. Jetzt hol die anderen per Stummer Rede. Wenn sie da sind, raffe ich mich auf und trete doch noch auf die schreckliche Spur.«

»Hältst du das denn aus?«, fragte ich zweifelnd.

So was Dummes hatte ich zwar nicht ablassen wollen, aber irgendwas musste ich ja sagen.

»Ich geh schon nicht verloren«, meinte Melamori achselzuckend.

Wir warteten, bis unsere Freunde von der Polizei auftauchten. Als Letzter kam Ande Pu. Sein erschrockenes, aber auch begeistertes Gesicht ließ Melamori und mich lächeln.

»Wir folgen Lady Melamori – je schneller, desto besser«, sagte ich zu allen. »Meine Herren, machen Sie sich aufs Schlimmste gefasst. Einer der Räuber ist tot – so viel ist sicher. Was die anderen anlangt, ermitteln wir noch. Bewahren Sie bitte einen kühlen Kopf. Und jetzt los!«

Melamori trat auf die Spur, verzog das Gesicht, krümmte sich und verschränkte die Arme vor der Brust, als wäre ihr kalt. Ich hätte ihr gern geholfen, aber wie? Sie machte ein paar unentschiedene Schritte, schüttelte dann energisch den Kopf und lief ein Stück voraus.

Ich versuchte, mich von der gefährlichen Spur fernzuhalten, denn ich hatte Angst, erneut zu erstarren.

Glücklicherweise lief Melamori nicht allzu weit, sondern blieb nach ein paar Minuten vor einer Senke stehen, an deren Ende eine Höhle lag, sprang in die Vertiefung, ging auf alle viere und heulte kurz auf. Mir lief ein Schauer über den Rücken.

»Was ist los?«, fragte ich und beugte mich vor, um zu sehen, was sie tat.

»Nichts. Die Spur endet hier. Ich hab ihn gerufen, Max. Frag nicht, warum. Das weiß ich selber nicht. Ich will hier raus. Hilf mir bitte dabei.«

Ihre Stimme klang wieder normal, und niemand würde glauben, dass diese nette Frau noch vor kurzem ein Wolfsheulen ausgestoßen hatte.

»Er kommt gleich, Max«, sagte Melamori. »Weißt du, das kann Dschifa sein, aber auch jemand, der noch schlimmer ist. Doch hier gibt es nur die Spur von Dschifa – also …«

»Meine Herren, haben Sie gehört?«, wandte ich mich an die Polizisten. »Aus dieser Höhle kriechen womöglich gleich eine Menge Tote hervor. Also bitte aufpassen.«

»Sie werden sie besiegen, Sir Max, oder?«, fragte mich Hauptmann Schichola hoffnungsvoll.

»Wenn ich das wüsste! Ich hab Ihnen doch gesagt, dass Sie in Gesellschaft von Lonely-Lokley besser aufgehoben wären. Sie haben mir nicht geglaubt, und das haben Sie jetzt davon.«

Ich sah wieder zur Höhle hinunter. Die Situation war recht amüsant, weil ich in meinem Leben kein Held gewesen war. Ich war schon alles Mögliche, noch nie aber ein Held. Ich hatte sogar Probleme, das Geschehen für wirklich zu halten.

Schließlich hörte ich verdächtige Geräusche.

»Die Füchse aus Mahagon haben in Höhlen gelebt, oder?«, fragte ich Hauptmann Schichola. »Diese Leute hier haben sich offenbar in einer freien Höhle eingenistet. Melamori, du hast ihn gerufen, ja?«

Sie nickte schweigend. Ihr Blick war gar nicht heiter.

»Wie das wohl enden mag? Der, den du gerufen hast, muss jedenfalls aus der Höhle kriechen.«

»Ja, aber vielleicht kommt er nicht sofort. Oder er leistet Widerstand ...«

Ich lächelte, hob die Linke und schnippte mit den Fingern: Das war der Trick, den Lonely-Lokley mir beigebracht hatte.

Ein kleiner Kugelblitz rollte in die Senke, und ein erschrockenes, ziemlich junges Gesicht tauchte aus der Höhle auf. Der Kugelblitz hatte es an der Braue getroffen.

Der arme Mann wirkte unverletzt. Mein Trick hatte ihm offenbar Flinkheit verliehen. Er warf sich in meine Richtung, packte einen Strauch, der zu meinen Füßen wuchs, und kletterte daran hoch.

Die Stadtpolizei ließ mich nicht im Stich und schoss aus mehreren Babum auf den Angreifer. Eine Kugel traf ihn an der Nase und ließ ihn ziemlich bluten. Ich spuckte ihn an, ohne zu überlegen. Hätte er noch gelebt, wäre seine Attacke spätestens jetzt zu Ende gewesen. So aber ätzte meine Spucke nur ein Loch in sein Gesicht. Es war klar: Mein Angreifer war tot.

Dann passierte etwas Unfassbares: Das tote Wesen sah mich mit trüben Augen an und rief: »Ich stehe Euch zu Diensten, Herr!«

Überrascht spuckte ich ihn ein zweites Mal an, aber das machte ihm nichts aus. Die nervösen Polizisten beschossen ihn, doch auch dies beeindruckte ihn nicht. Stattdessen rief er erneut: »Ich stehe Euch zu Diensten, Herr!«

Ich fühlte mich nicht gerade wohl. Wenn man mich an die Wand drückt, reagiere ich manchmal sehr grob.

»Keine Panik, Leute«, sagte ich zu den Polizisten. »Ich kann machen, was ich will – er ist und bleibt mein Knecht. Also schießt nicht auf die Räuber. Wir müssen sie uns erst genau ansehen.«

Erneut schnippte ich mit den Fingern. Wieder landete ein Kugelblitz in der Senke, und wieder hörte ich eine Stimme »Ich stehe Euch zu Diensten, Herr!« rufen.

Ich zuckte zusammen, gewann aber rasch die Beherrschung zurück. Je mehr Knechte ich zur Verfügung hatte, desto besser. Egal, ob sie tot oder lebendig waren und wie der ganze Wirrwarr endete. Also sagte ich ruhig: »Gut, mein Lieber, bleib, wo du bist. Schütz mich und gib Bescheid, wenn einer von deinen Freunden auftaucht. Und sag mir, wie viele von euch da unten hocken.«

»Sechsunddreißig Mann«, sagte mein Vasall.

»Das klingt schon besser«, meinte ich zu den Polizisten. »Nur sechsunddreißig Tote – man kann sagen, wir haben Glück.«

»Wir sind unsterblich«, entgegnete der Tote.

»Schon gut«, meinte ich nur. »Kannst du den anderen sagen, sie sollen mir gehorchen?«

»Sie gehorchen Dschifa. Und er hat uns befohlen, Sie zu bekämpfen. Mein Herr, da kommen Leute.«

»Vielen Dank!«, rief ich und ließ wieder einen Blitz los. Wie erwartet, hörte ich einmal mehr den Ruf: »Ich stehe Euch zu Diensten, Herr!«

»Bleibt, wo ihr seid, und schützt uns vor den anderen!«,

rief ich. Erstaunlicherweise lernte ich schnell, Befehle zu geben. »Tja, Leute, jetzt organisiere ich eine neue Bande und verschwinde im Wald. Mit diesen tapferen Kerlen brauche ich keine Angst vor den Dunklen Magistern zu haben.«

»Max, frag sie nach ihrem Anführer«, sagte Melamori und brachte mich damit wieder auf den Teppich. »Diese Leute haben keine Spur und keine Ahnung. Ich hab hier die Spur von jemand anderem gefunden und glaube, es wird nicht so leicht, ihn zu besiegen. Ich hab ihn gerufen, aber er kommt nicht, und ich weiß nicht, warum.«

»Du hast Recht, Melamori. Du bist sehr klug.« Dann wandte ich mich den Toten zu. »Wo ist Dschifa?«

»Unten«, sagten sie. »Man hat ihn gerufen, aber er will nicht kommen. Er hat uns geschickt, damit wir Ordnung machen.«

Die ganze Zeit erschienen neue Tote, denn ich schickte Kugelblitz für Kugelblitz in die Höhle. Die Ankömmlinge waren wirklich bewundernswert flink.

»Max«, hörte ich Melamori wieder. »Der Chef der Bande kommt gleich. Das höre ich. Er ist viel stärker als alle anderen. Sei bitte vorsichtig!«

»Keine Sorge, ich bin stets auf der Hut«, gab ich zurück.

»Was? Wollen Sie behaupten, dass Sie immer Obacht geben?«, hörte ich Leutnant Kamschi hinter mir fragen. Dann kicherte er nervös.

Mit großen, funkelnden Augen verfolgte er jede meiner Bewegungen.

»Meine Adler«, wandte ich mich an meine toten Beschützer. »Ihr müsst Dschifa unbedingt von mir fernhalten.«

»Wir stehen Euch zu Diensten, Herr«, hörte ich die Soldaten meines Totenheers enthusiastisch rufen.

Ich seufzte. Offenbar war ich doch bei einem Picknick gelandet. Es geht eben nichts über nette Gesellschaft.

»Es sind wieder neue Leute gekommen, aber Dschifa ist noch immer nicht darunter«, hörte ich die Toten fleißig rufen.

Ich schnippte erneut mit den Fingern, und meine Armee wuchs wiederum. Wenn die Armen gewusst hätten, wie stockübel mir bei ihrem Geflüster wurde!

Ein paar Minuten vergingen. Schließlich spürte ich, dass sich wieder etwas änderte. Traurige Erleichterung machte sich in mir breit. Endlich würde etwas Neues passieren.

»Steht ihr auf meiner Seite, Engel des Hades?«, fragte ich die Toten.

»Wir stehen Euch zu Diensten, Herr!«, bekräftigten sie.

»Fangt Dschifa und bringt ihn her. Ich muss ihn sehen. Und vergesst bitte nicht, dass ihr nun auf mich hört, nicht mehr auf ihn.«

»Alles klar, Herr.«

Ich hörte Kampfgeräusche, stumpfe Schläge und ab und an Schimpfworte. Plötzlich tauchte ein prächtiges Gesicht zu meinen Füßen auf. Vor langer Zeit musste dieser Mensch ein Adonis gewesen sein, doch weder die Jahrhunderte noch die tiefen Falten oder die auffällige Narbe hatten seine Schönheit ganz vernichten können. So einen Mann wollte man eher fotografieren als gefangen nehmen. Seine hübschen blonden Locken wehten im Wind, und seine blauen Augen musterten mich verwegen.

All seine ehemaligen toten Freunde hatten ihn nun im Griff, aber ich war mir nicht sicher, wie viel Kraft sie noch hatten. Schnell schnippte ich mit den Fingern meiner Linken, und ein Kugelblitz traf Dschifa an der Nasenwurzel, dort also, wo seine Narbe ansetzte. Doch mein Blitz zerstob in tausend Funken, und Dschifa blieb völlig unbehelligt. Ich wollte keine Zeit mit Staunen verlieren und spuckte ihm sofort ins Gesicht. Wiederum passierte nichts – als wäre mein Todesmantel nur ein Theaterkostüm. Hätte ich früher keine Erfolge gehabt, hätte ich mich jetzt komplett unfähig gefühlt.

Der Rothaarige lächelte böse.

»Du bist ein lausiger Magier, Fremdling«, sagte er mit unerwartet heller, fast jungenhafter Stimme. »Vielleicht bist du etwas besser als ich, aber mich schützt der Zauberspruch eines großen Meisters.«

»Er hat Recht«, sagte Melamori. »Er kann selber nicht zaubern, genießt aber den Schutz einer sehr angesehenen Persönlichkeit. Ihm kann nichts etwas anhaben, und ich weiß jetzt, warum es so schwer war, auf seine Spur zu treten.«

»Was soll man in so einem Fall tun, Unvergessliche?«, fragte ich erschöpft. »Soll ich meine toten Untertanen bitten, ihn weiter festzuhalten, und zu Juffin rasen? Immerhin wäre ich mit dem A-Mobil rasch wieder da. Oder hast du einen anderen Vorschlag?«

»Natürlich«, sagte Melamori. »Deine treuen Knechte sollten sich mit unseren Polizisten zusammentun und Dschifa fesseln. Gegen ein solides Seil hilft kein magischer Schutz. So bringen wir ihn nach Echo, wo Juffin sich um ihn kümmern kann.«

»Meine Herren«, wandte ich mich an die Polizisten, »wir brauchen ein solides Seil. Habt ihr so was dabei?«

»Wir haben Gurte«, sagte Hauptmann Schichola und zog seinen Waffengurt ab. »Macht es wie ich, Leute«, befahl er dann. »Wir wickeln Dschifa wie ein Baby.«

»Braucht ihr Hilfe?«, fragte ich meine toten Verehrer.

»Ja, Herr«, sagten sie traurig. »Dringend. Wir können Dschifa zwar halten, aber Eure Leute müssen ihn fesseln. Wir sind dazu zu schwach.«

»Ihr seid tote Puppen«, kommentierte Dschifa verächtlich und schaute mich eher leidend als grausam an. »Fremdling, nimm nie Tote als Freunde. Schlechten Zauberern wie uns beiden nutzen sie gar nichts.«

Ich wandte den Blick von Dschifa ab und fragte die Polizisten: »Was stiert ihr so? Meine Jungs brauchen Hilfe. Habt ihr nicht gehört? Das ist keine leichte Zusammenarbeit, ich weiß, aber wenn sich ihr Oberhaupt befreit, wird es noch schwieriger. Du brauchst das Gesicht nicht zu verziehen, Melamori, du hast deinen Anteil geleistet. Aber der Rest soll jetzt bitte endlich loslegen.«

»Vielen Dank, Max«, lächelte Melamori bitter. »Nett von dir. Und schön, wie souverän du hier die Kommandos gibst. Leider sind deine bleichen Schönlinge nicht zum Ansehen.«

Die Polizisten teilten offenbar diese Meinung, denn sie wollten nicht in die Senke springen.

»Habt ihr euch überanstrengt?«, fragte jemand.

Sündige Magister, das war ja mein Chronist. Den hatte ich total vergessen. Inzwischen stand er ganz vorne.

»Max, ich helfe unseren tollen Polizisten. Ich bin noch nicht müde.«

»Mach das, aber rasch.« Ich hatte weder Zeit noch Kraft, Ande zu sagen, wie tapfer er war, hoffte aber, es stünde in meinem Gesicht geschrieben.

Der rundliche Journalist sammelte die Gurte der Polizisten ein und sprang dann unerwartet grazil in die Senke. Nach ein paar Sekunden kommandierte er meine toten Helfer schon tapfer. Dschifa knirschte mit den Zähnen und schimpfte so großartig, dass ich vor Neid grün wurde. Dann wandte ich mich erwartungsvoll an die Polizisten. Leutnant Kamschi nahm auch ein paar Gurte und sprang zu Ande Pu hinunter. Schichola folgte seinem Beispiel, und dann schlossen sich auch ein paar andere an.

»Vergesst nicht, ihn zu knebeln. Diese Schimpfworte solltet ihr besser nicht hören.«

Keine fünf Minuten später war Dschifa geknebelt und in einen echten Lederkokon verpackt. Den Magistern sei Dank: Nun war er endlich still. Mit vereinten Kräften zogen die Polizisten und meine toten Helfer den Räuberhauptmann aus der Senke und legten ihn zu meinen Füßen. Die Toten tummelten sich in meiner Nähe, und Ande Pu, der so stolz wirkte wie ein Denkmal Gurigs VII., musterte sie aus den Augenwinkeln.

»Dein Piratenopa wäre jetzt stolz auf dich, mein Freund«, sagte ich zu ihm und wandte mich an die Polizisten, die sich die Hände im Gras säuberten. »Das war's schon, Leute. Wir haben alle Füchse aus Mahagon gefangen. Ihr könnt mit ihnen machen, was ihr wollt. Ich hab keine Kraft mehr.«

Genüsslich warf ich mich ins Gras, schaute in den hellen Morgenhimmel und sah einen einzelnen Vogel über den Baumkronen fliegen. Ich hatte den Eindruck, ihn so sehr zu lieben wie noch niemanden auf der Welt.

Plötzlich vernahm ich Geräusche. Ich wandte den Kopf, um zu sehen, was los war, hatte aber nur bunte Flecke vor den Augen. Ringsum standen Polizisten und klatschten, wie man einen Piloten nach gefährlichem Manöver bejubelt.

»Ja«, flüsterte ich. »Stimmt. Ich bin ein tapferer Kerl. Und ich hatte irgendwo eine Flasche Kachar-Balsam. Weiß jemand, wo sie ist?«

»In deiner Manteltasche, Max«, sagte Melamori. »Brauchst du eine Stärkung?«

»Ja«, meinte ich, zog die Flasche heraus und nahm einen großen Schluck. Weil mir das zu wenig war, nahm ich noch einen. Die bunten Flecke vor den Augen verschwanden langsam, und die Welt ringsum sah wieder aus wie sonst.

»Sollen wir nach Hause fahren?«, fragte ich. »Oder wollt ihr jetzt eure Butterbrote auspacken? Hat jemand Lust auf ein Picknick im Grünen? Vermutlich nicht.«

»Max, was sollen wir mit denen machen?«, fragte Schichola erschrocken und wies mit dem Kopf auf die Toten.

»Nichts«, sagte ich achselzuckend. »Ich kann sie nicht umbringen. Das habt ihr doch gesehen. Aber sie werden uns nützlich sein. Sie müssen ihren Chef Dschifa hochstemmen und uns folgen.«

»Zu Fuß? Wir haben doch nur ein A-Mobil«, sagte Leutnant Kamschi verwirrt. »Und in den Dörfern Transportmittel zu suchen, dauert ewig.«

»Natürlich folgen sie uns zu Fuß. Besser gesagt: Sie laufen uns nach. Am besten setzen Sie sich ans Steuer, Kamschi, dann schaffen sie es leichter.« Ich wandte mich an die Toten: »Meine Adler, wollt ihr mir folgen? Und könnt ihr schnell laufen?«

»Wir folgen Euch überallhin, Herr«, riefen diese idealen Untertanen demütig im Chor.

»Prima. Meine Herren, steigen wir ein, ich bin todmüde.«

»Du siehst furchtbar aus, Max«, sagte Melamori leise. »Diese Kugelblitze haben dich bestimmt viel Kraft gekostet.«

»Bestimmt. Aber es ist sehr leicht, sie zu fabrizieren.«

»Das ist immer so. Für alles, was man leicht bekommt, muss man teuer bezahlen«, sagte Melamori nickend.

Wir gingen zu der Lichtung, auf der unser A-Mobil stand. Meine Helfer marschierten mir nach und schleppten unverdrossen das schwere Gewicht ihres ehemaligen Anführers.

Ande Pu ging neben mir her und warf den Toten ab und an einen hochmütigen Blick zu.

»Wir könnten ihn ins A-Mobil legen«, grübelte Leutnant Kamschi laut. Lady Melamori und Sie könnten mit dem Wagen nach Echo fahren, und der Rest von uns geht in die Dörfer.«

»Warum?«, fragte ich achselzuckend. »Wir kehren zurück, wie wir gekommen sind. Machen Sie es bitte so, wie ich gesagt habe. Setzen Sie sich ans Steuer, und fahren Sie nicht so schnell, damit meine toten Freunde nicht außer Atem kommen. Die können ihn gut bis Echo tragen.«

»Sie sind grausam, Sir Max«, sagte Kamschi leise.

»Ich?«, fragte ich erstaunt. »Das hätte ich nie gedacht. Aber egal, ob ich unbarmherzig bin oder nicht: Was soll ich tun? Diese Leute sind schon seit vielen Jahren tot. Woher wollen Sie wissen, was für sie gut oder schlecht ist? Sie werden hinter unserem A-Mobil herlaufen und dabei glücklich sein. Das können Sie mir glauben. Und was Sir Dschifa anlangt, ist er auch seit Jahren tot. Der Körper macht, was er will, obwohl der Besitzer des Körpers schon lange ausgeflogen ist.«

Kamschi schüttelte den Kopf und ging zum Wagen. Schichola warf ihm einen bedeutungsvollen Blick nach und sah mich dann schuldbewusst an. Schließlich zuckte er die Achseln und ging, um seinen toten Schützlingen letzte Befehle zu geben. Der Weg in die Hauptstadt war noch ziemlich lang.

Melamori klopfte mir vorsichtig auf die Schulter. »Mach dir nichts draus, Max. Kamschi ist ein seltsamer Junge und war immer so. Aber du hast Recht.«

Ob ich Recht habe oder nicht, ist eigentlich egal, dachte ich lächelnd. »Vielen Dank, Unvergessliche«, sagte ich. »Du hast meine Laune sehr verbessert.«

»Du bist müde. Deshalb ist deine Laune so schlecht. Du solltest versuchen, unterwegs zu schlafen.«

»Das werde ich tun«, sagte ich mit Nachdruck. »Kannst du unterwegs mit Juffin reden? Ich hab keine Kraft mehr, mich bei ihm per Stummer Rede zu melden. Und frag ihn, ob ich nicht vielleicht doch übertreibe.«

»Alles klar«, sagte Melamori, setzte sich ins Gras und blickte gedankenverloren ins Irgendwo. Nach einer Minute zwinkerte sie mir zu. »Hattest du wirklich noch Zweifel, Max? Unser Chef ist von deiner Idee rundweg begeistert. Er sagt, so einen Anblick hat die Hauptstadt noch nie gesehen. Eine Menge Tote, die hinter einem A-Mobil hermarschiert und am Haus an der Brücke landet! Da kann der gutmütige Kamschi den Leuchtpilz seines Chefs aufessen!«

Kamschi saß schon am Steuer, schaute uns an und fragte kaltblütig: »Können wir dann?«

»Ja«, sagte ich nickend. »Ande, mein Freund, setz dich bitte nach vorn. Sei nicht böse, aber du brauchst nun mal viel Platz.«

»Ich weiß, ich bin nicht dünn. Aber das ist nicht schlimm, und beleidigt bin ich auch nicht. Nur dumme Leute können über Tatsachen beleidigt sein.«

»Siehst du, Max«, meinte Melamori augenzwinkernd.

Hauptmann Schichola zögerte ein paar Sekunden und lachte dann. Ande sah ihn mit hochmütigem Staunen an, und auch ich musste lächeln. Dafür reichten meine Kräfte noch.

Dann machte ich es mir auf der Rückbank bequem und legte den Kopf auf den Schoß von Lady Melamori. Meine Beine landeten zwar an der Hüfte von Hauptmann Schichola, und ich wusste, dass das nicht gerade höflich war, doch ich konnte nichts daran ändern und war binnen Sekunden eingeschlafen. Nach einer Portion Kachar-Balsam träumte ich etwas Süßes, und unterm Ohr hatte ich das bezaubernde Knie von Lady Melamori.

Erstmals seit meiner Rückkehr aus Kettari traute ich mich, ohne mein Amulett einzuschlafen. Sir Juffin hatte mir das mehrfach ausdrücklich verboten, und ich hatte ihn nie fragen wollen, was passieren würde, wenn ich mal ohne Amulett einschliefe. Aber nun war ich so müde, dass ich daran nicht einmal mehr dachte.

Ich hatte keine Ahnung, was ich geträumt hatte, erwachte aber ziemlich zerschlagen. Seltsam – nach so einer großen Portion Kachar-Balsam …

»Wir sind schon fast in Echo, Max«, sagte Lady Melamori und strich mir unerwartet über die Nase. Dann setzte sie hinzu: »Dein Kopf wiegt übrigens mindestens eine Tonne.«

»Natürlich. Da drin sind schließlich alle klugen Gedanken versammelt«, sagte ich stolz und massierte mir den Nacken. »Wie lange habe ich eigentlich geschlafen?«

»Fünf Stunden, wenn nicht mehr. Kamschi ist nicht gefahren, sondern wie eine Schnecke über die Landstraße gekrochen. Ich glaube, er wollte deine Knechte schonen. Stimmt's, Kamschi?«

»Ich wollte nur nicht, dass sie zurückbleiben«, sagte der Leutnant etwas gereizt. »Lady Melamori hat mich die ganze Zeit mit Bemerkungen gequält, Sir Max. Sagen Sie ihr bitte, dass es unmöglich war, schneller zu fahren.«

»Halten Sie mich etwa für einen Experten in puncto Leichentransporte? Denken Sie, so was passiert mir alle zwei Wochen?«, murmelte ich undeutlich, weil ich noch recht verschlafen war. Dann fand ich in der Tasche meines Mantels die bekannte Flasche und sah mir die Prozession an, die uns folgte. »Ist jemand zurückgeblieben? Wenn ja, sollte man ihn auflesen.«

»Es sind alle Mann da. Ich hab das die ganze Zeit beobachtet«, beruhigte mich Schichola.

»Die ganze Zeit? Sie Armer!«, meinte ich mitleidig. »Ich stehe in Ihrer Schuld.«

»Na ja, mitunter hab ich auch mal woanders hingesehen«, gab der Hauptmann zu.

»Daran haben Sie gut getan. Sonst wären Sie womöglich verrückt geworden. Und wie geht es dir, meine Schreibwaffe?«, fragte ich und legte die Hand auf die rundliche Schulter meines heroischen Chronisten.

»Der Artikel ist schon fertig. Alle dürfen gespannt sein«, meinte Ande belustigt. »Wollen Sie ihn lesen, Sir Max? Er wird Sie begeistern – das weiß ich.«

»Und wie!«, mischte sich Melamori ein. »Nach diesem Artikel wird man uns beiden Denkmäler errichten. Deines allerdings wird größer sein. Das größte Denkmal aber bekommt Sir Ande, und man wird das Denkmal von König Gurig VII. seinetwegen umsetzen müssen. Stimmt's, Sir Ande?«

»Auch dieses Mädchen wirft mit unglaublichen Sprüchen um sich«, sagte Ande und schien begeistert.

Eigentlich wandte er sich an niemanden von uns, sondern an seinen besten Gesprächspartner, also an sich selbst.

»Und wie ist der Artikel?«, fragte ich Melamori. »Kann man ihn veröffentlichen?«

»Das sollte man unbedingt. Warum fragst du? Sir Rogro muss nur ein paar Absätze streichen, die vom Unwillen der Polizisten berichten, in die Senke zu springen. Das ist zwar die Wahrheit, aber ich kann die Leute sehr gut verstehen. Sie sind schließlich alle freiwillig in den Wald gegangen, und das allein war schon sehr mutig. Sir Ande, Sie müssen den Menschen gegenüber einfach großzügiger sein. Wir alle sind schwache Geschöpfe.«

Ande murmelte etwas Unverständliches in sich hinein. Leutnant Kamschi sah ihn missbilligend an, schwieg aber dazu.

»Großmut ist eine wichtige Sache«, stellte ich fest, »denn sie ist Zeichen eines glücklichen Lebens. Wenn Melamori mit dem Artikel zufrieden ist, brauche ich ihn jetzt nicht zu lesen. Ich kaufe mir die Zeitung – das ist viel angenehmer.«

»Sie können ihn ruhig lesen. Es steht wirklich nichts Schlimmes drin«, meinte Ande gereizt. Dann setzte er begeistert hinzu: »Sir Max, Sie haben sich da im Wald eine tolle Nummer geleistet. Alle Helden der Vergangenheit können neidisch auf Sie sein.«

»Schon gut, Ande«, sagte ich und winkte lächelnd ab.

Ich drehte mich zum Fenster und merkte, dass die Straßen der Hauptstadt voller Schaulustiger waren. Die Leute sahen sich mit schweigender Neugier die Prozession an, die aus dem Wald von Mahagon kam.

»Wer hätte gedacht, dass es in Echo so viele Faulenzer gibt.«

»Ich kann die Leute gut verstehen. Dieser Anblick ist es wert, alles stehen und liegen zu lassen«, meinte Schichola. »Ich hätte dasselbe getan.«

»Darf ich hier aussteigen, Max?«, fragte Ande. »Zur Redaktion der *Königlichen Stimme* sind es von hier aus nur ein paar Schritte, und vielleicht schaffe ich es ja, meinen Artikel noch in der Abendausgabe unterzubringen.«

»Natürlich. Warum fragst du? Du bist – den Magistern sei Dank! – ein freier Mensch.«

Kamschi hielt kurz an. Ande sprang erstaunlich flink aus dem Wagen, wünschte uns noch einen guten Tag und verschwand in der Menge.

»Wie findest du ihn?«, fragte ich Melamori.

»Toll«, sagte sie. »Die erste halbe Stunde der Rückreise hat er seinen Artikel geschrieben, und dann hat er mir Geschichten aus dem Studium und von seiner Arbeit am Hof erzählt. Obendrein lispelt er so süß. Sonst wäre ich vor Langeweile fast gestorben: Du hast geschlafen, Schichola hat deine Knechte beobachtet, und Kamschi hat getan, als würde er sich nur auf den Weg konzentrieren. Dabei könnte das A-Mobil bei dieser Geschwindigkeit allein fahren.«

Leutnant Kamschi schwieg und zuckte nur müde die Achseln. Unsere Diskussion hatte ihn zweifelsohne getroffen.

Keine Ahnung, wie meine Begleiter es sahen – ich jedenfalls freute mich, wieder ins Haus an der Brücke zu kommen. Ich besah mir die alten Mauern und stellte fest, wie angenehm und ruhig es bei uns war. Hier herrschte Sir Juffin, der mich gleich von meinen toten Knechten befreien würde. Von meinem Erfolg wurde mir ganz mulmig.

Mein Chef kam uns entgegen, warf uns einen verschlagenen Blick zu, kicherte, schüttelte den Kopf und gab ein paar Befehle, die mich sehr erleichterten.

»Melamori, ab nach Hause. Erhol dich. Dieses Monster im Todesmantel hat dich beinahe bis aufs Blut gequält. Wenn ich dich brauche, sag ich Bescheid. Max, hör endlich auf, so ein furchtbares Gesicht zu machen. Wenn du nicht gleich lächelst, rufe ich die Heiler. Und verfrachte deinen Schatz bitte in die Abstellkammer neben unserem Büro. Ich meine natürlich Dschifa, nicht Lady Melamori. Dann musst du zu deinen neuen Lieblingen zurückkehren und Sir Schurf helfen, das Problem der toten Knechte zu lösen. Und ihr, meine lieben Polizisten, könnt noch ein paar Minuten hierbleiben und euch an eurer Beute weiden. Wer von euch ist eigentlich auf die Idee gekommen, Max zu diesem Picknick einzuladen? Das würde mich sehr interessieren. Waren Sie das etwa, Kamschi?«

»Nein, die Idee kam von Hauptmann Schichola. Ich wollte unbedingt allein arbeiten, weil die Beschäftigung mit den Füchsen von Mahagon nie zum Aufgabenkreis Ihrer Behörde gehört hat. Außerdem hatte ich unsere Strategie so lange vorbereitet, dass ich die Füchse mit unseren Leuten hätte zur Strecke bringen können und keine andere Behörde einschalten wollte.«

»Sehr gute Arbeit, Hauptmann Schichola. Ihre Intuition ist Gold wert. Und du, Max? Worauf wartest du noch? Du sollst Dschifa doch dahin bringen, wo er hingehört. Wälz mir bitte diesen Stein vom Herzen.«

»Du und du«, sagte ich und zeigte auf meine toten Helfer, die den verschnürten Dschifa schleppten, »folgt mir. Alle anderen bleiben hier und warten, bis ich wieder da bin. Verstanden?«

»Alles klar, Herr«, ertönte es gehorsam im Chor.

»Toll«, sagte Juffin begeistert. »Du bist der geborene Potentat, Max. Ein echter Prinz, Ehrenwort. Und du hast behauptet, du gibst ungern Befehle ...«

»Ich hasse es sogar, andere herumzukommandieren«, sagte ich erbittert.

»Dafür kannst du es aber ganz gut. Diese Eigenschaft solltest du pflegen. Vielleicht brauchst du sie noch mal.«

»Hoffentlich nicht. Dann ist es schon besser, andere umzubringen.«

Ich sah Kamschi finster an und erinnerte mich daran, dass er mir Grausamkeit vorgeworfen hatte. Es war dumm, mich davon so erschüttern zu lassen. Grausamkeit wird in Echo nicht ungern gesehen. Ich musste sie allerdings noch verfeinern.

Mit meinen beiden toten Helfern brachte ich Dschifa in eine kleine, enge Kammer, die neben Juffins und meinem

Büro lag und auch von dort zugänglich war. Bei dieser Kammer handelte es sich um eine Miniaturausgabe des Cholomi-Gefängnisses, denn man konnte sie weder verlassen noch darin zaubern, und per Stummer Rede konnte man sich von dort aus auch nicht verständigen. Es war eine isolierte Verhörzelle für besonders schwere Fälle. Soweit ich wusste, wurde sie eigentlich nie benutzt. Was Dschifa anlangte, gab es aber gute Gründe, die berüchtigten Verhörmethoden aus der Anfangszeit der Epoche des Gesetzbuchs neu zu beleben. Damals war diese Zelle nicht einen Tag leer gewesen.

»Legt ihn auf den Boden«, befahl ich meinen gehorsamen Untertanen. »Den Knebel könnt ihr ihm aus dem Mund nehmen. Hier kann er schimpfen, was das Zeug hält. Ich möchte die Freiheit der Meinungsäußerung nicht beschränken, auch wenn es zu Fluchtiraden kommt. Aber anhören will ich mir das nicht.«

Meine Helfer taten, wie ihnen befohlen. Dschifa nutzte die Gelegenheit, uns mit saftigen Worten zu verabschieden.

Die übrigen Toten drängten sich im Flur. Juffin verschwand, und meine braven Kollegen von der Polizei mussten eine wirre Rede ihres Vorgesetzten Fuflos über sich ergehen lassen.

Es war unfassbar: Fuflos beschimpfte seine heldenhaften Mitarbeiter, weil sie keine Waffengurte trugen! Ich wollte meinen Ohren nicht trauen. Zwar hatte ich immer gewusst, dass Fuflos so beschränkt wie Bubuta war, aber nicht gedacht, dass er sich als ein solcher Dummkopf erweisen könnte.

»Sie sollten den Mund halten und ins Gasthaus gehen,

Kapitän«, sagte ich freundlich zu ihm. »Was die Gurte Ihrer Mitarbeiter anlangt, dienen sie dazu, einen berüchtigten Verbrecher in Schach zu halten. Und Ihre Offiziere haben diesen Mann vor ein paar Stunden verhaftet. Ich könnte Ihnen ein paar Details von seiner Festnahme erzählen, aber ich fürchte, Sie würden kaum begreifen, wovon ich rede. Und eine Bitte habe ich noch: Stören Sie Ihre Mitmenschen nicht länger bei der Arbeit.«

Fuflos sah mich schockiert an. Ich vermutete, er hatte nicht viel von dem verstanden, was ich gesagt hatte. Eines aber war ihm klar: Er war beleidigt worden. Er konnte nichts dagegen unternehmen, weil ich – der grausame Sir Max – sein Beleidiger war. Also entschied er sich, noch etwas um seine Ehre zu kämpfen.

»Sir Max«, begann diese Seele von Mensch, »Sie sollten solche Reden nicht in Gegenwart meiner Mitarbeiter führen. Das untergräbt meine Autorität.«

»Ihre Autorität?«, wiederholte ich. »Na ja. Ich sag's noch mal: Gehen Sie ins Wirtshaus, Fuflos. Dort ärgern Sie weder die Dunklen Magister noch mich.«

Der Arme starrte mich angestrengt an und murmelte etwas in sich hinein. Dann zog er die Stirn in Falten, arbeitete also ausnahmsweise mal mit dem Kopf. Schließlich zuckte er die Achseln und verließ den Flur, ohne ein Wort zu sagen.

»Vielen Dank, Sir Max«, sagte Leutnant Kamschi. »Gut, dass Sie diesen peinlichen Auftritt beendet haben.«

»Das musste ich doch. Ihr seid so tapfere Kerle, und der da … Wenn noch mal so was passiert, sagt mir bitte Bescheid. Ich werde dann mit ihm unter vier Augen sprechen.«

»Ich freue mich, dich zu sehen, Max.«

Eine hoch gewachsene, schneeweiße Silhouette erschien am Ende des Flurs: Sir Schurf persönlich! Erfreut drehte ich mich zu ihm um.

»Ich habe dir Gäste mitgebracht, mein Freund«, sagte ich und wies schuldbewusst auf all die putzmunteren Toten.

»Können wir jetzt gehen?«, fragte Kamschi.

»Natürlich. Vielen Dank für das nette Abenteuer. Ich werde Sie auf dem Laufenden halten.«

»Aber Sie werden nicht viel ausrichten können«, meinte Kamschi. »Diese Sache hat etwas mit einem der alten Orden zu tun, wenn ich die Lage richtig einschätze.«

»Kommt Zeit, kommt Rat«, meinte ich. »Wir stellen beim Kleinen Geheimen Suchtrupp leider immer wieder fest, dass fast alles mit allem verbunden ist.«

Die Polizisten verschwanden. Schurf und ich blieben allein zurück – wenn man die Toten nicht mitzählte.

»Anscheinend funktionieren meine grünen Kugelblitze. Gefällt dir, was ich damit bewirkt habe? Mir nicht gerade«, meinte ich und sah Lonely-Lokley finster an. »Sei ein guter Freund, Schurf, und hilf mir.«

»Das sieht sehr interessant aus.«

Er musterte die toten Räuber, die ihrerseits mich anstierten. Er ging sogar ein paar Schritte auf sie zu und kehrte dann zu mir zurück.

»Max, deine tödlichen Kugelblitze sind in Ordnung. Sie sind genauso gefährlich wie meine, aber … Weißt du, alles hängt von deinen Wünschen ab. An denen musst du noch arbeiten. Du hättest die Räuber leicht umbringen können, wenn du gewollt hättest.«

»Ich soll das nicht gewollt haben? Hältst du mich für ein Weichei? Ich hab einfach nicht darüber nachgedacht. Mir ging es nur darum, am Leben zu bleiben.«

»Das glaub ich dir gern. Weißt du, Max, du bist noch immer der Überzeugung, dass es nicht gut ist, Menschen umzubringen. Das ist für dich eine Art Verbrechen. Darum hast du die Räuber im tiefsten Innern deiner Seele nicht umbringen wollen, sondern dir gewünscht, sie sollen harmlos werden und dir nützlich sein. Und genau das ist geschehen. Du bist wirklich ein praktisch veranlagter Mensch.«

»Da hast du vermutlich Recht. Was soll ich jetzt tun? Auf die Straße gehen und ein paar Passanten umbringen, um mich daran zu gewöhnen?«

»Du wirst dich langsam daran gewöhnen müssen. Mit solchen Sachen sollte man sich aber nicht beeilen. Bist du eigentlich nicht auf die Idee gekommen, dass du all diese hübschen Räuber gar nicht hättest mitbringen müssen?«

»Was hätte ich sonst tun sollen? Ihnen befehlen, im Wald spazieren zu gehen?«

»Hast du immer noch nicht kapiert? Sie befolgen all deine Befehle, Max!«

»Und?«

»Du hättest ihnen einfach befehlen können, im Wald zu sterben. Dadurch hättest du dir und uns die Räuberparade durch Echo erspart. An diesen Umzug werden sich die Bewohner der Stadt noch lange erinnern. Ich verstehe bloß nicht, warum Sir Juffin deine Entscheidung gebilligt hat. Vielleicht sollte das ja ein schrecklicher Witz sein. So was würde zu ihm passen.«

»Moment mal«, sagte ich verwirrt. »Du meinst also,

wenn ich ihnen sage, dass sie sterben sollen, tun sie es auch?«

»Natürlich«, sagte Lonely-Lokley kaltblütig und zuckte die Achseln. »Und je schneller du es tust, desto besser für dich. Ich glaube, es ist nicht richtig, dass diese Toten sich im Flur des Hauses an der Brücke drängeln. Es ist geradezu unmoralisch.«

»Unmoralisch?«, wiederholte ich gereizt. »Du haust ja ganz schön auf die Pauke.«

»Na los, Max«, sagte Lonely-Lokley beharrlich. »Gib deinem Herzen einen Stoß. Es gibt Dinge, die man hinter sich bringen muss.«

»Gut«, sagte ich und wandte mich an die Toten. »Ich befehle euch, euch hinzulegen, zu sterben und zu Staub zu zerfallen. Wiederauferstehung ist strengstens verboten.«

Ich war sicher, dass mein Befehl ohne Reaktion verpuffen würde, doch die Toten legten sich tatsächlich hin und waren Minuten später nur noch Staub. Im Flur war es schmutzig wie nie. Der Boden war von einer dicken Staubschicht bedeckt. Das sah alles andere als gut aus.

Ich hatte das dringende Bedürfnis, die Linke von Lonely-Lokley zu nehmen. Zum Glück trug er gerade Handschuhe. Das Berühren seiner Hände kommt an sich einem Selbstmord gleich. Auf diesen blöden Gedanken hatte wieder nur ich kommen können.

»Sie sind weg«, sagte ich und kicherte nervös.

»Natürlich. Du hast es ihnen ja befohlen. Hattest du wirklich Zweifel daran, dass es so kommen würde?«

»Zweifel? Ich war sicher, dass ich es nicht schaffe.«

»Seltsam. Hab ich dich je belogen?«

»Nein, aber ... Weißt du, Schurf, was gerade geschehen

ist, stimmt einfach nicht mit den Vorstellungen überein, die ich von meinen Fähigkeiten habe.«

»Das ist Unsinn. Wer schätzt seine Fähigkeiten schon richtig ein? Allenfalls Magier, vor allem die großen. Keine Sorge, du schaffst noch ganz andere Dinge.«

»Da wir gerade über meine Fähigkeiten reden: Ich bin heute Morgen aus Versehen auf die Spur von Lady Melamori getreten, und ihr ging es daraufhin schlecht. Dabei hatte ich gar nicht vor, ihr zu nahe zu kommen.«

»Lass uns in mein Büro gehen, Max«, schlug Lonely-Lokley vor. »Es wäre wohl besser, sich dort zu unterhalten und nicht im Korridor. Außerdem kommen gleich Leute zum Saubermachen.«

»Vielleicht können wir zu mir gehen. Das ist näher.«

»Lieber nicht. Weißt du, Sir Juffin betrachtet dein Büro als sein eigenes. Ich würde mich nicht wundern, wenn er dort gerade sitzt.«

Lonely-Lokley schloss die Tür hinter sich und setzte sich auf seinen unbequemen Bürostuhl. Ich hockte mich auf den Boden und lehnte mich an den Tisch.

»Du siehst müde aus, Max. Wie viele tödliche Kugelblitze hast du eigentlich fabrizieren müssen?«

»Mehr als dreißig bestimmt. Ich hab nicht mitgezählt.«

Lonely-Lokley musterte mich.

»Nicht schlecht. Viel mehr als ich dachte. Wie kannst du da überhaupt noch auf den Beinen stehen?«

Ich winkte müde ab.

»Meine Genialität raubt mir den letzten Nerv, Schurf. Ich sehne mich danach, ein paar Tage auszuspannen.«

»Geht's dir nicht gut?«, fragte Lonely-Lokley mitfühlend. »Das ist sicher nichts Ernstes. Das liegt nur daran, dass du dich so angestrengt hast. Morgen geht's dir sicher schon besser, und übermorgen wirst du dich nicht mehr daran erinnern. Glaub mir, du kannst demnächst deine Macht genießen. Aber jetzt erzähl mal, wie du Lady Melamori auf die Spur getreten bist. Hat es sofort geklappt? Hat Sir Juffin es sich anders überlegt und dir einiges beigebracht?«

»Das ist es ja! Gar nichts hat er mir gezeigt!«, rief ich und erzählte Schurf in aller Kürze von meinem unbeabsichtigten Fehltritt.

»Klingt ziemlich ernst«, meinte Lonely-Lokley besorgt. »Bei so ungeheuren Fähigkeiten muss man lernen, sich zu beherrschen. Sonst wird man gemeingefährlich.«

»Was soll ich tun?«, fragte ich zum x-ten Male traurig.

»Was du tun sollst? Zum Beispiel die Atemübungen machen, die ich dir gezeigt habe – allerdings öfter.«

»Das war's schon?«, fragte ich verwirrt.

»Für den Anfang wäre es jedenfalls nicht schlecht. Du denkst doch alle paar Tage an deine Übungen, oder?«

»Na ja, ich denke manchmal öfter, manchmal weniger oft daran«, meinte ich und zuckte schuldbewusst die Achseln.

»Du musst dich zusammenreißen«, sagte Schurf streng. »Es gibt nichts Schlimmeres als Leute, die Macht haben, aber keine Selbstdisziplin. Entschuldige, aber jemand muss dir mitunter eine langweilige Predigt halten. Du musst an dir arbeiten.«

»Du hast ja Recht, Schurf«, seufzte ich. »Es wäre gut, wenn du mir das mehrmals täglich sagtest. Ich glaube, nur so kann man erfolgreich mit mir zusammenarbeiten.«

»Meinst du wirklich, das würde dir helfen? Kein Problem – das lässt sich machen.«

»Ich habe keinen Zweifel daran«, sagte ich lächelnd. »Wenn ich zwölfmal täglich von dir höre, ich müsse mich aufraffen, reicht das vollauf – Ehrenwort.«

»Abgemacht«, sagte Lonely-Lokley ruhig.

Ich kicherte in mich hinein. Wahrscheinlich stand mir nun ein ausgesprochen lustiger Lebensabschnitt bevor.

»Und jetzt lass uns mittagessen gehen«, sagte Schurf und stand ungerührt auf. »Sir Juffin erwartet uns im *Fressfass*, wie er mir gerade per Stummer Rede mitgeteilt hat. Und er hat mich gebeten – ich zitiere! –, das mitzubringen, was von Sir Max noch übrig ist.«

»Ich hab seinen unverwechselbaren Stil sofort erkannt«, brummte ich. Dann gingen wir ins *Fressfass*.

»Sündige Magister, siehst du finster aus – wie ein hungriger Vampir!«, bemerkte Juffin, als er kurz von seinem Teller aufblickte. »Warum vergeudest du deine Kräfte an Tragödien? Das ist nichts für dich, glaub mir.«

»Bei Max sind ein paar echte Probleme aufgetaucht«, mischte sich Lonely-Lokley ein.

»Probleme? Seine Sorgen möchte ich haben!«, meinte Juffin nur und winkte ab. »Es ist doch alles wunschgemäß gelaufen, wenn nicht besser. Seit wann bist du Pessimist, Schurf? So kenn ich dich gar nicht.«

»Ich hab so meine Ahnungen«, sagte Lonely-Lokley lakonisch.

»Ach ja? Ich gar nicht. Seltsam – dabei stimmt unser Vorgefühl normalerweise überein.«

Ich sah meine Kollegen verwirrt an und fühlte mich

wie ein ernstlich Erkrankter, der bei mehreren Ärzten Rat sucht und feststellen muss, dass die Diagnosen der Spezialisten ganz unterschiedlich sind.

»Keine Panik, Max. Alles wird gut«, sagte Schurf und sah mich plötzlich sehr mitfühlend an. »Mach die berühmten Atemübungen weiter. Irgendwer in Echo muss das ja tun. Und keine Sorge – alles kommt wieder ins Lot, solange man die Ruhe behält. Das ist ein Naturgesetz ... Sündige Magister, welcher Dummkopf benutzt in meiner Nähe Verbotene Magie? Kommt, das schauen wir uns an. Das riecht ja gar nicht gut.«

Juffin sprang zum Ausgang, und auch Lonely-Lokley landete dort mit einem Satz. Sein schneeweißer Lochimantel flatterte dabei wie ein Segel. Ich weiß nicht mehr, wie ich auf die Straße gekommen bin. Mein Chef sah sich verwirrt um.

»Was ist das bloß? Ich glaube, es kommt vom Haus an der Brücke. Nichts wie hin!«

Wir hetzten los.

»Das war's«, schnaufte Juffin im Laufen. »Es muss was richtig Großes gewesen sein, weil ich es sehr intensiv gespürt habe.«

»Merken Sie ohne Ihre Tabakspfeife mit Magieanzeiger den Einsatz von Zauberei überhaupt?«

»Natürlich«, sagte Juffin knapp. »Du bist nicht der Einzige, der Probleme mit seinen vielen Talenten hat. Das kommt manchmal sehr unpassend, vor allem nachts.«

Sir Juffin hetzte schnurstracks zu unserem Büro, blieb kurz an der Türschwelle stehen und schimpfte dann wie ein Rohrspatz. Solche Töne hatte ich von ihm noch nie gehört.

»Verdammter Mist!«, rief er zum Abschluss seiner Tirade, deren sprachlose Zeugen wir geworden waren.

Unsere Abstellkammer für von den Toten auferstandene Verbrecher stand sperrangelweit offen. Auf dem Boden lag Hauptmann Schichola. Seine Hände waren verkohlt, und sein Gesicht hatte einen schwärmerischen Ausdruck. Ich beugte mich hinunter und rüttelte vorsichtig an seiner Schulter, wusste aber schon, dass er tot war.

Erschrocken sah ich Juffin an. »War das Dschifa?«, fragte ich leise.

»Nicht allein«, sagte mein Chef und trat schnüffelnd in die Kammer. »Jemand hat ihm geholfen. So viel ist klar.«

»Wer denn?«

»Na wer wohl? Der Gleiche, der ihm geholfen hat, aus dem Reich der Toten in den Wald von Mahagon zurückzukehren. Wer sonst? So ein Mist!«

Juffin kauerte neben Schichola und kreuzte ihm vorsichtig die Hände überm Bauch. Einige Sekunden später stand er mit bitterem Seufzer auf und öffnete das kleine Fenster der Kammer.

»Mit diesem Fall haben wir kein Glück. Der arme Hauptmann war offenbar ein gutes Medium. Wie konnte ich das nur übersehen! Es gibt nicht viele solche Menschen in unserer Welt.«

Juffin lief in unser Büro hinüber und warf sich auf den Schreibtischstuhl. Lonely-Lokley nickte gedankenverloren, ging unserem Chef nach und blieb neben ihm stehen.

»Dschifa hat den Dunklen Weg genommen«, sagte Schurf kühl zu Juffin. »Einen Toten kann man höchstens fünf, sechs Meilen weit tragen.«

»Ja«, nickte mein Chef, grübelte kurz und fragte dann: »Richtung Süden, stimmt's?«

Lonely-Lokley zuckte die Achseln. »Sie wissen doch, dass ich die Himmelsrichtung nie spüre.«

Juffin verzog das Gesicht ein wenig und schnupperte kurz. »Er ist mit Sicherheit nach Süden gegangen.«

Verwirrt und verständnislos sah ich meine Kollegen an. Ihr Dialog war ein weiteres Rätsel, das mir der Tag aufgab. Ich blieb kurz auf der Türschwelle stehen und ging dann in die Abstellkammer.

»Da darfst du nicht rein«, rief Juffin. »Vielleicht trittst du Dschifa zufällig auf die Spur, und das wäre alles andere als angenehm für dich.«

Ich kehrte gehorsam ins Büro zurück und setzte mich auf die Fensterbank. Ich hätte am liebsten geweint – nicht vor Ärger oder Hilflosigkeit, sondern weil der Tod des sympathischen Hauptmanns Schichola so gar nicht zu meinen Vorstellungen vom Leben in Echo passte. Aber natürlich weinte ich nicht, sondern fixierte stattdessen einen Punkt an der Wand. Zwischen mir und dem Rest der Welt existierte plötzlich eine seltsame Barriere. Sie war durchsichtig, aber undurchdringlich. Und auch die Stimme meines Chefs erreichte mich wie durch eine Wand.

»Dschifa wurde von einem echten Meister wiederbelebt«, sagte Sir Juffin gedankenverloren. »Nur du, Schurf, könntest ihn aufs Neue töten. Oder ich. Niemand sonst ist dazu in der Lage. Ich wollte Dschifa zum Orden des Siebenzackigen Blatts bringen. Dort gibt es einige alte Spezialisten, die sich gern mit ihm unterhalten hätten … Melifaro, mein Lieber, vielen Dank, dass du so schnell gekommen bist. Ich brauche alle Informationen über folgende Herren:

Pefuta Jongo, Bubula Dschola Gjoche, Atwa Kurajsa und Jofle Kumbaj. Außerdem will ich wissen, ob einer von denen, die vor über dreißig Jahren an der königlichen Jagd auf die Füchse im Wald von Mahagon teilgenommen haben, mit den jüngsten Vorfällen dort zu tun hat.«

»Pefuta kann nichts damit zu tun haben«, sagte Lonely-Lokley. »Ich sehe ihn ab und zu. Alle paar Jahre treffen wir uns im *Dicken Skelett* – das hat bei uns Tradition. Ich kann schwören, dass er nicht dahintersteckt. Er hat seine Macht verloren. Stattdessen hat er eine große Familie und ist, was Magie anlangt, völlig aus der Übung. Das verstehen Sie doch, oder? Ich glaube, es geht ihm gut, und er ist glücklich.«

»Wirklich? Gut, Melifaro, dann finde über die anderen drei heraus, was immer du in Erfahrung bringen kannst. Und bitte schneller als sonst.«

»Natürlich.«

Ich hob den Blick, um Melifaro zu begrüßen, doch er war schon wieder gegangen. Ich sah nur noch seinen Mantel im Flur verschwinden und schaute Juffin verwirrt an.

»Mensch, Max, reiß dich zusammen!«, rief er. »Wir haben jede Menge zu tun. Wenn deine Trübsal Schichola helfen könnte, würde ich dir gern für längere Zeit die Laune verderben. Aber leider nützt uns deine Schwermut überhaupt nichts.«

»Denk an die Übungen, Max«, ermahnte mich Lonely-Lokley. »In solchen Situationen sind sie am hilfreichsten.«

»Natürlich. Bitte entschuldigt mich ein paar Minuten.«

Ich versuchte, mich zusammenzureißen. Eines musste man der Gymnastik von Sir Lonely-Lokley lassen: Kaum war eine Minute vergangen, verschwand die Barriere schon, die mich von meiner Umwelt trennte. Und ein paar Minuten später war ich wieder völlig in Ordnung. Na ja, meine Stimmung war vielleicht nicht allzu prächtig, aber es ging.

»Ob der Mann, der eine Leiche hat auferstehen lassen, persönlich im Haus an der Brücke gewesen ist?«, fragte ich. »Wenn ja, wäre es kein Problem, ihn zu finden, denn da er lebt, hat er eine Spur hinterlassen.«

»Ich glaube kaum, dass er sich ins Haus an der Brücke getraut hat«, brummte Juffin. »Weißt du, wenn es unbedingt sein muss, kann ein guter Magier einen Menschen als Medium benutzen. Und wie du weißt, ist genau das hier passiert. Schichola hat also die Tür zu unserer Abstellkammer öffnen und Dschifa befreien müssen. Natürlich muss jeder Außenstehende, der diese Geheimtür aufmacht, sterben, aber das war dem Magier offenbar egal.«

»Klar«, seufzte ich. »Die arme Melamori. Sie wird heute nicht lange schlafen können.«

»Melamori?«, fragte Juffin finster. »Du hast Recht, Max. Außer ihr kann niemand Dschifas Spur verfolgen. Aber ich glaube, sie wird von dieser Aufgabe begeistert sein. Es ist besser für sie, diesen Herrn zu verfolgen, als … mit dir A-Mobil zu fahren.«

»Vielleicht ist die Lösung noch einfacher«, spekulierte ich ungestüm. »Ich schätze, Dschifa mag seine Höhle. Womöglich ist er direkt in den Wald von Mahagon zurückgekehrt.«

»Vielleicht, vielleicht auch nicht … Lass uns auf Melifaro warten. Ich hoffe sehr …«

»Leider vergeblich«, unterbrach ihn Melifaro finster und fegte wie der Wind in Juffins Büro.

Wer hätte gedacht, dass Melifaro so düster wirken konnte!

»Warum vergeblich?«, fragte Juffin.

»Die Buriwuche im Großen Archiv haben mir gesagt, dass Bubula Dschola Gjoch, Atwa Kurajsa und Jofla Kumbaj tot sind. Sie sind nicht gleichzeitig gestorben, aber immerhin innerhalb der letzten zwei Jahre. Dann habe ich nach Sir Petufa Jongo gefragt, nur so für alle Fälle. Auch er ist tot, und zwar seit kaum zwölf Tagen.«

»Das überprüfen wir sofort. Sir Schurf, melde dich per Stummer Rede bei deinem alten Freund«, befahl Juffin.

»Er weilt tatsächlich nicht mehr unter den Lebenden«, bestätigte Lonely-Lokley kurz darauf. »Soll ich mit der Witwe reden? Die könnte uns einiges erklären.«

»Ja, mach das.«

Mein Chef stützte die Linke auf die Lehne seines Bürostuhls. Plötzlich knackte es, denn das Holz hielt dem Druck seiner Hand nicht stand. Juffin sah sich das Holzstück, das er da in der Hand hielt, verärgert an und warf es dann in die Ecke.

»Für alle Fälle hab ich auch nach den übrigen Männern gefragt, die vor dreißig Jahren an der Jagd auf Dschifa im Wald von Mahagon beteiligt waren«, sagte Melifaro und sah seinen Chef vorsichtig an, als wollte er einen Sicherheitsabstand zu ihm halten.

»Sind sie alle tot?«, fragte Juffin ungerührt.

Melifaro nickte. »Vermuten Sie das Gleiche wie ich?«

»Natürlich. Kennst du die Todesursachen?«

»Nein, aber ich glaube, sie sind alle eines natürlichen

Todes gestorben. Es hat sich nämlich niemand an uns gewandt.«

»An uns nicht, aber vielleicht an die Stadtpolizei.«

»So was Blödes!«, rief Melifaro und fasste sich an den Kopf. »Bin gleich zurück!« Mit diesen Worten verschwand er im Flur.

»Schurf, hast du schon herausgefunden, was deinem ehemaligen Kollegen zugestoßen ist?«, fragte Juffin und klopfte nervös mit den Fingern auf die Tischplatte.

Lonely-Lokley hob die Hand, um anzuzeigen, dass er sich noch per Stummer Rede unterhielt. Mein Chef zuckte gereizt die Achseln, doch nach ein paar Sekunden wurde seine Neugier befriedigt.

»Die Frau von Petufa sagt, es sei ein Unglücksfall gewesen«, meinte Lonely-Lokley. »Mein Freund hat bei einem Familienfest zu viel getrunken, ist die Treppe runtergestürzt und hat sich das Genick gebrochen.«

»Ein Unglücksfall? Das ist ja interessant!«, rief Juffin aufgeregt. »Warten wir ab, was Melifaro dazu sagt.« Er wandte sich an mich. »Und du, Max? Was denkst du darüber?«

»Wir haben es hier mit vielen Toten zu tun, unter anderem mit ehemaligen Magistern aus den alten Orden und mit Mitgliedern der vor dreißig Jahren im Wald von Mahagon durchgeführten Strafaktion gegen Dschifa. Unter all diesen Toten hält sich ein falscher Toter versteckt. Er ist ganz unauffällig gestorben, und seine Familie trauert um ihn. Suchen Sie nach so einer Person, Juffin?«

»Sicher«, murmelte er. »Du bist clever, Max. Kompliment! Ich will, dass du diese Sache zu Ende führst. Ich meine das, was du auf Bitten des armen Schichola hin überhaupt erst begonnen hast.«

Ehrlich gesagt, fürchtete ich, diese Aufgabe wäre für mich eine Nummer zu groß, aber ich zweifle eigentlich immer an mir. Diesmal aber hatte ich keine Lust, meine bezaubernde Bescheidenheit zu zeigen, um alsdann jede Menge bestätigende Worte zu ernten. Inzwischen nämlich war auch ich überzeugt davon, diesen Fall beenden zu müssen.

»Gut, dass du das auch so siehst«, fuhr Sir Juffin fort, ohne meine Reaktion abzuwarten. »Aber auch Sir Schurf hat eine Ahnung von der metaphysischen Ordnung des Weltgeschehens.«

»Wenn ihr beide glaubt, dass alles gut enden wird, werde ich dem keinen Widerstand entgegensetzen«, sagte Lonely-Lokley phlegmatisch.

»Geh nach Hause, Max«, befahl Juffin plötzlich. »Wasch dich, zieh dir ein paar bequeme Sachen an und pack eine kleine Reisetasche. Und vergiss dein Amulett bitte nicht. Ich kann dir nicht garantieren, dass du heute in deinem Haus übernachten wirst. Sei bitte in ein, zwei Stunden zurück, keinesfalls später. Ich werde auch Melamori rufen. Hoffentlich hat sie sich erholt. Je früher ihr die Suche beginnt, desto besser.«

»Schön, ich bin gleich wieder da.«

Wer auf der Fensterbank im Erdgeschoss sitzt, muss eigentlich nicht mehr über die Flure gehen. So zog auch ich die Beine übers Sims und sprang die knapp anderthalb Meter auf den Mosaikgehsteig der Straße der Kupfermünzen hinunter. Den Kontakt mit der Erde empfand ich wie einen elektrischen Schock. Zwar verschwand das unangenehme Gefühl sofort, doch ich wusste nicht, was ich eigentlich gespürt hatte. Irgendwie war es gewesen, als habe jemand meine Schritte von der Seite beobachtet. Jedenfalls brauchte ich eine halbe Ewigkeit, um ein paar Meter voranzukommen.

»Max!«

Ich drehte mich um. Mein Chef winkte mir aus dem Fenster. Ich musste zurückkehren.

»Herzlichen Glückwunsch, mein Naturwunder.«

»Was ist denn?«, fragte ich verblüfft.

»Niemand außer mir kann durch dieses Fenster gehen. Ich hab mich sehr damit gequält, den entsprechenden Zauberspruch zu basteln. Hast du etwa gedacht, mein Zimmer hätte ein ganz normales Fenster?«

Kaum war ich zu Hause, zog ich mich aus und ging ins Bad. Die Katzen beobachteten mich von einer Ecke her. Ich hatte einmal mehr das Gefühl, ihnen zu wenig Zeit zu widmen. In der vierten Wanne ging es mir unversehens besser. Als hätte jemand einen Schalter umgelegt, war ich plötzlich wieder ich selbst – mit allen Folgen. Ich regte mich enorm auf, entspannte mich aber gleich darauf wieder. Beinahe hätte ich wegen des Todes von Hauptmann Schichola geweint, doch der Gedanke, dass ich Dschifa mit Lady Melamori suchen würde, tröstete mich etwas. Kaum aber hatte ich ein wenig länger über die Ereignisse der letzten Stunden nachgedacht, war ich aufs Neue betrübt.

Ich lächelte in mich hinein, verließ die Wanne und ging ins Wohnzimmer. Armstrong und Ella kamen mir entgegen und rieben sich schnurrend an meinen Beinen. Ich nahm meine Tiere in den Arm, vergrub die Nase in ihrem weichen Fell und verging fast vor Entzücken. Über meine Wange lief eine verräterische Träne. Erstaunt schüttelte ich den Kopf, raffte mich auf und ging ins Schlafzimmer, um mich für die Reise vorzubereiten. Schon auf der Treppe spürte ich eine weitere Träne.

Hör endlich auf damit!, ermahnte ich mich streng.

Warum denn?, fragte eine innere Stimme spöttisch zurück.

Sonst gibt's eins auf die Zwölf!, meinte ich und setzte meinen inneren Dialog fort.

Schlag ruhig zu – schließlich ist es dein Kopf.

Ich musste lachen. Identitätsspaltung ist der beste Weg, das seelische Gleichgewicht zu verlieren.

Nach einer halben Stunde warf ich meine kleine Reisetasche auf die Rückbank meines A-Mobils. Ich hatte nur Ersatzkleidung und ein Päckchen Zigaretten dabei. Die mir so teure Flasche Kachar-Balsam steckte schon in der Tasche meines Lochimantels. Das Amulett vom Großen Magister des Ordens vom Geheimen Kraut band ich mir um den Hals, da ich befürchtete, im Wirrwarr der Ereignisse zu vergessen, es vor dem Schlafengehen anzulegen. Falls ich noch etwas brauchen würde, könnte ich es in der Ritze zwischen den Welten finden. Ich musste ohnehin immer mal wieder dort fischen gehen, um meine Form nicht zu verlieren.

Eine Viertelstunde später war ich im Haus an der Brücke. Ich schaute mir das geöffnete Fenster von Sir Juffins Büro an und beschloss, diese Abkürzung nicht noch mal zu nehmen. Also nahm ich wie alle Mitarbeiter der Behörde die Geheimtür.

Juffin saß ganz allein in seinem Zimmer, und das erstaunte mich.

»Haben Sie die anderen in den Urlaub geschickt?«, fragte ich. »Oder sind sie von selbst zu dem Schluss gekommen, dass ihnen die Gesundheit wichtiger ist als der nervenaufreibende Dienst für den Kleinen Geheimen Suchtrupp?«

»Endlich bist du wieder der Alte«, sagte Juffin froh. »Wie hast du das gemacht? Oder ist das ein Geheimnis?«

»Ich hab gebadet, geweint und gedroht, mir einen Schlag auf die Nuss zu geben. Das ist eine sehr gute Methode, um wieder zur Vernunft zu kommen. Ich kann das nur empfehlen.«

»Es würde vielleicht reichen, wenn du dich auf die Kopfnuss beschränkst«, kicherte mein Chef. »Du hast wirklich ein Talent zu übertreiben. Aber zurück zur Sache. Melifaro hat herausgefunden, woran die jüngeren Magister, die damals an der Jagd auf Dschifa beteiligt waren, gestorben sind. Das klingt alles sehr harmlos, aber …«

»Waren es etwa Unglücksfälle? Oder sind alle Teilnehmer der königlichen Jagd im Wald von Mahagon an einem Trauma gestorben? Gibt es denn nichts Konkreteres, woran man sich halten könnte?«

»Zum Glück doch. In zwei Fällen hatten die Toten ein entstelltes Gesicht. Es handelt sich dabei um Sir Atwa Kurajsa vom Orden der Gitter und Spiegel und um Sir Jofla Kumbai vom Orden des Schlafenden Schmetterlings. Atwa wurde von seiner Schwester gefunden. Kumbaj lebte allein. Gefunden hat ihn der Bote aus dem *Lustigen Skelett*, der ihm immer Essen gebracht hat. Die beiden Männer haben durchaus eine Chance, unsere Kunden zu werden, denn ihre Orden waren in früheren Zeiten sehr mächtig, und es ist nicht unwahrscheinlich, dass die beiden in Geheimnisse eingeweiht waren.«

»Und die Stumme Rede? Hat sich bei Ihnen jemand per Stummer Rede gemeldet?«, fragte ich. »Das ist doch die einfachste Methode, um zu prüfen, ob jemand tot oder lebendig ist. Oder rede ich da Unsinn?«

»Nein, du hast Recht, aber ein guter Magier kann sich der Erreichbarkeit durch die Stumme Rede entziehen. Er kann einen Schutzschild errichten, der ihn so sicher abschirmt, als sei er tot. Du musst mit Melamori nach Dschifa suchen. Ich glaube, die Magister, die damals auf die Jagd gingen und inzwischen alle tot sind, hocken irgendwo zusammen. Und wenn ihr Glück habt, findet ihr nicht nur die Spur von Dschifa, sondern auch die Spur dessen, der ihn hat auferstehen lassen. Und dann trittst du ihm auf die Spur, wie du das schon bei Lady Melamori getan hast. Dieser Verbrecher soll zittern!«

»Das soll er«, pflichtete ich meinem Chef bei. »Warum haben Sie mir eigentlich nie beigebracht, anderen auf die Spur zu treten?«

»Weil du das nicht gebraucht hast«, meinte Juffin. »Du lernst einfach zu schnell.«

»Schon wieder bin ich völlig Ihrer Meinung«, seufzte ich. »Hier geht mir alles zu schnell, viel zu schnell – vielleicht, weil das Leben dort, wo ich herkomme, viel rascher vorbei ist als hier. Ich war am Anfang womöglich etwas übermotiviert.«

»Kann sein, kann auch nicht sein«, meinte mein Chef grinsend. »Aber was macht das schon?«

»Womit sollen wir anfangen, Sir Juffin?«, fragte Melamori, als sie in unser Büro kam. »Soweit ich weiß, gibt es hier im Haus keine Spur, weil Dschifa den Dunklen Weg genommen hat.«

»Stimmt, und genau da müssen wir ansetzen. Das wird

die unangenehmste Aufgabe, die du bis jetzt im Suchtrupp erledigt hast, Melamori. Was meinst du? Wird es dir gelingen, den Dunklen Weg ausfindig zu machen?«

Sie wirkte zunächst finster, nickte dann aber.

»Ich glaube schon. Er ist selten und wird mich geradezu ansaugen. Das ist unangenehm, aber einfach.«

Ihre Stimme klang so normal und ruhig, als hätte Juffin ihr nur eine Tasse Kamra angeboten.

»Wir machen das zusammen«, rief er unerwartet. »Du nimmst die Spur auf, und ich folge dir. Ich glaube, wir haben keine bösen Überraschungen zu befürchten. Du bleibst hier, Max. Ich halte per Stummer Rede mit dir Verbindung und sage dir, wo wir gelandet sind. Dann kommst du so rasch wie möglich zu uns.«

»Schnell wie der Blitz – das ist doch klar.«

»Gut. Melamori, lass uns gehen.«

Die Lady zog rasch ihre Schuhe aus, war einen Moment unsicher und drehte sich dann um.

»Hat er das Zimmer einfach so verlassen?«

»Natürlich. Wenn die Tür erst auf ist, ist das kein Problem. Das Zimmer ist dann keine Falle mehr, sondern ein Büro wie jedes andere. Wusstest du das nicht?«

»Doch, doch, ich hab bloß nicht daran gedacht. Gut, ich bin schon weg«, sagte sie, winkte kurz und lächelte mir zu. »Keine Sorge, Max – wenn Sir Juffin dabei ist, brauchst du keine Angst zu haben.«

»Du wirst schon noch lernen, Frauen auf diese Tour zu erobern, mein Junge«, sagte Juffin gönnerhaft. »Siehst du, mit mir geht sie bis ans Ende der Welt.«

»Bringen Sie mir das demnächst auch mal bei?«, fragte ich amüsiert.

»Ja, wenn du ein guter Mitarbeiter bleibst.«

Juffin klopfte sich zweimal mit dem rechten Zeigefinger an die Nasenspitze, und ich fühlte mich wie ein gebürtiger Kettarier, als ich mit der gleichen Geste antwortete.

Melamori ging schnell im Zimmer umher, sah sich um, erhob sich kurz auf die Zehenspitzen, seufzte tief und löste sich dann buchstäblich in Luft auf.

Juffin stieß einen Pfiff aus. »Nicht schlecht«, meinte er und verschwand ebenfalls. Ich sah verlegen zu Kurusch hinüber.

»Alle haben mich verlassen«, sagte ich traurig zu dem ungerührten Buriwuch.

»Die Menschen sind nun mal so«, erklärte er mir.

»Max, stell dir vor, Melamori und ich sind in der Nähe des Wirtshauses *Alter Dorn* gelandet«, hörte ich Juffin per Stummer Rede sagen. Er wollte offenbar nicht, dass ich mich langweilte. »Komm zu uns, hier ist es lustig.«

»Lustig?«, fragte ich baff und stand auf. »Habt ihr zwei euch entschieden, alles stehen und liegen zu lassen und euch ein Tellerchen Suppe zu gönnen? Das hört sich verdächtig nach Suchtverhalten an.«

»Ach, Max, du und deine ewigen Eifersüchteleien! Ich hoffe, du sitzt schon im A-Mobil.«

»Nein, ich bin noch im Büro.«

»Du bist vielleicht träge! Gut, ich will dich nicht länger aufhalten. Ende.«

Ein paar Minuten später war ich in der Nähe des Wirtshauses *Alter Dorn*. Ich sah mich um, entdeckte niemanden und meldete mich per Stummer Rede bei Juffin.

»Wo seid ihr?«

»Max, bist du schon da? Ich wollte dir entgegenkommen, hatte aber nicht gedacht, dass du so schnell bist. Wir sind in dem kleinen gelben Haus gegenüber vom *Alten Dorn*. Hier gibt es jede Menge frische Spuren. Melamori kann vor Begeisterung kaum atmen.«

Ich stieg aus meinem Wagen, öffnete die Tür des Hauses, das Juffin mir beschrieben hatte, und stieß auf meine Kollegen, die mit klugem Gesicht durch den breiten Flur schlichen.

»Die Lady hat nämlich keine Lust mehr, dem alten Langweiler Dschifa zu folgen«, fuhr mein Chef fort.

»Da haben Sie Recht«, sagte Melamori nickend.

»Bin ich dann mit der Verfolgung dran? Sie haben doch gesagt, ich soll den Kerl erledigen!«, rief ich begeistert.

Ich war erstaunt, spürte aber auch gewaltiges Jagdfieber. Obwohl ich extrem angespannt war, musste ich plötzlich lachen, worüber ich selbst erschrak.

»Du hast schon die Unsitten eines Verfolgungsmeisters«, sagte Juffin lächelnd und wandte sich an Melamori. »Schauen Sie sich sein schräges Verhalten an, meine Liebe, und machen Sie sich klar, dass es auf Außenstehende ganz genauso wirkt, wenn *Sie* sich auf die Jagd vorbereiten.«

»Ach«, meinte Melamori und lächelte tückisch. »Sieht das wirklich genauso aus? Das ist ja schrecklich!«

»Gut, macht ihr nur weiter eure Späßchen«, meinte ich. »Ich nehme derweil die Verfolgung auf. Melamori, kannst du mir bitte die Spur zeigen? Vielleicht gelingt es mir ja wieder, jemanden zu schnappen.«

»Welche Spur soll ich dir denn zeigen? Außer der von Dschifa gibt es noch zwei andere.«

»Was? Noch zwei? Na gut, zeig sie mir.«

»Dann komm. Warum trägst du eigentlich noch Schuhe? Ach so, du hast ja eine andere Technik als ich.«

Ich ging zu Melamori, blieb kurz neben ihr stehen und konzentrierte mich auf meine Eindrücke, doch das half nichts.

»Machst du dich über mich lustig?«, fragte ich gereizt.

Melamori schüttelte erstaunt den Kopf. Dann merkte ich, dass ich nicht eine, sondern zwei Spuren fand. Mein linker Fuß stand auf der einen, mein rechter auf der anderen. Was ich nun spürte, ähnelte meiner Vorstellung von Identitätsspaltung. Ich wollte die linke Spur verfolgen, da mich die rechte nicht so anzog und mein Gefühl selten trügt.

»Ich hab sie«, rief ich mit kehliger Stimme, »und zwar *beide*. Ich glaube, die rechte Spur ist gefährlich und die linke harmlos. Uns interessiert vor allem die gefährliche Spur, fürchte ich.«

»Sie ähneln sich sehr«, stellte Melamori irritiert fest. »Aber ich weiß nicht, warum.«

Sir Juffin schob mich ein wenig beiseite.

»Ihr habt beide Recht«, sagte er und schüttelte nachdenklich den Kopf. »Die Spuren ähneln einander, aber die rechte ist wirklich gefährlicher. Gut, dass ihr zu zweit seid. Max, du übernimmst die linke Spur, und Sie, Lady, nehmen sich die rechte vor. Es sieht so aus, als hätten sich Dschifa und der, der ihn wieder zum Leben erweckt hat, im A-Mobil davongemacht. Kein Wunder – warum sollten sie den weiten Weg auch zu Fuß zurücklegen? Gut, verfolgt sie. Mögen die Dunklen Magister euch beistehen!«

»Komm, Max, gehen wir«, sagte Melamori. »Wir haben schon Zeit genug verloren.«

»Du musstest dich schließlich erholen, Melamori«, meinte Juffin. »Außerdem lass ich mich von Verbrechern nicht hetzen!«

Während die beiden sich noch unterhielten, war ich schon wieder auf der Straße. Mein A-Mobil stand um die Ecke, doch ich hatte größte Lust, mich genau an dieser Stelle ans Steuer zu setzen. Mein Wunsch war so einfach, stark und klar, dass ich mich ihm nicht zu entziehen vermochte.

»Juffin, könnten Sie meinen Wagen herfahren?«, fragte ich per Stummer Rede. »Es hört sich vielleicht verrückt an, aber es geht nicht anders.«

»Aha. Dann sind die beiden offenbar da gestartet, wo du stehst. Du wirst wirklich keine Probleme mit dieser schrecklichen Spur haben. Erstaunlich, wie fest du an ihr hängst.«

Als ich mich umdrehte, stellte ich fest, dass der Wagen bereits neben mir stand. Ich riss die Tür auf, und Juffin schaffte es gerade noch, auf den Beifahrersitz rüberzurücken.

»Mein Leben lang hab ich davon geträumt, jemanden wie dich auf dem Schoß zu haben«, seufzte er gereizt. »Du brennst ja geradezu vor Leidenschaft für diese Karre.«

»Um die Karre geht es nicht. Wissen Sie, Juffin, ich glaube, der Mann, dessen Spur ich verfolge, hat auch am Steuer gesessen. Anders kann ich Ihnen das nicht erklären.«

»Warum solltest du mir etwas erklären? Meinst du, ich wüsste nicht, worum es geht?«, fragte mein Chef achselzuckend.

Dann sprang er auf die Straße, und Melamori setzte sich auf die Rückbank. Ich drehte mich überrascht um und wollte sie schon fragen, warum sie sich nicht neben mich setzte, doch dann begriff ich: Die Person, deren Verfolgung sie aufgenommen hatte, hatte offenbar im Fond des Wagens gesessen. Melamori verstand meinen fragenden Blick und nickte schweigend.

»Wenn Dschifa und sein Magister wirklich in den Wald von Mahagon gefahren sind, braucht ihr einen Ortskundigen«, bemerkte Juffin. »Ich melde mich am besten per Stummer Rede beim dortigen Förster. Sir Zwachta Tschijam ist ein toller Hecht und kennt den Wald wie seine Westentasche. Dschifas Höhle kennt er auch, da er sie nach Beendigung der königlichen Jagd auf eigene Faust jahrelang untersucht hat. Ich glaube, er hat dort sogar allerlei für seinen Haushalt mitgehen lassen, aber dagegen habe ich nichts.«

»Warum halten Sie die beiden Männer für so dumm?«, fragte Melamori. »An ihrer Stelle würde ich aus Uguland fliehen und versuchen, das Vereinigte Königreich zu verlassen.«

»Dschifa kann Uguland nicht verlassen, weil sein Zauber nur hier wirkt. Alles hängt davon ab, wie wichtig dem Meister, der ihn von den Toten auferweckt hat, sein Leben ist. Gut, jetzt fahrt endlich los und meldet euch demnächst per Stummer Rede bei mir.«

»Wollen Sie nicht mitkommen?«, fragte ich erstaunt.

»Das würde ich gern, doch solche Einsätze sollten die beenden, die sie begonnen haben, ohne dass Außenstehende sich einmischen.«

Ich fuhr noch schneller als letztes Mal, hatte aber kein Vergnügen daran, sondern verspürte nur den Wunsch, den zu erwischen, auf dessen Spur ich getreten war. Alles andere spielte keine Rolle. Das Tempo berauschte mich nicht, und den herrlichen Duft der blühenden Bäume bemerkte ich nicht einmal. Auch die Gesellschaft von Lady Melamori besserte meine Laune nicht. Sie saß auf der Rückbank und war so schweigsam und konzentriert wie ich.

Nach einer Stunde spürte ich eine enorme Erleichterung. Unerwartet bremste ich und sah auf die leere Straße vor mir.

»Was ist los, Max?«, fragte Melamori ungeduldig.

»Keine Ahnung. Ich hab einfach das Gefühl, wir sind da. Wo sind die beiden bloß?«

»Jetzt verstehe ich: Der Mann, dessen Spur du folgst, muss eben gestorben sein. Na ja, er hat lange durchgehalten.«

»Ist er wirklich tot?«, fragte ich ungläubig.

»Ich hab dir doch gesagt, dass einem das Herz stehen bleibt, wenn du ihm auf die Spur trittst. Das war absolut wörtlich gemeint. Gut, lass uns die Plätze tauschen. Der Mann, den ich verfolge, ist nämlich noch am Leben«, sagte Lady Melamori und setzte sich ans Steuer.

Sie hatte wirklich gute Aussichten, unsere Tempowette zu gewinnen, denn sie legte mit fünfzig Meilen pro Stunde los. Das ist zwar nicht allzu schnell, aber das Doppelte dessen, was in Echo erlaubt ist.

»Für den Anfang nicht schlecht, oder?«, fragte sie etwas unsicher. »Ich fahre jedenfalls flotter als üblich, oder?«

»Stimmt. Nun brauchst du nur noch etwas mehr Fahrpraxis.«

»Zu rasen ist noch schöner als das Ende einer Spur zu erreichen!«, rief Melamori. »Es ist wirklich unbeschreiblich.«

Sie schwieg und konzentrierte sich auf die Fahrt. Ich setzte mich bequem hin, zündete mir eine Zigarette an und sah aus dem Fenster. Dann meldete ich mich per Stummer Rede bei Juffin.

»Der Mann, dessen Spur ich folge, hat den Löffel abgegeben. Jetzt ruhen alle Hoffnungen auf Lady Melamori.«

»Bei euch geht's ja abenteuerlich zu«, meinte mein Chef. »Alle Achtung! Wenn ihr dahin kommt, wo die zwei ausgestiegen sind, wechsle bitte auf die Spur, die Melamori verfolgt. Dann bleibt demnächst auch Dschifa das Herz stehen, und ihr habt beide unschädlich gemacht.«

»Gut. Hoffentlich gelingt uns das.«

»Ach, übrigens – Zwachta Tschijam erwartet euch dort, wo die Straße in den Wald von Mahagon führt. Die Spur weist doch in diese Richtung, oder?«

»Melamori, fahren wir zum Wald von Mahagon?«, fragte ich.

»Was? Ach so, ja, ja. Sieht ganz so aus.«

»Sie haben es erraten«, sagte ich zu Juffin.

»Na prima. Läuft doch alles wie geschmiert. Also machen wir Schluss. Oder hast du noch eine Frage?«

»Nein«, sagte ich, doch dann fiel mir etwas ein. »Wem gehört eigentlich das Haus gegenüber dem *Alten Dorn*.«

»Unser Großes Archiv besitzt darüber leider keine allzu aussagekräftigen Informationen. Es gehört der Familie Chita, aber seit einem Jahr ist es an eine Lady namens Brisa Chlon vermietet, die dort allerdings laut Aussage ihrer Nachbarn nie aufgetaucht ist. Es fragt sich also, wer diese Frau ist. In Echo jedenfalls gibt es niemanden mit diesem Namen. Ich habe Melifaro beauftragt, möglichst viel über sie in Erfahrung zu bringen. Aber jetzt Ende.«

»Ende und over«, sagte ich seufzend.

Lady Brisa Chlon, dachte ich. Dieser Name missfiel mir von Anfang an.

Nach einer Stunde tauchte am Straßenrand eine hoch gewachsene Gestalt im dunkelroten Lochimantel auf.

»Sir Zwachta Tschijam, wie ich vermute«, sagte ich zu Lady Melamori. »Wir sollten besser anhalten.«

»Willst du mir den Spaß rauben?«, brummte sie. »Na gut.«

»Steigen Sie bitte ein, aber schnell!«

Das musste ich Sir Zwachta nicht zweimal sagen. Im nächsten Moment saß er neben Melamori auf dem Beifahrersitz, drehte sich um und musterte mich aus Eulenaugen.

»Sind Sie wirklich Zwachta Tschijam?«, fragte ich skeptisch.

Vielleicht war das bloß ein Pilz- oder Beerensammler? Das allerdings würde schlecht zu seinem Gesicht passen.

Er nickte wortlos und inspizierte mich weiter.

»Bist du dir unsicher?«, fragte Melamori. »Vielleicht solltest du dich nächstes Mal erkundigen, ehe du jemanden einsteigen lässt.«

Als unser Mitfahrer Melamoris Stimme hörte, drehte er sich zu ihr um. Jetzt musste sie seine wortlose Musterung über sich ergehen lassen.

»Sie kennen unsere Mission?«, fragte ich, um mit Sir Zwachta ein Gespräch zu beginnen.

Der Mann drehte sich wieder zu mir und schüttelte den Kopf. »Ich weiß nur, dass ich Ihnen die Höhlen der Füchse von Mahagon zeigen soll«, sagte er ruhig. »Und genau das werde ich tun.«

Er schwieg wieder und musterte das Innere meines Wagens. Zwachta Tschijam kannte anscheinend keine Benimmregeln oder kümmerte sich einfach nicht um sie.

Nach ein paar Minuten bog Melamori auf einen schmalen, fast unpassierbaren Weg ab. Wir fuhren noch einige Zeit zwischen dicht stehenden Büschen hindurch und krachten schließlich gegen ein stehen gelassenes A-Mobil, in dem offenbar die Männer gesessen hatten, die wir verfolgten. Der fremde Wagen war nur leicht gebaut und ging beim Aufprall kaputt. Uns hingegen passierte zum Glück nichts.

»Entschuldige, Max«, sagte Lady Melamori verlegen. »Ich hätte rechtzeitig bremsen sollen.«

»So was passiert mitunter«, sagte ich lächelnd. »Kein Grund zur Beunruhigung.«

Der Förster stieg aus, ging ein wenig hin und her und zuckte die Achseln. »Hier gibt es nirgendwo eine Höhle«, sagte er ruhig und setzte sich ins Gras.

»Hier nicht, aber wir werden sie schon finden«, versprach ihm Melamori.

Sie trat von einem Bein aufs andere und schien die Jagd unbedingt fortsetzen zu wollen.

»Juffin hat mich gebeten, auf die Spur zu wechseln, der du folgst. Vielleicht kann ich so auch den zweiten Mann erledigen.«

»Gut. Je schneller wir Dschifa finden, desto besser.«

»Suchen Sie etwa Dschifa Sawancha?«, fragte der Förster erstaunt. »Ich dachte, der ist tot.«

»Natürlich. Das ist ja das Problem«, brummte ich.

Sir Zwachta nickte so vehement, als hätte er plötzlich alles begriffen.

Ich sah zu Melamori. »Na, wo ist die kostbare Spur?«

»Na wo wohl? Unter meinen Füßen! Bist du sicher, Max, dass du sie übernehmen willst? Schließlich hat sie dir von Anfang an nicht gefallen.«

»Nicht gefallen? Ich habe eine ausgewachsene Abneigung gegen diese Spur! Aber Sir Juffin hat mich per Stummer Rede gebeten, ihr nun doch zu folgen.«

»Was ist das da eigentlich für eine Leiche?«, fragte der Förster desinteressiert.

»Wo?«, riefen Melamori und ich wie aus einem Munde.

»Na da«, sagte er und zeigte auf das kaputte A-Mobil.

»Das ist der Mann, den du verfolgt hast, Max. Also musst du ihn dir auch ansehen«, meinte Melamori erleichtert.

Ich stieg aus und ging zum Wagen, in dem ein Toter mittleren Alters saß. »Wer mag das sein, Melamori?«

»Keine Ahnung. Frag doch mal Sir Juffin. Aber eigentlich ist es nicht so wichtig.«

»Wieso nicht? Vielleicht gehört er einem gefährlichen Orden an, und wir müssen uns vorsehen.«

Per Stummer Rede beschrieb ich Juffin die Leiche.

»Hellblondes Haar?«, fragte mein Chef aufgeregt. »Hat er auch ein Muttermal auf der linken Wange?«

Ich sah nach und bestätigte es ihm.

»Du hast also Sir Atwa Kurajsa erwischt, den letzten jüngeren Magister des Ordens der Gitter und Spiegel. Übrigens hat Melifaro noch immer nichts über das merkwürdige gelbe Haus herausgefunden. Ihr seid deutlich effektiver als er.«

»Ich hätte nie gedacht, mal effektiver zu arbeiten als Melifaro.«

»Versuch bitte, auch den zweiten Mann zu erledigen.«

»Wer mag das sein? Haben Sie eine Ahnung?«

»Absolut nicht. In Echo leben so viele Leute, und ständig werden es mehr. Finde ihn einfach. Dann sehen wir ja, wer es ist. Den Förster Zwachta habt ihr getroffen, oder?«

»Ja«, seufzte ich. »Das ist vielleicht eine Marke!«

»Komm her, Max!«, rief Melamori. »Hier ist die Spur.«

Vorsichtig trat ich auf die Stelle, die Melamori nur ungern verlassen hatte.

»Und?«, fragte sie.

»Weißt du, bei mir kommt alles viel später an.«

Ich versuchte, mich auf meine Empfindungen zu konzentrieren. Wie üblich geschah alles ganz plötzlich. Zuerst spürte ich nichts, dann aber trugen mich meine Beine mitten in den Wald, wo es schon dämmrig war. Mein Herz warnte mich erneut, doch ich beschloss, nicht darauf zu hören. Ich lief wie mit Siebenmeilenstiefeln, doch Melamori und der Förster hielten Schritt.

Nach einigen Minuten endete die Verfolgung unvermittelt, und ich wusste wieder nicht, wohin ich mich wenden sollte. Also blieb ich stehen und machte dann halbherzig einen Schritt nach vorn. Kaum hatte ich den Fuß aufgesetzt, konnte ich mich nicht mehr rühren. Die kluge Melamori begriff sofort, was los war, und stieß mich in die Kniekehlen. Meine Füße lösten sich vom Boden, und ich fiel mit einem Seufzer der Erleichterung ins Gras. Ich war am Leben!

»Das hätte mir klar sein müssen«, sagte Melamori schuldbewusst. »Aber ich hab es zu spät durchschaut.«

»Was denn?«

»Dschifa hat den, der ihn von den Toten erweckt hat, huckepack genommen. Das hat ihm offenbar schwer zugesetzt.«

»Das ist gut«, sagte ich und stand auf. Nach der zweiten Landung taten mir allmählich die Knie weh.

»Um diese Jahreszeit wird es im Wald rasch dunkel«, sagte der Förster ungerührt. »Wir sollten uns deshalb beeilen.«

»Uns macht die Dunkelheit nichts aus, aber beeilen können wir uns natürlich«, meinte Melamori. »Wo ist die Spur jetzt?«

Finster musterte sie einen schmalen Waldweg und betrat ihn dann entschlossen. Der Förster und ich folgten ihr. Ich mochte meinen Augen kaum trauen: Noch am Morgen war Lady Melamori schwer ermüdet davon gewesen, am Vortag auf Dschifas Spur getreten zu sein – so ermüdet, dass es weh getan hatte, sie nur anzuschauen. Jetzt hingegen hielt sie sich unglaublich tapfer, und in ihrer Miene standen Ärger und Freude zugleich.

»Hast du dich an Dschifa gewöhnt?«, fragte ich.

»Ich weiß nicht, aber ärgerlich zu sein erleichtert mir die Verfolgung. Und ich finde, Dschifa ist schwächer geworden, deutlich schwächer. Melde dich vielleicht mal per Stummer Rede bei Juffin und erzähl ihm alles. Er sollte Bescheid wissen.«

»Das sollte er.«

Ich berichtete unserem Chef die Neuigkeiten.

»Ihr seid meine tapfersten Mitarbeiter«, meinte er. Juffin lobt seine Leute einfach gern. Ob tapfer oder nicht – seine Komplimente reichen für mindestens ein Jahrhundert. »Ich verstehe langsam, warum es Melamori so leichtfällt,

Dschifas Spur zu folgen«, fuhr er fort. »Weißt du, wann er umgebracht wurde?«

»Vor dreißig Jahren.«

»Nein, Max, ich meine die Tageszeit, zu der es ihn erwischt hat. Es war eine Stunde nach Sonnenuntergang – genau wie jetzt. Versucht, ihn so schnell wie möglich zu stellen, denn morgen früh hat er wieder frische Kraft.«

»Alles klar«, sagte ich und begann zu begreifen. »Hat der Todeszeitpunkt so eine große Bedeutung?«

»Natürlich. Wer von den Toten erweckt wird, schwächelt Tag für Tag zur Todesstunde und kommt danach wieder zu Kräften. Also los.«

»Wir sind fast da«, sagte Melamori und zog leicht an meinem Lochimantel. »Hier ist die Höhle, aber ich kann ihn nicht wie gestern rufen.«

»Wir stehen am Höhleneingang«, sagte ich zu Juffin.

»Keine Sorge. Jetzt, wo ihr Sir Zwachta dabeihabt, wird alles gutgehen. Achtet aber darauf, ihm auf Schritt und Tritt zu folgen. Und bedenkt, dass er kein guter Kämpfer ist.«

»Ich auch nicht. Und damit Ende.«

»Einen schönen Ausflug wünsche ich euch! Ende und over!«

Ich schüttelte den Kopf. Manche Sprüche meines Chefs sollte man unbedingt aufschreiben.

»Was hat er gesagt?«, fragte Melamori besorgt.

Sie hockte neben einem großen, moosbedeckten Stein, und Sir Zwachta musterte mit Kennerblick den Höhleneingang.

»Er meint, wir haben Glück. Dschifa ist gerade schwach, und wir sollen ihn sofort fangen. Morgen früh ist es wieder viel schwerer.«

»Also los«, sagte Melamori und wandte sich an den Förster. »Kennen Sie diesen Eingang?«

»Ich kenne alle Eingänge.«

»Gut. Melamori, du gehst als Erste, ich folge dir, und Sie, Sir Zwachta, passen auf, dass wir uns nicht verlaufen.«

Melamori ging forschen Schrittes in die Höhle, und ich blieb ihr auf den Fersen. Das schwere Atmen in meinem Rücken bewies mir, dass der Förster den Anschluss nicht verloren hatte.

Auf allen vieren zu kriechen stimuliert die Fantasie. Ich kam auf die Idee, mit Melamori in den Hades geraten zu sein. Die ihr hier eingeht, lasst alle Hoffnung fahren!, dachte ich und übertrug, was bei Dante über dem Eingang zur Hölle steht, kurzerhand in die griechische Unterwelt.

Verstohlen sah ich mich nach unserem Begleiter um. Seine Augen leuchteten im Dunkeln wie Kerzen, und sein Gesicht schien mir älter und größer als bei normaler Beleuchtung.

»Sie sehen aus wie Charon!«, rief ich begeistert.

Es war zwar dumm, Sir Zwachta mit mythologischen Gestalten zu kommen, die ihm ganz unbekannt waren, doch ich war von der Atmosphäre wie berauscht und konnte noch nicht ahnen, wie richtig ich lag.

»Warum nennen Sie mich so?«, fragte der Förster misstrauisch.

»Weil Sie uns in die Unterwelt führen.«

Was hätte ich sonst sagen sollen?

»Verstehe«, sagte der eigenartige Zwachta ungerührt.

Ich lächelte und dachte: Was verstehst du schon!

Der Gang wurde größer, und wir konnten einigermaßen aufrecht gehen.

»Weiter hinten wird es noch bequemer«, versprach Zwachta.

»Hoffentlich«, murmelte ich und schlug mir den Staub von den Händen.

Seltsamerweise fiel es mir leicht, Melamori zu folgen, obwohl es finster war. Kann ich wirklich im Dunkeln sehen?, fragte ich mich erstaunt.

Melamori ging energisch voraus. Ich war etwas beunruhigt, weil unsere Toten sicher einige Überraschungen für uns geplant hatten.

»Melamori, sind wir den beiden schon nah?«

»Noch nicht so ganz, aber sie sind stehen geblieben – das spüre ich. Vielleicht hecken sie etwas aus ... Womöglich aber hat sich Dschifas Befinden deutlich verschlechtert, und es geht ihm so lausig wie mir heute Morgen.«

»Sei vorsichtig. Das gefällt mir überhaupt nicht.«

»Wer Dschifa zum Leben erweckt hat, muss wirklich ein mächtiger Magister sein«, meinte Melamori versonnen. »Aber das macht nichts. Du spuckst ihn an, und alles wird gut.«

»Hoffentlich. Hauptsache, sie greifen nicht vorher an.«

»Das ist egal«, meinte Melamori achselzuckend. »Du weißt noch nicht, wie gut ich kämpfen kann.«

»Ich kann's mir vorstellen.«

Wir bogen erst nach links, dann nach rechts ab und gerieten bald in ein wahres Labyrinth. Arglos drehte ich mich zu unserem Begleiter um. »Ist es wirklich kein Problem, den Rückweg zu finden?«

»Warum? Wollen Sie schon umkehren?«

»Das ist nur so eine allgemeine Frage.«

»Wir schaffen das schon, keine Sorge«, meinte Sir Zwachta und winkte ab.

Wir bogen mal nach links, mal nach rechts ab. Melamori und Sir Zwachta sagten keinen Ton. Ich hatte längst die Orientierung verloren und lief Melamori nur noch hinterher.

»Wir sind nah dran«, sagte sie plötzlich. »Max, brems mich. Ich bin so aufgeregt, dass ich mich kaum noch unter Kontrolle habe. Und das, obwohl ich mich wirklich beherrschen sollte. Ich glaube, die zwei sind kampfbereit – sie jedenfalls ist es garantiert.«

»*Sie?*« Ich war frappiert, erwischte Melamori aber noch am Ellbogen und konnte sie zurückhalten. Gereizt versuchte sie, mich abzuschütteln.

»Danke, du bist sehr fürsorglich. Aber warum erstaunt es dich, dass ich von einer Frau rede? Frauen können in so einer Lage ausgesprochen gefährlich sein.«

»Warum?«

»In Stresssituationen können Frauen kräftig zulangen.«

»Wir werden sehen, wer vor Angst das größere Chaos stiftet – die fremde Lady oder wir«, sagte ich und kicherte nervös. »Ist sie wenigstens hübsch? Vielleicht kann ich die Gunst der Stunde nutzen und meinem Privatleben endlich eine glückliche Wendung geben.«

»Dafür hättest du keinen günstigeren Moment finden können«, meinte Melamori sarkastisch. »Ihre Schönheit kannst du gleich selbst in Augenschein nehmen.«

Trotz meiner Bemühungen, sie aufzuhalten, beschleunigte Melamori ihre Schritte noch mehr. Als ich versuchte, sie mit Gewalt zu bremsen, stieß sie mir den Ellbogen in den Bauch.

»Langsam, meine Liebe. Du hast mich selbst gebeten, dich zu bremsen.«

»Ich bin nicht deine Liebe«, rief Melamori verärgert.

»Also gut, meine Böse«, gab ich zurück.

Melamori musste lachen und hielt an.

»Entschuldige, ich hab wohl etwas übertrieben, aber das passiert mir mitunter.«

»Schon gut. Willst du dich nicht hinter meinem breiten Rücken verstecken? Ich glaube, es ist bald so weit, dass ich meine giftige Spucke einsetzen kann.«

»Lass uns nebeneinander gehen«, schlug Melamori vor. »Wenn Lonely-Lokley nicht dabei ist, weiß man nie, wer vorgehen soll.«

»Ja, seine Gegenwart löst viele Probleme«, pflichtete ich ihr bei. »Schade, dass er nicht da ist.«

»Wir schaffen das auch so«, rief sie und reckte das Kinn.

Sie klinkte sich bei mir ein, und wir gingen weiter, um uns mit einem Pärchen zu treffen, das nicht weniger seltsam war als wir.

Mir blieb keine Zeit, um zu begreifen, was mir widerfuhr. Ich spürte einen jähen Schlag am Hals, hörte ein unangenehmes Knirschen und hatte den Eindruck, eine Verbrennung liege mir wie ein Schal um den Hals. Mir stockte der Atem, und ich wäre fast zu Boden gegangen. Dann machte ich vorsichtig einen kleinen Schritt nach vorn.

Alles war so schnell vorbei, wie es gekommen war. Mir

lief ein Schauer über den Rücken, aber das war nur eine Schutzreaktion auf den Stress, den ich gerade erlitten hatte. Am Hals spürte ich nur mehr einen stumpfen Schmerz.

Melamori schrie auf, ließ meine Hand los und versteckte sich hinter einer Biegung. Ich folgte ihr.

Hinter der Kurve war es erstaunlicherweise nicht mehr so dunkel, und ich sah, was ich sehen sollte: den nackten Fuß von Lady Melamori, der nach dem Bauch einer Unbekannten trat. Die Hände der Fremden schimmerten ein wenig, und auch Lady Melamoris Kopf war von einer schwachen Aureole umgeben.

Ich erstarrte vor Angst. Ohne Genaueres sagen zu können, spürte ich intuitiv, dass etwas Schlimmes geschah.

Dann lag die Fremde am Boden. Unsere Verfolgungsmeisterin konnte wirklich gut kämpfen. Und sie behielt ihre Aureole. Ich schrie und schnippte dabei mit den Fingern, ohne nachzudenken. Ein tödlicher Kugelblitz fuhr in die Unbekannte. Ich konnte es nicht erklären, doch ich wusste, dass ich Melamoris Leben nur so zu retten vermochte.

Der grüne Kugelblitz hatte die Unbekannte am Kopf getroffen, und sie sah mich mit kühlem Hass an. Ich muss gestehen, dass ich ihren Blick als erotisch empfand. Doch im nächsten Moment war er leer und wie ausgelöscht. Die hübsche Frau streckte die Hände aus, die ihre Aureole längst verloren hatten.

»So ist's gut«, sagte ich. »Interessante Experimente muss man zu Ende führen und schauen, was herauskommt.«

»Du lebst ja noch!«, rief Melamori verblüfft.

Sie saß auf dem Boden und hielt sich den Kopf, sah ansonsten aber ganz gut aus.

Ich wollte etwas sagen, konnte aber keinen Ton herausbringen, sondern musterte die unverletzte Melamori nur schweigend und mit breitem Lächeln. Sie reagierte darauf mit einem erstaunten Blick.

Ein kräftiger Stoß streckte mich jäh zu Boden. Und ich Dummkopf hatte gedacht, die Gefahr sei ausgestanden!

Zum Glück hatte ich keine Schmerzen – und das, obwohl mein Zustand einer Agonie ähnelte. Ich konnte nur stumpf auf dem Boden sitzen und interessiert die Löcher meines Mantels betrachten. Und ich sah, dass er blutig war … Sündige Magister! Über meine Finger rann der mir so teure Kachar-Balsam. Verletzt war ich aber nur leicht.

»Hau ab, du totes Gespenst«, sagte Melamori und packte Dschifa mit einer Kraft, die ich ihr nicht zugetraut hatte. »Max, er hat dich mit einem Babum beschossen! Ich hab alles Mögliche erwartet, aber das nicht.«

»Was kann man von einem Räuber schon erwarten?«

»Da hast du Recht – von einem Räuber und einer Schönheit. Was hast du eigentlich mit ihr gemacht, Max?«

»Das weiß ich nicht genau. Schauen wir sie uns mal an.«

Als Vorsichtsmaßnahme schnippte ich allerdings zunächst mit den Fingern, und ein grüner Blitz schlug in Dschifas Kopf ein. Ich wollte ihn nicht umbringen, ehe er meine vielen Fragen beantwortet hatte. Prompt wurde der Räuber weich und rief: »Ich stehe Euch zu Diensten, Herr.«

Melamori sah uns begeistert an.

»Das war's. Deine Schutzmechanismen greifen nicht mehr«, sagte ich boshaft zu Dschifa. »Und das, obwohl du so ein Spektakel veranstaltet hast. Jetzt bleib hier sitzen.« Dann wandte ich mich an die Fremde: »Wie geht es Ihnen, gnädige Frau? Ich hoffe, Sie fühlen sich schlecht.«

»Max, was hast du getan?«, fragte Melamori geradezu hysterisch und beugte sich über unser unglückliches Opfer.

»Ich hab doch gesagt, dass ich es nicht genau weiß.«

Als ich allerdings das Werk meiner Hände sah, zuckte ich zusammen. Auf dem Boden lag ein zierlicher, in einen schwarzen Lochimantel gehüllter Frauenkörper, doch er hatte den Kopf eines Vogels. Der halb geöffnete Schnabel wirkte traurig.

»So was hab ich noch nie gesehen«, flüsterte Melamori. »Wie hast du das nur geschafft?«

»Ich hab damit nichts zu tun. Sie hat sich selbst verzaubert«, sagte ich. »Aber könntest du mal schauen, was mit meinem Hals los ist? Er tut höllisch weh.«

»Das ist eine Verbrennung«, sagte Melamori und schüttelte mitfühlend den Kopf. »Die ist zwar unangenehm, aber nicht schlimm. Wenn man bedenkt, dass du enthauptet werden solltest ... Ich weiß nicht, ob dir klar ist, dass man mit dem Dünnen Tod auf dich gezielt hat. Hast du schon davon gehört?«

Ich schüttelte den Kopf und sagte: »Was soll das sein?«

»Eine Stahlplatte, die so dünn wie ein Haar ist. Sie findet ihr Opfer von selbst. Man benötigt also keine Kenntnisse, um sie einzusetzen. Sie trennt nur den Kopf vom Rumpf – andere Körperteile interessieren sie nicht. In der Ordensepoche war sie eine beliebte, wenn auch seltene Waffe, da ihre Herstellung viel Geheimwissen erfordert. Als ich den Blitz an deinem Hals sah, war ich vor Schreck ganz außer mir. Gut, dass dir nichts passiert ist«, sagte sie und weinte fast.

»Da bin ich ganz deiner Meinung«, erklärte ich mit voller Überzeugung und betastete meinen schmerzenden Hals. »Ich bin der glücklichste Mensch im All!«

Jetzt erst begriff ich nämlich, was geschehen war, und hätte bei der Vorstellung, mein Kopf läge ein paar Meter von meinem Körper entfernt, beinahe geschluchzt.

»Weißt du«, fuhr ich fort, »als ich aus dem Haus ging, hab ich mir mein Amulett um den Hals gebunden – das Armband des Großen Magisters vom Orden des Geheimen Krauts. Juffin hat mir das kostbare Stück geschenkt, als ich aus Kettari zurückkam. Er hat mir empfohlen, mit dem Armband zu schlafen, und ich dachte mir, ich sollte es mir umbinden, bevor wir losziehen, damit ich es in der Hektik der Verfolgung nicht vergesse.«

»Bist du etwa stolzer Besitzer des Armbands des Großen Magisters Chana?«, fragte Melamori und schüttelte erstaunt den Kopf. »Max, du bist ein Glückspilz. Nur dieses Amulett schützt vor dem Dünnen Tod!«

»Den Namen dieses Magisters höre ich zum ersten Mal.«

»Den kennt ohnehin kaum noch jemand. Weißt du, der Orden des Geheimen Krauts war für seine Amulette bekannt. Doch Magister Chana verlor plötzlich alles Interesse an seiner Arbeit und verschwand, ohne dass man wüsste, wohin. Aber warum soll ich dir darüber Vorträge halten? Frag besser Melifaro – seine Familie steht dem Orden des Geheimen Krauts sehr nah.«

»Das mach ich. Sag mal, wo ist eigentlich unser lieber Sir Zwachta?«

»Vielleicht ist er geflohen«, meinte Melamori lachend.

Nach kurzem Zögern schloss ich mich an. Wir saßen beide neben der Leiche mit dem Vogelkopf, und unser Lachen hatte eine erstaunlich befreiende Wirkung.

»Weißt du«, sagte ich, »vielleicht sollten wir an die frische Luft gehen.«

»Mit Vergnügen. Aber ruf erst deinen treuen Knecht.«

»Dschifa, komm und zeig uns den kürzesten Weg zurück.«

»Ja, Herr.«

Dschifa ging schnurstracks durch die Höhle, und ich half Lady Melamori beim Aufstehen. Sie warf einen letzten Blick auf die Tote.

»Wer mag das gewesen sein? Sie kommt mir bekannt vor.«

»Wer war diese Frau?«, fragte ich meinen treuen Vasallen.

»Lady Tana Kurajsa, mein Herr.«

»Natürlich! Die Schwester von Magister Atwa!«, rief Melamori. »Er hat sie in diese Sache verwickelt! Schweinerei!«

»Wer hat wen in diese Sache gezogen, Dschifa?«, fragte ich interessiert. »Erzähl uns, wie es war.«

»Lady Tana war in mich verliebt. Wir waren einige Zeit zusammen, aber unsere Beziehung spielte für mich keine große Rolle. Nachdem mir meine Räuberbande genommen war, zwang Lady Tana ihren Bruder, mich von den Toten zu erwecken. Das hat anfangs nicht besonders gut geklappt, und ich ähnelte eher einer leblosen Puppe. Aber Lady Tana hat hartnäckig an mir gearbeitet, bis ich wieder ganz der Alte war. Doch sie hat mich nur aus Eigennutz von den Toten erwecken lassen und verlangt, dass ich ausschließlich für sie da sein solle. Ich dagegen sehnte mich nach meinem früheren Leben und wollte in den Wald von Mahagon zurück. Doch meine neue Bande enttäuschte mich. Die Räuber waren dumm, und die Atmosphäre von damals wollte sich nicht mehr einstellen. Das war für mich das Schlimmste ... Wollt Ihr mich nun endgültig umbringen, Herr?«

»Natürlich. Was könnte ich sonst noch mit dir machen?«

»Das ist gut«, sagte er und nickte dankbar.

Wir gingen lange durch Höhlen und Gänge und mussten wieder auf alle viere, ehe wir nach draußen kamen.

Dort war es dunkel, kalt und feucht. Während unseres Höhlenbesuchs hatte es im Wald von Mahagon stark geregnet.

Wir zitterten vor Kälte. Nur Dschifa machte das Wetter nichts aus.

»Führ uns zu unserem A-Mobil«, befahl ich. »Ich hab warme Sachen dabei. Die brauch ich jetzt.«

Wir folgten ihm. Nasse Zweige schlugen uns ins Gesicht, und wir traten ständig in große Pfützen.

»Ich hab mich bei Juffin gemeldet«, sagte Melamori und versuchte, ihr Zähneklappern zu unterdrücken. »Ich hab ihm erzählt, dass es uns gutgeht, und ihn gefragt, ob wir Dschifa mitbringen sollen. Das brauchen wir nicht.«

»Was hat er auch in Echo zu suchen? Soll er doch in seinem Wald sterben, in dem er schon mal gestorben ist.«

Dschifa blieb bei einem moosbedeckten Stein stehen.

»Wir sind da«, sagte er. »Könnt Ihr mich nun umbringen?«

»Hab noch einen Moment Geduld. Führ uns bitte erst zu unserem A-Mobil. Weißt du, wo wir es stehen gelassen haben?«

»Ja«, sagte Dschifa und ging weiter.

»Hast du alles von ihm erfahren, was du wissen wolltest?«, fragte Melamori.

»Gut, dass du mich daran erinnerst«, meinte ich und wandte mich an Dschifa: »Wo habt ihr eigentlich das Diebesgut versteckt?«

»Das haben wir alles Atwa gegeben, und er hat die Sachen abtransportiert. Ich hab nie gefragt, wohin. Wir wollten nur mit der alten Bande aktiv sein.«

»Und wer hat die Mitglieder der königlichen Jagd umgebracht? All die jüngeren Magister, die euch vor dreißig Jahren das Handwerk gelegt haben?«

»Niemand. Tana hat sie verflucht, als sie begriff, dass unsere Beziehung nicht von Dauer sein würde. Sie wusste, dass die jüngeren Magister ihr einen schlechten Dienst erwiesen hatten, und hat sich so an ihnen gerächt. Den Tod ihres Bruders hat sie nur inszeniert, um die Spuren zu verwischen. Außerdem hatte sie Angst, dass man mich schnappen würde und sie in eine unangenehme Lage geriete. Tana war sehr sauer auf Atwa und mich, nachdem wir all meine Spießgesellen zum Leben erweckt hatten und aufs Neue mit unseren Raubzügen begannen. Eines Tages kam sie zu mir, um mir zu helfen, obwohl ich nicht darum gebeten hatte. Es ist seltsam, aber sie hat mich offenbar wirklich geliebt. Atwa ist gleich gestorben, als du auf seine Spur getreten bist, doch Tana war dagegen immun. Wir sind da. Hier steht euer A-Mobil. Bin ich müde! Es geht mir furchtbar. Bitte bring mich jetzt um.«

Dschifa tat mir nicht leid, aber in dieser Sache stand ich auf seiner Seite. Ich hasse jeden Zwang. Und ich verabscheute, was man ihm angetan hatte.

»Gut«, sagte ich. »Ich befehle dir, wieder der wahre Dschifa Savancha zu sein und dorthin zu gehen, wo er jetzt sein sollte.«

Seine trüben Augen schauten mich so hasserfüllt wie begeistert an. Dann fiel er ins Gras, stieß einen letzten Schrei aus und war verschwunden.

Ich setzte mich hin und wischte mir den Schweiß von der Stirn. Ich fühlte mich lausig.

»Max, was hat das alles zu bedeuten? Was hast du da gemacht?«, fragte Melamori erschrocken.

»Keine Ahnung. Ich glaube, ich habe Gerechtigkeit walten lassen. Ich hab bestimmt alles richtig gemacht. Warum geht es mir dennoch schlecht? Jetzt, wo auch noch die Flasche mit dem Kachar-Balsam kaputt ist, hab ich überhaupt keine Kraft mehr – zu gar nichts.«

»Wozu brauchst du auch Kraft? Ich fahr uns jetzt nach Hause, und du legst dich auf die Rückbank.«

Melamori zog mich hoch und half mir in den Wagen.

Ich streckte die Beine genüsslich aus, schloss die Augen und erwartete nichts als süße Träume.

»Max, der Wagen will nicht anspringen«, rief Melamori. Ihre erschrockene Stimme zerriss meine süßen Traumgespinste.

»Was mag passiert sein?«, fragte ich erstaunt.

»Vielleicht ist ja der Kristall bei unserem Auffahrunfall zerbrochen. Ich schau mal nach.«

Ich hörte sie die Tür aufmachen und die Motorhaube

öffnen. Dann fluchte sie mehrmals und kam schließlich zu mir.

»Leider ist es so, wie befürchtet. Dabei hatte ich mir schon eine lauschige Rückfahrt vorgestellt ...«

»Das ist schlecht«, sagte ich, öffnete die Augen, setzte mich auf und dachte nach. Der Kristall ist das Herz des A-Mobils – das, was in meiner alten Heimat der Motor ist.

»Sieh mal, Max, da kommt jemand.«

Zwachta steckte den Kopf durchs Seitenfenster. »Wo sind Sie denn gewesen? Ich hab Sie die ganze Zeit in der Höhle gesucht. Geht's Ihnen gut? Möchten Sie Nüsse?«, fragte er und warf uns ein paar auf die Rückbank.

Melamori und ich tauschten einen Blick und lachten.

»Haben Sie auch einen Wagen, Sir?«, fragte Melamori.

»Natürlich, aber zu Haus. In den Wald geh ich prinzipiell zu Fuß.«

»Das ist gut«, seufzte die Verfolgungsmeisterin. »Bei unserem Wagen ist nämlich der Kristall kaputtgegangen.«

»Kein Problem. Dann gehen wir einfach zu mir. Das ist allerdings ein Spaziergang von anderthalb Stunden.«

»Das schaff ich beim besten Willen nicht«, sagte ich. »Holen Sie besser Ihren Wagen. Wir warten auf Sie.«

»Gut. Ich bin in zwei Stunden zurück. Aber rühren Sie sich nicht von der Stelle. Sie kennen den Wald nicht.«

»Was meinst du, kommt er zurück?«, fragte Melamori. »Womöglich sollten wir uns bei Sir Juffin melden und ihm alles erzählen.«

»Der kommt schon. Juffin hat ihn uns wärmstens empfohlen, und das will was heißen. Außerdem kann ich jetzt zwei Stunden dösen und mich etwas erholen. Mein Amulett ist zwar verbrannt, und Sir Juffin hat gesagt, dass ...«, meinte ich noch und schlief dann ein.

Diesmal führte mich mein Traum sehr weit weg. Ich landete in der Leere. Anders kann ich es nicht sagen, denn dort gab es tatsächlich nichts: weder Raum noch Zeit, weder Licht noch Gravitation. Ich hatte das Gefühl, seltsam zwischen Sein und Nichtsein zu schweben.

Von dort konnte ich in jede beliebige Welt wechseln, und ich begriff, dass es eine unendliche Zahl von Welten gibt. Ich musste mich entscheiden, wohin ich wollte, um nicht von einer fremden, mir feindlich gesinnten Welt verschluckt zu werden.

Ich war offenbar in die Tür zwischen den Welten geraten, von der mir Juffin und Maba Kaloch schon mehrmals erzählt hatten. Ich war immer sehr gespannt darauf gewesen, wie diese Tür beschaffen sein würde. Jetzt wusste ich es.

Und ich hatte Angst, nie mehr nach Hause – also nach Echo – zurückzufinden. Deshalb wollte ich sofort in den Wald von Mahagon zurück, wo ein gewisser Sir Max, der ich wieder sein wollte, in seinem Wagen schlief. Aber wie sollte ich dorthin gelangen?

Ich versuchte, mich zu beherrschen, spürte aber die Gier der Welten, mich zu verschlucken. Ich sehnte mich nach den Mosaikgehsteigen von Echo, meinen Freunden, die ich unendlich liebte, und den grauen Augen von Lady Melamori. Gleich würde ich verschwinden. Das spürte ich deutlich ...

Eine kräftige Ohrfeige katapultierte mich in die Wirklichkeit zurück. Ich sprang auf und war tief erschrocken und desorientiert, aber ungemein glücklich. Ich konnte mich nicht daran erinnern, was mit mir los gewesen war, aber ich wusste, dass ich gerade einer großen Gefahr entronnen war.

Melamori war bleich und schien so erschrocken wie ich.

»Was ist los? Hab ich dich im Schlaf bedrängt oder beleidigt?«

»Nein. Entschuldige bitte, dass ich dich geschlagen habe, Max, aber ich musste etwas unternehmen, denn du bist langsam verschwunden.«

»Das klingt ja gar nicht gut«, meinte ich und rieb mir ungläubig die Augen. »Wie sah mein Verschwinden konkret aus?«

»Wie es ausgesehen hat? Schlimm! Während du schliefst, hab ich mich per Stummer Rede bei Sir Juffin gemeldet und ihn gebeten, den seltsamen Förster zu überprüfen. Ich hatte Angst, wir würden kein neues A-Mobil bekommen. Sir Juffin hat gesagt, ich solle auf dich aufpassen, weil du ohne Amulett eingeschlafen seist. Das kam gerade noch rechtzeitig, denn du warst schon halb durchsichtig. Ich wusste nicht, was ich machen sollte, dachte aber, ich wecke dich besser auf. Und das hat funktioniert.«

»Oh ja«, sagte ich und massierte meine brennende Wange.

»Versuch, dich daran zu erinnern, was mit dir los war.«

Ich schloss die Augen und landete zwischen Traum und Wirklichkeit. Das ist meine bewährte Methode, mir Träume zu vergegenwärtigen.

»Und? Weißt du schon, wo du warst? Erzähl doch mal!«

»Ich glaube, ich melde mich am besten sofort bei Sir Juffin. Darf ich bei diesem Gespräch deine Hand halten? Ich hab nämlich große Angst.«

Melamori nickte schweigend und hielt mir die Hand hin. Ich beruhigte mich ein wenig, baute die Verbindung auf und erzählte meinem Chef alles.

»Ich hatte schon damit gerechnet, dass dir mal so was passiert«, meinte Sir Juffin. »Es ist gut, dass dein Amulett dir das Leben gerettet hat, aber schlecht, dass es verbrannt ist. Ein Duplikat lässt sich nicht herstellen, weil der Große Magister des Ordens vom Geheimen Kraut nicht mehr in seinem Beruf tätig ist. Na ja, Max, du musst es einfach anders versuchen. Auf alle Fälle weißt du jetzt, wie es ist, die Welten zu wechseln. Und nun gib dir alle Mühe, nicht einzuschlafen, ehe du wieder in Echo bist.«

»Alles klar, Chef. Meinen Sie, dass dieses Abenteuer gut ausgeht? Ich möchte Echo auf keinen Fall verlassen.«

»Und wenn eine andere Welt so hübsch wäre wie die Stadt Kettari? Vielleicht würdest du dann deine Meinung ändern?«

»Nein, ich muss in Echo bleiben. Ich kann es Ihnen nicht erklären, aber ...«

»Das brauchst du auch nicht, Max. Im Großen und Ganzen hängt es von dir ab, wie diese Sache endet. Hauptsache, du schläfst nicht ein. Ich erwarte euch.«

Melamori sah mich fragend an.

»Juffin meint, alles wird gut«, beruhigte ich sie. »Ich darf nur nicht einschlafen. Sag mal, kommt Zwachta bald? Die zwei Stunden sind doch schon rum, oder?«

»Fast«, antwortete Melamori. »Versuch bitte, nicht zu verschwinden, Max. Du hast mich heute dreimal ordentlich erschreckt: Zuerst wurdest du vom Dünnen Tod attackiert, dann mit einem Babum, und dann bist du langsam verschwunden.«

»Tja«, sagte ich und versuchte zu lachen, musste stattdessen aber schniefen.

Wir saßen in schweigender Umarmung da, und ich wünschte, diesen herrlichen Moment ins Unendliche zu dehnen.

Das Geräusch eines A-Mobils zwang uns in die Wirklichkeit zurück. Kurz darauf sahen uns große Eulenaugen durchs Seitenfenster unseres Wagens an.

»Sind Sie traurig?«, fragte Zwachta. »Man sollte wegen eines kaputten Wagens nicht gleich eine Depression bekommen.«

Melamori und ich mussten lachen.

»Soll ich Sie nach Echo fahren?«

»Das schaffen wir schon allein. Aber vielen Dank für das Angebot«, meinte ich.

Genüsslich setzte ich mich ans Steuer des nagelneuen Wagens, den der Förster uns überlassen hatte.

»Morgen bringt Ihnen jemand den Wagen zurück, wechselt den Kristall und überführt mein A-Mobil nach Echo«, sagte ich.

»Vergiss deine Tasche nicht, Max«, meinte Melamori. »Gute Nacht, Sir Zwachta. Vielen Dank für Ihre Hilfe.«

»Nicht der Rede wert«, sagte der Förster mit honigsüßem Lächeln.

Vorsichtiger als sonst fuhr ich durch den Wald, denn es wäre mir unangenehm gewesen, auch diesen Wagen kaputt zu machen. Doch als wir die Landstraße erreichten, trat ich energisch aufs Gaspedal und ging aufs Ganze. Melamori wirkte unendlich glücklich.

Fast den ganzen Weg rasten wir schweigend dahin. Die Dunkelheit war ein wunderbarer Gesprächsersatz.

»Wir sind da«, sagte Melamori, als ich vor dem Geheimeingang des Hauses an der Brücke hielt.

Sir Juffin saß in seinem Sessel und starrte auf einen Punkt an der Wand. Kaum aber hatte er uns bemerkt, lächelte er, stand auf und kam uns entgegen.

»Mit Dschifa und seiner leidenschaftlichen Freundin seid ihr wunderbar fertig geworden«, begann er. »Die Stadtpolizei wird sich freuen, dass ihr Rache für Hauptmann Schichola genommen habt.«

»Statt uns Komplimente zu machen, geben Sie uns lieber einen Schluck Kachar-Balsam. Ich bin fix und fertig. Sie wissen vermutlich, welch schreckliches Schicksal meine Flasche erlitten hat.«

»Sicher, auch das hat mir Melamori erzählt. Das kommt davon, wenn du mal die eigene Flasche mitnimmst und mir nicht ständig Balsam aus dem Schreibtisch klaust.«

Nach zwei Schlucken spürte ich meine Lebensgeister zurückkehren. Ich fühlte mich wieder leicht, und das Leben erschien mir einmal mehr einfach und wunderbar.

»Bitte sehr«, sagte ich und reichte Melamori die Flasche. »Wirklich empfehlenswert.«

»Ich glaube, ich sollte jetzt besser nach Hause gehen und mich ausschlafen«, meinte sie. »Bitte versprechen Sie mir aber, dass Max nicht verschwindet.«

»Abgemacht. Und sollte er tatsächlich verschwinden, werde ich ihn schon irgendwo erwischen. Zufrieden?«

Melamori nickte und küsste mich unerwartet auf die Wange.

»Gute Nacht, meine Herren. Wenn ich jetzt nicht gehe, schlafe ich im Stehen ein.«

Mir fiel die Kinnlade runter. Juffin sah mich mitfühlend an und lächelte verständnisvoll.

»Was machen wir jetzt?«, fragte ich.

»Was wohl? Essen natürlich. Dabei warten wir auf unsere Kollegen, und dann erzählst du uns alles. Danach übernachtest du bei mir, und ich pass auf dich auf. Auch Maba Kaloch hat versprochen, dir zu helfen. Es ist also dafür gesorgt, dass dir nichts Böses zustößt. Weißt du, ein so kniffliges Problem wie deine Weltenwanderungen im Schlaf muss man ein für alle Mal lösen. Du wirst das ganze Labyrinth abschreiten und in allen Welten vorbeisehen. Du musst endlich eine Vorstellung von ihnen bekommen. Und wenn dich die Tür zwischen den Welten das nächste Mal ruft, bist du kein Opfer mehr, sondern ein reiselustiger Mensch, der Abwechslung sucht. Du hast großes Glück, Max: Viele Leute warten jahrelang auf so eine Reise. Mancher Große Magister würde vor Neid platzen, wenn er wüsste, wie leicht du die Tür zwischen den Welten gefunden hast.«

»Das klingt zwar ganz gut, aber ich habe Angst, dass ich bei jedem Einschlafen dorthin gerate.«

»Du hast mich offenbar noch nicht verstanden. Du bist kein Gefangener dieser Tür, sondern eher ihr Miteigentümer.«

»Und Sie?«, fragte ich klopfenden Herzens.

»Ich hab mich dort gut eingelebt und weiß, wovon ich rede.«

Nach einer halben Stunde kam Sir Kofa zu uns. Er wirkte müde.

»Na, hast du die Füchse aus Mahagon erledigt?«, fragte er. »Wie ich höre, hast du das wieder prima hinbekommen.«

»Wirklich? Hat sich das schon herumgesprochen?«

Kofas Worte schmeichelten mir, weil er nicht dazu neigte, mich mit Komplimenten zu überschütten.

»Die ganze Stadt spricht über dich«, meinte unser Meister des Verhörs lächelnd. »Es gibt sogar Gerüchte, wonach du den Kopf von Sir Dschifa in einem Sack mitgebracht hast. Die Einwohner der Hauptstadt rümpfen die Nase über so eine Grausamkeit, denken aber, das sei typisch für einen Barbaren aus den Leeren Ländern.«

»Guten Abend, meine Herren.«

Mit diesen Worten tauchte Lonely-Lokley auf, musterte mich und schüttelte dann den Kopf.

»Du siehst angegriffen aus«, meinte er.

»Dafür bin ich noch am Leben.«

»Stimmt auffallend.« Schurf setzte sich neben mich und goss sich Kamra ein.

»Seid ihr etwa schon am Essen?«, tönte es von der Bürotür her, und Sir Melifaro trat mit verärgertem Gesicht ein. »Ich möchte auch was abbekommen, denn ich bin unglaublich hungrig. Wisst ihr, wo das Diebesgut der Füchse aus Mahagon versteckt war?«

»Vermutlich im Wagen von Lady Tana und ihrem Bruder Atwa. Die beiden hatten vor, Echo für immer zu verlassen.«

»Sehr gut, Max. Der seltsame Förster Zwachta hat den Wagen gefunden. Ich habe ihn zwar im Verdacht, sich das eine oder andere in die Taschen gestopft zu haben, aber für eine gute Tat darf man sich notfalls auch mal selbst belohnen«, erklärte Melifaro, setzte sich und schob sich eine Pirogge in den Mund.

»Max, wir müssen gehen. Wir haben noch was vor«, sagte mein Chef.

»Gute Nacht, Freunde«, meinte ich und ging zur Tür. An der Schwelle drehte ich mich um. »Schön, dass es euch gibt.«

Ich hatte vor Verlegenheit einen Kloß im Hals, doch Juffin beruhigte mich: »Das hast du richtig gemacht, Max. Solche Sachen sollte man ruhig öfter sagen.«

Der Wagen von Sir Juffin wartete bereits vor dem Haus. Am Steuer saß Kimpa, der alte Diener meines Chefs. Ich wusste, dass Juffin mich nie ans Steuer seines Wagens lassen würde – mochte geschehen, was wolle.

Während der Fahrt schwiegen wir. Juffin schien sich per Stummer Rede zu unterhalten, und ich schwelgte in Vorfreude, dieses seltsame Abenteuer endlich hinter mich zu bringen.

»Willkommen in meiner bescheidenen Hütte, Max«, sagte Juffin, öffnete die Tür und komplimentierte mich mit theatralischer Verbeugung über die Schwelle. Ich zögerte kurz, dachte mir dann aber, es müsste endlich etwas geschehen.

Ich zog mich aus, schlüpfte unter eine warme, weiche Decke, schloss die Augen und schlief binnen Sekunden ein.

Wovon ich in dieser Nacht geträumt habe, weiß ich

nicht mehr. Jedenfalls habe ich ungemein viele Welten besucht, von denen manche sehr real, manche dagegen wie ein schrilles Fantasieprodukt wirkten. In einer dieser Welten traf ich sogar den rothaarigen Dschifa, doch auch an die Details dieser Begegnung kann ich mich nicht mehr erinnern. Ich weiß nur, dass er sehr zufrieden aussah.

Auch in meiner alten Heimat schaute ich kurz vorbei und konnte feststellen, dass sie weder besser noch schlechter als die übrigen Welten war.

Auf keinen dieser Besuche legte ich gesteigerten Wert. Ich fühlte mich nicht wie ein Mensch, sondern wie ein Windhauch, der mühelos weite Entfernungen zurücklegt.

Dann hatte ich es satt, im Traum einsam von Abenteuer zu Abenteuer zu ziehen, und wollte nach Echo zurück. Kaum hatte ich festgestellt, dass ich mich in der Tür zwischen den Welten mühelos zurechtfand, erwachte ich.

Einige Zeit lag ich da, ohne die Augen zu öffnen. Als ich schließlich die Lider aufschlug, musste ich mich erst ans Tageslicht gewöhnen. Ich sah mich um. Das war nicht das Schlafzimmer von Sir Juffin Halli, in dem ich am Vorabend eingeschlafen war, sondern ein kleines Zimmer, das mir durchaus bekannt vorkam. Jetzt wusste ich, wo ich mich befand: im Schlafzimmer meiner ersten Wohnung in Echo, die in der Straße der alten Münzen gelegen hatte. Was sollte ich bloß machen, falls plötzlich mein Nachmieter auftauchte?

Ich hörte ein leises Kichern, drehte mich erschrocken um und erblickte Sir Maba Kaloch.

»Es ist unfassbar, wie stark du dich diesem Zimmer verbunden fühlst«, sagte er belustigt. »Kannst du mir sagen, was dich so anzieht?«

»Keine Ahnung, Sir Maba. Ich fürchte, ich bin ein wenig verrückt.«

»Halb so schlimm. Du bist sehr interessant – nur ein wenig exzentrisch. Gut, wie ich sehe, kann ich jetzt gehen. Du wirkst nicht wie jemand, der Hilfe braucht. Gleich kommt Sir Juffin und bringt dir was zum Anziehen. Du hast hier nichts mehr, oder?«

»Nein, und ein Lochimantel ist das Mindeste, was ich brauche. Vielen Dank, Sir Maba. Darf ich mich als völlig geheilt betrachten?«

»Durchaus. Aber jetzt lass mich verschwinden. Dreh dich dafür bitte kurz um.«

Im Nu hatte Sir Maba sich in Luft aufgelöst. Dafür hörte ich Juffins Schritte. Mein Chef nahm den gewöhnlichsten aller Wege – den durch die Tür.

»Na, mein Weltenbummler, wie fühlst du dich?«, fragte er amüsiert. »Hat dir die Reise gefallen?«

»Ich glaube, ja, kann es aber nicht genau sagen. Warum bin ich eigentlich hier gelandet? Ich bin doch bei Ihnen zu Hause eingeschlafen.«

»Das hast du dir so gewünscht. Sonst wärst du nicht hier«, meinte Juffin und breitete ratlos die Arme aus. »Maba Kaloch und ich haben sehr gestaunt, aber du hast offenbar ein Faible für solche kleinen Zimmer. Deine Tür zwischen den Welten jedenfalls befindet sich ausgerechnet hier. Also wirst du bei deinen Reisen immer hier starten und landen. Und jetzt zieh dich an«, sagte er und warf mir eine schwarze Skaba zu. Ich war erleichtert, weil ich mich nackt seltsam ehrlos fühlte.

»Und jetzt ab ins Bad. Wir haben heute noch viel vor – zum Beispiel ein Frühstück.«

Ich brachte die Morgentoilette schnell hinter mich, und ebenso rasch ordneten sich meine Gedanken. Dann kam ich ins Wohnzimmer, wo Juffin ungeduldig auf und ab ging.

»Eins möchte ich noch wissen: Lande ich wirklich nach jeder Reise durch die Tür zwischen den Welten wieder in diesem Zimmer? Was wird denn dann aus dem Schlafzimmer in meiner neuen Wohnung?«

»Wie gesagt, dieser Raum dient dir nur dazu, alle möglichen Welten zu erreichen. Du warst so hartnäckig, dass wir nicht anders konnten – wir mussten dir dieses Zimmer einfach überlassen. Und jetzt zieh endlich deinen Lochimantel an, und lass uns ins *Fressfass* gehen. Alle warten schon auf dich.«

»Wie lange habe ich geschlafen? Vierundzwanzig Stunden?«

»Etwas mehr. Über ein Jahr, um ehrlich zu sein.«

»Was?«

»Du hast richtig gehört. Warum wundert dich das so?«

»Na ja, soll das jetzt öfter vorkommen?«

»Schwer zu sagen, aber je mehr Erfahrungen man mit dem Reisen zwischen den Welten hat, desto schneller geht es.«

»Und was haben Sie den anderen Mitarbeitern des Kleinen Geheimen Suchtrupps gesagt? Hat überhaupt jemand nach mir gefragt?«

Ich war beleidigt – es war so wie in der Kindheit, wenn man zum Mittagessen gerufen wird und hinterher feststellt, dass alle vergnügt und ungerührt weitergespielt haben.

»Ich hab allen erzählt, dass du in den Orden des Siebenzackigen Blatts eingetreten bist und dort eine geheime

Mission zu erfüllen hattest. Außerdem hab ich dir dein Gehalt jeden Monat in die Schublade gesteckt, und jetzt bist du ein reicher Mann. Zufrieden?«

Das *Fressfass* war leer. Nur unser Lieblingsplatz zwischen Bar und Fenster war von Mitarbeitern des Kleinen Geheimen Suchtrupps umlagert. Viele warfen sich mir nacheinander um den Hals. Lady Melamori machte den Anfang. Als Nächster war Melifaro dran und nutzte die seltene Gelegenheit, uns beide auf einmal zu umarmen. Lukfi Penz verschüttete vor lauter Freude ein wenig Kamra, und Sir Kofa Joch grüßte mich von seiner Tischecke her. Nur Lonely-Lokley beobachtete den ganzen Trubel distanziert, und das war auch besser so. Diesen wunderbaren Kerl wollte ich gesondert begrüßen.

Ich setzte mich an den Tisch und musterte die Kollegen. In einem Jahr konnte sich manches geändert haben. Melifaro zum Beispiel hatte sich eine kleine Narbe an der Braue zugezogen.

»Hauptsache, man bekommt rechtzeitig eins auf die Zwölf«, kommentierte er den Vorfall, wollte aber nicht erzählen, was geschehen war. »Sieh dir lieber an, was Lockey-Lonely angerichtet hat. Das ist vielleicht ein Held!«

»Melifaro, merk dir endlich meinen Namen«, raunzte Sir Schurf und wandte sich dann an mich. »Sieh mal, Max«, sagte er und zog seinen Handschuh aus.

Mitten in der Handfläche saß ein strahlend blaues Auge.

»Wem hat das gehört?«, fragte ich erstaunt.

»Einem Jungen, den du nicht kennst. Diese Geschichte ist ohne dich passiert. Aber es sieht hübsch aus, stimmt's?«

»Verfügt dieses Auge über spezielle Zauberkräfte?«

Alle am Tisch brachen in Gelächter aus. Nur Sir Schurf blieb wie immer unerschütterlich.

»Es kann dir zuzwinkern, Max. Das war's«, brachte Melifaro lachend hervor.

»Ich dachte, es würde dir gefallen«, sagte Lonely-Lokley. »Wenn ich nun meine berühmte Linke zum Einsatz bringe, kann sie dem Opfer noch kurz zuzwinkern.«

Nach dem lustigsten Frühstück meines Lebens konnte ich mich endlich ins A-Mobil setzen und nach Hause fahren. Ich wollte unbedingt meine Katzen sehen. Ein Jahr lang hatte ich sie nicht zu Gesicht bekommen.

»Max, komm bei Sonnenuntergang wieder ins Haus an der Brücke«, meinte mein Chef. »Es gibt viel für dich zu tun.« Seine Worte gefielen mir sehr.

Als ich mein Haus betrat, stockte mir vor Aufregung beinahe das Herz. Das Wohnzimmer war eine wahre Idylle: Es herrschte ein unbeschreibliches Chaos, und mittendrin saß Ande Pu. Ella lag eingerollt zu seinen Füßen und schnurrte, und auf seinem Schoß räkelte sich Armstrong. Ich schüttelte den Kopf und wusste nicht recht, ob ich mich bei Ande bedanken oder ihn beschimpfen sollte.

»Guten Tag, Max«, sagte dieser perfekte Tierpfleger. »Ich weiß, dass ich ohne Ihre Erlaubnis eigentlich nicht hätte bleiben dürfen, aber meine Nachbarn haben vier Kinder, die die ganze Zeit ein Mordsspektakel machen, und ich muss unbedingt etwas schreiben. Außerdem haben sich Ihre Katzen nach mir gesehnt.«

Ich setzte mich auf den Boden und lachte laut. So was hätte jeden anderen verrückt machen können, aber was soll's!

Das Schiff aus Arwaroch und andere Unannehmlichkeiten

»Max, das Schicksal aller Polizisten von Echo liegt in deiner Hand.«

Melifaro lächelte breit und setzte sich lässig auf meinen Schreibtisch. Dabei fielen sich selbst beschriftende Tafeln auf den Boden, und meine leere Tasse landete auf meinem Schoß, was ihn nicht mal mit der Wimper zucken ließ. Er beugte sich zu mir rüber und machte eine dramatische Geste. Allem Anschein nach brauchte er dringend Aufmerksamkeit.

»Seit Bubuta keine Zigarren mehr von dir hat, hat sich sein Zustand verschlechtert.«

»Unmöglich«, antwortete ich ruhig. »Bubutas Zustand kann sich gar nicht mehr verschlechtern – auch die Natur hat ihre Grenzen. Seine Mitarbeiter haben bloß vergessen, wie ihr Chef war, bevor er sich an der Pastete ›König von Bandscha‹ überfraß. Der General ist einfach wieder gesund – das ist die einzig plausible Erklärung für seinen erschreckenden Zustand.«

»Und du hast wirklich keine Zigarren mehr?«, fragte Melifaro traurig und seufzte dann: »Armer Apura.«

»Im Moment nicht, aber wenn es nötig werden sollte, kann ich welche organisieren. Wer ist dieser Apura überhaupt?«

»Das weißt du auch noch nicht? Hauptmann Apura Blaki ist nach Schicholas Tod zur Stadtpolizei gekommen. Er ist sehr nett, fast so sympathisch wie der Verstorbene. Er gefällt dir bestimmt. Was für eine tolle Frau ist eigentlich neulich bei der Polizei aufgetaucht? Diese Lady Kekki Tuotli meine ich. Sie ist nicht nur klug (wenn auch nicht ganz so klug wie wir), sondern auch eine Dame, also eisig und unzugänglich. Bubuta schimpft kaum, wenn sie in der Nähe ist. Kannst du dir das vorstellen?«

»Warum nicht? Wie du dich vielleicht erinnerst, haben wir bei ihm zu Hause Ähnliches beobachtet.«

»Den Kerl jedenfalls, der Leutnant Kamschi ersetzt hat, solltest du dir ersparen. Sonst spuckst du ihn gleich tot.«

»Ist er denn so schlimm?«, fragte ich ungläubig.

»Schlimm nicht, eher dumm. Leutnant Tschekta Schach versteht nicht den kleinsten Witz – es sei denn, er macht ihn selbst, aber das passiert zum Glück selten. Er ist ein sehr ernster Mensch und obendrein muskulös, also ein echter Held, und ich vermute, solche Leute kannst du nicht ertragen.«

»Ich kann jeden ertragen – Hauptsache, ich habe nur kurz mit ihm zu tun«, meinte ich und zuckte lächelnd die Achseln. »Furchtbar: Es ist kaum ein Jahr vorbei, und doch hat sich so viel verändert.«

»Es sind immerhin achtundvierzig Tage mehr vergangen als nur ein Jahr«, korrigierte mich Melifaro. »Für jeden Tag deiner Abwesenheit haben wir eine Kerbe gemacht. Das war die ruhigste und heiterste Zeit unseres Lebens. Wenn man schon so eine herrliche Phase genießen durfte, sollte man auch genau wissen, wie lange sie gedauert hat.«

»Von mir aus kannst du noch ein paar Stunden glücklich sein. Es ist Mittag, und ich muss erst am Abend mit der Arbeit beginnen.«

»Wo gehst du hin? Willst du dir den Bauch vollschlagen? Hast du beim Orden des Siebenzackigen Blatts nichts zu essen bekommen?«

»Wenn du wüsstest, wie geizig diese Ordensleute sind! Kannst du dir vorstellen, dass ich in der ganzen Zeit dort nie etwas zu futtern gekriegt habe?«

Das war übrigens die reine Wahrheit, denn in der Tür zwischen den Welten gibt es keine Verpflegungsmöglichkeit, und so hatte ich stark abgenommen.

»Falls du vorhast, ins *Fressfass* zu gehen ...«

»Wenn ich das vorgehabt hätte, hätte ich es dir gesagt«, unterbrach ich ihn. »Ich muss nach Hause. Weißt du, was bei mir los ist? In meiner Abwesenheit hat sich ein netter junger Mann bei mir eingenistet ...«

»Ich weiß, wen du meinst – diesen dicken Journalisten. Ein lustiger Kerl ist das.«

Aus Melifaros Mund klang das beinahe wie ein Kompliment.

»Meine Katzen finden ihn auch sehr nett«, pflichtete ich ihm bei. »Die drei waren wirklich glücklich ohne mich. Leider hat er mein ganzes Haus auf den Kopf gestellt. Ich bin zwar kein Ordnungsfanatiker, aber so chaotisch bin ich auch wieder nicht. Ich muss die Wohnung renovieren lassen, denn selbst mit Magie kann ich gegen diese Verwüstung nichts ausrichten. Ich hab Spezialisten beauftragt, die Sir Schurf mir empfohlen hat – ziemlich dunkle Gestalten. Bestimmt waren sie früher Große Magister, aber na ja. Ihr Oberhaupt hat mir versichert, dass sie höchstens zwei Wochen für das ganze Haus brauchen, aber ich hab da meine

Zweifel. Ich muss also zu mir nach Hause, ihnen bei der Arbeit etwas auf die Finger sehen und sie mit meinem strengen Blick ein bisschen antreiben. In einer Stunde bin ich wieder da. Wenn du willst, können wir dann ins *Fressfass* gehen. Was bin ich heute für ein gutmütiger Mensch! Ich staune selbst über mich.«

»Ja, du schwächelst«, meinte Melifaro lächelnd. »Gut, ich lasse dich gehen. Aber sei rechtzeitig zurück.«

»Keine Sorge«, rief ich und verließ schnell das Haus an der Brücke. Allem Anschein nach war es mir gelungen, in einem Gespräch mit ihm ausnahmsweise das letzte Wort zu behalten.

Zu Hause war alles in Ordnung – abgesehen davon, dass Ella und Armstrong beleidigt darüber waren, sich nicht überall austoben zu können, sondern mit meinem Schlafzimmer vorlieb nehmen zu müssen. Mit ihrem weichen Fell hatten sie nichts unter den Handwerkern und all dem Schutt und Schmutz zu suchen.

»Ihr bleibt hier«, sagte ich zu den beiden und schloss die Tür. »Vielleicht sollte ich auch noch euren geliebten Ande Pu zu euch sperren. Ach nein, mit dem werde ich anders fertig. Wenn ich nächstes Mal längere Zeit nicht da bin, werdet ihr bestimmt nicht mehr so viel Chaos anrichten.«

Eigentlich war mir selber klar, dass ich Unsinn redete.

Zwei Stunden später saß ich mit Melifaro im *Fressfass*. Ich musste unbedingt nachholen, was ich verpasst hatte.

»Wo willst du eigentlich während der Renovierung wohnen? Im Haus an der Brücke?«, fragte mich das Tagesantlitz des Ehrwürdigen Leiters des Kleinen Geheimen Suchtrupps.

»Keine schlechte Idee. Ich hab nämlich den Eindruck, dass es dort ziemlich drunter und drüber geht. Andererseits würdet ihr mich mit eurem ewigen Bestellen von Speis und Trank in diversen Gasthäusern nur stören. Außerdem hab ich noch meine Wohnung in der Straße der alten Münzen. Erinnerst du dich?«

»Wenn du weiter so viel in dich reinstopfst, wirst du dort bald nicht mehr reinpassen. Offen gesagt, frage ich nicht ganz grundlos nach deinem Unterschlupf, denn meine verrückte Familie möchte dich mal wieder sehen. Ich hab versucht, meinen Eltern diese Idee auszureden, aber sie sind nun mal sture Leute vom Land.«

Der Bösewicht Melifaro ließ selbst seine Eltern nicht ungeschoren!

»Ist das eine Einladung?«

»Das ist die letzte Warnung. Du hast ohnehin keine Wahl. Heute Abend fahre ich los und hoffe, meinen älteren Bruder zu treffen.«

»Den Riesen?«

»Du meinst Bachba? Nein, den anderen, Antschifa. Was kann mein älterer Bruder auf den Ozeanen schon unternehmen? Er ist Pirat, vertrimmt seefahrende Händler und ist deshalb unser Familienstolz. Vor ein paar Tagen ist er nach Hause gekommen, und seitdem wird gefeiert.«

»Mit dir könnte ich bis ans Ende der Welt reisen, aber wie du weißt, gibt es noch Sir Juffin. Er hat mich lange nicht gesehen, und ich bezweifle, dass er es schlucken würde, wenn ich gleich wieder verschwände.«

»Das hat er bereits. Er hat sich sogar gefreut, dass meine Gesellschaft dir etwas Ablenkung bringt. Er hat dich wirklich ins Herz geschlossen.«

»Tatsächlich? Ich dachte, er würde mich an meinen Sessel fesseln, damit ich die ganze Zeit arbeite.«

»Keine schlechte Idee. Das schlage ich ihm demnächst vor«, meinte Melifaro und lachte diebisch.

»Na, frönt ihr mal wieder eurer Lieblingsbeschäftigung, Jungs?«, fragte Sir Kofa, der plötzlich hinter meinem Rücken aufgetaucht war. »Ich habe Neuigkeiten – vor allem für dich, Max. Sie werden dir sicher gefallen.«

Ich hatte schon mit neuen Gerüchten über mich gerechnet, da die Bewohner von Echo meine einjährige Abwesenheit sicher unterschiedlich gedeutet und sich weitere Geschichten über mich ausgedacht hatten.

»Keine Sorge«, kicherte Kofa. »Über dich ist nichts Neues im Umlauf. Du bist in Echo zwar eine wichtige Person, aber auch ohne dich passiert mancherlei.«

»Den Magistern sei Dank! Was ist denn geschehen?«

»Vor einer halben Stunde habe ich einen Landsmann von dir im *Dicken Skelett* verhaftet.«

»Welchen Landsmann denn?«, rief ich. Mir stockte der Atem. Erst einmal hatte man in Echo einen echten Landsmann von mir gefasst – einen vielfachen Mörder, der durch die gleiche Tür aus meiner alten Heimat hierhergeraten war wie ich. Seinen Aufenthalt in Echo hatte er dazu genutzt, seiner Lieblingsbeschäftigung nachzugehen und weitere Menschen umzubringen. Schließlich hatte ich ihn töten müssen, und das hatte mir absolut keinen Spaß gemacht.

»Warum staunst du denn so?«, fragte Sir Kofa. »Die Grafschaft Wuk liegt zwar sehr weit von der Hauptstadt entfernt, aber es gibt Leute genug, die gern reisen.«

Ich konnte meine Erleichterung nicht verbergen. Es ging

offenbar nur um Bewohner der Grafschaft Wuk und der Leeren Länder. Juffin und ich hatten einen fiktiven Lebenslauf für mich gebastelt, demzufolge diese Gegend meine Heimat war. Ich vermute, keiner meiner Kollegen hat mir diese Herkunft je abgenommen, doch alle haben taktvoll dazu geschwiegen. Ich blieb für sie, wie ich war, also geheimnisvoll.

»Was hat mein Landsmann denn angestellt?«

Ehrlich gesagt interessierten mich seine kriminellen Machenschaften nicht die Bohne. Trotzdem versuchte ich, Interesse zu heucheln.

»Ach«, meinte Sir Kofa abwinkend, »nichts Besonderes. Sein Vergehen geschah aus Unwissenheit. Er hatte einen Ring am Finger, der es ihm erlaubte, die Gedanken anderer Leute zu lesen. In der Ordensepoche war das zulässig, und viele Bewohner von Echo besaßen so einen Ring. Zu Beginn der Epoche des Gesetzbuchs wurden diese Ringe auf Anordnung von König Gurig VII. eingezogen. In ihnen steckt Weiße Magie 24. Grades, also in unzulässig hoher Konzentration. Außerdem bedeutet das Tragen so eines Rings einen Verstoß gegen Artikel 108 des Chrember-Gesetzbuchs, der jedem Bewohner des Vereinigten Königreichs den Anspruch auf Geheimnisse zusichert. Deinem Landsmann war das angeblich nicht klar, und den Ring will er vor zweihundert Jahren von einem Freund bekommen haben. Ich vermute, dieser Freund gehörte zur fortgeschrittenen Fraktion der Jüngeren Magister. Es gab Zeiten, da haben solche Leute sich massenhaft im Vereinigten Königreich herumgetrieben.«

»Und was passiert mit meinem Landsmann?«, fragte ich.

»Nichts Schlimmes. Er wird sich von seinem Besitz trennen müssen, erhält dafür aber eine Entschädigung vom König. Und er wird dahin zurückgeschickt, woher er gekommen ist. Das Cholomi-Gefängnis ist ohnehin überfüllt.«

»Soll ich ihn vielleicht besuchen? Er ist immerhin mein Landsmann.«

Offen gestanden war ich ungemein neugierig, wie Personen, die in Echo als meine Landsleute galten, aussahen. Für wen hielt man mich in Echo, da man doch glaubte, ich stammte aus den Leeren Ländern?

»Du wirst dich mit dem Fall beschäftigen müssen«, sagte Sir Kofa, »denn der Mann ist nicht allein nach Echo gekommen, sondern mit einer Gruppe. Die braven Bewohner der Hauptstadt haben den Ankömmlingen natürlich gesagt, dass im Haus an der Brücke jemand aus ihrer Gegend tätig ist. Außerdem wissen sie, dass dieser Landsmann sich sehr weit hochgearbeitet hat. Ich glaube, der Trupp ist schon unterwegs zu uns. Ahnst du, was auf dich zukommt?«

»Das dürfte interessant werden«, sagte ich.

Zuerst belustigte mich die Aussicht, viele Leute aus den Leeren Ländern kennen zu lernen, dann aber dachte ich an die möglichen Folgen dieser Begegnung: Die Geschichte meiner Herkunft lief Gefahr, als Erfindung enttarnt zu werden.

»Ich glaube, ich sollte zuerst mit Juffin reden«, meinte ich finster.

»Das denke ich auch«, sagte Sir Kofa verständnisvoll. »Und entschuldige bitte, dass du wegen mir nicht in Ruhe hast essen können.«

»Macht nichts. Du kannst dir bei mir ohnehin mehr herausnehmen als andere«, meinte ich, schob auf die Schnelle die letzte Pirogge in den Mund und stand auf.

»Du scheinst wirklich besorgt«, seufzte Melifaro. »Es tut weh, dich nur anzuschauen. Lass mich aber bitte nicht im Stich. Heute Abend fahren wir los.«

»Keine Sorge – ich verpasse nie eine Gelegenheit, mir kostenlos den Bauch vollzuschlagen. Außerdem weiß ich, wie gut bei euch zu Hause gekocht wird.«

»Wie zielstrebig du bist!«, rief Melifaro begeistert. »Es gelingt dir stets, dich aufs Wesentliche zu konzentrieren. Erstaunlich, dass es sich dabei eigentlich immer um deinen Magen handelt!«

»So bin ich eben«, sagte ich stolz. »Lonely-Lokley hat mir Übungen gezeigt, die einem helfen, sich nicht in Kleinkram zu verzetteln. Wie man sieht, wirken sie wunderbar.«

Sir Juffin Halli saß in seinem Büro und versuchte, ernst zu wirken, konnte sich aber ein Lächeln nicht verkneifen.

»Und? Bist du darauf vorbereitet, deine Landsleute zu treffen?«, fragte er belustigt.

»Aber nein, das wissen Sie doch. Darauf werde ich nie vorbereitet sein. Außerdem war es Ihre Idee, mich aus den Leeren Ländern stammen zu lassen. Also müssen Sie mir helfen.«

»Keine Sorge. Wir dichten dir im Handumdrehen eine tolle Biografie an. Du bist eine Waise und kannst dich nicht an deine Eltern erinnern. Irgendein Großer Magister hat dich aufgezogen. Er hieß …, er hat seinen Namen niemandem verraten, selbst dir nicht. Es gab Zeiten, da war so was unter Magistern völlig normal. Ihr habt zusammen in einem Häuschen gelebt, irgendwo in der Wildnis. Der alte Mann hat dir ein paar Zaubertricks beigebracht und ist dann leider gestorben. Du bist nach Echo gekommen, weil du wusstest, dass dort ein Freund deines Wohltäters lebt. Das reicht, denke ich.«

»Das ist wirklich eine wunderbar rührende Geschichte«, sagte ich begeistert. »Da kann man nicht meckern. Außerdem erklärt diese Biografie, warum ich mit meinen Landsleuten wenig am Hut habe. Und der frühe Tod des hypothetischen Großen Magisters ist eine prima Begründung dafür, warum ich so schlecht zaubern kann.«

»Siehst du! Jetzt brauchst du nur noch einen geeigneten Namen. Max passt nicht, denn so heißen die Leute dort nicht – so wenig wie die Bewohner von Echo übrigens. Und kein Mensch wird glauben, dass der Magister dir keinen Namen gegeben hat. So was tut man einfach nicht.«

»Dann denken wir uns eben einen aus«, meinte ich unbeschwert.

»Ein echter Name wäre besser. Kannst du dich wirklich an keinen erinnern? Du hast doch den dritten Band von Sir Manga Melifaros *Enzyklopädie* gelesen.«

»Das ist Jahre her! Aber warten Sie mal – einen Namen hab ich noch im Kopf: Fangachra aus Fangachra. Na bitte!«

»Fangachra?«, wiederholte Juffin nachdenklich. »Ja, dieser Name klingt wie aus den Leeren Ländern. Das hast du dir gut gemerkt. Und auch wenn er falsch wäre: Wir dürfen diese Provinzler nicht zu ernst nehmen. Wer sind sie denn, dass wir uns ihretwegen Gedanken machen sollten?«

»Eben. Am besten lassen wir es ganz sein und jagen sie zum Teufel!«

»Das geht nicht. Sie leben schon so weit weg, dass man sie nicht mehr zum Teufel schicken kann«, meinte Juffin lächelnd. »Außerdem müssen wir unsere Gäste gut behandeln und sogar hofieren, und zwar aus politischen Gründen, mein Junge. Weißt du, sie leben in einem umstrittenen Gebiet – auf der Grenze zwischen der Grafschaft Wuk und den Leeren Ländern. Und wie du dich erinnern dürftest, gehören die Leeren Länder weder zum Vereinigten Königreich noch zu einem anderen Staat. *Ich* brauche diese Gebiete nicht, aber Seine Majestät König Gurig VIII. hat eine Karte anfertigen lassen, auf der die Leeren Länder einen Teil unseres Königreichs darstellen. Es ist leicht, so eine Karte zu zeichnen, aber mit den Bewohnern der Leeren Länder um diese Kleinigkeit zu kämpfen wäre Unsinn. Deshalb ist die Verhaftung deines angeblichen Landsmanns eine Staatsaffäre. Wir werden ihn kurze Zeit bei uns behalten und dann freilassen, aber er wird in unseren Unterlagen als Bewohner des Vereinigten Königreichs auftauchen. Verstehst du, was ich meine?«

»Sie werden staunen, aber ich verstehe Sie genau. Sie wollen einen Präzedenzfall schaffen, wie man so schön sagt.«

»Donnerwetter – du bist wirklich klug!«, rief Juffin. »Vielleicht solltest du lieber am Königshof Karriere machen.«

»Wie denn? Die Leute dort wollen das nicht.«

»Du hättest Lust dazu, was?«, fragte mein Chef amüsiert. »Na schön, geh dich mit deinen Landsleuten unterhalten. Sie warten im Empfangszimmer. Danach kannst du mit Melifaro verschwinden.«

»Sie können mich nicht mehr sehen, was, Juffin?«

»Ich? Doch, auch wenn das seltsam klingt. Weißt du, warum ich bereit bin, dich fahren zu lassen? Ich möchte, dass du im Zimmer von Melifaros Großvater schläfst. Wenn du zurückkehrst, wirst du dich wie neugeboren fühlen. Und diese Erholung hast du dir verdient.«

»Ach ja, das Zimmer. Es lohnt sich wirklich, dort zu übernachten. Der Orden des Geheimen Krauts dürfte eine sehr interessante Organisation gewesen sein. Ich wäre dort gern eingetreten, bezweifle aber, dass sie mich genommen hätten. Vielen Dank für Ihre Fürsorge, Juffin.«

»Nichts zu danken. Ich habe dem Ausflug vor allem aus Eigeninteresse zugestimmt. Dich hätte man damals gewiss in den Orden aufgenommen. Die Mitglieder wären von deinem Lebenslauf begeistert gewesen – von deinem echten Lebenslauf, meine ich. Doch jetzt ab zu deinen Landsleuten. Und wenn du zurückkommst, erzählst du mir alles. Ich bin schon sehr gespannt.«

»Gut«, sagte ich und stand auf. »Ich heiße jetzt also Fangachra aus Fangachra. Was für ein schrecklicher Name!«

»Ich fürchte, dort gibt es noch viel schlimmere Namen!«, rief Juffin mir nach.

Ich ging ins Empfangszimmer.

Ich bin ein seltsamer Mensch! Bis zur letzten Sekunde vor dem Treffen hatte ich keinen Zweifel daran, dass die Bewohner der Leeren Länder den muskelbepackten Soldaten der Armee von Dschingis Khan ähneln würden und pelzbesetzte Mützen und einen Gürtel mit Köcher trügen. So hatte ich mir Nomaden seit eh und je vorgestellt.

Aber schon beim ersten Anblick unserer Besucher war mir klar, dass es sich bei diesen Leuten ebenso gut um

Bewohner der Hauptstadt hätte handeln können. Sie hatten die gleichen, völlig durchschnittlichen Gesichter und wirkten teils sympathisch, teils unsympathisch.

Ihre Montur allerdings war ziemlich seltsam. Sie trugen Kopftücher, wie es in meiner eigentlichen Heimat die alten Frauen tun, und breite Hosen, die direkt unterm Knie endeten. Außerdem hatten sie gewaltige Reisetaschen dabei.

Das sieht ja gar nicht schlecht aus, dachte ich amüsiert. Vermutlich soll ich in meiner Jugend auch so was getragen haben. Daher kommt vielleicht meine zweifelhafte Reputation.

Erstaunt schüttelte ich den Kopf und bemerkte noch etwas: Es war überraschend still im Zimmer. Die Ankömmlinge schwiegen nicht nur, sondern verbreiteten eine geradezu beklemmende Lautlosigkeit. Zugleich sahen sie mich aufmerksam an.

Na so was, dachte ich. Sie fallen nicht mal vor mir auf die Knie. Aber vielleicht ist das gar nicht so schlecht.

Schließlich trat einer der Besucher vor. Er hatte graues Haar und war offenbar der Älteste.

»Wenn du einer von uns bist, musst du Dschimach helfen«, erklärte er frohgemut. »Das gebieten unsere Gesetze. Und was haben wir schon außer diesen Gesetzen?«

»Nichts. Ich werde Dschimach helfen, und es wird nicht lange dauern, bis er wieder zu euch kommt. Das verspreche ich euch. Und ich werde mich darum kümmern, dass er eine angemessene Entschädigung bekommt.«

Dann schwieg ich erleichtert. Mein Auftritt war beendet, und ich konnte wieder gehen.

»Sag uns bitte noch deinen Namen«, verlangte der Alte.

»Wir müssen unbedingt wissen, wer sich so fern der Heimat noch an unsere Gesetze hält.«

»In Echo nennt man mich Max, aber ursprünglich heiße ich Fangachra aus Fangachra. Und jetzt entschuldigt mich bitte. Ich muss los ... Was macht ihr denn da, Herrschaften? Steht bitte wieder auf!«

Die Besucher hatten sich plötzlich zu Boden geworfen und knieten rings um mich.

»Fangachra! Ihr seid zu Euren Leuten zurückgekehrt!«, rief der Alte, und seine Augen glänzten vor Begeisterung. »Wir stammen aus Eurer Gegend und begrüßen Euch herzlich!«

»Das ist doch ganz egal. Steht endlich auf«, brummte ich ungehalten. »Dass ich zu euch zurückgekehrt bin, ist nur Zufall.«

Unversehens fiel mir die Geschichte von Fangachra wieder ein. Das war doch der legendäre minderjährige König, den seine zerstreuten Untertanen in der Steppe verloren hatten. Danach verfluchten sie sich, aber da war es natürlich zu spät. Das war meine Lieblingsgeschichte aus dem dritten Band der *Enzyklopädie der Welt* von Sir Manga Melifaro. Warum hatte ich mich ausgerechnet an diesen Namen erinnert? Ich war jetzt ein selbsternannter König. Das hatte mir gerade noch gefehlt.

»Ihr steht jetzt auf, geht auf die Straße und beschäftigt euch mit euren Angelegenheiten, und ich kümmere mich um meine Sachen. In einigen Tagen bekommt ihr euren kostbaren Dschimach unversehrt zurück. Das war's. Auf Wiedersehen, Leute.«

Schwungvoll öffnete ich ihnen die Tür nach draußen und war aufs Neue baff: Vor dem Haus stand eine Herde von Tieren, die den Elchen meiner Heimat ähnlich sahen. Ihre Hörner allerdings waren mit Anhängseln versehen, vor allem mit Glöckchen.

»Seid mir bitte nicht böse«, sagte ich zu meinen Besuchern. »Ich will euch nicht beleidigen, aber ich bin wirklich beschäftigt. Also steht endlich wieder auf. Hier in Echo fällt man vor niemandem auf die Knie. Ihr seid ein kleiner, aber stolzer Stamm und habt so was gar nicht nötig!«

»Euer Wort ist uns Gesetz«, erklärte der grauhaarige Alte und erhob sich. »Dank Euch haben wir wieder Hoffnung.«

»Hoffnungen sind trügerisch«, sagte ich und wiederholte damit den Leitspruch von Sir Machi Ainti.

Kaum hatte ich diese Bemerkung gemacht, bedauerte ich mein altkluges Geschwätz, doch es war zu spät.

»Alles wird gut, auf Wiedersehen!«, setzte ich eilig hinzu und wies zur Tür.

Die Besucher verließen schweigend das Gebäude, schwangen sich auf ihre seltsamen Tiere und verschwanden. Kopfschüttelnd ging ich zu Juffin.

»Jetzt bin ich auch noch König«, rief ich schon auf der Schwelle. »Aber daran bin ich selber schuld. Ich habe mich an den blödesten Namen erinnert.«

Ich erzählte Juffin kurz die Geschichte meiner unfreiwilligen Thronbesteigung.

»Wenn's weiter nichts ist«, meinte mein Chef tröstend. »Es passiert nicht jedem, für einen König gehalten zu werden.«

»Ich hoffe, Sie schicken mich nicht nach Fangachra, damit ich unsere Besucher regieren kann.«

»Aber nicht doch, Max! Für wen hältst du mich? Und

solltest du aus eigenem Antrieb dorthin gehen, würde ich dich verfolgen und gefangen nehmen lassen und dafür sorgen, dass du eine Woche im Cholomi-Gefängnis bei Wasser und Brot darben musst. Na gut, Hoheit, zieht jetzt bitte Euren Todesmantel an und fahrt zu Sir Manga. Er ist schließlich der Verursacher Eures Unglücks. An ihm solltet Ihr Rache nehmen.«

»Ich werde alles vernichten, was auf den Tisch kommt«, versprach ich. »Er wird noch lange bereuen, mich eingeladen zu haben.«

»Prima«, seufzte Juffin. »Bleib aber bitte nicht länger als zwei Tage. Melifaro hat etwas von drei Tagen gemurmelt, aber das hab ich nicht ernst genommen.«

»Ich bin absolut Ihrer Meinung! Wer kann sich schon länger als zwei Tage erholen?«

Mit diesen heiteren Bemerkungen verabschiedeten wir uns voneinander.

Auf dem Korridor stieß ich auf Lady Melamori. Sie lächelte mich traurig und zugleich fröhlich an. Ich versuchte, meinem Gesicht den gleichen Ausdruck zu verleihen.

»Fährst du weg?«, fragte sie.

»Höchstens für zwei Tage. Im Vergleich zur Ewigkeit ist das ein Klacks.«

»Du hast noch nicht gesehen, wie toll ich inzwischen A-Mobil fahre. Ich bin vielleicht noch nicht so gut wie du, aber ich habe Chancen, unsere Wette zu gewinnen. Irgendwann werde ich dich überholen. Das schwöre ich dir bei allen Magistern.«

»Daran hab ich keinen Zweifel. Chauffierst du mich irgendwann mal?«

»Aber gern!«, rief Melamori und nickte enthusiastisch. »Toll, dass du wieder da bist, Max.«

»Hast du an meiner Rückkehr gezweifelt?«

»Eigentlich ja. Fast die ganze Zeit sogar. Aber Sir Juffin hat mir ständig versichert, du würdest zurückkommen. Manchmal allerdings hatte ich den Eindruck, dass er selber nicht daran glaubte. Doch wie auch immer: Du bist wieder da.«

»Anders konnte es nicht sein. Ich hab dir doch gesagt, dass du mich nicht so schnell loswirst. Erinnerst du dich noch daran?«

»Natürlich. Und ich hab dir damals gesagt, dass ich nicht vorhabe, dich schnell loszuwerden. Aber ein Jahr ist eine lange Zeit, und wer so lange verschwindet, kann nicht erwarten, dass die Leute mit einer Rückkehr rechnen.«

»Wäre es nach meinem Willen gegangen ...«

»Ich weiß. Auch ich hätte es mir anders gewünscht. Wir sind schon seltsam, Max. Nichts läuft, wie wir es wollen.«

»Ja«, sagte ich nickend. »Das hab ich schon oft bereut. Und es quält mich noch immer.«

Melamori lächelte nachdenklich. »Vor unserer Fahrt in den Wald von Mahagon hab ich mir überlegt, dass wir das, was uns im Rendezvous-Viertel widerfahren ist, nicht so ernst nehmen sollten. Womöglich droht uns gar nicht der Tod! Vielleicht würden wir es überleben, uns dem Schicksal zu widersetzen. Womöglich sollten wir unserem Herzen folgen und auf alle Verbote pfeifen! Aber dann spürte ich wieder Angst und beschloss, alles zu lassen, wie es war. Ein Jahr ist eine lange Zeit, und ich habe gelernt, ohne dich und ohne Zweifel zu leben. Oder sagen wir besser: Ich habe es beinahe gelernt.«

Ich wischte mir den Schweiß von der Stirn. Was für einen Dialog hatten wir uns da geliefert! Er passte nicht zu dem, was im Haus an der Brücke normalerweise auf dem Flur besprochen wird.

»Ich halte die Regeln, die für ein Treffen im Rendezvous-Viertel gelten, inzwischen nicht mehr für dummen Aberglauben«, sagte ich. »Und ich bin froh, dass wir am Leben sind. Das ist doch das Schönste, oder?«

Melamori nickte verlegen, und ich schwieg einen Moment.

»Das Einzige, was wir brauchen, ist Zeit«, meinte ich. »In den letzten zwei Jahren habe ich seltsame Dinge gelernt, Melamori, und vielleicht schaffe ich es sogar einmal, das Schicksal zu betrügen. Bitte halte das nicht für ein Versprechen, das ich bis zum Jahresende einlösen muss, aber ich bin sicher, dass ich es irgendwann schaffe. Hoffentlich ist es dann noch nicht zu spät.«

»Solche Dinge passieren entweder rechtzeitig oder nie«, sagte Melamori schroff. »Gut, Max, dass wir das geklärt haben. Aber sei mir nicht böse, wenn ich mich benehme, als hätte dieses Gespräch nicht stattgefunden. Ich habe keine Lust mehr, mit leerem Herzen zu leben. Mein Dasein soll fröhlicher sein. Das habe ich mir vorgenommen.«

»Und das wird dir auch gelingen«, versicherte ich ihr. »Und mir auch. Vielleicht hab ich es sogar schon geschafft.«

Melamori sah mich fragend an, schüttelte ihren kleinen, süßen Kopf und schloss die Tür hinter sich. Ich blieb noch einen Moment an die Wand gelehnt stehen. Dann stieß ich mich von der Mauer ab und verließ das Haus an der Brücke.

Melifaro saß allein im *Fressfass* und wartete auf mich. Er machte einen ungeduldigen Eindruck.

»Wo hast du gesteckt, Max? Haben die Dunklen Magister dich mit einem Spezialauftrag losgeschickt? Oder hast du wieder in deinem alten Beruf gearbeitet? Wie viele Leute hast du bei dieser Gelegenheit umgelegt?«

»Viele. An die genaue Zahl erinnere ich mich nicht mehr«, erklärte ich ungerührt. »Aber entschuldige, mein Freund, ich war sehr beschäftigt. Ich hatte mit einer ganzen Organisation zu tun, und das war anstrengend.«

»Wovon redest du?«, fragte Melifaro erstaunt. »Ist das der berühmte, aber schwer zu kapierende Humor der Bewohner der Leeren Länder?«

»Nein, das sind Fakten, Fakten, Fakten. Unterwegs erzähle ich dir alles. Und wer weiß – vielleicht treffen wir auf der Landstraße sogar meine Untertanen. Wie hab ich es bisher nur ohne Hofstaat ausgehalten? Unbegreiflich!«

»Du machst heute ja seltsame Witze«, brummte Melifaro. »Komm, lass uns zuerst zu mir fahren. Ich muss noch packen.«

»Meine Untertanen sind viel klüger als wir, musst du wissen. Sie haben immer alles dabei, und zwar in Taschen, die sooo groß sind.«

Ich streckte die Arme so weit aus wie möglich – aus Nationalstolz kann man mitunter ganz schön übertreiben.

Melifaros Wohnung lag in der Straße der dunklen Wolken und erwies sich als groß und gut ausgestattet, aber total verwahrlost. Ich hatte den Eindruck, der Besitzer käme nur selten und einzig zum Schlafen vorbei. Beifällig stellte ich fest, dass Melifaro keine Diener hatte – so wenig wie ich.

»Wenn du was trinken willst, schau im Bücherregal nach. Vorgestern hab ich dort was gesehen«, sagte Melifaro unsicher und betrachtete sein Wohnzimmer mit dem Blick eines zufälligen Besuchers.

»Vielen Dank, aber ich muss noch A-Mobil fahren. Weißt du, bis jetzt war ich überzeugt, meine Wohnung sei die unordentlichste der Stadt, aber nun muss ich meine Lorbeeren an dich abtreten.«

»Tja, im Vergleich zu mir fehlt dir noch einiges«, antwortete Melifaro stolz.

»In einer Sache darfst du auch mal besser sein als ich«, meinte ich giftig, als er das Zimmer verließ.

Melifaro tat, als habe er diese Bemerkung nicht gehört, und überlegte sich in der Zwischenzeit eine passende Antwort.

Als er nach einer Minute zurückkehrte, schwenkte er eine große Reisetasche.

»Lass uns gehen, Max. Ich kann diesen Schweinestall nicht mehr ertragen. Aber in zwei Tagen wird es hier anders aussehen. Ich hab mich nämlich entschieden, deinem Beispiel zu folgen, und die Handwerker zum Renovieren bestellt. Sie haben mir gesagt, ich sei kein hoffnungsloser Fall.«

»Schön wär's! Übrigens gefällt es mir hier.«

»Tja, im Vergleich zu den Zelten deiner Landsleute sieht es ganz anständig aus. Du hast mir doch versprochen, von deiner Thronbesteigung zu erzählen. Wie ist das passiert?«

»Durch ein Missverständnis. Ich hatte den netten Leuten gesagt, ich hieße Fangachra, und es stellte sich heraus, dass dieser Fangachra ihr König war, den sie als Minderjährigen in der Steppe verloren hatten. Das ist die ganze Geschichte.«

Melifaro fiel die Kinnlade runter.

»Ist das dein Ernst? Willst du wirklich in die Leeren Länder zurück und ...?«

»Ach was!«, unterbrach ich ihn gereizt. »Ich bin eine arme Waise, die in der Dunkelheit ihrer Erinnerungen den Weg verloren hat. Was für ein König soll ich denn sein!?«

Auf dem Weg zu meinem Haus schwieg Melifaro die ganze Zeit. Das entsprach ganz und gar nicht meinen Erwartungen, doch ich vermutete, dass er die Neuigkeit erst mal verarbeiten musste. Allerdings dauerte die Fahrt zu mir auch nicht lange.

Unvorstellbar, aber wahr: In meinem Wohnzimmer faulenzten zehn hünenhafte Handwerker. Nur ihr Vorarbeiter wuselte herum, um fleißig zu erscheinen. Ärgerlich schüttelte ich den Kopf.

»Leute, fangt endlich mit der Arbeit an«, sagte ich. »Schließlich muss ich irgendwo wohnen.«

Die Handwerker verdrückten sich unauffällig, während der Vorarbeiter zu einer Rechtfertigung ansetzte. Er tat mir leid. An seiner Stelle hätte ich auch nur ungern mit einem Kunden geredet, der den Todesmantel trägt.

»Kein Grund zur Beunruhigung. Ihr braucht keine Angst vor mir zu haben«, sagte ich seufzend. »Machen wir es so: Ihr renoviert schnellstmöglich die Wohnung, sagen wir binnen zwei Tagen, und ich zahle euch das Dreifache des vereinbarten Preises, weil ihr euch so sputen müsst.«

»Das ist doch gar nicht zu schaffen«, riefen die anderen Handwerker von der Flurtür her im Chor.

»Der Mensch weiß gar nicht, wozu er in Extremsituationen fähig ist«, meinte ich nur. »Und hier handelt es sich um eine Extremsituation – das könnt ihr mir glauben!«

Nach diesem rauschenden Auftritt ging ich nach oben und packte meine Reisetasche.

»Mein holdes Nachtantlitz, du hast wirklich königliche Manieren«, spottete Melifaro per Stummer Rede, als ich auf der Treppe war.

»Stimmt«, pflichtete ich ihm stolz bei.

Ella und Armstrong dösten auf meinem Bett. Ich suchte im Schrank schnell ein paar Sachen zusammen und nahm den erstbesten Lochimantel und die erstbeste Skaba mit, die mir in die Hände fielen. Ich glaubte, das würde für die Reise reichen. Dann ging ich rasch wieder runter, denn ich wusste, dass Melifaro nichts mehr hasste als zu warten.

Doch er war bester Laune und unterhielt sich angeregt mit dem Vorarbeiter der Handwerkertruppe.

»Er tötet sofort – das kann ich beschwören«, ließ er den erschrockenen Mann gerade wissen. »Das Schlimmste ist, dass er erst zur Besinnung kommt, wenn die Leute schon tot am Boden liegen. Deshalb beschwöre ich euch: Macht alles so, wie er es euch aufgetragen hat.«

»Genau«, rief ich. »Ein ausgezeichneter Rat, Melifaro. Du bist so klug, dass ich neidisch werde. Aber jetzt lass uns fahren – sonst bekomm ich wirklich noch eine Krise, und das würden die armen Handwerker nicht überleben.«

Ich sprang auf die Straße und setzte mich ans Steuer des A-Mobils, um den Aufenthalt auf der Jahrhundertbaustelle so schnell wie möglich hinter mich zu bringen. Melifaro dagegen hatte das Gespräch mit den Handwerkern spürbar gutgetan.

Ich muss mich demnächst unbedingt mal von Lady Melamori kutschieren lassen, dachte ich. Was das Führen von A-Mobilen angeht, hat sie bestimmt gewaltige Fortschritte gemacht.

»Du fährst ja noch schneller als sonst«, meinte Melifaro und zitterte wie Espenlaub. »Jetzt weiß ich, womit du dich während deiner einjährigen Abwesenheit beschäftigt hast: Du warst bestimmt der Chauffeur von Magister Nuflin, und wir wissen ja, dass der Arme an Reizüberflutung gestorben ist.«

»Ja«, sagte ich nickend. »Und darunter hat meine Karriere sehr gelitten. Inzwischen hab ich mich aber entschieden, König zu sein.«

Melifaro erging sich in Spekulationen über meine hoheitliche Zukunft, denen ich nicht sehr aufmerksam lauschte. Mich überkam ein seltsames Gefühl, eine merkwürdige Vorahnung von etwas Unausweichlichem, aber noch Unbestimmtem. Dieses Warten auf etwas schwer zu Definierendes ist eigentlich ein sehr angenehmer Zustand.

»Wo fahren wir eigentlich hin?«, fragte Melifaro plötzlich.

»Zu deiner Familie, dachte ich. Oder hast du es dir anders überlegt?«

»Nein, nein, aber wir hätten längst abbiegen müssen.«

»Konntest du das nicht früher sagen?«, rief ich und machte kehrt.

»Ich wollte abwarten, bis auch du merkst, dass wir falsch gefahren sind. Weißt du, mein neugieriges Gehirn will stets das Unbegreifliche durchschauen, dich zum Beispiel. Aber dann hab ich begriffen, dass wir bis nach Landland kommen würden, ehe du merkst, dass du dich verfahren hast. Und ich habe einfach keine Lust, den ganzen Kurzurlaub lang über staubige Landstraßen zu irren.«

Ich dachte an mein hektisches Wendemanöver und musste kichern. Meine seltsame Vorahnung verschwand, und ich fühlte mich wie neugeboren. Oder stimmte wieder was nicht mit mir?

»Du bist heute irgendwie seltsam«, meinte Melifaro und musterte mich skeptisch. »Ist dir eine Laus über die Leber gelaufen, oder ist dein Todesmantel zu eng?«

»Deine fürsorgliche Miene steht dir nicht«, sagte ich. »Mir geht es bestens. Ich bin nur etwas müde, denn ich hatte unglaublich viel zu tun. Als ich heute ins Haus an der Brücke zurückkehrte, hatte ich den Eindruck, dass ihr die ganze Zeit nur damit beschäftigt gewesen seid, für jeden Tag meiner Abwesenheit eine Kerbe zu machen. Aber das ist nicht so schlimm. Ich übernachte im Zimmer deines Großvaters, und danach geht es mir sicher wieder besser.«

»Das hilft dir bestimmt«, sagte Melifaro. »Aber sei mal ehrlich: Geht dir deine dauernde Geheimnistuerei nicht selber auf die Nerven, Sir Nachtantlitz?«

»Ein bisschen«, bestätigte ich nickend.

Mein Bekenntnis gefiel Melifaro offenbar so gut, dass er es fertigbrachte, ein paar Minuten lang zu schweigen. Dann aber kamen wir bei ihm zu Hause an, und gleich sprudelte er wieder los, um seinen Vater zu begrüßen.

Sir Manga Melifaro erwartete uns vor der Haustür. Seit unserer letzten Begegnung hatte er sich kein bisschen geändert. Allenfalls sein dicker roter Zopf mochte ein wenig länger geworden sein. Erstaunlich, wie gut diese ungewöhnliche Frisur dem Verfasser der *Enzyklopädie* stand.

»Dein Bruder ist total verrückt geworden«, sagte er zu seinem Sohn und wandte sich dann an mich. »Guten Abend, Sir Max. Ich wage meinen Augen kaum zu trauen, dass Sie es geschafft haben, ein zweites Mal zu uns zu kommen.«

»Ich habe diesen Menschen drei Tage lange bekniet, unsere bescheidene Hütte zu besuchen«, mischte sich Melifaro ein. »Und das nur deinetwegen, Vater. Ich habe also etwas bei dir gut. Welcher meiner großartigen Brüder soll überhaupt verrückt geworden sein?«

»Dreimal darfst du raten«, meinte Sir Manga und schloss die Augen mit der Miene eines Märtyrers.

»Antschifa dürfte die größten Chancen haben. Schließlich ist er sehr begabt und führt ein ausgesprochen aufreibendes Leben, hab ich Recht?«

»Volltreffer!«, rief das Oberhaupt der seltsamen Familie. »Eigentlich wollte ich mich schon per Stummer Rede gemeldet haben, doch es kam immer was dazwischen, und dann sah ich dieses fliegende A-Mobil vor dem Haus halten und begriff, dass es zu spät war, mich mit dir in Verbindung zu setzen.«

»Fliegend?«, fragte ich. »Sir Manga, ich bitte Sie!«

»Mit Verlaub, Sir Max – ich bin sicher, dass die Räder Ihres Wagens den Erdboden nicht berührt haben. Mein Kompliment basiert mithin auf exakter Naturbeobachtung.«

»Was hat mein Brüderchen denn ausgefressen?«, unterbrach uns Melifaro.

»Stell dir vor: Er hat einen Gast mitgebracht. Und dann auch noch aus Isamon!«, rief Sir Manga. »Und was für einen! Du wirst gleich sehen, dass es sich dabei um ein ganz besonderes Exemplar handelt.«

»Es ist in unserer Familie doch völlig normal, Gäste mitzubringen«, sagte Melifaro und wies mit dem Kopf auf mich.

Ich stieß ihm im Scherz die Faust in die Rippen, aber er merkte es wohl nicht mal, da meine Hände sehr klein sind.

»Wenn du ihn in einer halben Stunde zu sehen bekommst, weißt du, was ich meine«, sagte Sir Manga. »Ich kann ihn nicht mal wegschicken, denn er hat meinen Sohn in der Fremde gastfreundlich aufgenommen. Hätte dein dummer Bruder Antschifa damals doch auf der Straße übernachtet! Unsere Geduld ist am Ende. Deine Mutter hat mir sogar gedroht, nur noch zu warten, bis du kommst, und dann zu ihrer Familie nach Uriuland zu verschwinden. Weißt du, bis jetzt hat mich noch keine Frau im Stich gelassen, und in meinem Alter habe ich keine Lust mehr auf Experimente. Nimm bitte unseren merkwürdigen Gast und Schönling in die Hauptstadt mit. Dort wirst du ihn sicher bald los. Echo ist schließlich eine Metropole, oder?«

»Hast du ihn wirklich so satt?«, fragte Melifaro. »Da bin ich aber in der Tat gespannt, was für ein Mensch das sein mag. Und wenn es die einzige Lösung ist, nehme ich ihn bestimmt mit. Das ist bei uns in der Familie immer so«, meinte Melifaro zu mir. »Antschifa macht Dummheiten, und ich muss sie ausbügeln. Was denkt er eigentlich über die ganze Sache?«

»Er ist sehr zufrieden. Dieser seltsame Gast ersetzt ihm eine Horde von Schiffsjungen, die er mit Schimpfkanonaden übers Deck zu treiben gewohnt ist. Na schön, geht jetzt ins Wohnzimmer. Max, verzeihen Sie bitte, dass ich Sie mit familiären Angelegenheiten gelangweilt habe. Das war alles andere als höflich von mir.«

»Dafür aber sehr interessant«, sagte ich lächelnd.

»Vater, halt die Ohren steif. Ich habe einen exzellenten Killer mitgebracht. Es wird schon wieder gut. Wir werden alles dafür tun, dass du dein Problem vergessen kannst, was, Max?«, fragte Melifaro mit Unschuldsmiene.

»Das könnte eine gute Lösung sein – aber bitte nur, wenn unser Gast heute Abend partout nicht in die Hauptstadt mitfahren möchte.«

»Sündige Magister! Mein armer Vater hat meine Bemerkung nicht mal für einen Scherz gehalten!«, flüsterte Melifaro mir zu und wirkte ehrlich erschrocken.

»Ach, das sollte ein Scherz sein?«, fragte ich mit gespielter Überraschung.

Jetzt war die Reihe an Melifaro, mir die Faust in die Seite zu stoßen. Und er hat riesige Hände.

Das Wohnzimmer war leer, und Sir Manga setzte sich zu uns an den Tisch.

»Wir haben wirklich Glück. Ich schlage vor, ihr esst erst mal eine Kleinigkeit. So eine Glückssträhne kann schnell zu Ende sein. Da heißt es zugreifen!«

»Ich höre immer auf das, was Erwachsene sagen«, meinte ich und musterte die vielen, ungemein interessanten Gerichte.

»Du scheinst gut erzogen«, spöttelte Melifaro und biss in ein lecker aussehendes Croissant.

»Kaum bist du gekommen, schon fällst du übers Essen

her – sehr gut, Brüderchen! Hauptsache, die Kauwerkzeuge bleiben nicht unbenutzt!«

An der Türschwelle stand ein kleiner, aber gedrungener rothaariger Kerl. Mir war gleich klar, dass ich ein weiteres Mitglied dieser wunderbaren Familie vor mir hatte. Er gehörte allerdings zu der Sorte von Leuten, mit denen man sich besser nicht anlegte. Allem Anschein nach konnte er jeden Gegner von den Füßen holen. Er hatte einen Schal um den Kopf gewickelt, dessen Enden fast den Boden berührten. Sein schwarzer, schlichter Lochimantel reichte kaum bis an die Knie, was in der Hauptstadt gewiss Befremden ausgelöst hätte. Auch seine Skaba war kurz und ließ die Schäfte seiner Stiefel sehen, die allerdings kunstvoll verziert waren.

Gleich nach ihm erschien der groß gewachsene Bachba, den ich schon bei meinem letzten Besuch kennen gelernt hatte. Er begrüßte uns freundlich, setzte sich gemütlich auf einen Stuhl und vertiefte sich ins Essen. Allem Anschein nach war er das einzige schweigsame Mitglied dieser seltsamen Familie.

Melifaro unterhielt sich mit Antschifa und sah ihn dabei mit großem Respekt an.

»Antschifa, das ist Max«, stellte er mich seinem Bruder vor. »Er arbeitet im gleichen Laden wie ich und sorgt dafür, dass ich nachts ruhig schlafe.« Dann wandte er sich an mich: »Du weißt vermutlich schon, dass vor dir der Schrecken der Meere steht, der ewige Stolz unserer Familie und die große Hoffnung meines Vaters: Sir Antschifa Melifaro.«

»Und ich hätte wetten mögen, der da sei das Produkt deiner Besuche im Rendezvous-Viertel, Vater«, meinte Antschifa und wies mit dem Kopf auf mich. »Ist das kein Halbbruder von mir? Schade.«

»Alles ist möglich«, meinte Sir Manga achselzuckend. »Max, was sagen Sie dazu?«

»Ich fürchte, das ist etwas übertrieben. Ich würde gern zu Ihrer Familie gehören, habe aber vor kurzem erfahren, dass ich aus der königlichen Familie von Fangachra stamme.«

»Auch ein interessantes Schicksal. An Ihrer Stelle würde ich nichts daran ändern«, sagte Antschifa fröhlich und hob eine enorm große blaue Flasche.

Zwischenzeitlich hatte auch er sich zu Tisch gesetzt und schaufelte sich Gebäck auf den Teller. Langsam erschien mir Melifaro als der ruhende Pol der Familie.

»Seid ihr bekloppt, oder ist euer Gehirn vertrocknet?«, tönte es von der Tür her, und ein kleiner Mann mit dicker Nase und Glatze trat ein.

Bestürzt musterte ich seine Sachen. Er trug einen schimmernden Lochimantel und eine eng geschnittene, glänzende Hose. In meiner alten Heimat zieht man so was nur im Zirkus an. Die seltsame Kleidung betonte seinen weiblichen, reichlich großen und runden Hintern. Ich wäre nicht ich gewesen, hätte ich in diesem Moment nicht laut losgelacht. Zu meinem Erstaunen blieb Melifaro ernst.

»Was ist? Siehst du zum ersten Mal einen Menschen aus Isamon?«, fragte er erstaunt. »Dort trägt man solche Sachen.«

»Das ist ja noch lustiger«, rief ich und hielt mir den Bauch vor Lachen.

»Dein Gehirn ist eindeutig vertrocknet«, erklärte der Mann aus Isamon und setzte sich zu Tisch.

Er sprach leicht durch die Nase und rollte das R seltsam. Ich musste so lange kichern, dass er mich schließlich ansah.

»Was gibt es denn so Lustiges? Ich hab doch Recht! Die neuen Gäste werden mir nicht vorgestellt, und niemand ruft mich zu Tisch. Wer macht denn so was?«

»Ich zum Beispiel«, erklärte Sir Manga kühl.

»Was? Reden Sie bitte lauter – ich verstehe Sie nicht. Wäre bei uns in Isamon so was passiert, hätte man den Gastgeber als ältestes Mitglied der Familie … Ach, das muss ich nicht unbedingt erzählen«, unterbrach er sich und nickte gedankenverloren. »Aber was gibt es denn nun zu lachen? Beruhigen Sie sich doch endlich.«

»In meiner Heimat ist es üblich, Unbekannte mit lautem Lachen zu begrüßen. Das drückt die Freude aus, jemanden kennen zu lernen. Ich bemühe mich nur, höflich zu sein.«

Jetzt lachten alle Mitglieder der berühmten Familie Melifaro herzlich.

»Das soll normal sein?«, fragte der Unbekannte beleidigt. »Na, wenn das so ist … Mein Name ist Rulen Bagdasys. Das ist ein berühmter Adelsname. Sagt er Ihnen etwas?«

»Dieser nette Mann heißt Sir Max«, mischte sich Manga ein. »Wie wir gerade erfahren haben, ist das ein königlicher Name. Haben Sie das gewusst?«

»Ja, das ist mir geläufig«, sagte Rulen Bagdasys und wirkte plötzlich kleinlaut. Dann schaute er Antschifa streng an. »Spinnst du? Wer schaufelt sich denn den Teller so voll? Was sollen die Leute von dir denken?«

»Misch dich nicht in meine Angelegenheiten ein«, brummte Antschifa nur.

»Wie bitte? Sprich lauter. Du weißt doch: Ich hör nicht so gut.« Dann wandte er sich an meinen Freund Melifaro, den jüngsten Sohn von Sir Manga: »Ich habe gehört, du kannst mir die Hauptstadt zeigen. Ich muss so schnell wie möglich dorthin. Ich hab die Provinz und ihre Bewohner satt.«

»Das mach ich doch gern«, sagte mein Arbeitskollege ungewohnt höflich.

Auf Sir Mangas Miene zeigte sich große Dankbarkeit.

Wir saßen noch zwei Stunden bei Tisch und unterhielten uns. Langsam erschien mir Rulen Bagdasys nett und durchaus unterhaltsam. Seine mit Naivität und Schwerhörigkeit gewürzte Grobheit machte ihn zu einem ziemlich originellen Menschen. Würde er aber mit mir zusammenleben, würde ich meine Meinung sicher schnell ändern.

Dann entschuldigte sich Sir Manga mit der Bemerkung, er habe noch etwas zu tun, und ging in sein Arbeitszimmer. Es war kurz vor Mitternacht, als ich – obwohl ein notorischer Nachtmensch – erstaunt merkte, wie müde ich war. Hier in Echo hatte ich die Schlaflosigkeit vergessen, die mich die ersten dreißig Jahre meines Lebens gequält hatte.

»Ich bin total erledigt«, sagte ich zu Melifaros Brüdern. »Und ich fürchte, ihr seid das inzwischen leid. Deshalb gehe ich jetzt schlafen.«

»Du? Schlafen? Es ist nicht einmal Mitternacht!«, rief Melifaro ehrlich erschrocken. »Was ist mit dir los, Max?«

»Das hast du mich heute schon mehrmals gefragt, und ich sage dir, was ich dir schon mehrfach gesagt habe: nichts Besonderes. Ich bin einfach nur müde.«

»Juffin und seine Ansprüche treiben dich noch ins Grab«, sagte Melifaro mitleidig. »Du bist zwar ein furchtbarer Killer und überhaupt ein grausamer Barbar, aber so schlecht sollte man dich wirklich nicht behandeln.«

»Zeig mir lieber mein Schlafzimmer, statt mich zu bemitleiden«, bat ich. »Euer Familiennest ist so groß, dass ich mich darin verlaufen könnte und erst in zehn Jahren völlig verwahrlost aufgefunden würde.«

»Komm, mein Unglück«, sagte Melifaro und erhob sich recht unwillig vom Tisch.

»Du ähnelst unserem Vater wirklich«, sagte Antschifa mit Nachdruck zu mir. »Vielleicht solltest du die Königinmutter mal diskret nach ihren früheren Beziehungen fragen.«

»Das tue ich sicher, falls ich sie mal im Königreich der Toten erwische. Angeblich soll das gar nicht so schwer sein. Gute Nacht, Leute.«

Das magische Schlafzimmer war ein Werk des Magisters Philo Melifaro und eine Frucht des durch viele Jahrhunderte von ihm zusammengetragenen Wissens. Es erwies sich als eine Zufluchtsstätte, wie ich sie schon lange gesucht und gebraucht hatte. Hier traf ich auf die mir seit Kindertagen bekannten Traumgestalten.

Ich schlief fest und ruhig, und vor meinen Augen entfaltete sich ein Panorama meiner Lieblingsträume. Ich sah einmal mehr das kleine, schnuckelige Städtchen in den Bergen bei Kettari mit seiner Serpentinenstraße und den hübschen kleinen Cafés. Schade, dass ich diesen von mir erträumten Ort vor kurzem an eine andere Welt abgetreten hatte.

Ich erwachte kurz nach Mittag, hatte Sir Juffins Auftrag

also perfekt erfüllt. Jetzt konnte ich nicht nur erfrischt weiterleben, sondern war mir sogar sicher, noch viel Spaß zu haben.

Überglücklich ging ich nach unten. Sir Manga und seine hübsche Frau knabberten friedlich an ihrem Frühstücksgebäck.

»Die Jungs schlafen noch«, sagte Manga zu mir. »Sie haben sich bis zum Morgengrauen unterhalten. Tut es Ihnen nicht leid, das Gespräch verpasst zu haben?«

»Oh nein. Die Nacht im Schlafzimmer Ihres Vaters war die erholsamste Nacht meines Lebens. Dieser Raum ist das Werk eines Genies.«

Die ältere Generation der Familie Melifaro nickte verständnisvoll.

»Was macht Ihr ehrwürdiger Ahne jetzt eigentlich?«, wollte ich wissen.

Ich war sicher, keine taktlose Frage gestellt zu haben. Der Schöpfer eines so genialen Zimmers konnte unmöglich einfach an Altersschwäche gestorben sein.

»Vermutlich sucht er im Jenseits seinen Großen Magister. Vielleicht hat er ihn sogar gefunden. Auf alle Fälle ist er dort bestimmt glücklich, denn die Reiselust liegt uns allen im Blut.«

»Bist du schon wach, Max?«, fragte Sir Juffin mich per Stummer Rede. »Ich fürchte, ihr zwei müsst euren Urlaub abbrechen. Offen gesagt muss ich euch noch vor Sonnenuntergang sehen.«

»Ich kann Ihren besten Mitarbeiter Melifaro sofort wecken«, sagte ich mit diebischer Freude. »Möchten Sie das?«

»Ich fürchte, das wird er nicht überleben. Lass ihn besser noch eine oder anderthalb Stunden schlafen, dann wecke ich ihn. Und du, Max? Hast du dich erholt? Geht es dir gut?«

»Erholung ist ein viel zu schwaches Wort dafür. Was ist eigentlich passiert? Warum müssen wir nach Echo zurück?«

»Bis jetzt ist nichts passiert, aber heute Abend kommt ein Schiff aus Arwaroch. Das wird für uns alle sehr spaßig. Also kommt bald zurück. Ende.«

Schuldbewusst sah ich Melifaros Eltern an. »Ich fürchte, ich habe eine unangenehme Nachricht für Sie. Sie müssen sich einen Tag früher als geplant von Ihrem jüngsten Sohn trennen.«

»Na wunderbar«, meinte Lady Melifaro erleichtert. »Zu den Magistern mit ihm! Wir haben sicher noch genug Zeit, mit ihm zu plaudern. Außerdem hat er versprochen, den furchtbaren Kerl aus Isamon mitzunehmen. Stimmt's, Manga?«

»Ja, das hat er versprochen«, rief Sir Manga fröhlich.

»Ich kenne ihn zwar nicht so gut, aber gestern Abend fand ich ihn ziemlich lustig«, wandte ich vorsichtig ein.

»Die ersten zwei, drei Tage hab ich das auch so gesehen«, pflichtete mir Sir Manga bei. »Aber spätestens am vierten Tag hab ich langsam gemerkt, dass er doch nicht so nett ist, wie ich anfangs dachte. Dann hab ich erfahren, dass die Diener das Haus verlassen wollen, bis er wieder weg ist, und auch mein ältester Sohn hat gegen diesen Gast rebelliert. Und ein paar Tage später bin ich selbst mit Mordgedanken durchs Haus gelaufen. Wissen Sie, Sir Max, ich fürchte, die Gebote der Gastfreundschaft können gefährlich sein. Ich spreche jetzt nicht nur von meiner Familie, sondern von allen gut erzogenen Menschen.«

»Aber Ihr Leiden endet doch demnächst«, tröstete ich ihn. »Ihr Gast fährt bald in die Hauptstadt. Und wenn er nicht will, werde ich ihn dazu zwingen. Das verspreche ich Ihnen. Ich kenne einen extra für solche Fälle gedachten Zaubertrick.«

Das war nicht gelogen, denn ich kann tatsächlich jeden Menschen zwischen Daumen und Zeigefinger meiner linken Hand verschwinden lassen und ihn ans Ende der Welt schaffen.

Nach einer Stunde klopfte ich an Melifaros Schlafzimmertür.

»Wach auf, mein Herz! Wir müssen zum Dienst!«

»Zu welchem Dienst denn?«, fragte er müde. »Was redest du da? Du brauchst einen guten Heiler. Du bist bei mir zu Gast, und übermorgen fahren wir nach Echo zurück.«

»Juffin hat sich per Stummer Rede bei mir gemeldet und von einem Schiff aus Arwaroch gesprochen. Sagt dir das was?«

»Leider ja«, meinte Melifaro traurig. »Unser Urlaub ist also vorbei. Gut, ich komm gleich. Haben wir noch Zeit zu frühstücken?«

»Wir haben sogar noch Zeit zum Mittagessen. Hast du schon vergessen, wie schnell ich fahren kann?«

»Wenigstens dazu taugst du«, murmelte er. »Aber jetzt verschwinde, mein Freund. Ich muss mich herrichten.«

Ich tat gnädig, wie geheißen. Nach ein paar Minuten tauchte mein Kollege im Esszimmer auf. Er war zwar noch etwas nass vom Bad, sprühte aber vor Lebensfreude.

»Warum ist das Einlaufen des Schiffs aus Arwaroch eigentlich so wichtig?«, fragte ich Sir Manga und seinen Sohn, weil ich nicht wusste, wer von beiden in dieser Hinsicht der größere Experte war. »Liegt Echo etwa im Krieg mit Arwaroch? Oder wird dieses Land von Dunklen Magistern regiert, von denen wir das Schlimmste erwarten müssen?«

»Arwaroch ist zwar ein Imperium, doch ich bezweifle sehr, dass es dort Dunkle Magister gibt. Auch mit Magie kennen sich die Leute dort nicht aus, und ihr Großer Schamane wäre im Vereinigten Königreich allenfalls Prügelknabe einer Heilerin«, sagte Sir Manga achselzuckend.

Sein jüngster Sohn wollte dem unbedingt etwas hinzufügen, doch mit vollem Mund klappte das nicht.

Also setzte Sir Manga seinen Vortrag fort: »Arwaroch ist der am weitesten von Echo entfernte Kontinent und für meinen Geschmack eine recht seltsame Gegend. Die Menschen dort sind merkwürdig, haben eine eigenartige Religion und eine ganz ungewöhnliche Philosophie und Logik. Auch leben dort einzigartige Tiere und Pflanzen, und es gibt keine Metalle, doch diesen Mangel gleichen die Bewohner auf interessante Art und Weise aus. Aber das werden Sie bald mit eigenen Augen sehen. Wir liegen mit Arwaroch nicht im Krieg, und das ist auch besser für die Leute dort. Sie können sich nämlich mit dem Vereinigten Königreich ganz und gar nicht messen. Außer uns hat Arwaroch keinen ernsthaften Gegner. Darum bereitet besonders dieser Kontinent unseren Politikern immer wieder Kopfschmerzen. Würden das Vereinigte Königreich und der Orden des Siebenzackigen Blatts keine so vernünftige Politik betreiben, würden die dortigen Herrscher sich sicher von Echo unabhängig erklären. Sie haben sogar mal versucht, sich den Rest der Welt zu unterwerfen.«

»Sind diese Leute dann nicht gefährlich für uns?«, fragte ich.

Ich hatte keinerlei Lust, an einem Krieg teilzunehmen. Es wäre schrecklich, mit dem Babum durch die Gegend zu ziehen und nur *ein* Waschbecken mit heißem Wasser zur Verfügung zu haben.

»Aber Max, wir sind auf jeden Fall gefährlicher als sie. Niemand will, dass die Herrscher von Arwaroch ihre Macht dem Kalifat Kuman oder den Leuten in Isamon zeigen. Denn das hätte nur zur Folge, dass diese Länder eine Delegation zu uns schicken und den König um Hilfe bitten würden. Wir wären dann gezwungen, ein paar exzellente Spezialisten aus dem Orden des Siebenzackigen Blatts zu schicken, um die Leute aus Arwaroch in die Schranken zu weisen. Das würde viel Magie, viel Blutvergießen und viele Opfer bedeuten und wäre schlecht für das weltweite Gleichgewicht. Unsere Taktik ist es darum, den ewigen Rebellen von Arwaroch großen Respekt zu zeigen, ihnen aber auch zu verstehen zu geben, dass sie diesen Respekt nur genießen, solange sie ihre Kriege und Eroberungszüge auf den eigenen Kontinent beschränken. Soweit ich weiß, finanzieren wir noch immer ein paar Geheimagenten, Magister und Rebellen, um genau zu wissen, was in Arwaroch vorgeht. Außerdem lieben es die Leute dort, regelmäßig neue Nationalhelden auszurufen. Das gibt den Königen des Landes immer wieder viel zu tun. Sie führen ständig kleinere Kriege mit ihren Nachbarn, und das ist offenbar befriedigend für alle.«

»Ich verabscheue Politik«, seufzte ich. »Aber ich fürchte, niemand fragt nach meiner Meinung.«

»Das verstehe ich. Mich fragt auch niemand«, meinte Sir Manga lächelnd. Dann wandte er sich an seinen Sohn. »Vergiss bitte nicht, unseren anderen Gast mitzunehmen.«

»Wo ist er eigentlich?«, fragte Melifaro.

»In seinem Schlafzimmer. Ich glaube, er erholt sich noch. Deshalb ist es hier so ruhig.«

Es war keine leichte Aufgabe, Rulen Bagdasys zu wecken und ihm zu erklären, dass wir gleich losfahren würden. Der arme Melifaro brauchte über eine Stunde dafür und musste den Mann aus Isamon schließlich beinahe zum Frühstück herunterzerren.

»Wir dürfen einen Spross aus königlicher Familie doch nicht so lange warten lassen.«

Der arme Melifaro wies flüsternd mit dem Kopf auf mich. Erst sah ich ihn ratlos an, dann begriff ich, wovon er sprach.

»Was redest du denn da? Du bist verrückt – das sag ich doch die ganze Zeit. In Isamon stehen Aristokraten nicht vor Sonnenuntergang auf. Und ohne Frühstück reisen sie schon gar nicht«, rief Rulen Bagdasys widerspenstig.

Sir Manga erhob sich wortlos und trat auf die Veranda. Seine Frau war schon vorgegangen, als sie die ersten empörten Schreie aus dem Korridor hatte dringen hören. Ich folgte dem Hausherrn.

»Sir Manga«, flüsterte ich. »Ich brauche eine klare Antwort. Was sollen wir mit diesem Naturwunder machen? Sollen wir ihn Antschifa unversehrt zurückbringen oder ihn per Schiff nach Isamon schicken?«

»Macht, was ihr wollt, aber macht schnell. Allerdings

vermute ich, dass in Isamon niemand auf ihn wartet. Und auch Antschifa hat seinen exotischen Begleiter längst satt. Dieser Mensch ist wirklich eine traurige Gestalt.«

»Wie man's nimmt«, meinte ich achselzuckend. »Vielen Dank für Ihre Gastfreundschaft, Sir Manga. Nächstes Mal werde ich mich im Esszimmer bestimmt mehr ins Zeug legen.«

»Es gibt ein schönes Sprichwort, Max. In Tulan sagt man: Ein guter Gast verlässt rechtzeitig das Haus. Dieses Tulan ist wirklich ein netter Ort – eine meiner Lieblingsstädte.«

»Und was halten Sie von Isamon?«, fragte ich amüsiert.

»Das ist schrecklichste Provinz, zutiefst langweilig. Das einzig Unterhaltsame ist die Kleidung der Bewohner.«

»O ja«, sagte ich kichernd. »Was das anlangt, haben die Leute dort tatsächlich ein Händchen.«

»Wir sollten jetzt wirklich losfahren«, sagte ich.

Ich übertrieb etwas, denn bis Sonnenuntergang waren es noch fünf Stunden, und hätte ich mich richtig anstrengen wollen, hätte ich die Strecke in fünfzehn Minuten geschafft. Die Nacht im Schlafzimmer von Sir Philo Melifaro hatte mir enorm viel Kraft gegeben, die ich einfach einsetzen musste, um nicht in die Luft zu gehen.

»Alles klar?«, fragte Melifaro den Mann aus Isamon, der mit hängendem Kopf über seinem Teller saß. »Geh nach oben und pack deine Sachen. Wenn du in einer halben Stunde nicht fertig bist, kannst du zu Fuß nach Echo reisen.«

»Was? Sprich lauter! Ich versteh dich nicht!«

Langsam verlor ich die Hoffnung, dass wir mit Rulen Bagdasys noch Erfolg haben würden. Ich seufzte vernehmlich und schaufelte mir noch eine Portion auf den Teller. Zu essen ist immerhin eine angenehme Beschäftigung.

Zwei Stunden später kam der verschlafene Antschifa ins Esszimmer.

»Ich wollte spazieren gehen«, meinte er gereizt, »und der verrückte Rulen wollte partout nicht mitkommen.«

»Du kannst doch mit Bachba losgehen«, meinte Melifaro kichernd. »Aber ich hab noch einen besseren Vorschlag: Komm mich einfach mal in Echo besuchen.«

»Was soll ich dort? Durch den Stadtteil Rendezvous laufen und nach meinem Bruder rufen?«

»Na ja, spazieren gehen und schreien ist ja nicht alles, was man dort tun kann«, meinte Melifaro trocken. »Aber wie du willst. Wenn du es dir anders überlegst: Mein Haus steht dir zur Verfügung.«

»Vielleicht überlege ich es mir wirklich noch. Im Moment bin ich leider schlaftrunken. Im Übrigen kannst du den Leuten aus Arwaroch schöne Grüße ausrichten und sie fragen, ob sie sich an unser letztes Treffen erinnern. Oder frag sie besser nichts. Sonst löst du noch einen diplomatischen Konflikt aus.«

Schließlich erschien Rulen Bagdasys. Er trug eine festliche weiße Hose zu seiner üblichen Jacke und den bekannten Schuhen, dazu aber noch eine Pelzmütze. Mitten im Sommer! Er war offenbar sehr zufrieden mit seiner Montur und stolz auf sich, denn er trug die riesige Nase sehr hoch. Seine Augen glänzten, und sein Mund stand halb offen, was ihn nicht eben intelligent wirken ließ. Offenbar waren

Fellmützen für Leute aus Isamon etwas ganz Besonderes, vielleicht gar ein nationales Symbol.

»Wird dir unter der Mütze nicht zu heiß, mein Freund?«, fragte ich vorsichtig.

»Nein. Das Gehirn arbeitet besser, wenn es richtig warm ist«, meinte Rulen mit stolzgeschwellter Brust.

Melifaros Brüder lachten kurz auf. Der Mann aus Isamon sah sie streng an, sagte aber nichts.

Ich klemmte mich ans Steuer des A-Mobils. Melifaro setzte sich neben mich. Wie seine Miene vermuten ließ, wollte er endlich ins Haus an der Brücke kommen.

Rulen Bagdasys setzte sich auf die Rückbank. Als ich beschleunigte, sagte er etwas Undeutliches und versuchte, ans Lenkrad zu gelangen.

»Bleib ruhig, mein Freund!«, rief ich ihm zu. »Wenn man mich reizt, kann ich Gift spucken. Wusstest du das nicht?«

»Natürlich wusste ich das«, erklärte Rulen, »aber Sie können nicht fahren! Ich zeige Ihnen, wie man's macht.«

»Soll ich ihn kurz durchprügeln?«, fragte Melifaro versonnen.

»Von mir aus gern. Wenn er weiter um das Steuer kämpft, bauen wir womöglich einen Unfall.«

»Ich habe eine ganz andere Fahrtechnik gelernt. Woher soll ich wissen, dass es hier anders ist? Sie jedenfalls, Sir, machen alles umgekehrt!«

Ich musste lachen, denn ich hatte gedacht, mein Tempo habe ihn erschreckt. Dabei hatte er mir nur einige technische Ratschläge geben wollen.

»Jeder kann fahren, wie er will«, sagte ich freundlich zu ihm und beschleunigte noch ein bisschen.

Es ist mir ein wenig peinlich, aber ich wollte den furchtbaren Kerl aus Isamon wirklich etwas erschrecken. Aber es gelang mir nicht. Er hatte keine Angst. Vielleicht, weil er nicht wusste, wie schnell wir fuhren. Nach ein paar Minuten, die mir wie eine Ewigkeit schienen, hielten wir vor Melifaros Haus im Zentrum von Echo.

»Das war auch für dich ein Rekord, Max – gib's zu«, sagte er und wischte sich den Schweiß von der Stirn. »Ich frage mich, wie es dir gelungen ist, keinen Unfall zu bauen.«

»Glückssache«, meinte ich lächelnd.

»Das glaube ich auch«, sagte Melifaro und wandte sich an den Mann aus Isamon: »Wir sind da. Ich wohne hier. Du kannst deine Sachen ausladen.«

Unser Freund hatte nicht wenig Gepäck, und der gutherzige Melifaro half ihm beim Reintragen. Ich überlegte, ob er lauter Pelzmützen und grelle Klamotten dabeihatte.

»Bleib hier und versuch, dich an die Stadt zu gewöhnen«, sagte Melifaro freundlich zu ihm. »Du kannst spazieren gehen, wenn du willst. Max, wir fahren weiter.«

Ich legte einen Kavalierstart hin.

»Es ist wirklich nett, einen disziplinierten Chauffeur wie dich zu haben«, lobte mich Melifaro. »Keine Sorge, mein Lieber – dieses Jahr werde ich dich noch nicht feuern.«

»Pass nur auf, sonst erzähle ich Lonely-Lokley, dass du Leute aus königlicher Familie beleidigst.«

»Lonely-Lokley? Dem lieber nicht. Mein Vater hat sich an drei Söhne gewöhnt, und so soll es bleiben. Hättest du hier nicht abbiegen müssen, mein Freund?«

»Wie kommst du denn auf die Idee, ich könnte mich verfahren?«, fragte ich und brauste mit Höchstgeschwindigkeit durch die Straße der Kupfermünzen, um ein Lächeln ins Gesicht meines Kollegen zu zaubern. Er sah wirklich zufrieden aus.

»Nicht schlecht, Jungs«, meinte Sir Juffin im Saal der allgemeinen Arbeit zu uns. »Als ich dir gesagt habe, Max, dass ich euch bis Sonnenuntergang sprechen will, hab ich damit gerechnet, als disziplinierte Mitarbeiter würdet ihr frühestens eine Minute vor Ablauf der Frist auftauchen. Dann aber hab ich mit mir gewettet, dass ihr früher kommt. Schön, dass ich so zwölf Kronen gewonnen habe. Und jetzt kann ich euch mitteilen, dass das Schiff aus Arwaroch heute am Admiralskai anlegt.«

»Warum ausgerechnet dort?«, fragte ich und trank etwas kalte Kamra aus der Lieblingstasse meines Chefs. Das wurde bei mir langsam zur Gewohnheit.

»Das ist ein standesgemäßer Ankerplatz für einen so prächtigen Kahn«, erklärte Juffin. »Außerdem ist es ein Kriegsschiff – das passt doch. Melifaro, hast du schon mal an einer Zollkontrolle im Hafen teilgenommen?«

»Aber natürlich. Gleich im ersten Jahr meines Dienstes. Ich weiß noch, dass ich beinahe in Ohnmacht gefallen bin, als einer dieser Barbaren all seine Titel aufgezählt hat. Aber ich hab dann doch alles tapfer ertragen.«

»Das war ja ein echter Erfolg für dich«, rief Sir Juffin. »Und heute muss er wiederholt werden. Seid ihr bereit?«

»Ich allenfalls bedingt«, seufzte Melifaro. »Aber das interessiert ja keinen. Vielleicht wäre Lonely-Lokley eine bessere Wahl für diese Aufgabe. Er lacht bestimmt nicht blöd in sich hinein.«

»Aber das geht doch nicht! Wenn Sir Schurf ein Schiff betritt, beginnt es zu sinken. Das liegt an seiner Karriere im Orden der Löcherigen Tasse. Hast du davon nie gehört?«

»Ehrlich gesagt nicht«, brummte Melifaro. »Wirklich eine interessante Neuigkeit.«

»Juffin, warum müssen wir diese Kontrolle überhaupt durchführen?«, fragte ich. »Wir sind schließlich Geheimagenten und keine Zöllner.«

»Du hast wieder mal was nicht durchschaut. Das Schiff aus Arwaroch ist etwas Spezielles. Wenn dort einfache Zollbeamte auftauchen, gilt das als Beleidigung, und die Besatzung beschwert sich beim König. Die Leute aus Arwaroch haben einen seltsamen Ehrenkodex. Zum Glück gibt es in der Bibliothek des Königs ein dickes Buch mit allen dort geltenden Benimmregeln, das genaue Vorschriften darüber enthält, wie sich die Leute aus Arwaroch und die Bewohner von Echo bei einem Besuch benehmen sollen. Anders als wir allerdings kennen unsere Gäste all diese Gebote auswendig. Aber keine Sorge, Max – wir müssen auf dem Schiff nur eine Kontrolle durchführen und ein paar freundliche Worte wechseln. Das Lustigste ist, dass es auf dem Kahn nie Schmuggelware gibt, denn in Arwaroch ist Schmuggeln streng verboten, und die Leute von dort halten sich an ihre Gesetze. Ihr müsst also tun, als würde euch die Ladung interessieren, und könnt dabei ruhig etwas übertreiben. Dann erteilt ihr der Besatzung eine offizielle Aufenthaltserlaubnis für Echo. Das war's schon. Morgen steht ein Besuch beim König an, und dann beginnt der amüsanteste Teil des Aufenthalts: Wir werden unsere ehrwürdigen Besucher auf Schritt und Tritt begleiten und aufpassen, dass niemand sie beleidigt. Ach, Jungs, wenn ihr wüsstet, wie sehr ich so langweilige Aufgaben hasse! Aber der Große Magister Nuflin meint, das sei besser für uns alle, und ich kann den alten Mann nicht enttäuschen.«

»Warum denn nicht?«, brummte Melifaro.

»Eigentlich könnte ich es schon«, räumte Sir Juffin ein. »Aber ich will es nicht. Und ihr verschwindet jetzt. Sofort. Wenn ihr eine Stunde vor Ankunft unserer fantastischen Gäste im Hafen seid, ist das der Gipfel der Diplomatie. Aber schaut mich nicht so böse an. Das heißt schließlich nicht, dass ihr keine Tasse Kamra mehr trinken könnt.«

»Mit ein paar Piroggen bitte«, rief ich.

»Unser Kurusch hat einen schlechten Einfluss auf dich«, meinte Sir Juffin. »Du übernimmst seine Schwächen. Wann werden dir die ersten Federn wachsen?«

»Ich habe nichts gegen ein Gefieder. Buriwuche sind kluge Vögel. Und sie sind viel netter als so manche Mitmenschen.«

»Möglich«, pflichtete Juffin mir bei. »Aber ich frage mich, wie Federn zu deinem Gesicht passen würden.«

Er kicherte, doch das hielt ihn nicht ab, eine Pirogge von dem Tablett zu nehmen, das eben ins Büro getragen wurde.

Eine halbe Stunde vor Sonnenuntergang erreichten Melifaro und ich den Admiralskai. Wir kamen rechtzeitig und sahen das Schiff aus Arwaroch langsam auf uns zukommen. Von weitem wirkte es sehr groß, ja Furcht einflößend.

»Du solltest besser ein Dichter sein, kein König«, meinte Melifaro, als er meine beeindruckte Miene sah.

»So was Ähnliches bin ich schon gewesen«, antwortete ich frech. »Aber das ist keine interessante Beschäftigung. Und man bekommt sein Geld nur sehr unregelmäßig.«

»Was? Hast du dich wirklich mit Dichtung beschäftigt?«, fragte Melifaro baff. »Wann war das?«

»Als ich durch die endlosen Ebenen der Grafschaft Wuk und der Leeren Länder gezogen bin.«

Melifaro schüttelte den Kopf. Er hatte wohl eine andere Vorstellung vom geheimnisvollen Prozess des literarischen Schaffens.

Ein Blick auf den träge dahinströmenden Churon erinnerte mich an unsere Mission. Das Schiff war nun sehr nahe gekommen.

»Jetzt müssen wir an etwas Trauriges denken, um nicht zu lachen«, meinte Melifaro. »Ich schlage ›Meine erste Liebe‹ vor.«

»Das hilft mir wenig. Meine erste Liebe war eines meiner angenehmsten Erlebnisse. Ich war noch nicht mal ein Jahr alt, und die erste Dame meines Herzens war beinahe achtzig. Sie war eine Freundin meiner Großmutter und nahm mich ab und an in die Arme. Das war vielleicht ein Erlebnis, sag ich dir.«

Das Schiff machte längsseits am Kai fest. Direkt vor unseren Augen hing eine Strickleiter. Ich war begeistert. Noch nie hatte ich Gelegenheit gehabt, so etwas zu benutzen. Doch was tut man nicht alles für den Zoll und die Politik des Vereinigten Königreichs. Vor Angst kletterte ich behände wie ein Affe die Leiter hinauf. Nach ein paar Sekunden schon stand ich in Schuhen, die wunderbar zu meinem Todesmantel passten, an Deck, doch meine Knie zitterten mächtig.

Kurz darauf stand Melifaro neben mir. Wir konnten uns nun entspannen und etwas umsehen. Das war nicht leicht, denn über uns hing die Takelage. Außerdem war das Deck leer. Wer auch immer uns die Strickleiter zugeworfen hatte, war offenbar im Halbdunkel verschwunden.

»Macht nichts«, sagte Melifaro und stieß mich in die Seite. »Gleich kommt der feierliche Auftritt des Kapitäns. Also sei bereit und denk schon mal an etwas Trauriges. Ich schlage dafür ›Meine zweite Liebe‹ vor, nachdem deine erste Liebe so glücklich war.«

Am liebsten hätte ich Melifaro mit einer ausgedachten Geschichte überrascht, aber ein leises Klirren lenkte mich ab. Sein Urheber war ein so schöner Mensch, dass mir der Atem stockte.

Ein mindestens zwei Meter großer Hüne kam auf uns zu. Seine schneeweißen Haare waren zu einem Zopf geflochten, der bis zum Gürtel reichte. Er hatte große, bernsteinfarbene Augen, und sein Gesicht war eher weich und damit untypisch für einen Soldaten – genau wie seine dünne Nase und sein kleiner, beinahe kindlicher Mund.

Auch die Kleider des Unbekannten verdienen detaillierte Beschreibung: Hemd und Hose leuchteten in allen Farben des Regenbogens. Erstaunt stellte ich fest, dass sein Hemd trotz des Windes nicht flatterte. Später erfuhr ich, dass man sehr viel Kraft braucht, um sich in Wollsachen aus Arwaroch überhaupt zu bewegen. Seine Schuhe fielen dagegen fast normal aus, obwohl ihr Leder so dünn war, dass die Zehen beinahe zu erkennen waren. Erstaunt stellte ich fest, dass er nicht fünf, sondern sechs davon hatte. Gespannt musterte ich daraufhin seine Hände, doch die wiesen keine Überraschungen auf.

Obendrein trug der Unbekannte ein seltsames Wesen huckepack. Es sah aus wie eine Spinne, doch seine Beine waren kürzer und dicker. Das Wesen musterte uns aus allen acht Augen, die so bernsteinfarben wie die seines Besitzers waren. Ich musterte es mit meinen beiden Augen zurück.

Währenddessen warf der Unbekannte eine seltsame Waffe aufs Deck, die einer Machete ähnelte und beim Aufprall ein leises, stumpfes Geräusch erzeugte, das so gar nicht nach der Schneide eines Buschmessers klang. Sir Manga hat mir doch kürzlich erst erzählt, dass es in Arwaroch keine Metalle gibt, erinnerte ich mich und hätte gern gewusst, woraus die Leute dort ihre Waffen anfertigten.

Nach der Machete landete ein obskurer Gegenstand auf Deck, der einer gigantischen Fliegenklatsche ähnelte.

Nun stand der Riese unbewaffnet auf Armeslänge vor uns. Ein paar Sekunden betrachtete er uns weder aufdringlich noch neugierig noch wenigstens nervös, wie es in so einer Situation wohl normal wäre, sondern eher wie ein Vogel: vorsichtig und doch gleichgültig. Schließlich machte er den Mund auf. »Mein Name ist Alotho Aliroch aus der Familie Eisenstein. Ich bin Herrscher von Aliurch und Tschijcho, grausamer Anführer von zweihundert Scharfzähnen und treuer und mächtiger Kämpfer von Tojla Liomurik aus dem Orden des Silbernen Tannenzapfens. So heißt der Eroberer von Arwaroch, der bis an die Grenzen Eurer Welt herrscht und dessen Geschichte in den Büchern von Charloch Sdobnik nachzulesen ist.«

»Ich sterbe gleich vor Langeweile!«

Melifaro hatte mir dies zum Glück per Stummer Rede mitgeteilt, um keinen diplomatischen Eklat auszulösen, und ich durfte über seine Bemerkung nicht lächeln, geschweige denn lachen. Mit äußerster Mühe gelang es mir, eine versteinerte Miene zu bewahren. Ich war wirklich stolz auf mich.

Endlich verstummte Alotho Aliroch. Ich vermutete, alle Bewohner von Echo hatten seinen Sermon gehört, denn sein Organ war laut genug, um ohne Verstärker ein Stadion zu beschallen.

Mein Kollege beschloss, sich nun ebenfalls zur Person zu äußern.

»Ich bin Sir Melifaro, das Tagesantlitz des Ehrwürdigen Leiters des Kleinen Geheimen Suchtrupps der Hauptstadt des Vereinigten Königreichs.«

Dann verbeugte er sich so formvollendet, dass Juffin begeistert gewesen wäre, wie sehr sein Mitarbeiter den Benimmregeln Arwarochs entsprach.

Da ich den Eindruck hatte, Melifaros Auftritt sei im Vergleich zu den gravitätischen Worten unseres Gastes zu bescheiden ausgefallen, beschloss ich, die Initiative zu ergreifen und mich so pompös vorzustellen, dass unser Besucher mindestens drei Nächte von mir träumen würde. Ich atmete tief ein und öffnete den geschwätzigen Mund: »Ich bin Sir Max, der letzte König von Fangachra und Herrscher des gleichnamigen Landes. Ich bin das Nachtantlitz des Ehrwürdigen Leiters des Kleinen Geheimen Suchtrupps der Hauptstadt des Vereinigten Königreichs. Außerdem trage ich den Todesmantel und küsse die Todgeweihten. Glücklich die, an denen ich achtlos vorbeigehe! Obendrein bin ich der Schrecken aller Dummköpfe, die ihre Zeit sinnlos im Wirtshaus vertun.«

Wie erwartet, zeigte Sir Alotho sich von meinem Auftritt beeindruckt. Erstaunlich freilich, dass er kein Ohr für dessen selbstironische Untertöne hatte. Offenbar besaßen die Bewohner von Arwaroch keinen Sinn für Humor.

Das war auch besser so, da mein letzter Satz eigentlich an Melifaro gerichtet war – als kleine Rache, damit auch er mit dem Lachen zu kämpfen hatte. Mit diebischer Freude stellte ich fest, dass er knallrot wurde und sich nur mit knapper Not beherrschen konnte.

»Du bist vielleicht gemein! Du hast dir den ungünstigsten Moment ausgesucht, Witze zu reißen. Irgendwann mache ich dich fertig und befreie die Welt von einem verrückten Dichter. Eigentlich schade um dich!«

Den Magistern sei Dank, dass mein Kollege einmal mehr gezwungen gewesen war, Stumme Rede zu benutzen.

»Ich werde mich bei Eurem König dafür bedanken, dass Ihr mir die Ehre Eurer Aufwartung erwiesen habt«, verkündete Alotho Aliroch dröhnend. »Euer Auftauchen auf meinem Schiff ist ein Zeichen des Schicksals. Vor mir stehen ein Tagesantlitz, das Erholung stiftet, und ein Nachtantlitz, das den Tod bringt. So ein Treffen hätte ich mir nie träumen lassen. Aber nicht umsonst wollte ich unbedingt hierherreisen. Herzlich willkommen an Bord meines Schiffes! Mein Mitarbeiter Klewa zeigt Euch alles, was Euch interessiert. Ihr dürft gern in jede Ecke schauen.«

Alotho trat einen Schritt zurück und rief mit donnernder Stimme: »Klewa, komm her!«

Ein weiterer Riese tauchte auf, diesmal mit roten Haaren. Er war sehr kräftig gebaut und trug einen langen schwarzen Mantel. Darunter befand sich ein Panzerhemd, dessen Kettenglieder im Halbdunkel funkelten.

Wieder fiel mir ein, dass es in Arwaroch kein Metall gab, und ich dachte, es handele sich sicher um eine importierte

Rüstung, doch später erfuhr ich, dass die Bewohner Arwarochs weder Waffen noch Rüstungen im Ausland kaufen. Das Kettenhemd war vielmehr aus den besonders harten Panzern einer Käferart gefertigt.

»Nimm die Schlüssel, Klewa.«

Alotho überreichte seinem Untertanen einen dicken Schlüsselbund. Ich konnte mir nicht vorstellen, dass es auf dem Schiff so viele abschließbare Türen gab.

»Du wirst den Herren zeigen, was immer sie sehen wollen.«

Der Rest lief wie geschmiert. Unter Aufsicht des schweigsamen Klewa machten wir einen Rundgang über und unter Deck. Dabei trafen wir ab und an riesige Männer in bügelfreien Mänteln. Sie sahen uns gleichgültig an, und wir benahmen uns wie diensteifrige Zöllner.

Nach einer Stunde reichte es uns. Mein Kollege zog eine sich selbst beschriftende Tafel des Königlichen Zollamts und ein dunkelblaues Formular aus der Kanzlei von König Gurig VIII. aus dem Mantel. Beides zusammen stellte die offizielle Aufenthaltserlaubnis für Schiff und Mannschaft dar. Mit diesen kostbaren Unterlagen in Händen gingen wir wieder zum Kapitän.

Wir fanden ihn, wo wir ihn verlassen hatten. Er saß im Schneidersitz und beobachtete gedankenverloren seine Waffen, die noch immer auf dem Deck lagen.

»Vielen Dank für den freundlichen Empfang, den Ihr uns bereitet habt, Sir Aliroch«, sagte Melifaro und verbeugte sich ehrerbietig. »Hier Eure Unterlagen. Sie sind schon ausgefüllt. Ich muss Euch allerdings noch nach dem Zweck Eurer Reise ins Vereinigte Königreich fragen.«

»Wir sind gekommen, um herauszufinden, ob sich hier ein gewisser Mudlach aufhält, der verachtenswerte letzte Herrscher eines Gebiets, das wir gerade erobert haben.«

»Na, dann schreiben wir: ›Einreisezweck: Personensuche‹«, meinte Melifaro nickend. »Bitte nehmt die Unterlagen entgegen. Ich freue mich, Euch mitteilen zu können, dass Seine Hoheit König Gurig VIII. Euch morgen in seiner Sommerresidenz Schloss Anmokari empfängt. Die königlichen Boten werden Euch gegen Mittag abholen kommen. Gute Nacht, Sir Aliroch.«

»Die wünsche ich Euch auch. Und ich freue mich schon darauf, Euch wiederzusehen.«

Nachdem wir unsere Aufgabe erledigt hatten, verließen wir erleichtert das Schiff und betraten wieder festen Boden.

»Ich fühle mich richtig klein und hässlich«, jammerte Melifaro. »Warum hat der Schöpfer des Alls Stärken und Schwächen so ungerecht verteilt? Und warum hat er die Bewohner von Arwaroch geschaffen? Das wüsste ich wirklich gern.«

»Sie sind viel zu nett, als dass ich neidisch auf sie wäre«, seufzte ich. »Außerdem kann ich mich nicht mit ihnen vergleichen. Dazu sind sie einfach zu anders, verstehst du?«

»Vollkommen. Aber ich bin trotzdem sauer.«

Als wir das Haus an der Brücke betraten, musste uns die Begeisterung für die exotische Schönheit der Hünen aus Arwaroch noch im Gesicht gestanden haben.

»Tja, Jungs, bereut ihr jetzt, dass eure Mütter nicht rechtzeitig einen schönen Mann aus Arwaroch kennen gelernt haben?«, fragte Sir Schurf, der uns offenbar wortlos verstand. »Das solltet ihr nicht. Diese Leute haben wirklich kein sehr angenehmes Leben. Außerdem erreicht kaum einer von ihnen das hundertste Lebensjahr.«

»Warum sterben sie so jung?«, fragte ich. »Kämpfen sie zu viel?«

»Nein, sie schätzen das Leben einfach nicht sonderlich. In ihren Augen ist es voller Mängel. Ich vermute, sie sterben jung, weil sie sich nach dem Tod sehnen. Viele Leute aus Arwaroch sterben früh, die wenigsten aber im Kampf. Manchmal passiert es, dass sich ein junger, gesunder Adonis in eine Ecke setzt, sich in Gedanken vertieft und eine Weile so sitzen bleibt. Dann ruft ihn jemand zum Abendessen und stellt fest, dass er tot ist.«

»Wie kann so was passieren?«, fragte ich kopfschüttelnd.

»Alles ist möglich, Max. Natürlich gibt es in Arwaroch ein paar Alte, aber nur sehr wenige. Greise werden dort fast als Wunder angesehen. Ihr Dasein erscheint ihren Landsleuten einerseits unbegreiflich, verkörpert andererseits aber Möglichkeiten, die sie vergöttern. Aber jetzt könnt ihr euch ein bisschen erholen, Jungs. Ich bedauere wirklich, dass ihr das Haus von Sir Manga so schnell habt verlassen müssen.«

»Kein Problem. Wir werden einen längeren Besuch dort sicher nachholen«, meinte Melifaro generös. »Und vielen Dank für die ausführlichen Informationen über die Besonderheiten der Bewohner von Arwaroch, Sir. Jetzt beneide ich sie nicht mehr. Merkwürdig, dass mein Vater mir nie davon erzählt hat.«

»Dein Vater ist zwar Verfasser der *Enzyklopädie*, aber es gibt eine Reihe von Kulturen, deren Mitglieder ihn gebeten haben, nicht alles mitzuteilen, was er über sie weiß. Hast du das nicht gewusst?«

»Seltsamerweise nicht«, meinte Melifaro achselzuckend. »Gut, Max, lass uns gehen.«

Verlegen sah ich Juffin an. »Darf ich aufbrechen, oder soll ich über Nacht im Haus an der Brücke bleiben, Sir?«

»Heute brauche ich dich nicht. Aber komm bitte morgen Mittag – und zwar in bester Verfassung. Dich erwartet ein Treffen mit einem der bedeutendsten Verehrer deiner Erfolge.«

»Von wem sprechen Sie?«

»Wo ist deine berühmte Intuition geblieben, Max? Ich meine natürlich König Gurig VIII.«

»Alles, nur das nicht!«, rief ich und schlug die Hände über dem Kopf zusammen. »Sind Sie verrückt geworden, Sir? Ich bin für einen Besuch bei Hof komplett ungeeignet – auch weil ich schüchtern und ängstlich bin.«

»Keine Panik. Gurig ist ein sympathischer und harmloser Mensch, Ehrenwort. Außerdem muss ich ihm morgen einen Bericht über die Arbeit unserer Behörde liefern, und der König hat mich gebeten, bei dieser Gelegenheit den geheimnisvollen Sir Max mitzubringen. Das ist doch verständlich! Schließlich will er wissen, von wem er seine Katzenjungen bekommen wird.«

»Du hast keine Angst, in die Burg Jafach zu gehen, traust dich aber nicht, den König zu besuchen«, meinte Melifaro lächelnd. »Aus dir soll man klug werden! Du machst dir ganz umsonst Sorgen, Max. Bei Hof gibt es viele nette Leute, und Seine Hoheit ist ein sehr sympathischer Mensch.«

»Siehst du«, meinte Sir Juffin müde. »Wenn sogar Melifaro einen Besuch beim König billigt ... Es wird dir gefallen. Das garantiere ich dir. Und jetzt geht euch endlich erholen, ihr Opfer der Diplomatie.«

Das taten wir. Zur Unterhaltung nahmen wir unseren Schatz aus Isamon mit, der in Melifaros Haus geduldig auf uns gewartet hatte. Wir fuhren in die Neustadt und kehrten im Wirtshaus *Der dicke Mann in der Kurve* ein, dessen Besitzerin die Ehefrau unseres Kollegen Lukfi Penz war. Ich hatte ihm schon mehrfach versprochen, das Lokal zu besuchen, und hatte nun endlich Gelegenheit dazu.

Per Stummer Rede hatte ich mich bei Lukfi gemeldet, und er wartete am Eingang auf uns.

»Sir Max, Sir Melifaro! Sündige Magister, ich hab mich sehr über Ihre Nachricht gewundert, aber meine Frau und ich freuen uns riesig. Bitte kommen Sie rein.«

Er trat zurück, um uns den Weg freizumachen, und warf dabei einen Stuhl um. Eine Besucherin des Gasthauses schrie erschrocken auf. Lukfi wirkte untröstlich.

»Ich bin einfach furchtbar ungeschickt! Verzeihen Sie mir bitte! Warischa, komm her – schau, wer gekommen ist.«

»Ich hoffe, du hast dich nicht verletzt, mein Lieber«, sagte seine hübsche rothaarige Frau, die ihren Platz hinter der Theke verlassen hatte. Ihre violetten Augen ruhten so zärtlich auf ihrem Mann, dass Melifaro und ich nur neidisch seufzen konnten.

»Es ist nichts Schlimmes passiert. Ich bin es gewohnt, diesen Stuhl umzuwerfen. Er steht einfach zu nah am Eingang«, erklärte Lukfi.

Seine Frau war erleichtert, schenkte uns ein herzliches Lächeln und meinte, ihr Koch werde für uns etwas Besonderes zubereiten, um uns von seinen Künsten zu überzeugen. Dann ging sie wieder hinter die Theke. Sir Lukfi führte uns an einen abgelegenen Ecktisch und war sogar bereit, uns Gesellschaft zu leisten. Kurz darauf kam der Koch mit einem Tablett. Meiner Meinung nach schmeckte es in diesem Lokal mindestens so gut wie im *Fressfass*.

Rulen Bagdasys, dessen Anwesenheit ich beinahe vergessen hatte, war einerseits sehr scheu, setzte sich andererseits aber beim Essen stark in Szene. Er aß mit großem Appetit, machte dabei aber das Gesicht eines Menschen, der damit rechnet, vergiftet zu werden. Die erste halbe Stunde war er still, doch dann hielt er es nicht mehr aus.

»Wer bereitet denn auf diese Art Truthahn zu? Seid ihr verrückt?«

Melifaro hielt ihm mit einer raschen Bewegung die Hand vor den Mund, und Rulen hätte sich fast am unausgesprochenen Rest seiner Bemerkung verschluckt.

»Gehört dieser Mensch wirklich zu Ihnen?«, fragte Lukfi höflich.

»Zu wem sonst?«, seufzte ich. »Sir Antschifa Melifaro hat ihn von einer Weltreise mitgebracht und ihn seinem jüngeren Bruder geschenkt.«

»Geschenkt?«, fragte Lukfi erstaunt. »Im Vereinigten Königreich darf man doch keine Sklaven besitzen, nur Diener!«

»Warum flüstert ihr so? Ich verstehe nicht, was ihr redet!«, rief Rulen empört.

»Leider ist er weder ein Sklave noch ein Diener«, meinte Melifaro lächelnd, »sondern eine Katastrophe.«

»Ich dachte, er hätte sich zufällig an unseren Tisch gesetzt. Verzeihen Sie bitte – ich fürchte, ich habe ihm zu wenig Aufmerksamkeit geschenkt.«

Rulen Bagdasys machte ein erstauntes Gesicht und betrachtete Melifaros Faust, die sich gefährlich nah an seinem Mund befand. Dann war er still, und die Atmosphäre verbesserte sich merklich.

Melifaro und Lukfi hechelten die neuesten Gerüchte über die Mitarbeiter der Stadtpolizei durch. Sie sprachen über Leutnant Apura Blaki und Lady Kekki Tuotli und erinnerten sich auch an Leutnant Tschekta Schach, dessen Eigenschaften ihm nie ermöglichen würden, auf unser internes Verzeichnis der besten Mitarbeiter der Stadtpolizei zu geraten. Wie ich den Worten meiner Kollegen nun entnehmen konnte, übertraf aber wenigstens seine Muskulatur alle Erwartungen. Ich hörte ihnen zu und bedauerte, diese neuen Helden der Stadtpolizei noch nicht kennen gelernt zu haben.

»Das Problem ist nicht, dass du keine freie Minute hast«, kicherte Melifaro. »Auch sie könnten bei dir vorbeisehen, um dich kennen zu lernen. Aber ich glaube, sie scheuen davor zurück, weil sie dich fürchten. Weißt du, liebes Nachtantlitz, ich glaube, du hast den kürzesten Weg zum Ruhm genommen: Erst hast du großen Erfolg gehabt, dann bist du ein gutes Jahr verschwunden, und jetzt bist du eine Legende. Gib's zu: Das war dein Ziel, als du abgetaucht bist.«

»Natürlich«, nickte ich, »was sonst? Seit Kindertagen will ich berühmt sein – am besten zu Lebzeiten. Aber sag mal: Was ist mit eurem Familienschatz los? Was macht er gerade?«

Rulen Bagdasys war nicht am Tisch sitzen geblieben. Er hatte unsere Gespräche offenbar satt und wollte sich umsehen.

»Hoppla«, meinte Melifaro, »der sitzt ja gar nicht mehr bei uns. Aber wenn er verschwindet, ist das nicht schlimm. Ich werde von ihm eine Sammlung von hundert hübschen Hosen erben. Der hat Klamotten, kann ich euch sagen! Aber ich fürchte, er ist noch in der Nähe. Gibt es da hinten in der Ecke nicht eine Prügelei?«, fragte Melifaro und zeigte durch den Raum.

»Eine Prügelei?«, fragte Lukfi erstaunt. »Unmöglich. Unser Wirtshaus ist ein anständiges und ruhiges Lokal.«

»Das war so«, meinte Melifaro lächelnd. »Bis zum heutigen Abend. Sie haben uns immer wieder eingeladen, und jetzt sind wir gekommen, um den Ruf Ihres Wirtshauses zu ruinieren. Sehen Sie mal, dort prügeln sich tatsächlich Leute.«

»Ban!«, rief Lukfi erschrocken. »Marischa, wo ist unser Ban? Da hinten gibt's eine Schlägerei!«

»Das weiß ich, mein Lieber«, antwortete seine wunderbare Frau, die noch immer hinter der Theke stand. »Ban ist schon zur Stelle, um Ordnung zu schaffen. Andere Besucher haben sich ein wenig mit dem lustigen Mann gestritten, der mit deinen Kollegen gekommen ist. Hast du das jetzt erst bemerkt? Sie zanken sich schon seit einiger Zeit.«

»Gehört dieser Herr tatsächlich zu Ihnen?«

Ein nicht eben groß gewachsener, aber kräftig gebauter Mann mittleren Alters musterte skeptisch meinen Todesmantel. Er hatte den Besucher aus Isamon, der nun ziemlich erschrocken wirkte, am Kragen gepackt. Unter dem linken Auge hatte Rulen einen blauen Fleck.

»Leider«, sagte Melifaro. »Was ist passiert?«

Der muskelbepackte Mann sah seinen Chef fragend an.

»Keine Sorge, Ban – du hast alles richtig gemacht«, beruhigte ihn Lukfi. »Erzähl uns bitte, was passiert ist.«

»Dieser Herr hat zwei Damen kennen lernen wollen. Sie waren sehr erstaunt, antworteten ihm aber höflich, sie seien zum Essen gekommen, nicht, um einen Mann zu finden. Er blieb hartnäckig und setzte sich schließlich zu ihnen. Die Damen waren empört. Andere Gäste wurden darauf aufmerksam und haben Ihrem Bekannten erklären wollen, dass das hier nicht geht, aber er hat auf niemanden gehört. Lady Warischa hat mich gerufen, und ich habe Gewalt anwenden müssen. Wenn Sie gehört hätten, was er den Damen an den Kopf geworfen hat, würde Sie das nicht wundern. Ich bin im Hafenviertel aufgewachsen, und dort passiert einiges, aber so was hab ich selten gehört.«

»Was hat er denn gesagt?«, fragte Lukfi interessiert.

Offen gestanden war auch ich darauf neugierig, und Melifaro kicherte bereits.

»Verzeihen Sie, aber diese Grobheiten will ich nicht wiederholen. Das soll er Ihnen selbst sagen.«

»Gut, setz dich, mein Lieber«, sagte Lukfi und wandte sich verlegen an uns. »Das war wohl ein Missverständnis.«

»Diese Missgeburt hat mich beleidigt«, rief Rulen empört.

»Das sind ja tolle Neuigkeiten«, brummte Melifaro. »Freu dich, dass ich nicht dabei war. Lukfi, wir gehen jetzt. Nächstes Mal kommen wir ohne diesen Verehrer unbekannter Frauen.«

»Wenn Sie sich langweilen, sollten Sie vielleicht den Stadtteil Rendezvous besuchen«, riet uns Lukfi Penz.

»Den Stadtteil Rendezvous? Was ist das?«

Ich stellte mir vor, wie das Schicksal den schrecklichen Rulen einer unglücklichen Frau für eine Nacht zuteilte. Das war zwar lustig, verschlechterte meine Laune aber noch weiter. Manchmal nehmen mich die Probleme anderer Leute einfach zu sehr mit.

Eine Viertelstunde später verließen wir das Wirtshaus von Lukfi und seiner Frau. Rulen Bagdasys wollte unbedingt noch in den Stadtteil Rendezvous.

»Mit blauen Flecken darfst du da nicht hin«, log Melifaro knallhart. »Da musst du dich schon noch gedulden.«

Der Mann aus Isamon wirkte sehr finster. Nach ein paar Minuten setzte ich Melifaro und seinen Gast in der Straße der dunklen Wolken ab.

»Willst du vielleicht bei mir übernachten?«, schlug Melifaro mir großzügig vor. »Wer weiß, was gerade bei dir zu Hause los ist.«

»Vielen Dank, mein Freund, aber wenn ich schon in Echo bin, will ich endlich wieder meine Katzen sehen.«

»Du bist eben ein echtes Familientier«, meinte Melifaro lächelnd. »Richte dem König schöne Grüße aus.«

»Den hatte ich zum Glück ganz vergessen. Warum hast du mich bloß wieder daran erinnert?«

Als ich wegfuhr, hörte ich Rulen noch laut fragen, wer dieser komische Gurig sei, über den alle so blöd reden.

Ich staunte, doch in meinem Haus herrschten Ordnung und Sauberkeit. Die Handwerker waren verschwunden, hatten aber eine saftige Rechnung hinterlassen, doch dieses Geld hatten sie redlich verdient.

Ella und Armstrong waren über die Veränderungen im Haus sichtlich erschrocken und hockten reglos vor ihren Näpfen. Ich setzte mich auf den weichen Teppich aus Kettari und kämmte ihnen behutsam das dichte Fell. Sie schnurrten vor Vergnügen. Das Leben war wunderbar.

Wie versprochen, kam ich gegen Mittag ins Haus an der Brücke. Sir Juffin hatte zwar keine Angst vor der Audienz beim König, dafür aber einen Respekt heischenden Gesichtsausdruck.

»Oh!«, rief ich begeistert. »Sind etwa Sie der König, nicht dieser Gurig? Sie wirken ungemein Ehrfurcht einflößend!«

»Hab ich mir etwa ein übertrieben würdiges Auftreten verpasst?«

»Bleiben Sie ruhig, wie Sie sind. Ihr Aussehen tötet auf der Stelle.«

Juffin lief in den Flur, wo ein Spiegel hing, und kehrte zufrieden zurück.

»Du trägst wirklich ständig zu dick auf, Max«, sagte er. »Ich sehe doch völlig normal aus.« Dann wandte er sich an den Buriwuch. »Bist du bereit, mein Lieber?«

»Es gibt nichts, worauf ich mich vorzubereiten hätte«, erklärte Kurusch kühl.

»Stimmt, mein Kluger«, sagte Juffin, streichelte den Vogel und setzte ihn sich auf die Schulter. »Also los, Max.«

»Gern. In dieser Gesellschaft kann ich bis ans Ende der Welt gehen.«

Unsere lustige Behörde residiert nicht umsonst im »Haus an der Brücke«. Diese Brücke verbindet das linke und das rechte Ufer des Churon mit der Insel Rulch. Begeistert betrachtete ich die alten Mauern der Königsresidenz auf der Insel. Es roch angenehm nach alten, längst vergessenen Geheimnissen.

Heute aber führte uns der Weg nicht dorthin, sondern auf eine zweite Insel, auf der die Sommerresidenz des Königs lag. Schloss Anmokari ähnelt eher einer großzügigen Vorstadtvilla als einem Regierungssitz.

»Nicht schlecht!«, rief ich begeistert. »Aber Schloss Rulch ist von ganz anderem Kaliber.«

»Snob!«, murmelte Juffin. »Mir gefällt die Sommerresidenz viel besser als das eigentliche Schloss. Hier riecht es nicht nach vergangenen Sünden und alten Flüchen. Das spürst du doch, oder?«

Ich nickte. »Offen gesagt glaube ich, dass mich das Hauptschloss behext hat.«

»Wirklich? Deine Intuition ist offenbar wieder da. Eine Nacht im Schlafzimmer des alten Philo hat dafür gereicht. Wer hätte das gedacht! Vor ein paar Tagen hattest du noch von Geheimnissen aller Art die Nase voll.«

Ich sah meinen Chef fragend an. Davon hatte ich ihm nichts erzählt. Ich rede ja überhaupt wenig. Das ist einfach nicht meine Art.

Sekunden später erinnerte ich mich an das Gespräch, das ich mit Melifaro auf dem Weg zu seinen Eltern geführt hatte. »Geht dir deine dauernde Geheimnistuerei nicht selber auf die Nerven?«, hatte er mich gefragt, und ich hatte geantwortet: »Ein bisschen.«

»Juffin, belauschen Sie mich eigentlich immer?«

»Keine Sorge, ich hab Besseres zu tun. Ich weiß nun mal stets, was mit dir los ist. Betrachte das als eines meiner Talente.«

»Gern. Und da ich selbst längst nicht immer weiß, was mit mir los ist, können Sie es mir sicher dann und wann erklären.«

»Das mach ich doch schon die ganze Zeit.«

Wir stiegen aus dem A-Mobil und betraten Schloss Anmokari. Juffin bewegte sich vorsichtig, um den schlafenden Kurusch nicht zu wecken.

Der beinahe leere Flur schien mir unendlich. Ich machte einen Schritt nach vorn, und vor meinen Augen drehte sich alles, denn überall waren Spiegel angebracht, deren trübe Reflexion einen gespenstischen Eindruck vermittelte.

»Wenn man das nicht gewöhnt ist, verliert man leicht das Gleichgewicht. Pass also auf«, ermahnte mich mein Chef. »Zugegeben, die Einrichtung ist etwas seltsam, aber dem König gefällt es.«

Wir gingen durch den endlos anmutenden Flur, bis wir plötzlich an eine Tür kamen. Nun befanden wir uns in einem vergleichsweise kleinen, aber angenehmen Korridor.

»Sei froh, dass unser Besuch geschäftlichen und nicht privaten Charakter hat«, sagte Juffin augenzwinkernd. »Erinnerst du dich noch an den Besuch bei Sir Makluk?«

»Natürlich. Im Vergleich zu dem, was uns hier erwartet, dürfte sich der Besuch bei unserem Nachbarn wie ein Scherz ausnehmen.«

»Ja, hier wird es noch unterhaltsam. Das kannst du mir glauben.«

Ein paar königliche Diener in langer, bestickter Livree

sammelten sich um uns. Sie verbeugten sich höflich und musterten uns dabei neugierig. Erstaunt merkte ich, dass mein Todesmantel bei ihnen auf Zustimmung stieß und keine Angst auslöste, wie es sonst meist geschah. Am Hof arbeiteten offenbar intelligente Menschen, die keine Vorurteile hatten. Schließlich kamen die Sänften. Inzwischen war ich ein echter Salonlöwe und setzte mich ohne Scheu in eine prächtige Sänfte, während Sir Juffin graziös die zweite bestieg. Die Träger brachten uns in einen großen Saal, der sich bescheiden Kleines königliches Arbeitszimmer nannte. Dort war die Einrichtung nicht so karg, wie es in Echo Sitte ist. In der Hauptstadt des Vereinigten Königreichs neigt man nämlich nicht dazu, die Raumwirkung durch übertriebene Möblierung zu beeinträchtigen, und das ist auch gut so.

Die Träger verschwanden mit den Sänften, und wir blieben im Arbeitszimmer zurück.

»Das verlangt die Etikette«, erklärte Juffin. »Seine Hoheit erwartet uns zwar ungeduldig, aber die Konvention erlaubt ihm nicht, uns sofort zu empfangen. Allerdings hält er es selten länger als eine Minute aus.« Mein Chef strich sanft über den befiederten Nacken des Buriwuchs. »Wach auf, mein Lieber. Es gibt was zu tun.«

Kurusch plusterte sich unzufrieden auf, denn er wurde nur ungern geweckt. Als Mensch verstand ich ihn sehr gut.

Seine Hoheit König Gurig VIII. schaffte es nicht mal, uns eine volle Minute warten zu lassen. Eine kleine Tür öffnete sich, und vor uns stand ein junger Adonis, der große Ähnlichkeit mit Alain Delon hatte. Er trug einen purpurnen, üppig bestickten Lochimantel und statt des Turbans –

des typischen Ausdrucks urbaner Eleganz – eine schlichte Mütze. Später erfuhr ich, diese königliche Kopfbedeckung sei Ausdruck jahrhundertealter Tradition. Auch Mjenin hatte vor mehr als einem Jahrtausend so eine Mütze getragen, und Mjenin war einer der bedeutendsten Herrscher des Vereinigten Königreichs.

»Ihr seid es wirklich!«, rief der König, schirmte die Augen mit der Hand ab und wandte sich an mich.

Ich lächelte. Schon lange hatte ich diese Formel nicht mehr gehört, die man in Echo Menschen gegenüber benutzt, die man gerade erst kennen lernt. In letzter Zeit hatte ich offenbar nur mit Leuten zu tun, die sich nicht an solche Formalitäten hielten. Den Magistern sei Dank: Ich hatte genug Erfahrung, dem König die richtige Antwort zu geben.

»Sie besuchen mich nur, wenn Ihnen keine Ausrede einfällt abzusagen«, erklärte der König und schüttelte den Kopf. »Ich hatte Sie schon vor hundert Tagen erwartet – nicht zu einem Rapport wie heute, sondern als Gast. Sie hatten damals eine Einladung bekommen.«

»Stimmt«, antwortete Juffin seufzend. »Aber Ihr wisst doch, was diesen Frühling im Haus an der Brücke los war. Wir mussten ohne Sir Max auskommen – wie in den guten alten Zeiten. Darum hatte ich keine Zeit, bei Euch vorbeizuschauen, sondern musste in der ganzen Stadt nach dem entlaufenen Magister Bankori Jonli suchen. Unter uns gesagt, hätte dieser Mann beinahe unseren Melifaro umgebracht. Seitdem läuft mein Tagesantlitz mit einer kleinen Narbe im Gesicht herum. Ich vermute, dass er zu wenig Kachar-Balsam auf die Wunde gegossen hat, um wie ein echter Held auszusehen.«

»Was? Der Sohn von Sir Manga war in Lebensgefahr? Es wäre schade um ihn gewesen! Wer ist eigentlich dieser Jonli? Ich erinnere mich nicht an ihn«, meinte der König finster.

»Bankori Jonli ist der Große Magister vom Orden des Klirrenden Huts. Erinnert Ihr Euch noch an die geheimnisvolle Sekte der Anhänger von König Mjenin? Er hat Echo noch zu Lebzeiten Eures Vaters verlassen. Im Vorfrühling ist er zurückgekommen, um mit dem Großen Magister Nuflin abzurechnen. Ich verstehe nur nicht, was es da abzurechnen gab. Unser Nuflin Monimach ist dafür bekannt, nie einer Fliege etwas zuleide getan zu haben.«

Seine Hoheit erlaubte sich ein kurzes Lachen. Auch ich konnte mich nicht beherrschen, obwohl ich ziemliche Hemmungen verspürte. In Gesellschaft eines mir kaum bekannten Menschen fühle ich mich immer ein wenig befangen und brauche etwas Zeit, um Sicherheit zu gewinnen. Und weil ich bisher nicht allzu viele Könige kennen gelernt hatte, waren meine Hemmungen ausgeprägter als sonst.

Aber auch König Gurig VIII. war nicht gerade locker, und ich erkannte in ihm eine verwandte Seele. Ich hätte nie gedacht, dass auch Monarchen sich mit solchen Problemen herumschlagen müssen, und empfand tiefe Sympathie für ihn. Es war nett zu wissen, dass wir ein Problem gemeinsam hatten.

»Setzen Sie sich, meine Herren«, sagte der König und wies auf zwei weich gepolsterte Sessel am halb geöffneten Fenster. »Speis und Trank für Kurusch habe ich schon kommen lassen – Sie können also anfangen, Herr Buriwuch.«

Mir gefiel es, dass Gurig den Vogel siezte, und ich bedauerte, es selbst nie getan zu haben.

Auf dem Tisch stand ein Teller Nüsse und Trockenobst. Kurusch flatterte von Sir Juffins Schulter und begann, davon zu naschen.

»Die Etikette macht mich fertig«, murmelte der König. »Meine Höflinge behaupten, man solle in einem Arbeitszimmer nur arbeiten, in einem Esszimmer nur essen. Schlimm, was? Und wenn ich nun diese Genüsse verbinden möchte – so wie Sie es zu tun pflegen, Sir Juffin? Sir Max, was meinen Sie dazu?«

Erschrocken stellte ich fest, dass Seine Hoheit an meiner Meinung interessiert war.

»Natürlich bin ich absolut Eurer Meinung. Im Haus an der Brücke ließe sich anders gar nicht arbeiten.«

Ich musste mich zwingen, normal zu reden, weil ich am liebsten nur gemurmelt und dabei auf den Boden gesehen hätte.

»Das freut mich. Es gibt offenbar noch Menschen, die ein normales Leben führen«, sagte Gurig und sah gleich fröhlicher drein. »Heute Morgen hab ich meinem Zeremonienmeister erklären müssen, dass er kündigen könne, wenn er sich weiter weigert, mir im Arbeitszimmer Kamra zu servieren. Schließlich hat er zähneknirschend nachgegeben. Endlich muss ich mich nicht mehr als der geizigste Gastgeber von Echo fühlen. Sir Kurusch, könnten Sie uns jetzt etwas erzählen?«

Der kluge Vogel verließ den Teller mit Nüssen und begann, die Erfolge meiner Kollegen zu schildern. Ich hörte ihm so aufmerksam zu wie der König, denn ich bekam erst jetzt Gelegenheit zu erfahren, was sich in meiner Abwesenheit alles im Haus an der Brücke zugetragen hatte. Der Alltag dort erwies sich als viel spannender als meine einsamen Abenteuer, und ich stellte irritiert fest, wie sehr ich es bedauerte, ein ganzes Jahr nicht im Dienst gewesen zu sein.

Kurusch redete vier Stunden lang und schaffte es, derweil einen zweiten Teller Nüsse zu verspachteln.

Auch Juffin und ich brauchten weder Hunger noch Durst zu leiden, doch es stellte sich heraus, dass man am Hof eine schlechtere Kamra kochte als im *Fressfass*. Ich beschloss daher, mir die Karriere als König endgültig abzuschminken.

Als Kurusch endlich schwieg, schüttelte Gurig begeistert den Kopf.

»Sie sind die Einzigen im Vereinigten Königreich, für die die Romantik der alten Zeit kein Fremdwort ist. Ehrlich gesagt beneide ich Sie.«

»Ach, ich glaube, wir sind nicht die Einzigen«, sagte Juffin lächelnd. »Unsere Kunden haben ein viel romantischeres Leben.«

»Stimmt, aber sie müssen einen hohen Preis dafür zahlen«, bemerkte der König.

»Manchmal ja«, pflichtete Juffin ihm bei.

»Aber *zu hoch* ist der Preis nicht – schließlich haben sie die Ehre, mit Ihnen zu tun zu haben. Ihre Gesellschaft hat mir viel Freude gemacht, meine Herren. Kann ich beim offiziellen Besuch der Kämpfer aus Arwaroch auf Ihre Anwesenheit zählen?«

»Um wie viel Uhr erwartet Ihr sie denn?«, fragte Juffin.

»Bald«, sagte Seine Hoheit und blickte aus dem Fenster. »Wenn mich der Sonnenstand nicht trügt, dürften sie gleich im Kleinen Empfangssaal auftauchen. Ich würde mir sehr wünschen, dass Sie bleiben. Ich glaube, auch die Herren aus Arwaroch hoffen auf Ihre Unterstützung.«

»Sir Max und ich sind glücklich, Eure Wünsche erfüllen zu dürfen, Hoheit.«

»Prima«, sagte der König und lachte plötzlich. »Ich könnte um hundert Kronen wetten, dass ich noch viele Wünsche in petto habe, die Sie längst nicht so gern erfüllen würden.«

Juffin überlegte kurz und sagte dann leise: »Diese Wette möchte ich lieber nicht riskieren.«

»Eben!«, sagte der König und zwinkerte ihm zu.

Ich wurde allmählich zum echten Monarchisten, denn das Oberhaupt des Vereinigten Königreichs gefiel mir von Minute zu Minute besser. Schade, dass wir beide so beschäftigte Leute sind, dachte ich. Wir üben auch ganz verschiedene Berufe aus, aber unter anderen Umständen würde ich mich mit diesem Mann sicher rasch befreunden. Offensichtlich hatte ich bereits vergessen, dass ich als Fangachra aus Fangachra von ebenso königlichem Blut war wie Gurig.

»Dieser Herr schläft bereits«, sagte der König und zeigte auf Kurusch.

»Ich glaube, das ist sein Naturzustand«, meinte Juffin und nahm den Vogel vorsichtig unter die Fittiche seines Mantels. »Habt Ihr etwas dagegen, wenn er während des Empfangs weiterschläft?«

»Sir Kurusch kann in meinem Schloss machen, was er will.«

Gurig VIII. betrachtete den schlafenden Buriwuch mit der Begeisterung eines jungen Naturfreunds.

Der Kleine Empfangssaal erwies sich als so groß, dass die Gesichter der Höflinge an der dem Eingang gegenüber liegenden Stirnwand kaum zu erkennen waren. Der prächtige Alotho Aliroch blieb in der Mitte des Raums stehen. Diesmal war er ohne sein spinnenartiges Haustier unterwegs. Offenbar wusste er nicht, dass der König ein Naturfreund war.

Zu Füßen des Mannes aus Arwaroch lagen seine Waffen, und hinter ihm stand sein Gefolge: ein volles Hundert hünenhafter Soldaten in bügelfreiem Mantel und weißen Lederschuhen. Alle hatten die gleichen blonden Haare und bernsteinfarbenen Augen und sahen so gut aus wie ihr Anführer. Die Höflinge musterten die Ankömmlinge aus Arwaroch mit zurückhaltender Neugier.

Sir Juffin winkte mich herbei. Wir stellten uns links hinter dem Thron auf, wie es die Etikette verlangte. Rechts vom Thron war es eng, denn dort drängten sich viele Magnaten. Neben uns stand nur ein Herr mittleren Alters im weißblauen Mantel, der ihn als Mitglied des Ordens des Siebenzackigen Blatts auswies. Er nickte uns knapp zu. Ein Gespräch ließ die höfische Etikette in dieser Situation nicht zu.

Schließlich betrat der König den Saal, schritt die festlich geschmückten Treppenstufen zu seinem Thron hoch und setzte sich ein paar Meter über dem Fußboden nieder, nachdem er Juffin und mir kurz zugelächelt hatte. Sein Gesicht war zu einer Maske erstarrt, die ihren Träger erhaben und gelangweilt wirken ließ.

»Seid gegrüßt, Fremder!«, sprach der König leise. »Verratet uns bitte, was Euch an meinen Hof geführt hat.«

Der Mann senkte den Kopf und antwortete ebenso leise: »Mein Name ist Alotho Aliroch aus der Familie Eisenstein. Ich bin Herrscher von Aliurch und Tschijcho, grausamer Anführer von zweihundert Scharfzähnen und treuer und mächtiger Kämpfer von Tojla Liomurik aus dem Orden des Silbernen Tannenzapfens. So heißt der Eroberer von Arwaroch, der bis an die Grenzen Eurer Welt herrscht. Ich bin Gießer der königlichen Gewürzpflanze und Pfleger der Teppiche im Speisesaal, und ich reiche meinem Herrscher bei Neumond die dritte Tasse. Ich bin Erster Steuermann der königlichen Fregatte, bin berechtigt, hauchdünne Lederschuhe zu tragen, bin Träger des königlichen Schlüsselbunds und oberster Strafverfolger, was die rebellischen Völker angeht. Ich trage das neunte und das zwölfte Lied beim Sommerfest des Königs vor, bin Oberster Herdanzünder und spreche die Sprache der Morinen.«

»Das ist ja eine ungemein wichtige Person«, meldete Juffin sich per Stummer Rede bei mir, weil er Alothos Sermon nicht länger ertragen konnte. »Solche Großtaten werden wir nie vollbringen, mein armer Max.«

»Gestern Abend hat er sich bescheidener vorgestellt«, sagte ich. »Bestimmt hat er die ganze Nacht gegrübelt, welche Titel er besitzt, und sie brav auswendig gelernt.«

»Er hat nichts auswendig lernen müssen, sondern Melifaro und dich einfach für zu unwichtig gehalten, um die ganze Liste vorzutragen. Dem König dagegen präsentiert er die Palette seiner Titel. Wenn er vor seinen grausamen Toten Gott tritt, den die Leute aus Arwaroch tief verehren, wird er mindestens eine Woche pausenlos über sich reden, weil er dann erstmals Gelegenheit hat, alles über sich zu erzählen.«

Kurusch, der die ganze Zeit friedlich geschlafen hatte, wachte auf und wollte sich aus Juffins Mantel befreien.

»Ich will diese Leute auch sehen«, sagte der kluge Vogel ohne Umschweife.

»Kein Problem, Süßer. Sei aber bitte still«, flüsterte Juffin ihm zu und setzte ihn sich auf die Schulter.

Dann geschah etwas Unglaubliches.

Alotho Aliroch, der sich eben noch als grausamer Anführer von zweihundert Scharfzähnen vorgestellt hatte, fiel wortlos auf die Knie und presste die Stirn auf den Teppich. Sein Gefolge tat es ihm nach.

»Großer Buriwuch!«, rief Alotho mit zitternder Stimme.

Ich kam zu dem Schluss, unser ehrwürdiger Gast müsse verrückt geworden sein.

Im Kleinen Empfangssaal herrschte großes Durcheinander. Selbst der maskenhafte Gesichtsausdruck von König Gurig war verschwunden, und er blickte so erstaunt drein wie seine Höflinge.

»Die Bewohner von Arwaroch neigen dazu, unsere Macht zu überschätzen«, stellte Kurusch ungerührt fest. »Menschen haben allgemein einen Hang zur Übertreibung.«

»Da hast du Recht«, sagte Juffin lächelnd. »Aber darüber werden wir unseren ehrwürdigen Gast nicht aufklären. Soll er ruhig bei seinem Irrtum bleiben. Das kommt uns gelegen. Hab ich Recht, Hoheit?«

»Ich bin ganz mit Ihnen einverstanden«, flüsterte ihm der König zu. »Schade, dass wir das nicht früher gewusst haben.«

Alotho beruhigte sich langsam, erhob sich wieder und betrachtete Kurusch mit glühender Begeisterung.

»Ihr erweist mir eine gewaltige Ehre, oh Buriwuch! Wie kann ich Euch meine Dankbarkeit zeigen?«

»Ich bin hier auf Wunsch von König Gurig VIII. und des Ehrwürdigen Leiters des Kleinen Geheimen Suchtrupps. Denen kannst du deine Dankbarkeit zeigen. Und jetzt steht bitte wieder auf, Leute«, erklärte Kurusch kühl.

Juffin und ich tauschten einen erstaunten Blick. Der Buriwuch benahm sich so majestätisch, dass ich ihm den Thron überlassen hätte, wenn ich König gewesen wäre.

Endlich erhoben sich Alotho und sein Gefolge, und der Adonis aus Arwaroch sah den König dankbar an.

»Ich hätte nie gedacht, so eine Begegnung zu erleben. Der Herrscher, in dessen Auftrag ich unterwegs bin, wird Euch nie vergessen, welche Ehre Ihr mir mit diesem Treffen erwiesen habt. Mein König wird aus Anlass dieses Ereignisses sicher einen Liederzyklus in Auftrag geben, und ich werde mindestens zwei Liederkränze komponieren.«

Unser König, dem es unterdessen glücklich gelungen war, wieder seine so erhabene wie gelangweilte Maske aufzusetzen, lächelte gönnerhaft.

»Wir erweisen Euch diese Ehre, weil wir nach wie vor an einem freundschaftlichen Verhältnis zu Tojla Liomurik, dem Herrscher von Arwaroch, interessiert sind. Außerdem sind wir gern bereit, Euch zu helfen, und ich würde mich freuen, wenn Ihr mein Angebot nutzen würdet.«

Der letzte Satz war zwar nett formuliert, klang aber wie ein Befehl.

»Ich werde tun, was Ihr wünscht, Hoheit«, sagte Alotho gehorsam.

»Das freut mich«, sagte der König lächelnd. »Sir Juffin Halli, der heute zugegen ist, erwartet Euch morgen im

Haus an der Brücke. Ich habe keinen Zweifel daran, dass er und seine Mitarbeiter alles unternehmen werden, um Eurem Wunsch nach Auslieferung des Übeltäters Genüge zu tun. Aber jetzt auf Wiedersehen, meine Herrschaften. Die Begegnung mit Euch allen hat mir wirklich viel Freude gemacht.«

Ich hatte keinen Zweifel daran, dass der König die Wahrheit gesagt hatte. Vor allem aber Kurusch hatte seinen Spaß gehabt.

Wir kehrten ins Haus an der Brücke zurück. Unterwegs benahm sich der Buriwuch wie ein frisch gekrönter Herrscher.

Juffin und ich setzten uns ins Büro und betrachteten den Vogel erwartungsvoll. Kurusch putzte sein Gefieder, als sei nichts geschehen.

»Findest du nicht, mein Lieber, du solltest uns erklären, was in die Schönlinge aus Arwaroch gefahren ist, als sie dich sahen?«

»Nichts Besonderes. Die Bewohner von Arwaroch halten uns für Götter, und das nicht ohne Grund. Wo viele von uns leben, sieht die Welt aus, wie wir es uns wünschen, und Arwaroch ist das einzige Land, in dem wir zahlreich sind. Wir Buriwuche mögen hübsche Leute. Deshalb sind die Bewohner von Arwaroch so hübsch. Sie haben die gleiche Augenfarbe wie wir, weil diese Farbe uns gefällt. Sie sind schweigsam, weil wir kein Interesse daran haben, uns lange Gespräche anzuhören. Sie sind fleißig, damit uns nie der Gesprächsstoff ausgeht. Wir Buriwuche leben in den Tag hinein, doch wenn wir spüren, dass wir sterben müssen, fliegen wir nach Arwaroch, denn dort wird uns die

Verehrung entgegengebracht, die wir uns wünschen. Die Leute aus Arwaroch sind fasziniert vom Tod, weil sie glauben, als Buriwuch wiedergeboren zu werden. Das ist zwar Aberglaube, aber ich vermute, manchem ist das schon gelungen. In Arwaroch werden wir wie Götter verehrt«, sagte Kurusch und machte sich alsdann über eine Nuss her.

»Das weiß ich doch alles«, sagte Juffin. »Aber ich hätte nicht gedacht, dass die Leute aus Arwaroch wissen, wie mächtig ihr seid.«

»Das tun sie auch nicht, aber sie spüren es irgendwie. Die Leute dort wissen wenig, haben aber eine hoch entwickelte Intuition.«

»Gut zu wissen. Nachdem sie uns mit dir zusammen gesehen haben, werden sie uns sicher gehorchen.«

»Nein, sie werden nur auf mich hören«, protestierte Kurusch. »Aber würde ich von ihnen etwas verlangen, das gegen ihre Gesetze verstößt, würden sie sich auf der Stelle töten. In Arwaroch hält man den Tod für die beste Lösung in jeder schwierigen Situation.«

»Das sind ja wahre Samurai«, meinte ich kichernd.

»Wie hast du sie genannt?«, fragte Juffin interessiert.

»Samurai. Stellen Sie sich vor: In der Welt, aus der ich komme, gibt es auch solche Leute. Ihr Leben ist aber nicht so angenehm, denn sie haben keine Buriwuche.«

»Pech gehabt«, pflichtete Juffin mir bei. »Mit Buriwuchen geht alles leichter, stimmt's?«, fragte er und strich Kurusch übers Gefieder. »Was meint ihr, wie Alotho reagiert, wenn wir ihn ins Große Archiv einladen und er sich hundert Buriwuchen gegenübersieht?«

»Machen wir das denn?«, fragte ich erstaunt.

»Vielleicht. Als Belohnung, wenn er sich gut benimmt.

Oder als Strafe, wenn er frech wird. Aber ich fürchte, sein tapferes Herz würde diese Aufregung nicht überstehen. Also besser keine Experimente.«

Juffin stand auf und lächelte Unheil verkündend.

»Das war's. Ich geh mich jetzt erholen, und ihr bleibt hier und schuftet. So ein grausamer Chef bin ich! Freust du dich auf die Arbeit, Max?«

»Ich kenne Sie ja schon einige Zeit und bin darum immer auf so etwas gefasst. Ich hoffe, der Kachar-Balsam ist in der üblichen Schublade.«

»Wo sonst? Außer dir ist niemand süchtig danach.«

»Ich werde eine halbe Flasche davon trinken und dann Radau machen. Heute Abend wird es vermutlich kaum etwas zu tun geben. Der Ernst des Lebens beginnt erst morgen, oder?«

»Stimmt. Wenn du Lust hast, spazieren zu gehen, mach das ruhig. Ich hab nichts dagegen. Die nächsten Tage werden wir vollauf beschäftigt sein.«

Nachdem ich mich eine halbe Stunde gelangweilt hatte, meldete ich mich per Stummer Rede bei Melifaro.

»Was macht dein exotischer Gast?«

»Tagsüber spaziert er durch Echo. Leider hat er sich bis jetzt nicht verlaufen. Ansonsten hat er einen zweiten blauen Fleck bekommen, diesmal unterm rechten Auge. Hättest du nicht Lust, ihn ein paar Tage bei dir wohnen zu lassen? Ich bin ihn langsam wirklich leid. Aber nur, wenn du dich langweilst.«

»Vielen Dank. Ich komme auch ohne ihn ganz gut zurecht.«

»Tja, das hatte ich schon vermutet. Für heute Abend

habe ich große Pläne. Ich will ihm nämlich den Stadtteil Rendezvous zeigen. Magst du mitkommen?«

»Als Zuschauer? Sehr gern.«

»Wie sonst? Willst du seine Auserwählte sein? Dafür rasierst du dich zu selten.«

»Wie kommst du denn darauf? Außerdem habe ich Hunger.«

»Den hast du immer. Gut, dann geh ins *Glückliche Skelett*. Es liegt zwischen meinem Haus und dem Stadtteil Rendezvous.«

»Fein, dann sehen wir uns dort.«

Ich wollte schon gehen, als mir meine Reisetasche auffiel. Ich packte sie aus und zog mich rasch um. Ohne Todesmantel würde ich mich sicher besser amüsieren.

»Genieße deine Einsamkeit, großer Buriwuch«, sagte ich feierlich und verbeugte mich zum Abschied vor Kurusch.

»Vergiss nicht, Piroggen mitzubringen«, mahnte der Vogel.

Das war schon Tradition zwischen uns: Wenn ich mich aus dem Büro stahl, bekam Kurusch zur Entschädigung eine Pirogge. Aber auch wenn ich die ganze Nacht fleißig im Büro arbeitete, bekam er eine, denn eigentlich teile ich die Meinung, die die Leute aus Arwaroch über die Buriwuche haben.

Als ich ins *Glückliche Skelett* kam, war Melifaro noch nicht da. Das fand ich seltsam, weil ich den flinken Mann schon beim Nachtisch erwartet hatte. Ich musterte noch mal die Gäste, entdeckte ihn aber nicht. Also setzte ich mich an einen freien Tisch und behielt die Tür im Auge.

Nach einer halben Stunde erschien mein Kollege in Begleitung von Rulen Bagdasys, der diesmal eine orangefarbene Hose und eine überdimensionierte Mütze trug. Unter einer dicken Puderschicht waren zwei blaue Flecke zu erkennen. Ich war erleichtert, die beiden zu sehen, und winkte ihnen zu.

»Ich hätte nicht gedacht, dass du dich verspätest«, sagte ich gönnerhaft. »Du machst wirklich Fortschritte.«

»Ich hatte einen kompetenten Helfer«, meinte Melifaro sarkastisch. »Rulen musste erst die passende Hose aussuchen und an seinem Gesicht arbeiten. Hast du schon gegessen?«

»Ja, aber ich kann problemlos noch was verdrücken.«

Wir studierten die Speisekarte. Rulen Bagdasys murmelte etwas Unverständliches. Ich vermutete, Melifaro hatte ihn vor dem Verlassen des Hauses dazu vergattert, gewisse Benimmregeln einzuhalten. Ich traute mich nicht, ihn nach dem zweiten blauen Fleck zu fragen. Womöglich hatte er ihn meinem Kollegen zu verdanken.

»Und? Worauf hast du Lust, mein Armer?«, fragte ich ihn.

»Was habt ihr hier bloß für ein schreckliches Publikum«, murmelte der Mann aus Isamon. »Ich sehe hier nur eklige Herren in noch ekelhafterer Damenbegleitung. Bei uns hätten solche Frauen nie eine Chance, unter die Haube zu kommen.«

»Schweig besser, mein Adonis«, sagte Melifaro lächelnd und wandte sich an mich: »Es ist immer das Gleiche mit ihm. Er hat sich mit ehrwürdigen Leuten unterhalten und gedacht, sie würden sich freuen, wenn er ihre Frauen anmacht. Sie haben natürlich die ihnen erwiesene Ehre nicht zu schätzen gewusst.«

»Du bist wirklich nicht zu bremsen, was?«, fragte ich Rulen erstaunt. »Habt ihr in Isamon etwa zu wenige Frauen?«

»Bist du noch bei Trost?«, rief Rulen. »Ich bin dort der heißeste Schürzenjäger!«

Ich erzählte Melifaro von unserem Besuch bei Hof und dem unerwarteten Erfolg von Kurusch, und er lachte wie verrückt. Auch Rulen Bagdasys vergaß kurzzeitig seine sexuellen Probleme und lauschte mit geöffnetem Mund. Als er die Worte König, Hof und Höflinge hörte, schwand seine Sprachlosigkeit schnell. Er war so aufgeregt, dass er mit dem Dschubatinischen Säufer etwas übertrieb. Ich vermutete schon, dass wir den Besuch im Stadtteil Rendezvous auf ein anderes Mal würden verschieben müssen. Rulen saß müde über seinen Teller gebeugt, doch als die Rechnung kam, wurde er wieder munter.

»Und jetzt ran an die Weiber!«, schrie er so laut, dass andere Gäste interessiert zu uns herübersahen. Melifaro verzog angewidert das Gesicht.

»Du bist nicht in Form, mein Freund. Ich glaube, Schlaf würde dir jetzt guttun.«

»Was soll das denn heißen? Du hast mir schon lange versprochen, mit mir in den Stadtteil Rendezvous zu gehen. Jetzt mach das gefälligst endlich!«

Ich sah meinen Kollegen an und fragte: »Was meinst du? Was sollen wir tun?«

»Ziehen wir los. Es wird bestimmt spaßig.«

Der Weg in den Stadtteil Rendezvous dauerte zehn Minuten. Melifaro flüsterte Rulen die ganze Zeit etwas ins Ohr, aber ich mischte mich nicht ein.

Wir blieben vor einem Haus für suchende Männer stehen. Irgendwie konnte ich mir Rulen Bagdasys in dieser Rolle nicht vorstellen.

»Na los«, sagte Melifaro und schubste ihn ein wenig. »Oder weißt du nicht mehr, was du dort zu tun hast?«

»Was? Ich vergesse nie, was man mir gesagt hat«, rief der Mann aus Isamon. »Heute gehören alle Frauen mir! Kommt ihr denn nicht mit?«

»Leider müssen wir ausgerechnet heute noch arbeiten«, sagte Melifaro.

»Ich wusste ja, dass ihr total verrückt seid. Was kann man um diese Zeit noch arbeiten?«, fragte er, winkte aber im nächsten Moment ab. Offenbar wollte er seine kostbare Zeit nicht verlieren. Stattdessen rückte er die Mütze zurecht und trat abenteuerlustig ins Haus.

»Komm, lass uns um die Ecke gehen«, schlug Melifaro vor. »Wir werden gleich Zeugen eines der größten Skandale in der Geschichte des Vereinigten Königreichs.«

»Ganz deiner Meinung«, kicherte ich. »Was hast du ihm überhaupt erzählt?«

»Eigentlich nur die Wahrheit. Ich hab ihm gesagt, er soll ins Haus gehen und eine Nummer ziehen. Aber ich hab ihm erzählt, die gezogene Zahl bestimme, mit wie vielen Frauen er die Nacht verbringen müsse. Stell dir vor, er zieht die 78!«

»Und wenn er eine Niete zieht?«, fragte ich grinsend.

»Dann tobt er sicher so laut, dass die ganze Stadt aufwacht.«

»Stimmt. Aber findest du nicht, dass du ihm einen schlechten Dienst erwiesen hast?«

»Ich bitte dich!«, rief Melifaro empört. »Seit wann bist

du so gefühlsduselig? Und wie soll man jemanden behandeln, der ständig das Wort Weiber benutzt und sich obendrein gezwungen fühlt, laufend Frauen anzubaggern?«

»Ich fürchte, ich muss dich gleich verhaften – als Anstifter zu einer öffentlichen Ruhestörung«, sagte ich versonnen. Dann musste ich lachen, weil wir gerade die ersten empörten Schreie hörten.

»Es geht los«, flüsterte Melifaro begeistert. »Sündige Magister, es geht los!«

»Auf jeden Fall wird keine Frau sich entschließen, eine Nacht mit ihm zu verbringen.«

In diesem Moment ging die Tür des Hauses für suchende Männer auf, und ein empörter Gast aus Isamon flog auf die Straße. Seine orangefarbene Hose schimmerte im Licht der Straßenlaterne, und seine Mütze saß erstaunlicherweise so tadellos wie angeklebt.

»Du Missgeburt! Ich komm zurück und zeig's dir!«, rief er empört. »Ich zeig's euch allen! Ich hab Beziehungen zum Hof!«

»Seine Beziehung zum Hof bist du«, meinte Melifaro und zwinkerte mir zu. »Du bist jetzt seine ganze Hoffnung.«

»Wenn du dich nicht gleich beruhigst, alarmiere ich die Polizei«, hörten wir eine Stimme, die offenbar dem Wirt des Etablissements gehörte. »Sei den Dunklen Magistern dankbar, dass du hier fremd bist. Sonst hätte ich dir nicht erlaubt, nach dem, was du hier angerichtet hast, nach Hause zu gehen.«

»Komm, gehen wir, Nachtantlitz«, flüsterte mir Melifaro zu. »Aber leise. Ich hab diesen Mann restlos satt. Kann ich vielleicht bei dir übernachten?«

»Natürlich.«

»Weißt du«, seufzte Melifaro, »er weckt mich nachts und erzählt mir unsinnige Geschichten aus seiner Jugend, schmatzt beim Frühstück und überhaupt … Dann fahre ich jetzt also zu dir? Du musst sowieso ins Haus an der Brücke.«

»Was? Willst du nicht nur mein Bett, sondern auch mein A-Mobil mit Beschlag belegen?«

»Als Hellseher taugst du wirklich nicht. Ich nehme den Dienstwagen. Schließlich muss ich meine Privilegien nutzen.«

Als wir das Haus an der Brücke erreichten, warf Melifaro sich auf die Rückbank seines Dienstwagens. Der verschlafene Fahrer versuchte, einen munteren Gesichtsausdruck zu machen.

»Füttere bitte meine Katzen!«, rief ich Melifaro nach.

»Ich kämme sie obendrein!«, rief er amüsiert zurück. »Keine Sorge, ich bin ein echter Junge vom Dorf und habe keine Scheu vor Tieren.«

Ich sah im *Fressfass* vorbei, um Piroggen für den wunderbaren Buriwuch zu erstehen, und ging ins Haus an der Brücke, wo ich noch ein wenig in meinem Sessel dösen wollte.

Überraschenderweise schlief dort schon Sir Kofa, unser Meister des Verhörs. Das war ziemlich seltsam, da er um diese Zeit üblicherweise durch die Wirtshäuser von Echo zog.

»Ach!«, rief ich begeistert. »Haben wir die Rollen getauscht? Zieh ich jetzt in der Stadt herum, und du langweilst dich im Haus an der Brücke?«

»Ich bin eigentlich gekommen, um mit unserem klugen Vogel über die Leute aus Arwaroch zu sprechen«, sagte Kofa und gähnte. »Alle reden nur darüber, und das interessiert mich. Außerdem nehme ich an, dass wir den entlaufenen Mudlach suchen müssen. Es ist also besser, sich rechtzeitig zu informieren.«

»Möchtest du etwas Kachar-Balsam?«, schlug ich vor. »Ich hab dich noch nie so müde gesehen. Dabei war es in den letzten Tagen ziemlich ruhig.«

»Stimmt«, meinte Sir Kofa. »Das sind nur meine familiären Probleme. Mach dir nichts draus. Aber Kachar-Balsam würde ich tatsächlich gern trinken.«

»Kann ich dir vielleicht helfen?«, fragte ich und suchte dabei im Schreibtisch nach dem Wundermittel. Ich hatte gedacht, nur ich hätte persönliche Probleme.

»Du?«, fragte Sir Kofa lachend. »Nein, du kannst mir nicht helfen. Vergiss den ganzen Quatsch am besten.«

»Warum hast du eigentlich gerade diesen grässlichen Kerl erwähnt?«

»Du meinst Mudlach?«, fragte Sir Kofa. »Ich glaube, wir müssen den tapferen, aber nicht immer aufrichtigen Schönlingen bei der Suche helfen.«

»Das wird sicher leicht. Soweit ich weiß, unterscheiden sich die Leute aus Arwaroch deutlich von den Bewohnern des Vereinigten Königreichs.«

»Da hast du natürlich Recht. Aber du weißt doch, dass ich mein Äußeres und das meiner Mitmenschen ändern kann. In Echo gibt es noch andere Spezialisten, die diese Kunst beherrschen. Mudlach hat bestimmt bei einem von ihnen Hilfe gesucht. Außerdem leben hier viele Flüchtlinge aus Arwaroch.«

»Wirklich?«, fragte ich erstaunt. »Ich hab noch keinen gesehen.«

»Das hast du bestimmt, doch sie riskieren es natürlich nicht, mit ihrem früheren Aussehen durch die Straßen zu ziehen. Glaub mir aber: Ich bin nicht der Einzige in Echo, der die Kunst der Verwandlung beherrscht.«

»Kann man eigentlich herausfinden, ob das Gesicht eines Menschen echt ist oder nicht?«

»Vielleicht«, sagte Sir Kofa. »Aber niemand weiß, wie. Nach dem Gespräch mit Kurusch ist mir klar, dass wir einen anderen Weg gehen müssen. Jeder Buriwuch kann die Bewohner von Arwaroch hundertprozentig erkennen – egal, wie sie aussehen.«

»Toll«, meinte ich, erinnerte mich der Piroggen und legte sie dem dösenden Kurusch hin. Besser spät als nie.

»Ich dachte schon, du hättest sie vergessen«, murmelte der Vogel. »Die Menschen haben die Neigung, ihre Versprechen zu vergessen.«

»So was ist mir hier noch nie passiert.«

»Doch, doch – am achten Tag des 116. Jahres. Aber wie ich zugeben muss, war das bisher das einzige Mal.«

Sir Kofa hörte uns begeistert zu und sagte dann: »Na gut, ich mach jetzt einen Spaziergang durchs nächtliche Echo. Dank euch beiden bin ich wieder topfit. Und du, Max, solltest dir einen Vorrat dieses wunderbaren Balsams zulegen. Uns steht einiges bevor.«

»Ihr erschreckt mich alle«, meinte ich lächelnd. »Zuerst hat Juffin mir geraten, mich noch etwas zu erholen, bevor es ernst wird, und nun sagst du, ich soll Kachar-Balsam bunkern.«

»Na ja, immer wenn ich das Wort Arwaroch höre, will

sich mir der Magen umdrehen. Und wenn diese Schönlinge zu uns kommen, ist das Leben in Echo um einiges turbulenter.«

Nach dieser erschreckenden Prophezeiung schlief ich in meinem Sessel ein. Ich zog nicht mal den Todesmantel aus. Vielleicht würde ich ihn ja bald brauchen.

Sir Juffin weckte mich. Seine Morgenfrische erschien mir abstoßend. Ich wollte die Schublade mit dem Kachar-Balsam öffnen, doch Juffin lachte nur und hielt meine Hand fest.

»Geh nach Hause und schlaf ein bisschen. Du kannst gegen Mittag zurückkommen. Im Moment gibt es ohnehin wenig zu tun. Die Leute aus Arwaroch kommen erst am späten Nachmittag. Du hast also Glück.«

Zu Hause stieß ich auf Melifaro, der so verschlafen und mies gelaunt war wie ich. Es ging ihm noch schlechter als mir, weil er zum Dienst musste. Wir hatten nicht mal die Kraft, uns guten Tag zu sagen.

Wortlos ging ich ins Schlafzimmer hinauf.

Kurz vor zwölf wurde ich langsam wach und brummelte im Halbschlaf vor mich hin: »Jetzt sieht die Welt wieder ganz anders aus.« Ich finde, man sollte möglichst lange und tief schlafen und so spät wie möglich aufstehen. Wieder spürte ich Sympathie für die Leute aus Arwaroch, die auch in dieser Hinsicht meine Meinung teilten.

Zeitgleich mit dem ehrwürdigen Alotho erreichte ich das Haus an der Brücke und betrat den Saal der allgemeinen Arbeit ein paar Sekunden vor ihm, da ich den Geheimeingang benutzt hatte. All unsere Mitarbeiter waren schon versammelt. Sogar Sir Lukfi Penz hatte sein Großes Archiv verlassen. Offenbar brannte auch er vor Neugier.

»Ich verstehe nicht, wie man wegen eines Traums so lange im Bett bleiben kann«, begrüßte mich Juffin freundlich. »Du hast dir nicht mal die Zeit genommen zu frühstücken.«

»Stimmt. Das hab ich nicht geschafft. Und leider war mein Traum nur durchschnittlich.«

Die Tür öffnete sich, und Alotho Aliroch erschien. Auf dem Rücken trug er das spinnenartige Wesen. Begeistert musterte er den Buriwuch und fiel dann vor ihm auf die Knie.

Meine Kollegen waren baff. Sogar der so unerschütterliche Lonely-Lokely sah sich das Ganze mit Interesse an, obwohl ich ihm am Vortag davon erzählt hatte. Bestimmt hatte er gedacht, ich würde scherzen.

»Steh auf, mein Sohn«, sagte Kurusch. »Ich befreie dich hiermit von der Pflicht, ständig vor mir auf die Knie zu fallen. Eine herzliche Begrüßung reicht mir schon.«

»Vielen Dank für dieses Privileg, o Buriwuch!«, sagte Alotho. »Ich werde es meinen Titeln hinzufügen.«

Dann musterte der Mann aus Arwaroch unsere Truppe. Als er Lady Melamori entdeckte, schienen seine Augen verdächtig interessiert. Ich dachte schon, er würde erneut auf die Knie fallen, doch er zwinkerte unserer Verfolgungsmeisterin nur zu, was er bisher noch nie getan hatte.

Dann stellte sich der Mann aus Arwaroch auf seine wie üblich zeitraubende Weise vor.

»Jetzt müssen wir uns etwas stärken«, sagte Juffin, als diese Nummer überstanden war.

Gleich erschien ein Bote aus dem *Fressfass* mit den ersten Krügen Kamra. Die Leute, die Tabletts mit Gebäck ins Zimmer trugen, musterten unseren auffälligen Gast verstohlen, doch der merkte nichts, weil er erst Kurusch, dann Lady Melamori ansah.

»Du hast dich positiv verändert«, flüsterte mir Lonely-Lokley zu. »Du bist umgänglicher geworden.«

»Und wie! Seitdem ich König bin, lebe ich viel einfacher und sorgloser.«

»König? Du?«, fragte Schurf. »Soll das ein Witz sein?«

»Es ist die Wahrheit, aber das bereden wir ein andermal«, sagte ich und wandte mich wieder Juffin zu. »Wann wollen Sie eigentlich meinen Untertanen Dschimach wieder freilassen?«

»Ach, den hab ich ganz vergessen. Entschuldige bitte«, sagte mein Chef verlegen. »Das mach ich heute. Keine Sorge.«

»Gut. Sonst müsste ich dem Vereinigten Königreich den Krieg erklären.«

»Seltsamerweise spricht in der Stadt kein Mensch über deine Karriere als König«, sagte Sir Kofa und musterte mich skeptisch.

»Tja, meine Landsleute können eben ein Geheimnis bewahren.«

Während wir uns unterhielten, aß Alotho Aliroch. Er war so ins Kauen vertieft, dass alles andere für ihn keine Rolle spielte. Später erfuhr ich, dass es typisch für die Leute aus Arwaroch ist, sich nur auf eine Sache zu konzentrieren.

Als Alotho mit dem Essen fertig war, strich er die Krümel zusammen und gab sie seinem spinnenartigen Freund.

»Ihr wollt uns also helfen, Mudlach zu suchen?«, fragte

Alotho plötzlich Sir Juffin. »Euer König hat uns gesagt, wir sollen Euch um Hilfe bitten. Ich weiß allerdings nicht, warum, denn das können wir auch allein schaffen.«

»Natürlich könnt Ihr das, aber Ihr kennt Euch in Echo kaum aus, und die Sitten und Tricks der Hauptstadtbewohner sind Euch auch nicht geläufig. Wenn Ihr auf eigene Faust handelt, verliert Ihr viel Zeit. Würdet Ihr den Entlaufenen eigentlich erkennen, wenn er sein Aussehen verändert hätte?«

»Ich verstehe nicht, was Ihr meint«, antwortete Alotho trocken.

»Sir Kofa, zeigen Sie es ihm bitte«, meinte Juffin.

Kofa Joch fuhr sich mit den Händen übers Gesicht, und schon sahen wir einen Jungen mit Stupsnase und Segelohren. Er hatte wohl mit Absicht ein hässliches Gesicht gewählt, um möglichst klar zu veranschaulichen, worum es Sir Juffin ging.

Der Mann aus Arwaroch musterte das neue Gesicht von Sir Kofa schockiert.

»Ihr seid ein großer Künstler«, flüsterte er schließlich. »Mudlach kann das bestimmt nicht.«

»Mudlach vielleicht nicht, aber andere. Passt gut auf!«, meinte Kofa, wandte sich Lady Melamori zu, die neben ihm saß, und ging auch ihr mit den Händen durchs Gesicht. Nun saß eine ältere Lady mit großer Nase und Knopfaugen vor uns.

Alle lachten. Melamori zog einen Spiegel aus dem Lochimantel und betrachtete sich. Dann drohte sie Sir Kofa mit ihrer kleinen Faust.

»Jetzt versteht Ihr vermutlich, dass der entlaufene Mudlach nur den Richtigen finden muss, um sich in einen anderen zu verwandeln. Und von solchen Verwandlungskünstlern gibt es in Echo genug.«

»Wenn Ihr so ein Genie seid, gebt der Frau ihr früheres Gesicht zurück. Es war viel schöner«, erklärte Alotho.

»Ihr bringt alles durcheinander«, sagte Melifaro. »Das hier ist ihr echtes Gesicht. Der Kopf, den sie früher hatte, war nur für den Dienstgebrauch.«

»Wirklich?«, fragte Alotho und schien sehr erschrocken.

»Er lügt«, bemerkte Lady Melamori lakonisch. »Sir Kofa, Schluss mit den Fisimatenten.«

»Und wenn ich Ihre Verwandlung nicht rückgängig mache?«, fragte Kofa listig. »Na, Verfolgungsmeisterin? Erschrocken?«

»Überhaupt nicht. Es ist nur viel leichter, jung und schön zu sein als alt und hässlich, finden Sie nicht?« Dann wandte sie sich an Alotho: »Melifaro lügt immer. Glaubt nie, was er sagt.«

Der Mann aus Arwaroch schaute sich verwirrt um.

Kurusch flatterte von Sir Juffins Stuhllehne, auf der er die ganze Zeit gesessen hatte, und flog auf Alothos Lehne.

»Hier in Echo lügen die Leute häufig. Daran wirst du dich noch gewöhnen«, sagte der Vogel. »Manchmal tun sie es, um ein wenig zu lachen, mitunter aber einfach nur, weil ihnen danach ist. Du solltest dem keine Aufmerksamkeit schenken. Niemand hier hat dich oder Lady Melamori beleidigen wollen.«

Kurusch flog wieder zu Sir Juffin zurück, und der Mann aus Arwaroch nickte.

»Sir Aliroch«, begann Juffin, »sagt mir bitte, vor wie

vielen Jahren der Grässliche Mudlach Arwaroch verlassen hat. Ich wüsste gern, seit wann er sich in Echo aufhalten könnte.«

»Vor siebzehneinhalb Jahren ist er abgereist«, antwortete der Gast. »Die Fahrt übers Meer dauert etwa ein halbes Jahr. Er könnte also vor etwa siebzehn Jahren hier angekommen sein. Tut mir leid, aber eine genauere Antwort kann ich Euch nicht geben.«

»Das reicht mir vollkommen«, beruhigte ihn Juffin.

»Und Ihr habt so lange gewartet hierherzukommen und ihn zu suchen?«, fragte Lady Melamori erstaunt.

»Ja«, antwortete Alotho. »Ich habe auf einen Tag warten müssen, der sich besonders gut dazu eignet, meine Reise zu beginnen. Anders als ich musste Mudlach unser Land überstürzt verlassen und hatte keine Zeit mehr, einen Schamanen nach seiner Zukunft zu befragen. Deshalb nehme ich an, dass wir ihn schnell finden. Eine so unglückliche Reise kann nicht gut enden.«

»Schön«, sagte Juffin. »Kommen wir endlich zur Sache. Wie es aussieht, sind Eure Erfolgsaussichten nicht gerade groß. In dieser Situation sollten wir als Kleiner Geheimer Suchtrupp aus eigener Initiative handeln. Seht Ihr das auch so?«

»Ja«, sagte Alotho seufzend. »Ich kann nicht die ganze Zeit in der Ecke sitzen und darauf warten, dass wir zufällig auf Mudlach stoßen. Lieber würde ich mich umbringen.«

»Das lasst mal hübsch bleiben«, meinte Juffin kopfschüttelnd. »Ordnet lieber an, dass Eure Soldaten an den Stadttoren Position beziehen und sich alle Passanten ansehen. Mudlach hat sein Äußeres bestimmt verändert, aber Eure Leute werden schon etwas Verdächtiges bemerken.

Sir Kofa zeigt Euch den Weg. Wir vom Kleinen Geheimen Suchtrupp erarbeiten unterdessen einen Plan.«

»Hör immer schön auf deinen Begleiter«, meinte Kurusch zu Alotho. »Das ist wirklich ein kluger Mensch.«

»Vielen Dank, mein Lieber«, sagte Sir Kofa lächelnd und streichelte den Buriwuch.

Dann strich er sich durchs Gesicht und verwandelte sich in einen jungen Adonis mit bernsteinfarbenen Augen. Als Alotho Aliroch das sah, fiel ihm die Kinnlade runter.

Kaum hatte sich die Tür hinter Kofa und Alotho geschlossen, begann Juffin, Befehle zu erteilen.

»Melifaro, wir brauchen die Unterstützung der besten Leute von der Stadtpolizei. Geh also in deren Trakt rüber und hol die Favoriten, die auf unserer internen Liste stehen. Und du, Max, gehst mit, nimmst dir aber Bubuta Boch vor. Der General ist neidisch auf mich und könnte sich querstellen, weil wir noch keine schriftliche Anweisung des Königs bekommen haben. Es wäre kein Wunder, wenn er ein paar Denunziationen abschicken würde, in denen er unserer Behörde Schlamperei nachsagt. Der Kampf gegen Bubuta ist sehr amüsant, aber wir haben jetzt keine Zeit dafür. Und da er dich sehr mag, bist du der geeignete Mann, ihm ein Stillhalten abzuhandeln.«

»Ja, der General und ich sind verwandte Seelen. Außerdem erwartet er bestimmt das von mir versprochene Geschenk.«

»Meinst du deine Zigarren?«, fragte Melifaro angeregt.

»Ja«, seufzte ich. »Ich schau mal, was sich in dieser Hinsicht machen lässt.«

Ich schob die Hände unter den Tisch und versuchte, die Ritze zwischen den Welten zu finden, die eine unerschöpfliche Quelle von exotischen Leckereien und überflüssigem Krimskrams war. Gleich spürte ich etwas in der Hand, hatte meinen Trick also noch nicht verlernt.

Nach ein paar Sekunden zog ich vorsichtig einen kleinen Regenschirm unterm Tisch hervor. Warum nur zog ich aus der Ritze zwischen den Welten vor allem Regenschirme!? Meine Kollegen starrten mich gebannt an. Auch in Sir Juffins Augen stand ein gewisses Interesse. Ich stöhnte und versuchte es aufs Neue.

Diesmal arbeitete ich wirklich konzentriert. Ich dachte an Zigarren und ihre Raucher: an Männer mittleren Alters mit grauen Schläfen, die sich bequem in einem Ledersessel räkeln und die Welt von der unerreichbaren Höhe ihres Kontostands herablassend betrachten.

Dann wandte ich mich vom klassischen Bild des Zigarrenrauchers ab und dachte an die Mitglieder des Aufsichtsrats jener Firma, in der ich noch vor ein paar Jahren gearbeitet hatte. Sofort hatte ich diese glatt rasierten, ungemein unsympathischen Typen vor Augen, die fast in meinem Alter waren. Sie saßen in ihren teuren Anzügen da, rauchten nach einem Geschäftsessen Zigarren und schauten zu, wie ein Mitarbeiter ihres Hauses Kaffee und Cognac servierte. Auf vielen Gesichtern bemerkte ich Pickel, und diese Entdeckung freute mich sehr.

»Max, übertreib bitte nicht! Wo hast du das alles gefunden?«, fragte mich Sir Juffin und rüttelte mich an der Schulter.

Er sah zwar zufrieden aus, aber auch verblüfft.

Ich sah mich verwirrt um. Dann zog ich meine Hände

unter dem Tisch hervor. Eine prall gefüllte Zigarrenkiste fiel auf den Boden.

»Das ist ja verrückt«, sagte ich, lächelte diebisch und musterte die Kiste. »Ich hab ja geahnt, dass diese Bürohengste bei echten Havannas schlappmachen.«

Ehrfürchtig sah ich Juffin an. »Ich hab Glück! Ich wollte unbedingt an Zigarren kommen, nicht an Regenschirme.«

»Ja, du machst Fortschritte. Sir Maba wird begeistert sein. Er hat damit gerechnet, dass du mindestens zehn Jahre brauchst, um diesen Trick zu beherrschen.«

Alle sahen mich an wie ein exotisches Tier im Zoo: mit vorsichtiger Neugier und dem Hintergedanken, ob ich sie anfauchen würde oder mich füttern ließe.

»Woher kommen all die seltsamen Gegenstände unter dem Tisch?«, fragte Lukfi Penz. »Arbeitet unsere Putzkolonne wirklich so schlampig?«

Wie besprochen, gingen Melifaro und ich zur Stadtpolizei rüber. Durch Bubutas Tür hörte ich Gesprächsfetzen dringen. Ich klopfte.

»Du plauderst nun mit einem Seelenverwandten«, meinte Melifaro giftig, »und ich spreche mit intelligenten Menschen. Jedem Tierchen sein Pläsierchen.«

Er lächelte noch ein paar Sekunden und verschwand den Flur hinunter, um nach geeigneten Gesprächspartnern Ausschau zu halten.

Ich öffnete die Tür zu Bubutas Zimmer. Erstaunt stellte ich fest, dass er ganz allein in seinem Büro saß. Ich hatte gedacht, er würde jemanden mit seinem Gerede quälen.

»Verflixt, wer stiehlt sich da in mein Zimmer?«, rief er

verärgert. Dann sah er mich und schlug erschrocken die Hand vor den Mund.

»Alles in Ordnung, Sir. Ich bin nur gekommen, um Ihre Laune zu bessern.«

»Sie, Sir Max? Glauben Sie wirklich, das schaffen Sie?«, fragte er erstaunt.

»Mal sehen«, meinte ich lächelnd und legte ihm die Zigarrenkiste auf den Schreibtisch. »Ich hab heute eine neue Lieferung aus dem Kalifat Kuman bekommen, von meiner Familie. Soweit ich mich erinnern kann, haben Ihnen diese Dinger ganz gut geschmeckt.«

»Und wie!«

Bubuta strahlte vor Dankbarkeit übers ganze Gesicht, nahm sofort eine Zigarre und drehte sie aufgeregt zwischen den Fingern.

»Sie haben mir schon wieder das Leben gerettet, Sir Max. Wie kann ich mich Ihnen nur erkenntlich erweisen?«

»Das dürfte kein Problem sein«, meinte ich. »Wir brauchen die Unterstützung Ihrer Mitarbeiter, und zwar schnell. Natürlich sind wir schon dabei, alle dazu erforderlichen Unterlagen zusammenzubekommen, doch das dauert mindestens zwei Tage, und so viel Zeit haben wir nicht. Wäre es möglich, dass Ihre Mitarbeiter schon ab heute mit uns kooperieren, und die Unterlagen werden nachgereicht?«

»Ach, vergessen Sie diesen bürokratischen Kram doch!«, rief Bubuta. »Welche Formalitäten könnte es zwischen Freunden geben, Sir Max? Sie können all meine Leute haben.«

»So viele brauchen wir auch wieder nicht. Und die Unterlagen bekommen Sie selbstverständlich demnächst. Sie haben also nichts dagegen?«

»Wie sollte ich die Bitte eines Menschen ablehnen, der mir gerade ein so wunderbares Geschenk gemacht hat und …« Bubuta stockte und schwieg.

… und obendrein den Todesmantel trägt und bei jeder Gelegenheit giftig um sich spuckt, dachte ich belustigt.

Stattdessen sagte ich: »Vielen Dank, Sir!«, und verbeugte mich tief.

»Sir Max, mit Ihrem Geschenk haben Sie ein großes Loch in meinem Leben gestopft«, versuchte Bubuta seinen Seelenzustand zu beschreiben.

Gar keine schlechte Metapher, dachte ich belustigt.

Melifaro war noch nicht wieder im Büro, und Lukfi Penz war wieder ins Große Archiv gegangen, wohin er ohnehin gehörte. Lonely-Lokley betrachtete gedankenverloren die Runen auf seinen Handschuhen, und Lady Melamori tuschelte mit Juffin.

»Und was hat General Bubuta gesagt? Hat er Widerstand geleistet?«, fragte mein Chef gespannt.

»Ich glaube, er hätte selbst dann keinen Widerstand geleistet, wenn ich ihm eins auf die Zwölf gegeben hätte.«

»Von allem, was du so wundersam schnell gelernt hast, ist die Zähmung von General Bubuta das Unbegreiflichste. Du hast mich übertroffen, Max. Das hätte ich nie gedacht.«

Melamori lächelte verlegen, schaute an mir vorbei, stand auf und verließ das Büro. Ich wusste nicht, ob sie eine Aufgabe bekommen hatte oder einfach nur spazieren gehen wollte. Bei ihr konnte man nie wissen.

Als Sir Melifaro in Begleitung von zwölf Polizisten in den Saal der allgemeinen Arbeit gesprungen kam, schimmerte sein smaragdgrüner Lochimantel in der Sommersonne. Ich kannte einige Polizisten, doch andere Gesichter waren mir fremd.

»Leute, ich stelle euch jetzt mal vor. Das hier ist unser Hauptwunder«, sagte Melifaro ehrfürchtig und wies mit dem Zeigefinger auf mich. »Sir Juffin, das ist unser Polizeiteam, das unter der Leitung von Sir Tschekta Schach steht, dem großen Star in Bubutas Behörde.«

Ein nicht besonders großer, aber kräftig gebauter Mann sah Melifaro finster an, sagte aber nichts.

»Machen Sie sich nichts daraus, Tschekta. Sie arbeiten schließlich nicht das erste Mal mit Sir Melifaro zusammen und hatten genug Zeit, sich an seinen Ton zu gewöhnen«, meldete sich eine kühle Frauenstimme zu Wort.

Ich musterte die Besitzerin dieser Stimme, eine sympathische, hoch gewachsene Frau mit grauen Augen, die dem Schönheitsideal der griechischen Antike entsprach. Eigentlich hatte sie sogar mehr Eleganz als eine der Göttinnen von damals. Als sie mich sah, legte sie die Hand über die Augen und rief: »Sie sind es wirklich! Ich freue mich, Sie kennen zu lernen. Mein Name ist Kekki Tuotli.«

Diese Frau besaß offenbar mehr Glamour als selbst König Gurig. Ich begrüßte sie nach allen Regeln der Kunst. Irgendwer musste ja versuchen, das schlechte Benehmen von Sir Melifaro wettzumachen.

Lady Kekki hörte mir geduldig zu, als ich mich ihr vorstellte, lachte dann freundlich und wandte sich ab. So ein Biest, dachte ich, begriff dann aber, dass sie sich schämte. Manche Leute schotten sich umso aggressiver ab, je mehr sie sich schämen. Ich fand das interessant und meldete mich per Stummer Rede bei ihr.

»Keine Sorge, ich fühle mich auch immer unwohl, wenn ich jemanden kennen lerne. Und nehmen Sie Melifaro nicht gleich alles übel. Ohne Leute wie ihn wäre die Welt langweilig.«

Lady Kekki sah mich erstaunt an und lächelte dann fast unmerklich. Ich fühlte mich erleichtert. Es macht einfach keinen Spaß, in gespannter Atmosphäre zu arbeiten.

»Auch ich freue mich, Sie kennen zu lernen. Mein Name ist Leutnant Apura Blaki«, sagte ein auffälliger Mann mittleren Alters in hellem, dandyhaftem Lochimantel. Er sah mich mit kaum verhohlener Neugier an und fuhr fort: »Lady Tuotli und ich wollten schon längst bei Ihnen vorbeigeschaut haben, um Ihre Bekanntschaft zu machen, aber ...«

»Sie hatte viel zu tun, ich weiß«, sagte ich taktvoll.

»Ja, sehr viel sogar«, rief der Leutnant begeistert und sah mich erfreut an.

»Also, Leute, damit ist der allgemeine Teil des Treffens beendet. Und jetzt ran an den Speck!«, mischte sich Juffin ein. »Melifaro, warum bist du eigentlich nicht im Zollamt?«

»Ich?«, fragte Melifaro baff. »Was soll ich denn da?«

»Kommst du nicht selbst darauf? Dieser Grässliche Mudlach ist vor siebzehn Jahren nach Echo gekommen, und ich bin mir sicher, dass die Jungs vom Zoll sich noch gut an ihn erinnern. Wenn dem wirklich so sein sollte, sag Melamori Bescheid, damit sie Mudlach auf die Spur tritt. Das ist besser, als planlos in der Gegend herumzusuchen.«

»Alles klar«, sagte Melifaro. »Ich gehe gleich zum Zoll und melde mich von unterwegs bei unserer Lady.«

»Na fein. Solange Melifaro mit dem Zöllner Nuli Karif

und dem Gespenst des alten Tjuwin ein Glas Dschubatinischen Säufer trinkt, können wir in Ruhe an diesem Fall arbeiten.«

Nachdem sie von uns ausführliche Hinweise bekommen hatten, gingen die Polizisten ins Große Archiv und kehrten kurz darauf – ihren persönlichen Buriwuch auf der Schulter – zurück. Die Vögel waren etwas verwirrt: Einerseits brannten sie vor Neugier, andererseits aber gefiel es ihnen nicht, sich auf die neue Umgebung einzustellen, denn die meisten Buriwuche hatten seit über hundert Jahren das Archiv nicht verlassen.

»Bitte denken Sie daran, alle Tiere bis Sonnenuntergang zurückzubringen«, ermahnte Sir Lukfi Penz die Männer der Stadtpolizei. »Sonst bekommen Sie morgen mit uns Ärger.«

»Sie haben also nicht viel Zeit, meine Herren. Genießen Sie Ihren Vogelspaziergang darum in vollen Zügen. Und wer auf einen verwandelten Bewohner von Arwaroch stößt, bringt ihn bitte sofort her.«

»Ich kann mir schon vorstellen, welche Gerüchte jetzt in der Stadt umlaufen«, sagte ich seufzend. »Was meinen Sie? Schnappen wir diesen Mudlach oder nicht?«

»Natürlich schnappen wir ihn. Wir müssen die ganze Sache aber so einrichten, dass er sich furchtbar erschrickt und all die Leute aus Arwaroch mitnimmt, die sich im Laufe der Jahre bei uns eingeschlichen haben. Ich bezweifle zwar, dass uns das gelingen wird, aber vielleicht helfen uns auch diesmal die Dunklen Magister.«

»Gut, ich verstehe«, sagte ich nickend. »Und welche Rolle spiele ich in diesem Plan?«

»Du kannst jetzt etwas Geistvolles tun, zum Beispiel essen gehen.«

»Oha, das ist ein kniffliger Auftrag. Wenn ich da mal nicht versage!«

Nach vier Stunden tauchte Melifaro wieder auf. Er wirkte müde und ernst. In seiner Abwesenheit hatten Lonely-Lokley und ich genug Zeit gehabt, einen großen Krug Kamra zu leeren und über diverse philosophische Probleme zu reden, die sich im Laufe der Zeit angesammelt hatten. Sir Schurf meinte, das sollten wir endlich tun, doch ich fühlte mich wie ein Schmarotzer und Deserteur.

»Sieh mal an, da hocken die echten Profis!«, warf Melifaro uns giftig zu. »Die Herren Killer warten geduldig, bis ich ihnen ein neues Opfer zuführe. Ihr habt es hier wirklich idyllisch.«

»Tja, wir geben uns eben nicht mit Kleinigkeiten ab«, antwortete ich.

Lonely-Lokley schenkte Melifaro keinerlei Aufmerksamkeit, sondern genoss den Sonnenuntergang.

»Ich gehe jetzt zu Juffin. Soll er mir doch den Kopf abreißen! Ich hab die Nase voll!«, rief Melifaro theatralisch. »Ich weiß nicht, wie es den anderen ergangen ist, aber ich habe auf ganzer Linie versagt. Nuli Karif vom Zoll hat sich zwar vage an jemanden erinnert, hatte aber keine Einzelheiten mehr im Kopf. Und Melamori hat natürlich auch nichts gefunden. Kein Wunder – schließlich sind siebzehn Jahre vergangen. Aber sie hat wenigstens Glück und spaziert jetzt mit diesem Adonis und seiner Spinne durchs abendliche Echo. Und das ist auch gut so. Irgendwer muss schließlich auch mal glücklich sein.«

Melifaros Stimme klang erstaunlich verärgert. Selbst Sir Juffin steckte die Nase aus seinem Büro, um nach uns zu sehen.

»Nimm das alles nicht so ernst«, sagte er mitfühlend. »Ich hab sowieso nicht damit gerechnet, dass du gute Nachrichten bringst. Auch unsere braven Polizisten haben nichts ausrichten können. Von Alotho und seinen Mannen abgesehen, haben die Buriwuche in Echo niemanden gefunden, der aus Arwaroch stammt. Morgen müssen sie die Suche von neuem beginnen. Hat vielleicht jemand eine Idee, wo wir sonst noch suchen können?«

»Das dürfte am ehesten Sir Kofa wissen«, sagte ich. »Außerdem kennt er alle Fachleute für Gesichtsumwandlungen. Vielleicht sollten wir dort mit der Suche beginnen.«

»Daran habe ich bereits gedacht«, sagte Juffin. »Sir Kofa beschäftigt sich schon damit. Ich hoffe, er kommt bald mit guten Nachrichten zu uns. Wer hätte gedacht, dass es so schwierig wäre, in Echo jemanden aus Arwaroch aufzutreiben!«

Schließlich gingen alle schlafen. Nur Kurusch und ich blieben im Haus an der Brücke. Melifaro hatte mich ein weiteres Mal gebeten, bei mir übernachten zu dürfen, da er noch immer nicht imstande war, die Gesellschaft von Rulen Bagdasys zu ertragen.

»Ich verprügele ihn irgendwann«, meinte Melifaro müde. »Wenn ich im Beruf Probleme habe, verliere ich meinen Humor.«

In der Nacht hatte ich irgendwann keine Lust mehr, im Sessel zu sitzen, und ging spazieren. Ich lief einige Zeit ziellos vor mich hin. Die bunten Mosaikgehsteige schimmerten in der Dunkelheit, und die Gesichter der wenigen Passanten wirkten im orangefarbenen Licht der Straßenlaternen wie mit einer Aura von Geheimnis umgeben. Ein kühler Wind wehte vom Churon her durch die Gassen der Altstadt. Erstaunlicherweise hatten er und ich den gleichen Weg.

An diesem Abend fühlte ich mich in Echo sehr wohl. Im Gegensatz zum armen Melifaro war meine Stimmung so blendend, dass es mich geradezu beunruhigte.

Ich gelangte auf den Platz der Siege von König Gurig VII. Eigentlich wollte ich schon umdrehen, sah dann aber in einem Straßencafé eine hoch gewachsene Gestalt sitzen, die mir bekannt vorkam. Ich ging ein paar Schritte näher. Kein Zweifel – dort saß Alotho Aliroch. Ich wollte mich ihm eigentlich noch weiter nähern, weil Juffin uns am Vortag darum gebeten hatte, den Besuchern aus Arwaroch besonderen Schutz angedeihen zu lassen, doch dann stellte ich fest, dass Alotho schon einen Beschützer hatte: Lady Melamori hing weiterhin an diesem Café. Das war mir unbegreiflich.

Ich lächelte in mich hinein und kehrte zum Haus an der Brücke zurück. Unterwegs versuchte ich mich zu ärgern oder wenigstens zu staunen – vergeblich. Von Anfang an war mir klar gewesen, dass Melamori einen Adonis wie Alotho nur zu sehen brauchte, um seine Gesellschaft zu suchen.

Ich versuchte mir vorzustellen, als Frau geboren worden zu sein. Dann wäre dieser Alotho eine echte Sahneschnitte für mich. Mal sehen, wie weit sich das noch entwickelte.

Ehrlich gesagt, erkannte ich mich kaum wieder. Ich hätte toben und auf die ganze Welt schimpfen sollen, wie ich es in solchen Situationen bisher immer getan hatte. Aber in letzter Zeit hatte ich viele seltsame Dinge erlebt und mich verändert.

In bester Laune kam ich ins Haus an der Brücke. Kurusch bekam drei Piroggen und staunte über meine Großzügigkeit. Na ja, eigentlich lassen sich dem Gesicht eines Buriwuchs keine Gefühle entnehmen.

Am nächsten Morgen kam Juffin wieder ins Büro und erlaubte mir generös, nach Hause zu gehen, um mich zu erholen.

Bei Sonnenuntergang kehrte ich ins Haus an der Brücke zurück und traf im Saal der allgemeinen Arbeit nur einen einzigen Kollegen, Lonely-Lokley nämlich. Wir waren unbeschäftigt, denn auch ohne uns gab es im Kleinen Geheimen Suchtrupp Killer genug. Obendrein warteten hundert Scharfzähne nur darauf, Mudlach zu erwischen, der allerdings nicht nur grässlich, sondern vor allem unauffindbar war.

»Lady Tuotli und der Buriwuch, der sie begleitet, haben jemanden gefunden, der aus Arwaroch entlaufen ist. Sie kommen gleich mit ihrer Beute.«

»Toll«, sagte ich lächelnd. »Endlich kommt Bewegung in diesen dümpelnden Fall. Diese Lady Tuotli ist offenbar nicht nur begabt, sondern obendrein ein Glückspilz, was?«

»Schätzungsweise ja«, meinte Lonely-Lokley. »Findest du sie nicht seltsam?«

»Ich weiß nicht. Ich kenne sie erst seit gestern. Anfangs fand ich sie schrecklich, aber dann hab ich festgestellt, dass sie sich einfach schämt. Lustig, oder?«

»Die und sich schämen? Wie kommst du denn darauf?«

»Das hab ich irgendwie gespürt. Ich finde, es ist kaum zu übersehen.«

»Na ja, solltest du Recht haben, wäre alles halb so schlimm.«

»Halb so schlimm? Wie meinst du das?« Nun war ich mit dem Staunen an der Reihe.

»Ich meine ihre Schrecklichkeit, von der du eben selbst gesprochen hast. Treffender lässt sich das kaum bezeichnen.«

»Hat sie dich etwa beleidigt? Dann könnte ich deine Antipathie besser verstehen.«

»Beleidigt hat sie mich eigentlich nicht, obwohl ... Ach, Max, mich hat seit langem niemand mehr beleidigt. Deshalb war ich zunächst verwirrt.«

»Du und verwirrt? Das kann ich mir nicht vorstellen.«

»Versuch es trotzdem.«

»Ist Sir Juffin in seinem Büro?«, fragte unsere grauäugige Amazone und kam forschen Schrittes in den Saal der allgemeinen Arbeit. Ihr folgte ein gesund aussehender älterer Mann. Nur seine Größe und sein athletischer Körperbau ließen vermuten, dass er aus Arwaroch entlaufen war. Sein Gesicht war völlig durchschnittlich. Einen wie ihn konnte man in jedem Wirtshaus von Echo treffen. Der Unbekannte blieb angenehm unbeeindruckt.

»Natürlich ist er in seinem Büro. Er wartet schon gespannt auf Sie«, sagte ich freundlich.

Die strenge Lady lächelte nur mit den Mundwinkeln. Allem Anschein nach hatte sie jede Herzlichkeit vergessen.

Juffin meldete sich per Stummer Rede bei mir und beendete so unseren Austausch von Höflichkeiten.

»Gut, dass du endlich wieder da bist, Max. Ich dachte schon, du würdest wieder ein ganzes Jahr schlafen. Komm sofort mit Lady Kekki und ihrem Fang zu mir.«

Schuldbewusst wandte ich mich an Schurf und zuckte verlegen die Achseln, um ihm zu zeigen, dass ich ihn nicht aus eigenem Antrieb verließ. Doch das war überflüssig: Schurf hatte sich bereits in ein Buch vertieft. Ich sah mir das Cover an. Sündige Magister! Er las einen Wälzer mit dem Titel »Pendler der Unsterblichkeit«. Erstaunt schüttelte ich den Kopf, hatte aber keine Zeit, mir Gedanken zu machen, woher dieser eigenartige Titel kommen mochte und ob er einer seltsamen poetischen Vorliebe des Autors zu verdanken war. Der hiesigen Literatur war alles zuzutrauen, und es hatte keinen Sinn, sich darüber den Kopf zu zerbrechen.

Ich folgte Lady Tuotli und ihrem Fang in Juffins Büro und vernahm den üblichen Ausruf »Großer Buriwuch!« und den dumpfen Schlag, mit dem eine Stirn den Boden berührt. Als ich das Büro betrat, stand der Mann aus Arwaroch allerdings schon wieder.

Lady Tuotli wandte sich zum Gehen. Juffin war offenbar der Ansicht, ihre Mission sei beendet. Sie bemühte sich, Desinteresse am Geschehen zu heucheln, und ich hatte Mitleid mit ihr. Es ist toll, sich zu entspannen, wenn man gute Arbeit geleistet hat, aber mitten in einem Fall fortgeschickt zu werden ist furchtbar.

»Ich bin Naltich Ajimirik«, stellte sich der alte Mann vor, »und habe in meinem Leben nichts Besonderes geleistet.«

Ich war begeistert. Über die eigene Nichtigkeit so lässig zu reden ist eine Kunst.

»Warum haben Sie Arwaroch verlassen?«, fragte Juffin interessiert.

»Ich habe keine Lust, über meine Vergangenheit zu reden«, antwortete der alte Mann ruhig. »Aber ich gebe Ihnen mein Ehrenwort: Ich bin nicht der, den Sie suchen. Mich sucht niemand, weil es kein Verdienst wäre, einen machtlosen Menschen zu besiegen.«

»Daran zweifle ich nicht«, sagte Juffin ebenso ruhig. »Zu den Magistern mit Ihrer Vergangenheit. Erzählen Sie mir lieber, ob Sie den alten Mudlach gekannt haben.«

»Ich war vor vielen Jahren sein Schamane, aber irgendwann hat mich das magische Vermögen verlassen.«

»Das kann passieren«, sagte Kurusch kennerisch. »So was geschieht sogar oft, doch die Leute aus Arwaroch halten das für ein großes Unglück. Ein Schamane, der seine Kraft verloren hat, muss auswandern, damit sein Unglück nicht in Arwaroch bleibt – je weiter, desto besser. So lautet das Gesetz.«

»Traurige Sache«, meinte Juffin nickend. »Aber mich interessiert noch etwas anderes. Sagen Sie, Naltich Ajimirik, sind Sie Mudlach in Echo begegnet?«

»Ja, ihm und seinen Leuten. Sie sind vor siebzehn Jahren hierhergekommen. Damals hab ich im Zollamt von Echo gearbeitet und gut verdient. Also brauchte ich mich um keine weitere Stelle zu kümmern.«

»Sehr gut«, sagte Juffin und schien zufrieden. »Wissen Sie vielleicht, wo Mudlach sich jetzt aufhält?«

»Nein. Er hat sich ein neues Gesicht zugelegt – genau wie ich. Er will nicht gefunden werden und hat sich deshalb von mir verabschiedet, ehe er sein Äußeres hat verändern lassen.«

»Das verstehe ich. Wissen Sie, wer Mudlach zu seinem neuen Gesicht verholfen hat?«

»Ja, aber ich habe ihm mein Ehrenwort gegeben, es niemandem zu verraten. Tut mir leid, Sir.«

Juffin sah Kurusch an: »Jetzt kannst du übernehmen, mein Lieber.«

»Ist das wirklich notwendig?«, fragte der Buriwuch.

»Ja.«

Kurusch blinzelte mit seinen bernsteinfarbenen Augen, flatterte zu dem Mann aus Arwaroch und setzte sich auf seine Schulter. Der Alte wurde beinahe verrückt vor Glück.

»Du musst dein Ehrenwort brechen«, sagte der kluge Vogel. »Das ist ein Befehl.«

»Ich tue, was du willst«, rief Natlich Ajimirik verzückt. »Das schulde ich dem großen Vogel Buriwuch. Ich habe Mudlach und seine Leute selbst zu Warich Ariam in die Posaunenstraße geführt. Das ist ein sehr erfahrener Heiler, der auch mein Gesicht verändert hat. Vor seiner Praxis haben wir uns verabschiedet, und ich habe Mudlach nie wieder gesehen.«

»Nicht schlecht«, meinte Juffin und pfiff durch die Zähne. »Sir Warich Ariam ist der ehemalige Ältere Magister des Ordens der Kupfernadel. Manche Leute haben interessante Methoden, ihren Lebensunterhalt zu verdienen. Aber was machen Sie denn da?«

Juffins schriller Schrei ließ mich zusammenzucken. Ich schaute unseren Gast an und erstarrte. Der alte Mann hatte seinen Hals gepackt und war dabei, sich zu erwürgen. Das hätte ich nie für möglich gehalten. Aber es gab keinen Zweifel daran, dass er bis zum bitteren Ende weitermachen würde.

»Stört ihn nicht dabei«, riet uns Kurusch. »Er muss das tun. Wenn ihr ihn aufhaltet, wird er es bei nächster Gelegenheit wiederholen. Ein Mensch aus Arwaroch, der sein Ehrenwort gebrochen hat, muss sterben. Daran lässt sich nichts ändern.«

»Das ist wirklich ein seltsamer Brauch«, meinte Juffin und wandte sich zum Fenster. »Schockiert dich das nicht, Max?«

»Eigentlich nicht«, flüsterte ich mit beinahe gelähmten Lippen.

»Mich auch nicht, stell dir vor. Ist der Alte schon tot?«

»Ja«, sagte Kurusch zu unserer Beruhigung. »Die Leute aus Arwaroch beherrschen die Kunst, schnell zu sterben. Keine Sorge – das ist dort an der Tagesordnung. Außerdem ist er glücklich gestorben. Er ist mir begegnet, hat meine Bitte erfüllt und ist in den Tod gegangen, wie es sich für einen tapferen Mann aus Arwaroch gehört. Das ist für ihn viel wichtiger als ein langes Leben.«

»Das verstehe ich«, sagte Juffin. »Auch wenn ihr es mir nicht glaubt: So was hab ich zum ersten Mal gesehen. Wie auch immer – wir haben eine wichtige Information erhalten. Komm, Max, gehen wir ins Wirtshaus. Wir haben uns eine Tasse Kamra verdient. Ich hab mich schon per Stummer Rede bei Skalduar van Dufunbuch, unserem Obersten Todesbegleiter, gemeldet. Wie sollen wir Natlich Ajimirik eigentlich begraben?«

»Das spielt für Leute aus Arwaroch keine Rolle«, sagte der Buriwuch. »Was nach dem Tod geschieht, interessiert sie nicht.«

»Vernünftig«, meinte Juffin und nickte respektvoll.

Wir gingen in den Saal der allgemeinen Arbeit, während Skalduar van Dufunbuch – ein runder, sympathischer Mann, der im Haus an der Brücke als Leichenexperte galt – begeistert in unser Büro strebte.

Sir Schurf hob den Blick, schätzte rasch die Situation ein, nickte verständnisvoll und las weiter. Ich nahm mir eine Tasse Kamra und trank sie geistesabwesend. Aus Erfahrung wusste ich, dass eine Plauderei mit den Kollegen die beste Methode war, mein seelisches Gleichgewicht wiederzuerlangen. Jedenfalls war es besser, als tragisch zu schweigen und auf einen Punkt an der Wand zu starren. Außerdem hatte ich eine Menge Fragen.

»Wenn den Bewohnern von Arwaroch der Tod wirklich so gleichgültig ist, warum versucht Mudlach dann die ganze Zeit, seinen Verfolgern zu entkommen? Warum ist er überhaupt weggelaufen? Er hätte sich doch umbringen können! Schon Alotho Aliroch hat doch gesagt, nichts sei einfacher, als zu sterben.«

Zu meiner Überraschung gab mir mein Chef auf diese Frage keine Antwort. Dafür legte Sir Schurf sein Buch beiseite: »Gute Frage. Aber es geht Mudlach nicht darum, sein Leben zu retten. Kein Bewohner von Arwaroch würde sich abstrampeln, um am Leben zu bleiben. Es geht um die Ehre. In einer gewonnenen Schlacht zu sterben ist heldenhaft – als Besiegter zu fallen dagegen eine Schmach. Man darf dem Sieger nicht erlauben, einem das Leben zu nehmen. Das muss man selber tun, denn das ist die einzige Freiheit, die man noch hat.«

»Stimmt«, pflichtete Kurusch ihm bei.

Unser kluger Vogel genoss die Rolle eines Experten für die Psyche der Bewohner von Arwaroch sichtlich.

»Schurf, du hast dich ja tiefschürfend mit der Psychologie der Leute aus Arwaroch beschäftigt«, meinte Juffin lächelnd. »Willst du vielleicht dorthin auswandern?«

»Ich interessiere mich nicht besonders für Arwaroch, sondern setze mich nur mit bekannten Fakten auseinander. In manchen Büchern stehen wirklich interessante Dinge.«

»Meine Herren, es ist etwas Unglaubliches passiert!«, rief Sir Lukfi Penz schon von weitem, kam angelaufen und stolperte direkt vor uns über seinen Lochimantel. »Das sehe ich zum ersten Mal. Ich dachte immer, das ist unmöglich!«

»Was denn?«, fragte Juffin.

»Bei unseren Buriwuchen im Großen Archiv ist ein Küken geschlüpft. Das Merkwürdigste daran ist, dass ich nie ein Ei bemerkt habe. Ob die Vögel es vor mir versteckt haben?«

»Nein, aber die Menschen entdecken Gelege nur selten. Sie bemerken das Ei erst, wenn das Küken geschlüpft ist«, erklärte Kurusch und fügte nachdenklich hinzu: »Hab ich euch schon erzählt, dass es manchen Leuten aus Arwaroch gelingt, sich ihren Traum zu erfüllen und sich nach dem Tod in einen Buriwuch zu verwandeln? Ich weiß allerdings nicht, wie sie das machen.«

»Das könnte des Rätsels Lösung sein«, meinte ich und wandte mich an Kurusch: »Ob ich mir das Küken ansehen darf?«

»Aber bitte nicht lange. Junges Gemüse wird von fremden Blicken schnell schlapp.«

Mit Kuruschs Erlaubnis ging ich ins Große Archiv. Lukfi Penz begleitete mich auf Schritt und Tritt.

»Was für ein Ereignis!«, rief er entzückt. »Das Schlüpfen eines Buriwuchs ist eine große Rarität. Diese Vögel brauchen eine lange Phase der Einsamkeit, um erwachsen zu werden. Bei den Buriwuchen gibt es nur ein Ei pro Gelege, und auch das nur alle Jubeljahre. Ich hätte nicht gedacht, dass es im Haus an der Brücke mal Nachwuchs gibt.«

Lukfi Penz öffnete die Tür zum Großen Archiv. »Könnten Sie hier warten? Ich frage kurz nach, ob Sie hinein dürfen.«

»Natürlich. Ich mache nur, was die Buriwuche wünschen.«

Ein paar Sekunden später tauchte Lukfi Penz wieder auf. »Sie haben nichts dagegen. Bitte kommen Sie rein.«

Ich strahlte, betrat das Große Archiv, begrüßte die Vögel und sah mich um.

»Das Küken ist hier in der Ecke«, sagte Lukfi. »Kommen Sie ruhig näher.«

In einem weichen Nest lag ein flaumiges Etwas. Im Gegensatz zu den erwachsenen Vögeln war sein Gefieder weiß, seine Füße rosig. Die großen Augen hingegen hatten das gleiche Bernsteingelb wie die seiner Artgenossen.

Das Küken schaute mich kurz an, blinzelte und sah weg. Ich hatte Glück gehabt, denn es hatte mich angeschaut, als seien wir einander vertraut. In seinem Blick hatte keine starke Emotion gelegen, doch es hatte mir zugenickt, ehe es sich abgewandt hatte. Das war auch kein Wunder, denn es handelte sich bei dem Tier schließlich um die Reinkarnation von Natlich Ajimirik, dem ehemaligen Schamanen des flüchtigen Mudlach.

Mir stockte der Atem, denn mir war bewusst, dass eine solche Reinkarnation, deren Zeuge ich geworden war, nur extrem selten geschieht. Im Vergleich dazu mochte meine Reise zwischen den Welten wie ein Spaziergang erscheinen.

Als Lukfi mir sanft auf die Schulter klopfte, nickte ich nur, stand auf und verließ auf Zehenspitzen das Archiv.

»Und?«, fragte mich Juffin ungeduldig.

»Das Küken ist tatsächlich die Reinkarnation von Natlich Ajimirik.«

Ich versuchte, meine Eindrücke aus dem Großen Archiv zu beschreiben, doch mir fehlten die Worte. Juffin nickte verständnisvoll und sah gedankenverloren in seine Tasse. Auch er musste die sensationelle Nachricht erst mal verarbeiten.

»Zu sterben und gleich darauf wiedergeboren zu werden klingt für mich seltsam«, sagte Lonely-Lokley.

»Manche Leute erleben einfach dauernd Abenteuer«, meinte ich.

Wir hätten uns noch lange über Tod und Leben unterhalten können, doch plötzlich klopfte es, und ein verschreckter Bote trat ein.

»Sir Max, hier ist Besuch für Sie. Die Leute behaupten, sie seien Ihre Untertanen«, sagte er verlegen.

»Meine Untertanen?«, fragte ich erschrocken. »Sündige Magister, die haben mir noch gefehlt!«

Ich wandte mich an Juffin: »Haben Sie den Mann entlassen? Diesen … wie hieß er doch gleich?«

»Dschimach«, sagte mein Chef nickend. »Ja, das hab ich gestern Abend erledigt. Lass ihn doch mit seinen Landsleuten reinkommen. Die wollen sich nur bei dir bedanken. Das könnte unterhaltsam werden.«

Die Nomaden aus Fangachra erschienen in der Tür. Einmal mehr trugen sie Bermudashorts und hatten große Reisetaschen dabei. Zum Glück fielen sie diesmal nicht vor mir auf die Knie, sondern verbeugten sich nur feierlich. Der mir schon bekannte grauhaarige Nomade trat vor und sagte: »Bedank dich bei deinem König, Dschimach!« Dann wurde ein Mann mittleren Alters aus der Gruppe heraus nach vorn geschubst.

»Ihr habt mich gerettet! Meine Seele gehört Euch – so wie mein Leib, meine Pferde und mein Haus.«

»Vielen Dank, aber ich komme auch ohne das ganz gut zurecht. Behalt das alles und sei glücklich und zufrieden.«

»Habt ihr das gehört?«, fragte der erschrockene Dschimach seine Begleiter. »Fangachra hat mir befohlen, glücklich zu sein!«

Alle Ankömmlinge sahen Dschimach an wie einen Heiligen, doch der grauhaarige Alte sagte: »Wir sind gekommen, Euch um Gnade zu bitten, Fangachra. Seit Ihr verschwunden seid, liegt ein Fluch auf uns. Kommt bitte zu uns zurück.«

Ich sah Sir Juffin Hilfe suchend an, doch er ließ mich im Stich und schwieg. Also musste ich mit der Situation allein klarkommen.

»Ich kehre nicht zu euch zurück«, sagte ich schroff. »Ich hab hier in Echo zu tun. Damit müsst ihr leben.«

»Wir sind bereit, so lange auf Euch zu warten, bis Ihr alles erledigt habt«, sagte der Alte.

»Ich werde hier nicht fertig – ich lebe hier! Ich trage den Todesmantel! Wisst ihr, was das bedeutet? Geht nach Hause und lebt wohl.«

Ich fürchtete, sie hatten mich nicht verstanden, und sah

Juffin erneut und geradezu flehend an, doch er wollte sich nicht einmischen. Lonely-Lokley klappte sein Buch zu und verfolgte meine Bemühungen mit großem Interesse.

»Wir können ohne Euch nicht leben, Fangachra«, sagte der Alte erpresserisch.

»Das könnt ihr schon. Das habt ihr bis jetzt schließlich auch geschafft.«

Meine Untertanen tauschten Blicke und sahen mich dann flehend an.

»Lebt wohl«, sagte ich bestimmt. »Bringt eure Geschäfte zu Ende, fahrt nach Hause, bestellt den unendlichen Steppen der Grafschaft Wuk einen Gruß von mir und begreift euch als Untertanen von König Gurig. Haben wir uns verstanden?«

Meine ehemaligen Untertanen nickten wortlos und verließen den Saal der allgemeinen Arbeit. Beunruhigt bemerkte ich in ihrer Miene eine Mischung aus Hoffnung und Sturheit.

»Mein Herz spürt, dass das erst der Anfang war«, meinte ich finster, als sich die Tür hinter meinen Untertanen geschlossen hatte. »Sie werden meine Adresse herausfinden und ihre Zelte neben meinem Haus aufschlagen. Davon werden die Nachbarn sicher nicht begeistert sein.«

»Lustige Geschichte«, sagte Juffin angetan und wirkte zufrieden wie ein Dorfjunge, der zum ersten Mal im Zirkus war. »Ich kann nicht sagen warum, aber sie gefällt mir«, fügte er entschieden hinzu.

»Sie finden das nur lustig, weil Sie ein schlechter Mensch sind und enormen Spaß an fremdem Leid haben«, meinte ich lächelnd.

»Stimmt«, pflichtete Juffin mir bei. »Hör mal, Max, tu

mir bitte einen Gefallen, da du sowieso ihr König bist. Sag ihnen, sie sollen sich eine vernünftige Kopfbedeckung besorgen – einen Turban zum Beispiel oder eine Mütze.«

»Je niedriger die Entwicklung einer Kultur, desto stärker die Bindung an die Tradition«, meinte Lonely-Lokley.

»Ja«, sagte mein Chef und nickte beiläufig. »Und jetzt bringt mir bitte den Verwandlungsmeister Warich Ariam. Ich brauche ihn lebendig und wohlauf, aber ihr könnt ihn ruhig erschrecken.«

»Gut«, sagte Lonely-Lokley und wandte sich zur Tür. »Lass uns gehen, Max. Oder soll ich dich König Max nennen? Immerhin kannst du das verlangen.«

»Auf keinen Fall«, murmelte ich und stand auf. »Du weißt doch, dass ich kein Fangachra bin.«

»Das spielt ja keine Rolle«, meinte Lonely-Lokley. »Wenn gewisse Leute behaupten, du bist ihr König, dann bist du es – mit allen Konsequenzen.«

»Diese Konsequenzen bringen mich noch ins Grab«, seufzte ich. »Und jetzt lass uns gehen.«

Kaum waren wir auf der Straße, verscheuchte ich den Chauffeur vom Lenkrad unseres Dienstwagens. Alle Mitarbeiter des Fahrdienstes waren daran gewöhnt, dass ich selbst fuhr.

Lautes Singen erregte meine Aufmerksamkeit. Allerdings erreichten nur Fetzen des Lieds mein Ohr:

»Bei Sonnenuntergang ist er in die Stadt gekommen,
in der sich der Grässliche Mudlach verbirgt.
Seine Krieger aus Arwaroch hat er mitgenommen,
und sie alle wollen, dass Mudlach stirbt.«

»Was ist denn das, Schurf?«, fragte ich erstaunt.

»Das ist unser guter Freund Alotho Aliroch. Er singt Lady Melamori das neueste Lied über seine Erfolge vor. Wenn ich mich nicht irre, stehen die beiden an der königlichen Brücke.«

»Was?«, fragte ich schockiert. »Und das gefällt ihr?«

»Vermutlich ja. Wäre es anders, hätte sie ihn längst zum Schweigen gebracht. Du kennst sie doch.«

»Bisher glaubte ich jedenfalls, sie zu kennen«, seufzte ich. »Dieser Mann ist wirklich fabelhaft, aber ich würde es nicht aushalten, mir seine Lieder anzuhören.«

»Geschmackssache«, stellte Lonely-Lokley ungerührt fest. »Lass uns fahren, Max. Du sagst zwar, das Lied sei schlecht, aber dennoch ist dir die Kinnlade heruntergefallen. Ich finde, das passt nicht recht zusammen.«

»Natürlich nicht«, meinte ich und lachte. »Du bist so klug, Schurf, dass es mir Schauer über den Rücken jagt.«

Ich setzte mich ans Steuer, und wir fuhren zu Alothos Versen los:

»Dann hat er eine wunderbare Frau getroffen,
doch sein Schwert wollte beschäftigt sein.«

»Dieser Gesang ist ein Albtraum«, brummte ich. »Ruhestörung ist das.«

»Geht's dir nicht gut?«, fragte Schurf vorsichtig.

»Ach was, alles in Ordnung. Alotho ist ein erstaunlicher Mensch, und ich freue mich, dass er und Melamori sich so gut verstehen. Aber wenn ich schlechte Lieder höre, werde ich zum Tier.«

»Ist das Lied wirklich so schlecht?«, fragte Schurf gelassen. »Ich mag das dichterische Werk unserer Besucher aus Arwaroch eigentlich ganz gern. Ihre Lyrik hat eine Unschuld, die sich in unvergleichlicher Authentizität ausdrückt.«

Ich seufzte. Über Geschmack soll man nicht streiten, schon gar nicht mit Sir Schurf – es lohnt sich einfach nicht. Dieser Mensch schneidet nicht nur fremdem Leben, sondern auch fremden Meinungen den Faden ab. Das musste ich mir endlich mal merken.

Ein paar Minuten später hielten wir vor einem gelben, zweistöckigen Haus in der Posaunenstraße. Lonely-Lokley zog seine tödlichen Handschuhe aus und verschloss sie in der Ablage des Armaturenbretts. Das seltsame blaue Auge in seiner linken Handfläche starrte mich an, und ich zuckte zusammen. Ich konnte mich einfach nicht daran gewöhnen.

»Max, ich glaube, er ist zu Hause. Ich vermute, Lady Melamori wird nicht erfreut darüber sein, herkommen zu müssen, um ihm auf die Spur zu treten.«

»Stimmt«, meinte ich nickend. »Denn dann kann sie das wunderbare Lied nicht zu Ende hören.«

Möglichst lautstark betraten wir das Haus. Die Vertreter der Justiz sollen ja besonders polternd auftreten, damit die Bevölkerung sich erschrickt.

Wir taten, was wir konnten, und ich trampelte so fleißig, dass mir die Füße schmerzten.

Ein sympathisch wirkender junger Mann sah aus dem letzten Zimmer im ersten Stock. Als er Lonely-Lokley erblickte, bekam er sofort eine erschrockene Miene. Dann bemerkte er mich und wurde endgültig schwach.

Eigentlich hätte einer von uns gereicht, um Warich Ariam zu verhaften. Der ehemalige Große Magister des Ordens der Kupfernadel war nie besonders wichtig gewesen, aber unser Chef übertrieb mitunter einfach ganz gern.

»Was gibt's, meine Herren?«, fragte der Mann mit zitternder Stimme.

»Wir müssen Sie kurz von der Arbeit abhalten, Sir Warich«, sagte Lonely-Lokley höflich. »Der Ehrwürdige Leiter des Kleinen Geheimen Suchtrupps würde sich freuen, wenn Sie Zeit für ein Gespräch erübrigen könnten.«

»Sie wollen vermutlich meinen Vater sprechen«, entgegnete der Mann rasch. »Aber ich weiß nicht, wo er sich aufhält.«

»Sie müssen auf alle Fälle mitkommen«, sagte Sir Schurf hartnäckig. Dann wandte er sich an mich. »Vielleicht sagt er die Wahrheit, vielleicht aber gibt er sich als sein eigener Sohn aus. Das kommt bei Festnahmen gar nicht so selten vor. Sir Juffin wird das klären.«

»Dann bleibe ich am besten hier«, schlug ich vor, »und rufe Lady Melamori. Wenn dieser Mann nicht der Gesuchte ist, werden wir einiges zu tun bekommen.«

»Das ist vernünftig«, nickte Schurf und wandte sich an den Fremden. »Also, Sir, gehen wir. Wenn Sie die Wahrheit gesagt haben, wird diese Sache Sie kaum Zeit kosten.«

Der arme Mann ging mit finsterer Miene zur Tür, und Sir Schurf folgte ihm.

Ich blieb allein zurück und lief durch alle Räume, um mich zu vergewissern, dass das Haus wirklich leer war. Dann ging ich ins Gästezimmer und meldete mich per Stummer Rede bei Lady Melamori.

»Entschuldige, dass ich dich aus deinem wunderbaren Konzert reiße, aber ich fürchte, ich habe eine Aufgabe für dich. Ich bin in der Posaunenstraße 14 und wäre froh, wenn du kommen würdest.«

»Gut«, sagte Lady Melamori ruhig. »Unter uns gesagt, ist Alotho schon mit seinem Lied fertig. Ich bin gleich da. Ende.«

Ich legte die Beine auf den Tisch, fand in der Tasche meines Todesmantels eine letzte Zigarette, zündete sie an und wartete.

Melamori tauchte verdächtig schnell auf.

»Wenn du so rasch von der königlichen Brücke hergefahren bist, ist das ein echter Rekord«, rief ich entzückt.

»Na ja, ich war am Siegesplatz von König Gurig VII.«, gab sie zu.

Ich verbarg meine Enttäuschung und sagte: »Das war trotzdem eine sehr gute Zeit. Gratuliere! Aber sag mal, hat dir Alothos schreckliches Lied wirklich gefallen?«

»Natürlich«, erklärte Melamori und kicherte los. »Ich hab im Leben noch nichts Lustigeres gehört. Und ich kann dir noch was sagen: Ich hab ihm auch ein Lied vorgesungen – über meine Erfolge, eine echte Parodie der Selbstbeweihräucherung unseres Gastes. Alotho allerdings war davon ernstlich begeistert.«

»Da hast du ja viel Spaß mit ihm gehabt«, sagte ich neidisch.

»Ich tu, was ich kann«, sagte Melamori seufzend. »Dieser Alotho gefällt mir. Er ist sehr hübsch und so ganz anders. Er ist fremd hier und seltsam – und das brauche ich jetzt.«

»Max, der Kerl, den Schurf angeschleppt hat, ist wirklich

ein Sohn von Warich Ariam«, unterbrach uns Sir Juffin per Stummer Rede. »Ist Melamori schon bei dir?«

»Ja, sie ist gerade eingetrudelt.«

»Prima. Sucht so schnell wie möglich nach dem alten Ariam. Ich glaube nicht, dass er sich vor euch versteckt, sondern vermute eher, dass er irgendwo in der Stadt seinen Geschäften nachgeht. Am besten wäre es, wenn Lady Melamori ihm im Schlafzimmer auf die Spur tritt, weil sein Sohn erzählt hat, sein Vater habe sich dort nach dem Mittagessen kurz erholt und sei dann weggegangen. Das Schlafzimmer liegt im ersten Stock, gleich links von der Treppe. Ende.«

»Wir müssen ins Schlafzimmer«, sagte ich und zwinkerte Melamori zu. Sie sah mich erstaunt an, und ich meinte: »Wir sollen die Spur von Warich Ariam finden.«

Melamori lachte erleichtert, und wir gingen nach oben.

»Da ist sie ja«, rief sie, kaum dass sie das Zimmer betreten hatte. »Dieser Ariam mag ein Großer Magister gewesen sein – ein großer Zauberer war er nie.«

»Nicht alle können wirklich gut sein«, meinte ich. »Dazu muss man eben Talent haben.«

»Was redest du denn da? In der Ordensepoche ist es oft so gewesen, dass ein Großer Magister sich plötzlich für ganz andere Sachen interessiert hat und die Macht darum inoffiziell auf einen Jüngeren Magister übergegangen ist. Den wiederum hat man allerdings nur selten ernst genommen.«

»Lass uns gehen, Unvergessliche«, sagte ich und führte die gesprächige Lady zur Treppe. »Wir sollten diesen Mann möglichst schnell finden. Danach spendiere ich dir im Namen unserer alten Freundschaft eine Tasse Kamra. Ich hoffe, du hast nichts dagegen.«

»Doch«, meinte Melamori lächelnd. »Ich hätte gern etwas Stärkeres.«

»Wird alles wunschgemäß erledigt, absolut alles.«

»Ich weiß – früher oder später.«

Ich zuckte zusammen. Melamori klang wie Machi Ainti, der alte Sheriff aus Kettari. Aber sie schüttelte nur ihre Mähne und lächelte, und wir gingen auf die Straße. Dort traf uns der kühle Wind vom Fluss Churon.

Wir fanden Warich Ariam im Wirtshaus *Gerb Iraschi*. Der Arme wollte sich gerade über ein exotisches Gericht hermachen, verlor bei unserer Ankunft aber den Appetit und bekam Herzschmerzen. Wenn Lady Melamori jemandem auf die Spur tritt, hat das ziemlich üble Folgen.

Der Mann musterte scheel meinen Todesmantel und tat, als sei seine Verhaftung das schlimmste Übel. Und das, obwohl seine Herzschmerzen sofort aufhörten, als Melamori seine Spur verließ. Wir fuhren den ehemaligen Magister ins Haus an der Brücke und übergaben ihn Sir Juffin.

»Ich habe dieser Lady versprochen, ihr ein schnell wirkendes Gift zu spendieren«, sagte ich zu. »Erlauben Sie mir das?«

»Natürlich«, meinte Juffin großzügig. »Aber bitte nur bis morgen. Und schlaf die Nacht über durch. Vielleicht gibt es morgen viel zu tun, vielleicht auch nicht. Auf alle Fälle musst du erholt sein. Ich brauche deine Geistesgegenwart und kann nichts mit einer Schlafmütze anfangen.«

»Habe ich Sie je enttäuscht? Selbst wenn mich Müdigkeit überkommt, reicht eine Mütze Büroschlaf, und ich bin wieder topfit.«

Ich wandte mich an Melamori. »Gehen wir?«

»Wir müssen nur noch entscheiden, wohin«, antwortete sie.

Wir verließen das Haus an der Brücke und blieben unentschieden an einer Kreuzung stehen, wo es viele Lokale zur Auswahl gab. Ausgerechnet jetzt meldete sich Melifaro per Stummer Rede.

»Was machst du gerade, Max?«

»Ich stehe mit Melamori auf der Straße der Kupfermünzen, wir überlegen, wohin wir etwas trinken gehen können.«

»Ihr Schmarotzer!«, rief Melifaro. »Na schön, richte unserer schönen Lady aus, dass unser exotischer Adonis mit seiner Pseudospinne durch die Stadt geistert. Er kann einem leidtun. Niemand außer unserer Verfolgungsmeisterin will seine Lieder hören. Außerdem beschütze ich ihn nicht mehr. Nicht mal Juffin kann ernstlich glauben, diesen Kerl könnte man beleidigen. Tja, eigentlich wollte ich dir vorschlagen, mir Gesellschaft zu leisten, aber du bist wohl beschäftigt.«

»Nein, nein, das lässt sich einrichten. Wo bist du?«

»In der Neustadt, nicht weit von deinem Haus. Der blonde Adonis ist gerade ins Wirtshaus *Armstrong und Ella* gegangen. Ich glaube, das ist ein ganz lustiges Lokal.«

»*Wie* heißt das Gasthaus?«, fragte ich erstaunt.

»Du hast richtig gehört – es heißt wie deine Katzen und wurde kurz nach Erscheinen der Reportage eröffnet, die der dicke Journalist über deine Tiere geschrieben hat. Ich dachte, du wüsstest davon.«

»Woher denn? Ich war über ein Jahr nicht in der Stadt. Aber ich muss dort unbedingt hin. Wo ist das?«

»In der Straße der vergessenen Träume 16. Kommt ihr also dorthin?«

»Da fragst du noch?«

Ich wandte mich an Melamori. »Melifaro erwartet uns im Wirtshaus *Armstrong und Ella* – kannst du dir das vorstellen?«

»Müssen wir dort wirklich hin? Melifaro schmollt mit mir. Deshalb dürfte es in seiner Gesellschaft schwierig werden, sich normal zu unterhalten.«

»Aber ich schmolle nicht mit dir! Reicht dir das nicht?«, fragte ich und kitzelte sie an der Nasenspitze. »Außerdem ist Melifaro dort nicht freiwillig, sondern beschützt deinen Schatz aus Arwaroch.«

»Ach!«, rief Melamori. »Das ändert alles. Aber ich setze mich ans Steuer.«

»Das musst du sogar. Du hast doch versprochen, mich überallhin zu fahren.«

Für jemanden, der über hundert Jahre geglaubt hatte, dreißig Meilen pro Stunde sei die Höchstgeschwindigkeit, fuhr Melamori sehr flott. Auf der Fahrt schwiegen wir wie nachdenkliche gute Freunde. »Alte Freundschaften haben frischen Leidenschaften gegenüber so ihre Vorteile«, hätte Juffin dazu sicher gesagt.

Wir fanden die Straße der vergessenen Träume schnell. Sie kreuzt die Straße der gelben Steine in der Nähe meines Hauses, doch erstaunlicherweise war ich dort noch nie gewesen.

»Hier gibt es tatsächlich ein Lokal namens *Armstrong und Ella*!«, rief Melamori. »Das ist echter Ruhm!«

»Da hast du Recht. Ich bin wirklich stolz.«

Als wir das Wirtshaus betraten, stürzte uns eine hoch gewachsene Lady im schwarzen Lochimantel entgegen. Ihre vielen glänzenden Löckchen ließen mich an einen Heiligenschein denken, und ihre dunklen Augen musterten mich aufmerksam. Ich gefiel dieser Frau, und sie warf sich mir geradezu an den Hals, was mich aus dem Takt brachte und beinahe hätte stürzen lassen. Immerhin gelang es mir, nicht aus der Haut zu fahren.

»Sie sind Sir Max«, sagte die Lady. Das war keine Frage, sondern eine Feststellung. Ich konnte sie nicht enttäuschen, sondern nickte nur und wartete, was da kommen würde.

»Es ist verrückt zu sehen, wie sehr die Frauen auf dich stehen«, lachte Melamori.

»So ist das eben«, antwortete ich stolz und sah mir die Unbekannte aufmerksam an, die sich an meinem Lochimantel festhielt. »Ist etwas Schlimmes passiert?«

»Kommen Sie bitte mit. Da drin gibt es Streit«, sagte sie und zeigte auf die Fenster des Wirtshauses. »Die Leute bringen sich gegenseitig um.«

»Was?«, rief ich und rannte zum Eingang. Melamori folgte mir. Wir öffneten die Wirtshaustür und blieben wie angewurzelt stehen. Sir Melifaro stand in Siegerpose auf dem Tisch, und Alotho Aliroch, der mit fremdem oder eigenem Blut beschmiert war, wischte sich das Schwert an seinem Lochimantel ab. Als er Melamori sah, bekam er gleich das Lächeln des Verliebten, vor dem auch die guten Gene aus Arwaroch nicht schützen können. Auf dem Boden lagen viele Tote, die aussahen wie Bewohner der Hauptstadt. Der prächtige Körperbau allerdings deutete eher darauf hin, dass sie aus Arwaroch stammten.

»Ihr hättet viel schneller hier sein können! Was habt ihr die ganze Zeit gemacht, Nachtantlitz? Dein berühmtes Gift hätten wir viel eher gebraucht, aber wie du siehst, sind wir mit der Situation auch ohne dich fertig geworden«, sagte Melifaro stolz. »Wir hätten hier eine Schlacht aus der Frühzeit der Epoche des Gesetzbuchs nachstellen können, aber dazu ist es jetzt zu spät.«

»Was ist passiert?«, fragte ich und setzte mich auf einen unbequemen Stuhl.

Melifaro sprang vom Tisch und setzte sich neben mich. Die Unbekannte ging hinter die Theke und füllte gleichmütig unsere Gläser. Jetzt erst begriff ich, dass sie die Wirtin war. Kurz darauf stellte sie uns ein Getränk auf den Tisch, das ich noch nicht kannte. Es roch nach Äpfeln und Honig, wärmte die Kehle aber angenehm.

»Vielen Dank«, sagte Melamori, die als Erste an ihre Kinderstube dachte.

»Nichts zu danken. Das ist mein Beruf«, meinte die Wirtin lächelnd und ging wieder hinter die Theke. Kurz darauf spürte ich ihren aufmerksamen Blick auf mir ruhen.

Alotho Aliroch verbeugte sich tief vor Melifaro. Ich war baff: Bisher hatte er diese Geste nur vor dem König gemacht.

»Ich bin Euch sehr dankbar«, sagte er stoßweise. »Wenn Ihr nicht gewesen wärt, wäre ich jetzt wahrscheinlich tot und könnte meine Mission nicht vollenden. Ihr seid ein großer Held und Schamane – nochmals vielen Dank.«

»Nichts zu danken. Das ist mein Beruf«, echote Melifaro lächelnd.

Die Wirtin des *Armstrong und Ella* grinste ein wenig, als sie das hörte.

»Was ist hier passiert?«, fragte ich.

»Nichts Besonderes«, sagte Melifaro achselzuckend. »Sir Alotho hat sich an einen Tisch gesetzt, und ich bin an der Theke geblieben, denn ich wollte nicht aufdringlich sein. Als die Tür aufging, dachte ich, ihr wärt es, doch dann sah ich all diese Männer reinkommen und mit den verschiedensten Waffen angeben. Einer hätte Alotho beinahe mit dem Babum getroffen, doch er konnte gerade noch ausweichen. Erst hatte ich ziemlich viel Angst, weil die Männer reichlich Krawall schlugen, doch dann sah ich, wie tapfer Alotho war.« Nun wandte Melifaro sich an ihn: »Wie viele habt Ihr eigentlich umgebracht?«

»Keine Ahnung. Ich hab nicht gerechnet, ich hab gekämpft.«

»Verstehe. Und nachdem Alotho einen der Ankömmlinge mit seiner falschen Spinne erledigt hatte – stell dir mal vor: Das Wesen, das er huckepack trägt, ist eine tödliche Waffe! –, beschloss ich, Kugelblitze in Umlauf zu bringen.«

»Diesen Trick kennst du also auch?«, fragte ich erstaunt.

»Ich bin nicht so unbegabt, wie du denkst«, sagte Melifaro lächelnd. »Na ja, eigentlich verlangt dieser Trick mir einiges ab, und danach hab ich immer Kopfschmerzen, und meine Stimmung ist nicht gerade rosig. Aber hier ist es anders, denn hier gibt es Asch – das beste Getränk im Vereinigten Königreich!«

»Mir gefällt es hier auch«, sagte ich und wandte mich an Alotho. »Das waren bestimmt Mudlachs Leute, was?«

»Das waren seine Diener«, bestätigte er. »Ich hab ihre Anwesenheit schon den ganzen Tag gespürt und gehofft, auch Mudlach würde aufkreuzen, aber nein. Nur ein ehrloser Mensch schickt seine Diener und ist zu feige, selbst aufzutauchen.«

»Bring ihn zu Juffin, Melamori«, sagte ich entschieden. »Erstens wird er sich über Neuigkeiten freuen, und zweitens kann er unseren Gast ein wenig verarzten. Ihre rechte Hand ist verletzt, Sir Alotho, stimmt's?«

»Allerdings.«

»Wie hast du das rausbekommen?«, fragte Melamori und sah mir tief in die Augen. »Er ist doch über und über mit Blut beschmiert. Da kann man doch nicht erkennen, wo er verletzt ist.«

»Als ich Alotho sah, begann meine rechte Hand zu schmerzen«, sagte ich und zuckte die Achseln. »So was nennt man Sympassion. Das kann passieren.«

»Du klopfst heute ja wieder Sprüche«, meinte Melifaro begeistert. »Kannst du vielleicht auch heilen?«

»Wahrscheinlich nicht«, sagte ich bescheiden. »Wenn es ums Töten geht, bin ich allzeit bereit, aber wenn ich der Gesellschaft nützlich sein soll, klappt es leider selten.«

»Das stimmt nicht«, widersprach Alotho plötzlich. »Es macht Euch keine Freude zu töten. Und wenn Ihr mich anschaut, verschwindet mein Schmerz sofort.«

»Wirklich? Das ist mir neu. Andererseits kann ich Euch nicht ewig anstarren. Und Sir Juffin heilt alle Wunden sehr effektiv. Das kann ich bezeugen.«

»Alotho, wir fahren«, sprang Melamori mir bei. »Max hat Recht: Wir müssen uns beeilen.«

»Du hättest dich wenigstens dafür bedanken können, dass ich dieses Weltwunder gerettet habe«, rief Melifaro ihr nach und wandte sich dann an die Wirtin. »Jetzt, meine

Liebe, möchte ich etwas trinken. Also lass uns von deinen wunderbaren Vorräten kosten.«

»All meine Getränke möchtest du probieren? Willst du auf der Stelle umkippen, mein Held?«, fragte sie und lächelte freundlich. »Das solltest du besser nicht. Auch ohne dich liegen hier Tote genug.«

»Das hab ich auch nicht vor«, sagte Melifaro pikiert. »Ich will nur etwas trinken, denn ich fühle mich furchtbar.«

»Das kommt vor, verschwindet aber wieder. Sonst wäre unser Leben unerträglich«, sagte die Wirtin und stellte einen Krug auf die Theke. »Setzt euch bitte hierher, meine Herren. Ich fürchte zwar, mein Gesicht ist nicht das schönste im Weltall, aber es ist hübsch genug, um es zu ertragen.«

Als ich merkte, dass die schwarzhaarige Lady mich schon wieder aufmerksam musterte, wurde mir angenehm schwindelig.

Ich wechselte schnell vom Tisch an die Theke. Melifaro tat es mir seufzend nach. Wir bekamen jeder ein neues Glas. Die Wirtin setzte sich uns gegenüber, dachte einen Moment nach und schenkte sich dann auch einen Schluck ein.

»Eigentlich wollte ich bloß etwas Kamra trinken«, sagte ich. »Und eine Kleinigkeit essen.«

»Meine Kamra ist die beste der Stadt. Das werden Sie gleich merken«, sagte die Wirtin und stellte einen Topf auf den Herd. »Aber mit dem Essen sieht es düster aus, denn ich habe keinen Koch. Ich finde es langweilig, Leute zu füttern. Zu mir soll kommen, wer trinken, rauchen und plaudern will.«

»Das ist toll!«, rief ich entzückt. »Wo ich früher gelebt habe, gibt es ähnliche Lokale. Sie heißen Bistros. Aber dort kann man wenigstens ein Sandwich bekommen.«

»Bistro ist ein lustiges Wort, doch bei mir gibt es nicht mal Butterbrote.«

»Dann muss ich eben verhungern«, seufzte ich. »Nicht so schlimm. Die Welt wird nur etwas langweiliger sein, wenn ich nicht mehr da bin.«

»Um die Welt vor diesem Verlust zu bewahren, trete ich Ihnen die Hälfte meines Abendessens ab, und zwar sofort.«

Sie stand auf und ging in einen kleinen Raum.

Melifaro sah mich finster an. »Unter uns gesagt: Ich will auch etwas essen. Hast du vergessen, dass der *Gefräßige Truthahn* nur ein paar Schritte von hier entfernt ist? Wir hätten dorthin gehen sollen, statt dieser Frau die letzten Krümel wegzufuttern. Sie ist ohnehin mager genug.«

»Ich gehe nirgendwohin«, sagte ich frech. »Diese Frau ist nicht mager, sondern schlank. Du bist eben kein Frauenkenner.«

»Na schön«, sagte Melifaro beleidigt. »Dann muss ich eben auf leeren Magen trinken. Du wirst sehen, was du davon hast.«

»Ich gebe dir ein paar Happen ab. Ehrenwort.«

»Wie ich dich kenne, darf ich zweimal beißen«, maulte Melifaro. Langsam war er wieder in seiner guten alten Form. »Sündige Magister, was bin ich für ein Dummkopf!«, rief er dann. »Ich hätte warten sollen, bis die Angreifer den Adonis aus Arwaroch fertiggemacht haben, und erst danach mit meinen Kugelblitzen einschreiten sollen. Dann hätte ich jetzt ein Problem weniger.«

Ich sah ihn fragend an. Bisher war ich überzeugt gewesen, seine Bemühungen um Lady Melamori seien nur Zeitvertreib. Ich war offenbar kein guter Psychologe.

»Ist es so schlimm?«, fragte ich mitfühlend.

»Noch schlimmer, aber ich will nicht darüber reden. In der Rolle des verschmähten Liebhabers fühle ich mich nicht wohl. Sie steht mir einfach nicht.«

»Aber als unbesiegbarer Held bist du großartig«, tröstete ich ihn. »Ich beneide dich richtig. Und jetzt nimm einen kräftigen Schluck und vergiss die ganze Geschichte.«

Melifaro lächelte stolz und tat, wie geheißen.

Die dunkeläugige Wirtin des *Armstrong und Ella* kehrte mit einem ziemlich großen Päckchen und einem Krug zurück.

»Hier drin hab ich nicht nur Abendessen, sondern auch Mittagessen für Sie«, rief sie freundlich. »Und hier im Krug ist Asch, Sir Max. Wenn Sie sagen, es schmeckt Ihnen nicht, bin ich beleidigt und nehme Ihnen das Essen wieder weg.«

»Bis dahin haben wir es längst verdrückt«, rief Melifaro und packte ein Sandwich aus.

»Entschuldigen Sie meine Neugier«, sagte ich zu unserer Retterin, »aber finden Sie nicht, dass wir Ihren Namen erfahren dürften, wenn Sie uns schon mit Essen versorgen?«

»Ich heiße Techi Scheck. Ich dachte, Sie wüssten alles über mich, Sir Max.«

»Fast alles«, sagte ich lächelnd. »Mir fehlen nur noch die Namen Ihrer Eltern, Ihre Adresse und Ihr Geburtsdatum, aber für so was haben wir ja Buriwuche. Es freut mich sehr, dass Sie keine Angst vor meinem Todesmantel haben, Lady Techi. Langsam fühle ich mich bei Ihnen wie ein Normalbürger.«

»Das wirst du nie sein«, mischte sich Melifaro ein. »Du bist und bleibst ein blutgieriger Sonderling und wirst nie und nimmer ein Mensch.«

»Du hast schon zweimal abgebissen«, meinte ich beckmesserisch. »Lass mich auch mal probieren.«

»Warum sollte ich Ihnen gegenüber scheu sein?«, fragte die Wirtin erstaunt. »Seit ich mein Gasthaus aufgemacht habe, warte ich darauf, dass Sie kommen. Das Lokal ist immerhin nach Ihren Tieren benannt.« Sie zog eine kleine Pfeife aus der Tasche ihres Mantels und stopfte sie. »Und was Ihren bekannten Todesmantel anlangt, Sir Max – wissen Sie, ich habe keine Angst vor dem Tod. Das ist familiär bedingt.«

»Sind etwa alle in Ihrer Familie Helden gewesen?«, fragte ich erstaunt.

»Ach was«, sagte sie mit wegwerfender Handbewegung und nahm einen tiefen Zug aus der Pfeife. »Aber alle Mitglieder meiner Familie sind tot und treten nur noch als Gespenster auf. Ich fürchte, auch mich wird dieses Schicksal ereilen. Ab und an sehe ich meine verstorbenen Brüder und kann Ihnen versichern, dass ihr Leben nach dem Tod interessanter ist als das Leben davor. Obwohl meine Brüder nie über Langeweile geklagt haben!«

»Toll!«, rief ich. »Sie haben wirklich Glück, Lady Techi. Für Sie ist schon klar, dass Sie nach dem Tod weiterleben.«

»Ja«, sagte sie und nickte nachdenklich. »Was das angeht, kann ich mich nicht beklagen.«

»So was wünsche ich mir auch«, mischte Melifaro sich ein.

Ich merkte, dass er den ganzen Krug geleert hatte.

»Dafür hättest du ein Sohn meines Vaters sein müssen«, meinte Lady Techi achselzuckend. »Anders geht es nicht.«

»Wirklich?«, seufzte Melifaro. »Das wird schwierig. Ich muss also am Leben bleiben – je länger, desto besser.«

»Eine gute Entscheidung«, meinte Lady Techi nickend.

Ich sah sie erstaunt an. Sie war wirklich schlagfertig, doch im Tiefsten meines Herzens spürte ich, dass mir an ihr nicht nur die Schlagfertigkeit gefiel.

Endlich tauchte die Stadtpolizei unter Leitung des uns schon bekannten Tschekta Schach auf. Er begrüßte uns freundlich und musterte Lady Techi flüchtig. Offenbar gefiel sie ihm nicht, denn er wandte sich rasch ab und brüllte seine Untergebenen an. Die Polizisten schafften die Leichen – allesamt Diener des so grässlichen wie unauffindbaren Mudlach – schnell aus dem Lokal.

»Schichola war lustiger«, seufzte Melifaro. »Schade, dass er kein Gespenst geworden ist. Es wäre nett, ihn mitunter zu treffen.«

»Ja, das wäre hübsch. Sein Tod war eine dumme Sache«, sagte ich.

»Der Tod ist nie dumm. Er kommt stets zur rechten Zeit«, widersprach Lady Techi.

»Es ist genau umgekehrt. Das können Sie einem Experten wie mir ruhig glauben«, entgegnete ich.

»Wir haben beide Recht«, meinte sie vermittelnd. »In diesem Bereich gibt es keine absolute Wahrheit.«

»Ihr philosophiert euch ganz schön was zusammen. Da kann man ja vom Zuhören verrückt werden«, sagte Melifaro lächelnd. »Techi, der Krug ist leer. Darf ich um Nachschub bitten?«

»Ich hätte nie gedacht, dass du so ein Faible für Heißgetränke hast«, bemerkte ich erstaunt.

»Stell dir vor: Das wusste ich auch noch nicht. Aber dieses Asch ist wirklich ein ganz wunderbares Gesöff.« Ohne seinen Redefluss zu unterbrechen, griff er nach dem zweiten Krug, den Lady Techi ihm hinhielt. »Zum Teufel mit der Stadt Arwaroch und allen, die von dort gekommen sind. Warum muss ausgerechnet ich auf diesen Adonis aufpassen? Vielleicht sollte ich den königlichen Dienst quittieren und zu Antschifa gehen. Wenn ich ihn richtig verstanden habe, sind er und seine Piraten für diese glotzäugigen Schönlinge gefährlich.«

»Alotho verschwindet sicher irgendwann«, sagte ich beschwichtigend. »Früher oder später jedenfalls.«

»Eben, früher oder später«, wiederholte Melifaro gereizt, trank sein Glas auf einen Zug leer und stellte es so unvorsichtig auf den Tisch, dass es umkippte und auf dem Boden zerschellte. Lady Techi lächelte.

»Du bist ja ein richtiger Rowdy, Melifaro. Ich hab noch nie ein Glas in so viele Stücke zerspringen sehen.«

»Wenn du willst, bring ich dir bei, wie das geht«, meinte er großzügig und nahm mein volles Glas.

Erstaunt beobachtete ich meinen Freund. Das Leben steckt voller Überraschungen.

»Willst du noch nicht schlafen gehen?«, fragte ich dann. »Es ist höchste Zeit für dich.«

»Eigentlich schon«, sagte er ehrlich. »Manchmal möchte ich meine Umgebung zum Lachen bringen, schlafe aber stattdessen ein – peinlich, peinlich.«

»Na ja, so weit ist es ja noch nicht«, tröstete ich ihn. »Komm, ich fahr dich zu mir nach Hause. Ich glaube, die Gesellschaft von Rulen Bagdasys wäre jetzt Gift für dich.«

»Kommt gar nicht in Frage. Ich will in mein Bett«, rief Melifaro hartnäckig. »Rulen kann ja wieder in den Stadtteil Rendezvous gehen und dort ein paar blaue Flecke kassieren.«

»Also gut, fahren wir zu dir«, sagte ich gelassen.

Wenn Melifaro unbedingt bei sich schlafen wollte, würde ich ihn sicher nicht daran hindern. Ich sah Lady Techi an, doch sie stopfte nur gedankenverloren ihre Pfeife. Ihre Miene schien weniger freudig, als man es bei einer Wirtin hätte erwarten können, die einen schwierigen Gast loswurde.

»Wollen Sie Ihr Lokal schon schließen?«, fragte ich unverbindlich.

»Ich weiß noch nicht. Warum?«

»Es gefällt mir bei Ihnen, und Ihre Getränke schmecken mir ausgezeichnet. Vielleicht bringe ich diesen Helden nach Hause und komme dann zurück. Darf ich?«

»Natürlich. Machen Sie das nur«, sagte sie lächelnd. »Ich könnte Ihnen auch bei der Konkurrenz ein Abendbrot bestellen.«

»Tolle Idee! In einem Wirtshaus zu sitzen und das Essen aus einem anderen Wirtshaus kommen zu lassen, hab ich noch nie gemacht.«

Diesmal beeilte ich mich wirklich, ignorierte jeden Begriff von Höchstgeschwindigkeit und wünschte mir so ein Höllentempo, dass wir tatsächlich binnen vier Minuten in der Straße der dunklen Wolken waren.

Melifaro schlief wie ein Stein auf der Rückbank meines Wagens. Ich versuchte vergeblich, ihn wachzurütteln, und seufzte tief. Tragen konnte ich unseren hoch gewachsenen Helden unmöglich. Das Schleppen schwerer Gegenstände gehört ganz und gar nicht zu meinen Stärken. Ohne Zeit zu verlieren, wiederholte ich einen Zaubertrick, den ich schon mehrfach angewandt hatte, und nach einer Sekunde befand sich Melifaro zwischen Daumen und Zeigefinger meiner linken Hand. »Da wartet eine so nette Lady auf mich, und ich muss mich mit dir quälen«, meinte ich genervt, nahm aber stark an, dass Melifaro meine Worte nicht hörte.

Im Wohnzimmer erwartete mich erneut ein seltsamer Anblick. Außer Rulen Bagdasys saßen dort drei Herren. Weil sie die gleiche Mütze trugen wie Rulen, nahm ich stark an, dass auch sie aus Isamon stammten.

Im Zimmer herrschte heillose Unordnung, und auf dem Tisch lagen alle möglichen Essensreste. Ich hatte immer gedacht, man brauche eine ganze Partygesellschaft, um so ein Chaos zu veranstalten.

»Na, erholt ihr euch schön?«, fragte ich gereizt.

Die Männer sahen mich ungerührt an. Mein Todesmantel beeindruckte sie nicht besonders – vermutlich, weil ich keine schicke Mütze trug.

»Habt ihr euer Hirn aufgefressen?«, pöbelte Rulen seine Gäste an. »Dieser Mann stammt aus adliger Familie und steht dem Königshof nahe.«

»Ich rate euch dringend, hier aufzuräumen und nach Hause zu gehen«, sagte ich und versuchte, möglichst grausam und streng zu klingen, doch das gelang mir nicht recht. »Der Hausherr schläft noch, aber er kann jeden Moment erwachen. Er ist nicht besonders gut gelaunt und empfängt selten Gäste – also …«

»*Du* kapierst wohl auch nicht, wen du vor dir hast?«, pöbelte Rulen nun mich an. »Das sind die Herren Zizerinek, Machlasufis und Michusiris. Na, fällt der Groschen noch immer nicht? Das sind die Titanen!«

»Für so was hab ich keine Zeit«, antwortete ich kühl und ging zur Treppe. »Aber denk daran: Wenn Melifaro aufwacht und es hier noch immer so aussieht, wird es böse enden. Ich glaube nicht, dass eure Mützen das überleben.«

Ich war der Auseinandersetzung mit der Plebs aus Isamon herzlich müde und ging ins Schlafzimmer. Dort beugte ich mich über Melifaros Bett, schüttelte ihn aus meiner Hand und legte ihn in die Federn.

»Du darfst mich nicht auf den Boden werfen«, rief er ärgerlich im Schlaf.

»Ich pass schon auf. Schlaf schön, mein Held.«

Er hatte mich wohl nicht gehört, denn er rollte sich zusammen und schlummerte weiter. Ich breitete eine Wolldecke über ihn, schüttelte den Kopf und ging wieder nach unten.

Im Wohnzimmer thronten weiterhin die Männer aus Isamon und sahen mich so ängstlich wie aufdringlich an. Erst wollte ich sie darüber belehren, wie wichtig es ist, fremde Tische sauber zu halten, winkte dann aber ab. Melifaro ist kein Kind mehr – soll er sich doch mit ihnen auseinandersetzen, dachte ich. Schließlich hab ich Wichtigeres und Angenehmeres zu tun.

Ich jagte mit dem A-Mobil durchs nächtliche Echo und staunte über mich selbst. Wer war diese unglaubliche, dunkeläugige Lady mit den kurzen hellen Locken eigentlich? Was für eine seltsame Haarfarbe sie hatte! Und eine aristokratische Nase und angenehm sanft geschwungene Lippen. Mir war fast, als hätte ich mir diese Frau als ideale Verkörperung meines Geschmacks ausgedacht.

Das Leben ist immer für Überraschungen gut. Lady Melamori schwärmte den Adonis aus Arwaroch an, und ich raste durch die Stadt, um mich mit einer Frau zu treffen, die ich womöglich nur halluziniert hatte. Wir waren beide verrückt. Nur Melifaro blieb vernünftig: Zuerst hatte er sich ausgetobt, und jetzt schlummerte er friedlich.

Aber Lady Techi war natürlich keine Halluzination. Sie saß vor einem vollen Tablett aus dem *Gefräßigen Truthahn* und drehte nervös ihre Pfeife in den Händen. Sie wartete auf mich. Auf mich! Wahnsinn!

»Freuen Sie sich, mich wiederzusehen?«, fragte ich.

»Aber ja. Und jetzt müssen Sie unbedingt etwas essen. Ich hab keinen Hunger, wenn ich im Stress bin. Der ganze Abend liegt noch vor uns.«

Sie plapperte los, als würden wir uns seit Jahren kennen, doch ihr Blick sprach eine andere Sprache. Er war vorsichtig, aufmerksam und eigenartig traurig.

Ich hatte große Lust, ihre Hand zu halten, hielt mich aber zuerst ans Essen. Verflixt! Immer wenn ich das Gefühl hatte, mich von meiner Schüchternheit befreit zu haben, tauchte sie verstärkt wieder auf.

»Warum sind Sie eigentlich zurückgekehrt?«, fragte Lady Techi mich plötzlich. »Gefällt es Ihnen bei mir so gut?«

»Gefallen ist ein viel zu schwaches Wort. Schade nur, dass die Polizisten die Leichen fortgeschafft haben. Die gaben dem Lokal so einen angenehmen Gruseleffekt.«

Lady Techi lächelte schief, strich ihren Pony zurecht, beugte sich vor und senkte den Kopf. Ich war sicher, dass sie meine Gesellschaft schätzte, doch sie saß wie auf glühenden Kohlen. Vorsichtig suchte ich nach einem Gesprächsthema.

»Erzählen Sie mir etwas über Ihre Familie. Sie haben doch sicher nicht gescherzt, als Sie sagten, dass Ihre toten Brüder als Gespenster umgehen.«

»Ganz und gar nicht. Sie leben wirklich nicht mehr und sind eines gewaltsamen Todes gestorben. Sie existieren aber noch immer, haben allerdings keinen Körper. Mitunter treffe ich sie im Schloss unserer Familie. Eigentlich würde ich gern dorthin ziehen, aber ich kann meine Brüder nicht längere Zeit ertragen. Menschen sollen unter Menschen leben, stimmt's? Mir gefällt das Dasein meiner Brüder. Sie sind so leicht und frei. Davon können wir Normalbürger nur träumen. Sie ziehen so problemlos durch verschiedene Welten wie Sie und ich durch die Straßen von Echo. Das ist nur ein kleiner Teil dessen, womit sie sich unterhalten. Der Rest übersteigt meinen Verstand.«

Lady Techi beschrieb die Vorteile des Lebens nach dem Tode so begeistert, dass ich am liebsten selbst ein Gespenst geworden wäre, doch ich bemühte mich, diesen Gedanken im Keim zu ersticken, denn Sir Machi Ainti – der ehemalige Sheriff von Kettari – hatte mal gesagt, all meine Wünsche würden sich erfüllen, manche allerdings später als andere. Ich hatte genug Zeit gehabt, um festzustellen, dass er Recht hatte.

Während ich noch grübelte, stand Lady Techi auf, ging zur Theke und kehrte mit zwei Gläsern zurück.

»Wir sollten uns endlich duzen«, schlug sie vor. »Dieses Siezen reicht Ihnen doch sicher auch allmählich, oder?«

»Stimmt.«

Ich hatte zwar keine große Lust, noch was zu trinken, wollte sie aber gerne duzen und mich nicht blamieren.

»Ihre Abneigung gegen Konventionen gefällt mir«, sagte Lady Techi lächelnd und hob ihr Glas. »Auf dich, Max.«

»Auf dich, Techi«, gab ich fröhlich zurück.

»Du musst alles austrinken. Es schmeckt gut und ist nicht stark – Ehrenwort.«

Ich tat, wie geheißen. Der Drink roch nach exotischen Blumen und Waldgräsern und war wirklich nicht stark. Mein Puls verdoppelte sich, und ich vergaß zu atmen. Kein Wunder, denn mir gegenüber saß die herrlichste Frau des Universums, und ich Dummkopf war noch immer nicht vor ihr auf die Knie gesunken.

Ich stellte mein leeres Glas auf den Tisch. Mein Kopf brummte, und der Körper von Lady Techi schien mir so groß wie die Welt. Mein Herz hörte auf zu schlagen, und ich spürte einen süßen Schmerz in der Brust.

Ringsum herrschte Dunkelheit. Das musste der Tod sein, vor dem ich mich immer gefürchtet hatte. Doch ich hatte keine Angst vor ihm, sondern spürte nur den Schmerz. Es war eine unbeschreibliche Qual – als ob mich jemand in viele Teile zerlegen und mein Herz durch den Fleischwolf drehen würde.

Im letzten Moment kam ich wieder zu Bewusstsein. Ich wollte auf keinen Fall sterben. Ich hatte so wunderbare

Pläne für den Abend, die nächsten Tage und überhaupt die Zukunft.

Neben mir kniete die erschrockene und panische Techi. Ich wusste, dass Menschen in Stresssituationen verkrampfen und oft ratlos sind. Für mich war jetzt jede Sekunde kostbar.

»Ruf sofort Sir Juffin«, flüsterte ich. »Sag ihm, ich sei tot. Er …«

Erneut stürzten Dunkelheit und Schmerz auf mich ein, und ich leistete keinen Widerstand. Ich weiß nicht mehr, was dann geschah, und das ist auch besser so.

Endlich kam ich wieder zu Bewusstsein, war aber so erstaunt, dass ich fast erneut ohnmächtig wurde. Die Auferstehung ist per se ein seltsames Ereignis. Obendrein mit einer fast fremden Frau im Bett zu landen macht die Sache nicht leichter.

»Du lebst«, flüsterte Lady Techi und wirkte deutlich entspannter als zuvor.

»Ist das schlimm?«, fragte ich. »Magst du keine lebenden Männer? Weißt du, manchmal rede ich im Schlaf, aber ich hätte nie gedacht, dass ich auch beim Sterben reden würde. Ich war doch tot, oder?«

Sie lachte unter Tränen.

»Jetzt jedenfalls bist du zum Glück alles andere als tot. Sir Juffin ist auf der Suche nach deinem zweiten Herzen, weil … Ach, Erklärungen spielen jetzt sowieso keine Rolle.«

So war es tatsächlich, denn nun beugte sie ihr hübsches Gesicht wieder über mich.

»Jetzt wirst du sicher nicht sterben«, flüsterte sie mir nach ein paar Minuten zu.

Zum Glück ging sie nicht weg, sondern blieb neben mir liegen und kuschelte sich an meine Schulter.

Ich sah mich ein wenig um und merkte erschrocken, dass im Sessel am Fenster Sir Juffin saß. Das orangefarbene Licht der Straßenlaterne beleuchtete sanft sein Gesicht. Ich hatte den Eindruck, dass er uns aufmerksam betrachtete, und zog die Bettdecke bis zum Kinn hoch. Ein paar Sekunden blieb ich wie erstarrt liegen, doch dann schwanden meine Hemmungen.

»Wir sind zwar wirklich gut befreundet und haben keine Geheimnisse voreinander, aber das geht wirklich zu weit. Warum starren Sie mich denn so an? Verhalte ich mich seltsam?«

Juffin reagierte gar nicht auf meine Tirade, und ich wusste überhaupt nicht mehr, was los war.

»Er schläft, Max«, erklärte mir Techi. Sie hatte noch immer Tränen auf den Wangen, lächelte aber sanft. »Er schläft mit offenen Augen. Das passiert manchmal. Er sucht nach deinem zweiten Herzen.«

»Kannst du mir sagen, was eigentlich los war?«, fragte ich. »Mögen die Magister wissen, wo Juffin sich herumtreibt. Ich verstehe absolut nicht, worum es geht.«

Techi musste sich schwer zusammenreißen, um ihr Lachen zu unterdrücken.

»Du stellst vielleicht Fragen! Du bist weiß wie eine Kalkwand geworden und auf den Boden gestürzt und hast mir befohlen, Sir Juffin zu rufen. Aber ehe ich ihn per Stummer Rede erreicht hatte, war er schon da – ich weiß nicht, wie. Er hat dich in den Arm und mich an die Hand genommen und uns hierher ins Schlafzimmer geführt. Max, ich erinnere mich nicht gut daran, was passiert ist. Ich wäre fast verrückt geworden, als ich dich bleich auf dem Boden liegen sah. Und dann dieser Juffin: Unter seinem Blick wäre ich fast selbst gestorben.«

Lady Techi rümpfte die Nase ein wenig, und ich strich ihr durchs Haar.

»Aber jetzt ist alles in Ordnung, stimmt's, meine Liebe? Erzähl weiter.«

»Juffin hat gesagt, er geht deinen Schatten suchen, um ein zweites Herz für dich zu besorgen. Dann hat er mir eingeschärft, auf dich aufzupassen, hat sich in den Sessel gesetzt und ist erstarrt. Den Schatten kann man nur im Schlaf finden, und das versucht er gerade. Er hat mir ausdrücklich befohlen zu beenden, was ich mit dir begonnen habe.«

»Was hat er damit gemeint? Ich versteh das nicht.«

»Das wird er dir selbst erzählen«, meinte Techi mürrisch.

Mir gefiel das ganz und gar nicht. Dennoch streichelte ich ihre Schulter und sagte: »Wer weiß – vielleicht muss ich dich noch vor Juffin schützen.«

Techi schlang die Arme um die Knie und sagte, ohne mich anzusehen: »Ich habe dich vergiftet.«

»Findest du mich so widerlich? Oder war es aus Rache?«

»Aber nein, Max, es war ein Versehen! Ich wusste nicht, dass dieses Getränk so auf dich wirkt.«

»Welches Getränk denn?«, rief ich und verlor langsam die Beherrschung. »Sag mir endlich alles, sonst sterbe ich vor Neugier, und nichts kann mir helfen.«

»Na ja«, meinte Techi und sah mich finster an. »Ich wollte dich einfach behexen.«

»Aber warum? Ich hab den ganzen Abend sowieso nur an dich gedacht. Willst du behaupten, du hättest das nicht gemerkt? Das wäre sicher gelogen. Meine Kollegen sagen, meine Gefühle stünden mir ins Gesicht geschrieben.«

»Wirklich?«, fragte Techi baff. »Du hast zwar durchaus wie jemand gewirkt, der begeistert von mir ist, aber ich wäre nie darauf gekommen, dass du dich ernsthaft um mich bemühen würdest. Um jemanden mit meinem Gesicht!«

»Ich finde dein Gesicht wunderbar.«

Lady Techi wirkte verlegen und suchte nach ihrer Skaba.

Nun lachte ich, doch das war für meinen Körper offenbar zu viel, denn gleich ging es mir wieder schlechter, und ich konnte keinen Laut mehr hervorbringen. Wieder griff die Dunkelheit nach mir, und ich spürte erneut den süßen Schmerz in der Brust. Ich schloss die Augen und wusste, dass ich keinen Widerstand leisten sollte.

Dann hatte ich das Gefühl, jemand habe in meinem Körper den Schalter umgelegt und meine Kraft kehre zurück. Ich öffnete die Augen, stützte mich auf den Ellbogen und sah mich um. Ich wusste, dass die Welt sich verändert hatte, konnte aber nicht sagen, inwiefern.

Techi saß neben mir und hielt meine Hand. Wahrscheinlich war sie drauf und dran, meinen Tod zu beweinen. Ich musste sie unbedingt beruhigen.

»Es geht mir prima, meine Liebe, glaub mir.«

»Erst hast du eine schutzlose Frau und einen erfahrenen Zauberer erschreckt, und nun sagst du so was. Dabei hast du inzwischen sogar ein zweites Herz. Mir war zwar klar, dass du gierig sein kannst, aber das ist wirklich übertrieben«, meldete sich mein Chef zu Wort.

»Juffin, können Sie mir vielleicht erklären, was mit mir los war? Was hat es mit diesem zweiten Herzen auf sich, das Sie von meinem Schatten bekommen haben?«

»Du bist gestorben, Max – das war los. Und ich hab bei deinem Schatten dein zweites Herz besorgt. Keine Sorge: Er wird auch ohne Herz gut funktionieren. Ich hoffe, diese Frau hat dir inzwischen all ihre Sünden brav gebeichtet.«

Ich nickte, lächelte breit und wandte mich an Techi. Sie wirkte zwar nervös, doch Juffins Worte hatten sie sichtlich entspannt. Sanft nahm ich ihre Hand und hoffte, das würde ihr helfen.

»Du bist ja stolz wie ein Truthahn auf dem Bauernmarkt. Wie ich sehe, bist du nun ein Held, Liebhaber und Eroberer der Herzen. Außerdem hat sich gezeigt, dass dieses Getränk auf dich wie Gift wirkt.«

»Na ja, zum Glück bin ich kein Casanova wie Melifaro. Der würde in jedem Wirtshaus doppelt so viel Asch bekommen wie ich.«

»Alles halb so schlimm. So viel Aufmerksamkeit droht dir bei deinem Beruf jedenfalls nicht«, meinte Juffin. »Nur die Tochter von Lojso Pondochwa konnte die Augen vor dem Todesmantel verschließen.«

»Was? Ist sie wirklich die Tochter von Lojso, dem Großen Magister des Ordens der Wasserkrähe, von dem ich schon so viel gehört habe?«, fragte ich und sah Lady Techi verwirrt an. »Das ist offenbar einer der interessantesten Tage meines Lebens.«

Dann erinnerte ich mich an etwas, zog ein finsteres Gesicht und fragte vorsichtig: »Juffin, Techi – seid ihr nicht Erbfeinde? Haben Sie nicht Techis Vater umgebracht, Juffin?«

»Mein Vater war ein Abenteurer, aber ich habe ihn zum Glück nur ein paar Mal im Leben gesehen«, warf Techi gereizt ein. »Außerdem hat mir Juffin in der Traurigen Zeit das Leben gerettet, denn er hat den Befehl des ängstlichen Nuflin ignoriert, auf alle Kinder Lojso Pondochwas Jagd zu machen.«

»Ich hielt das einfach nicht für zweckmäßig«, pflichtete Juffin ihr bei. »Außerdem hatte ich wichtigere Dinge zu tun, als unschuldige Mädchen zu jagen. Und ein paar Tage später hat Seine Hoheit Gurig VII. ein Gesetz erlassen, das alle Mitglieder der Familie Pondochwa für unantastbar erklärte. Nuflin war darüber zwar empört, konnte aber schlecht gegen den König vorgehen. Deshalb ist unser Verhältnis tadellos, nicht wahr, Lady Scheck?«

Sie nickte traurig.

»Bist du nun zufrieden, mein Herz?«, fragte mich Juffin. »Oder sollen wir uns vor deinen Augen noch ein Bussi geben, damit du uns glaubst?«

»Das lieber nicht«, sagte ich finster. »Sündige Magister, ihr habt wirklich alle eine ungemein dunkle Vergangenheit.«

»Kann schon sein«, meinte Juffin leichthin. »Sag mir lieber, was wir mit dieser Lady anfangen sollen. Wir könnten sie ins Cholomi-Gefängnis werfen. Schließlich hätte sie fast einen königlichen Beamten getötet, wie sie gerade zugegeben hat. Ich hätte euch eigentlich ungestört lassen können, denn sie hat dich auch ohne meine Hilfe wunderbar belebt.«

»Wie hat sie das geschafft?«

»Das wüsste ich selber gern. Ich hab mal gehört, einem Vergifteten könne nichts Besseres passieren, als in den Armen dessen zu landen, der ihn vergiftet hat. Diese Arme sind gewissermaßen das beste Antidot. Diese Regel bezieht sich auf Pflanzen und ist natürlich nur im übertragenen Sinne gemeint, aber heute hab ich festgestellt, dass sie wirklich gültig ist, denn bei der Rückkehr von deinem Schatten hab ich gesehen, dass du wohlauf bist. Allerdings hatte ich da schon dein zweites Herz besorgt und konnte es nicht mehr zurückgeben. Darum hast du jetzt gewissermaßen ein Doppelherz.«

»Was ist das für ein Schatten? Wo haben Sie ihn her?«

»Wie soll ich sagen … Ich hab ihn quasi im Traum gefunden … Doch eigentlich glaube ich nicht, dass das die richtige Beschreibung ist. Eigentlich weiß niemand genau, worum es sich bei diesem Schatten handelt, aber eins ist gewiss: Jeder Mensch hat seinen Schatten, und deiner hat sich prima versteckt. Ich hatte Mühe, ihn aufzutreiben. Dieser Schatten hat alles, was sein Besitzer hat, also auch ein Herz. Anders als wir kommt der Schatten aber auch ohne seine Körperteile über die Runden. Verstehst du meine Erklärungen überhaupt, oder mühe ich mich hier ganz vergeblich?«

»Ich verstehe zwar kein Wort von dem, was Sie sagen, aber vergeblich bemühen Sie sich nicht. Ihre Stimme wirkt ungemein beruhigend. Doch wie soll ich mit den beiden Herzen leben?«

»Wie bisher, nur etwas besser«, sagte Juffin lächelnd. »Du wirst schon irgendwann merken, wie viel Glück du hast.«

»Ich bin eben ein Glückspilz und du nicht«, sagte ich und wandte mich an Techi.

»Warum das denn?«, fragte sie erschrocken.

»Ich schimpfe im Schlaf, spucke Gift, arbeite nachts und esse Unmengen. Außerdem bin ich der König eines seltsamen Landes. Merkst du jetzt, mit wem du es zu tun hast?«

Techi lächelte. »Meine Mutter hat immer gesagt, ich würde böse enden. Warte mal, Max – woher weißt du eigentlich, dass ich mich so für dich interessiere?«

»Na ja, du hast mich vergiftet, und jetzt musst du die Konsequenzen tragen. Ich erwarte mindestens sechshundert Jahre Intensivpflege. Stimmt's, Sir Juffin?«

»Wenn du es sagst, wird es schon stimmen«, gähnte mein Chef. »Und jetzt reiß dich zusammen – ich erwarte dich morgen Mittag.«

»Ich komme bei Sonnenuntergang«, erklärte ich fest. »Mein Tod ist ein guter Grund, mich etwas zu verspäten.«

Ich pochte mir zweimal mit dem rechten Zeigefinger an die Nasenspitze. Diese klassische Geste aus Kettari besagt: Zwei vernünftige Menschen können sich immer verständigen.

Juffin war nun butterweich: »Du bist ja ein Faulpelz! Na gut, komm bei Sonnenuntergang. Und jetzt genieß dein Leben – es ist bekanntlich kurz. Ich gehe schlafen, denn *ich* kann mich bei niemandem entschuldigen, wenn ich zu spät komme.«

»Doch, sagen Sie es mir. Ich hab jede Menge Verständnis.«

»Gut«, sagte Juffin, sah gereizt zur Decke und wandte sich an Lady Techi. »Ich hoffe, Sie bald unter günstigeren Umständen wiederzusehen. Und verzeihen Sie, wenn ich Sie erschreckt haben sollte.«

»Eigentlich hat er mich mehr erschreckt als Sie«, sagte Lady Techi und wies mit dem Kopf auf mich. »Den Rest vergesse ich ohnehin schnell.«

»Das ist gut«, seufzte Juffin. »Ich vermute, heute Abend habe ich mich nicht an alle Benimmregeln gehalten. Denken Sie daran, diesem Mann eine Flasche Kachar-Balsam zu kaufen, falls Sie wirklich vorhaben, ihn längere Zeit in Ihrem Schlafzimmer zu dulden.«

»Die kann er sich ja wohl selbst besorgen.«

»Wohl kaum. Er ist nämlich sehr geizig.«

Als wir wieder unter uns waren, sah Techi mich aufmerksam an.

»Willst du wirklich hier bleiben, Max?«

»Ja«, erklärte ich fröhlich.

»Und warum?«

»Weil du hier bist – das ist doch logisch.«

»Ist das eine Liebeserklärung?«, fragte sie verlegen.

»Viel mehr als das!«

»Weißt du denn, wer ich bin? Die Kinder von Lojso Pondochwa haben keinen guten Ruf in Echo.«

»Wie viele Kinder hatte dein Vater denn?«

»Ich habe sechzehn Brüder, und alle haben eine andere Mutter. Wir sind sehr unterschiedlich.«

»Und sind deine Brüder alle Gespenster geworden? Das wäre toll, weil auch ich etwas seltsam bin. Ich bin nämlich – unter uns gesagt – aus einer Gegend hierhergeraten, die allenfalls die Magister kennen.«

»Das hab ich mir schon gedacht. Deine Augenfarbe ändert sich jede Minute. Da kannst du unmöglich von hier sein.«

»Ich trau mich kaum, es zu sagen, aber ich habe schon wieder Hunger. Hast du vielleicht etwas zu essen da?«

»Schon wieder? Du hast doch eben erst alles aufgegessen!«

»Sündige Magister. Ich hab im Leben wirklich kein Glück«, seufzte ich. »Da lerne ich mal eine Wirtin kennen, und dann führt sie ausgerechnet das einzige Lokal in ganz Echo, in dem es nichts zu essen gibt.«

Diszipliniert, wie ich bin, erschien ich eine volle Stunde vor Sonnenuntergang im Haus an der Brücke. Leider hatte ich weder geschafft, mich zu erholen, noch etwas Vernünftiges zu essen.

»Du siehst aber schlecht aus«, sagte Juffin, nachdem er mich von oben bis unten gemustert hatte. »Ich hoffe, du hast noch Kraft genug, ins *Fressfass* zu gehen und etwas zu dir zu nehmen. Mach das bitte sofort. Man kann dich ja kaum ansehen.«

»Das schafft er nicht. Ist doch unübersehbar. Aber ich könnte ihn hintragen«, frotzelte Melifaro.

»Das wäre immerhin eine Wiedergutmachung für gestern Abend«, rief ich.

»War ich wirklich so schlimm?«, fragte Melifaro.

»Und wie! Du bist im Auto eingeschlafen, und ich musste dich ins Haus tragen. Das hat mich so erschöpft, dass ich krank geworden bin und geheilt werden musste.«

»Ach, damit hab ich mir den gestrigen Abend um die Ohren geschlagen? Interessant, was man so alles erfährt. Gut, Jungs. Jetzt beeilt euch. Sonst habt ihr keine Zeit mehr, etwas zu essen.«

»Du siehst verdächtig glücklich aus«, meinte Melifaro und setzte sich mir gegenüber. Wir waren an unserem Lieblingstisch im *Fressfass* gelandet.

»Das bin ich auch.«

Am liebsten hätte ich mich per Stummer Rede bei Techi gemeldet und sie gefragt, was sie gerade mache, doch ich beherrschte mich tapfer, um nicht den Eindruck zu erwecken, sie sei mit einem Verrückten zusammen. Oder ist es nicht unsinnig, jemanden zu fragen, wie es ihm geht, wenn man sich erst eine halbe Stunde zuvor von ihm verabschiedet hat?

Stattdessen beschäftigte ich mich mit einer vorderhand sehr wichtigen Sache, mit dem Essen nämlich. Ein paar Minuten war ich nicht eben kommunikativ. Dann seufzte ich zufrieden und sah meinen Kollegen wieder an.

»War es nett bei dir heute Morgen?«

Melifaro machte ein schreckliches Gesicht. »Warum hast du die vier Männer aus Isamon nicht umgebracht, Max, oder sie wenigstens mitgenommen?«

»Erstens hatte ich gehofft, sie würden meinem Rat folgen und das Chaos beseitigen, und zweitens dachte ich mir, es würde dir viel Spaß machen, sie selbst zu erledigen.«

»Das war einer der schlimmsten Vormittage meines Lebens«, sagte Melifaro mit Grabesstimme. »Ich bin mit schwerem Kopf und einem Stein auf der Brust erwacht. Außerdem hatte ich keine Ahnung, wie ich in meinem Haus gelandet war und wie der Abend zu Ende gegangen ist. Wie war es denn bei Lady Techi?«

»Ganz normal. Du hast nur ein Glas kaputt gemacht.«

»Wirklich? War ich so betrunken?«

»Ach, das war nicht so schlimm. Erzähl mir lieber, wie es heute Morgen bei dir ausgesehen hat.«

»Da gibt es nicht viel zu erzählen. Ich bin die Treppe runtergekommen und hab diese vier Männer gesehen. Zuerst hab ich sie wirklich umbringen wollen, aber dazu fehlt mir dein giftiges Talent! Dann hab ich festgestellt, dass alle vier selenruhig in ihren Sesseln schliefen. Kannst du dir das vorstellen? Dann hab ich ihre Mützen aus dem Fenster geworfen, aber auch davon sind sie nicht aufgewacht. Also bin ich mich waschen gegangen. Als ich wieder ins Wohnzimmer kam, hab ich diese Verehrer des Elchfleischs wachgerüttelt und ihnen befohlen zu verschwinden. Sie aber haben nur unverständliches Zeug gemurmelt, bei dem es offenbar um mein Gehirn ging.«

»Das machen sie immer. Ich fürchte, das ist eine Frage der Mentalität.«

»Na ja, kurz gesagt habe ich zwei von ihnen aus dem Fenster geworfen, und der Dritte ist geflohen.«

»Und was hast du mit Rulen Bagdasys angestellt?«

»Das ist eine besondere Geschichte. Zuerst hab ich ihm einfach die Tür weisen wollen. Immerhin möchte ich meine eigenen Gäste haben, nicht die von anderen. Dann war ich sogar bereit, ihm Geld zu geben, wenn er nur endlich verschwände, doch Rulen hat mir – wie immer – die Schuld an allem gegeben. Ich habe den Eindruck, er hört nie, was man ihm sagt, sondern nur seine eigenen Worte, und von denen längst nicht alle.«

»Und wie ist die ganze Sache ausgegangen?«

Ich erwartete ein Mordgeständnis und war bereit, meinem Freund bei der Beseitigung der Leiche zu helfen. Eigentlich hielt ich mich schon beinahe für einen Mittäter.

Doch Melifaro lächelte nur und griff in die Manteltasche.

»Er ist jetzt hier!«, rief er und zeigte mir einen Ring mit einem großen, durchsichtigen Stein.

»Halt ihn mal gegen das Sonnenlicht«, sagte er.

Ich folgte seinem Rat und staunte: Im hellgrünen Kristall war ein kleiner Rulen Bagdasys zu sehen.

»Ich glaube, du musst jetzt ins Cholomi-Gefängnis, mein armer Freund«, seufzte ich. »Interessante Frage, wie viele Jahre Haft sie dir dafür aufbrummen werden.«

»Das möchtest du wohl? Das ist höchsten Schwarze Magie siebten Grades, also nur ein harmloser Verstoß gegen das Chrember-Gesetzbuch. Aber ich bin bereit, dafür zu büßen.«

»Lebt er überhaupt noch?«

»Natürlich. Ich hab den gleichen Trick angewandt, den du so wunderbar beherrschst. Ich hab ihn nur nicht in meine Hand gezaubert. Ihn im Kristall unterzubringen war zwar etwas schwieriger, aber dafür ist der Effekt stärker. Ich kann ihn jederzeit rauslassen, aber das hab ich natürlich nicht vor. Das Leben ohne Rulen ist wirklich angenehm.«

»Dieser Kristall ist ein hübsches Souvenir. Du könntest ihn deinem Bruder schenken. Der würde sich bestimmt freuen. Außerdem hab ich den Eindruck, er hat den Mann aus Isamon wirklich ins Herz geschlossen.«

»Ich hab eine bessere Idee. Ich hab schon einen Kandidaten für diesen Schatz.«

»Wen denn?«

»Alles zu seiner Zeit«, sagte mein Kollege geheimnisvoll. »Du wirst schon sehen.«

»Hauptsache, ich bin nicht der Auserwählte. Außerdem wüsste ich gern, wie sich die Geschichte des unauffindbaren Mudlach entwickelt.«

»Das interessiert dich also?«, seufzte Melifaro. »Du tauchst zwar nicht mehr im Haus an der Brücke auf, bist aber trotzdem neugierig, was die lieben Kollegen so treiben, was? Gestern, als wir uns so wunderbar amüsiert haben, hat sich Sir Juffin mit dem Verwandlungsmeister Warich Ariam unterhalten, diesem gewichtigen Überbleibsel der Ordensepoche. Soweit ich weiß, hat er Warich danach entlassen und war sehr zufrieden. Wir wissen jetzt nicht nur, wie Mudlach gegenwärtig aussieht, sondern kennen auch seine Adresse. Dorthin bin ich heute Morgen gegangen, aber erwartungsgemäß ist er seit drei Tagen spurlos verschwunden, seit der Ankunft des Schiffes aus Arwaroch also. Offenbar hat er seine Landsleute gespürt. Ich muss offen gestehen, dass mir die Gespräche mit den Nachbarn des mächtigen Flüchtlings sehr gefallen haben. All diese Leute haben von ihrem interessanten Leben in der Nähe einer unbekannten Größe berichtet. Leider hatte ich immer noch Kopfweh und konnte ihre Monologe deshalb nicht recht genießen. Außerdem haben die Buriwuche in der gleichen Straße noch weitere acht Flüchtlinge aus Arwaroch gefunden. Juffin hat sich mit jedem von ihnen ausführlich unterhalten, aber sie haben natürlich nichts gewusst, weil sie seit Jahren stark verfeindet sind. Ich wüsste wirklich gern, wo sich der Grässliche Mudlach herumtreibt.«

»An seiner Stelle würde ich versuchen, ins Cholomi-Gefängnis zu kommen. Das wäre der beste Unterschlupf.«

»Genial. Warum hast du das bisher verschwiegen?«

»Ich hab nichts verschwiegen. Das war nur ein Scherz.«

»Wie auch immer – wir sollten diese Idee prüfen. Komm, gehen wir ins Haus an der Brücke.«

»Mach das bitte allein. Ich hab noch einen vollen Teller vor mir stehen.«

»Ich will dir ja nicht zu nahe treten, doch das ist schon der dritte. Aber gut, ich gehe.«

»Wenn dir so viel an meiner Gesellschaft liegt, musst du wohl noch drei Minuten warten.«

Sir Juffin empfing einmal mehr Alotho Aliroch, den Adonis aus Arwaroch, der mir langsam vorkam wie eine Mischung aus neuem Mitarbeiter und entferntem Verwandten.

»Gut, dass ihr gekommen seid, Jungs«, sagte unser Chef. »Alotho will uns gerade erzählen, wo er den flüchtigen Mudlach vermutet. Ich meine natürlich den *Grässlichen* Mudlach, Herr Alotho – Ihr braucht mich gar nicht so streng anzusehen. Also bitte, berichtet uns!«

»Ich habe meinem Schamanen Thota befohlen, unseren Gott zu fragen, wo sich der Grässliche Mudlach aufhält. Thota hat mir eine Antwort gegeben, die ich nicht verstanden habe. Das liegt vermutlich daran, dass ich Eure Stadt nicht gut kenne. Er hat gesagt, Mudlach befinde sich im Zentrum des großen Wassers, in das man leicht geraten könne, aus dem man sich aber kaum zu befreien vermöge. Wisst Ihr, wo das sein könnte?«

»Natürlich«, mischte sich Melifaro ein. »Juffin, stellen Sie sich vor: Wir haben die gleiche Nachricht für Sie wie dieser Thota. Der Gesuchte befindet sich im Cholomi-Gefängnis – sonnenklare Sache.«

»Seid ihr auch Schamanen?«, fragte Juffin maliziös.

»So könnte man sagen«, meinte Melifaro lächelnd. »Max hat sich total überfressen und ist zum Bauchredner geworden.«

»Na ja, eigentlich hab ich nur einen Witz machen wollen«, erklärte ich.

»Redet ihr etwa auch beim Essen über eure Arbeit? So viel Pflichtgefühl hätte ich euch gar nicht zugetraut«, sagte unser Chef und sah Alotho dann mitfühlend an: »Wir werden das gleich prüfen. Wenn Euer Schamane Recht hat, werdet Ihr ziemlich lange auf Vergeltung warten müssen, denn Ihr dürft das königliche Gefängnis nicht betreten. So will es das Gesetz.«

»Ich kann warten«, meinte Alotho gelassen. »Ich möchte nur wissen, wo sich der Grässliche Mudlach befindet. Auf ihn zu warten ist nicht das Schlimmste, was einem passieren kann.«

»Wirklich nicht?«, rief Juffin erstaunt. »Das erleichtert die Sache ja kolossal. Wenn wir was Handfestes erfahren, melde ich mich per Stummer Rede bei Euch. Moment mal, Ihr beherrscht diese Art der Kommunikation doch gar nicht, oder?«

»Aber natürlich. Lady Melamori hat es mir gestern beigebracht. Die Stumme Rede ist nicht weiter kompliziert.«

»Ihr seid wirklich begabt«, seufzte ich neidisch. »Mir fällt sie nach wie vor sehr schwer.«

»Du hast eben noch immer nicht gelernt, dich ganz auf das zu konzentrieren, was du gerade tust«, bemerkte Juffin. »Für Leute aus Arwaroch hingegen ist das normal.« Dann wandte er sich an Alotho: »Ich melde mich also bei Euch, sobald ich etwas Näheres weiß.«

»Danke sehr«, erklärte der Mann aus Arwaroch und senkte feierlich das Haupt. »Jetzt würde ich gerne gehen, falls Ihr nichts dagegen habt.«

»Warum sollte ich?«, fragte Juffin erstaunt. »Soweit ich weiß, kann nur Euer König Eure Entscheidungen kassieren.«

»Aber in Echo habe ich erfahren, dass man sein Handeln mit den Wünschen anderer abstimmen soll. Das heißt hier Höflichkeit.«

»Das habt Ihr ganz richtig erfasst. Dennoch habe ich nichts gegen Eure Entscheidung.«

»Vielen Dank noch mal. Euch allen gute Nacht!«, sagte Alotho, verbeugte sich erneut und verließ das Haus an der Brücke.

»Unsere Melamori ist offenbar ein enormes pädagogisches Talent«, schwärmte Juffin. »Wer hätte das gedacht! Melifaro, was hast du von Kamschi erfahren?«

Wie sich herausstellte, hatte Melifaro sich per Stummer Rede bei Kamschi gemeldet, während wir uns mit Alotho Aliroch unterhalten hatten. Der ehemalige Mitarbeiter von General Bubuta war neuer Leiter des Cholomi-Gefängnisses und daher für uns eine wichtige Informationsquelle. Aber das Gespräch mit Kamschi hatte Melifaros Laune offenbar nicht verbessert.

»Das erzähle ich euch gleich. Max, darf ich eine deiner Zigaretten probieren?«, fragte er und setzte sich auf die Fensterbank. »Den Tabak von Echo hab ich noch nie leiden können, und ab und zu hab ich Lust, eine zu rauchen.«

»Bitte«, meinte ich und gab ihm eine Zigarette. »Die Zahl meiner Kunden wächst rasant. Zuerst hab ich Bubuta verführt, jetzt kommst du dran. Vielleicht sollte ich den

Dienst beim Suchtrupp quittieren und einen Tabakladen eröffnen. Um Konkurrenz brauche ich mir keine Gedanken zu machen. Gefährlich wäre allenfalls Sir Maba Kaloch, aber dem würde das Zigarettengeschäft sicher bald langweilig.«

»So ist Maba, das stimmt«, pflichtete Juffin mir bei. Dann sah er Melifaro an. »Schieß los. Spann uns nicht länger auf die Folter.«

»Max, dieser Tabak schmeckt wirklich fantastisch!«, rief das Tagesantlitz des Ehrwürdigen Leiters begeistert. »Sir Juffin, Sie sind kein Schlangenbeschwörer! Also starren Sie mich nicht so an! Kamschi hat mir erzählt, dass in den letzten Tagen keine neuen Häftlinge ins Gefängnis eingeliefert worden sind. Erst heute Morgen kurz vor Sonnenaufgang ist wieder ein Häftling eingetroffen. Er heißt Baka Saal. Sein Aussehen entspricht zwar ganz und gar nicht der Beschreibung, die wir von Mudlach haben, aber das ist egal. Wissen Sie, warum er im Cholomi-Gefängnis gelandet ist? Wegen Mordes an Sir Warich Ariam. Und das ist …«

»Ich weiß sehr gut, wer das ist«, unterbrach Juffin ihn gereizt. »Warum wurden wir eigentlich von diesem Mord nicht verständigt? Warum hat das niemand an uns weitergeleitet?«

»Die Stadtpolizei hat das offenbar nicht für so wichtig gehalten. Der Mörder war selbst Mitarbeiter der Justiz und hat seine Tat per Stummer Rede gestanden. Die Polizisten sind an den Tatort gekommen, haben die Spuren gesichert und den Täter ins Cholomi-Gefängnis gebracht. Sir Baguda Maldachan schätzt bei seinen Mitarbeitern vor allem Schnelligkeit, aber das wissen Sie ja. Nun muss Mudlach zweihundert Jahre im Cholomi-Gefängnis sitzen, und unser glotzäugiger Adonis kann warten, bis er schwarz wird, wenn er partout Rache nehmen will.«

»Zweihundert Jahre?«, fragte Juffin erstaunt. »Das ist aber lange. Soweit ich weiß, wird Mord mit fünfzig, höchstens sechzig Jahren Haft bestraft. Und wenn man sich der Polizei gestellt hat, fällt die Strafe niedriger aus.«

»Aber bei diesem Mord hat der Täter Weiße Magie 117. Grades benutzt. Das hätte sogar lebenslange Haft bedeuten können«, wandte Melifaro ein.

»Weiße Magie wievielten Grades?«, rief Juffin erstaunt. »Dann sieht die Sache natürlich anders aus. Melifaro, nimm Kurusch und fahr sofort ins Cholomi-Gefängnis. Ihr beide müsst euch hundertprozentig sicher sein, dass der Gefangene wirklich der Grässliche Mudlach ist. Wenn ja, melde dich sofort per Stummer Rede bei mir. Und denk daran: Bei Leuten aus Arwaroch muss man vorsichtig sein. Und du, Max, steh auf. Wir müssen los.«

»Wohin?«

»An den Tatort natürlich. Besser spät als nie. Ich glaube, wir brauchen auch die Hilfe von Lady Melamori. Wir müssen den wahren Täter finden – je schneller, desto besser.«

»Den wahren Täter?«, fragte ich erstaunt. »Ich dachte, Mudlach hat Warich Ariam umgebracht.«

»Der hätte sein Opfer doch mit der Fliegenklatsche erledigen können«, meinte Juffin lächelnd. »Denk doch mal mit! Warum sollte er sich als Ausländer mit Verbotener Magie auskennen – noch dazu mit Magie 117. Grades? Es würde mich wundern, wenn er überhaupt Erlaubte Magie beherrscht. Und den 117. Grad kann nur ein äußerst erfahrener Zauberer anwenden. Nein, ich vermute, in Warichs Haus hat sich ein alter, ausgebuffter Zauberer ausgetobt, der früher in einem Orden tätig war. Ja, so muss es sein.«

»Aber wie konnte man bei Mudlachs Festnahme und der Sicherung des Tatorts übersehen, dass nur ein erfahrener Zauberer diese Tat hat begehen können?«

»So was kann passieren. Komplizierte Ermittlungen sind unsere Aufgabe. Normalerweise landen solche Fälle zuerst bei uns, aber diesmal war es umgekehrt. Warum sitzen wir noch nicht im A-Mobil?«

»Weil ich Ihnen zuhöre und Sie noch immer in Ihrem Zimmer sind, Sir«, erklärte ich und öffnete die Tür zum Flur.

Juffin folgte mir auf dem Fuße.

»Endlich scheint die Geschichte des Grässlichen Mudlach doch noch interessant zu werden«, sagte mein Chef begeistert und suchte in den Taschen seines Lochimantels nach seiner Pfeife. »Darauf habe ich lange gewartet.«

Das Haus des ermordeten Warich Ariam, des Verwandlungsmeisters und Älteren Magisters vom Orden der Kupfernadel, war leer.

»Ich wüsste gern, wo sich sein Sohn aufhält«, sagte ich.

»Gute Frage«, brummte Juffin. »Ich schätze, wir bekommen demnächst Antwort auf zahlreiche Fragen, auch auf diese: Wo bleibt denn Melamori? Sie hätte längst hier sein sollen.«

»Da bin ich«, sagte sie und tauchte plötzlich in der Tür auf. »Diese Wohnung liegt am Ende der Welt. Ich hätte nicht gedacht, dass ich dieses Jahr noch mal hierherkommen müsste. Ihr könnt wirklich froh sein, dass ich so gerast bin.«

»Das sind wir natürlich«, erklärte Juffin und lächelte freundlich. »Meine Liebe, gehen Sie etwas durchs Haus. Hier irgendwo muss sich die Spur eines mächtigen Zauberers befinden. Können Sie sie von anderen Spuren unterscheiden?«

»Nichts leichter als das«, sagte Melamori. »Max, warum legst du die Hände in den Schoß? Ist so eine Aufgabe für dich etwa eine Nummer zu groß? Sag mir nicht, dass ich für euch unersetzlich bin – das glaube ich nämlich ganz und gar nicht.«

»Du weißt doch, dass ich von Natur aus faul bin«, meinte ich achselzuckend.

»Als Verfolgungsmeister ist Max eine tödliche Gefahr für alle Verdächtigen, und ich brauche unsere Kunden lebend«, erklärte Juffin. »Schließlich bin ich auf Informationen aus erster Hand angewiesen. Wenn wir Glück haben, finden wir am Ende der Spur den Schädel eines weiteren Opfers des Gesuchten. Außerdem hat Max noch zu wenig Erfahrung darin, wichtige von unwichtigen Spuren zu unterscheiden. Sie sind also wirklich unersetzlich, meine Liebe.«

»Wenn das so ist«, meinte Melamori und lächelte stolz, »dann helfe ich euch gern.«

Sie zog die Schuhe aus und spazierte durchs Gästezimmer.

»Wir haben hier die Spur eines Toten, des unglücklichen Sir Warich Ariam nämlich. Außerdem gibt es eine Spur von Schurf und mir, denn wir waren gestern schon hier. Und dann gibt es weitere Spuren, aber die sind ziemlich unwichtig und stammen vermutlich von den Mitarbeitern der Stadtpolizei. Das hier ist sicher die Spur des Grässlichen Mudlach. Ich hab Ihnen ja schon erzählt, dass die Leute aus Arwaroch eine andere Spur haben als wir … Hier war noch jemand, aber bestimmt nicht der gesuchte Mörder. Ich hab den Eindruck, diese Person ist schwer krank, aber ich kann mich irren.«

»Das war sicher der Sohn von Warich Ariam.«

»Bestimmt«, pflichtete Juffin mir bei. »Mit dem werden wir uns später noch beschäftigen. Ich hab ihn gesehen. Er ist kein mächtiger Zauberer – das kann ich beschwören.«

»Irgendwie denke ich ständig an ihn – warum nur?«, fragte ich. »Vielleicht steckt er in Schwierigkeiten? Immerhin sagt Melamori, dass er krank ist. Wir sollten uns wohl doch näher mit ihm beschäftigen.«

»Meinst du?«, fragte mein Chef skeptisch. »Na gut, dann nehmen wir ihn gleich aufs Korn und schieben das nicht weiter auf. Aber wer soll sich darum kümmern? Wenn du es tust, verschlechtert sich sein Gesundheitszustand vermutlich noch mehr. Und Melamori ist ausgelastet. Womöglich sollte ich mich seiner annehmen. So eine Gelegenheit hab ich schon lange nicht mehr gehabt!«

»Berauben Sie mich nicht meines Lebensunterhalts!«, rief Lady Melamori lächelnd. »Ich hab noch einen Toten gefunden. Das ist eine seltsame Spur. Sind Sie sicher, Juffin, dass es hier nur eine Leiche gab?«

»Wir sind absolut nicht sicher«, sagte mein Chef und zuckte die Achseln. »Aber ich hab eine Idee. Melamori, treten Sie bitte mal kurz auf die Spur von Max.«

»Warum das denn?«

»Um mir einen Gefallen zu tun.«

»Na gut«, sagte sie, kam zu mir, blieb hinter meinem Rücken stehen und seufzte leise. Ich drehte mich zu ihr um: So erschrocken hatte ich sie schon lange nicht mehr gesehen.

»Das ist wirklich deine Spur, Max«, flüsterte sie. »Wann hast du es geschafft zu sterben?«

»Gestern Abend«, erklärte Juffin. »Keine Sorge, Melamori, Max ist inzwischen wieder lebendiger als Sie und ich zusammen – glauben Sie mir.«

»Ich bin der Lebendigste aller Lebenden!«, rief ich. »Ehrenwort, Melamori – ich bin keine Leiche.«

»Ach nein?«, fragte sie kühl. »Ihr zwei seid wirklich Komiker.«

»Aber warum hab ich die Spur eines Toten?«, fragte ich Juffin erschrocken. »Bin ich vielleicht ein Zombie?«

»Mit dir ist alles in Ordnung«, beruhigte mich mein Chef. »Jeder Körper hat ein Gedächtnis, und auch dieses Gedächtnis ist Teil der Spur, die Melamori zu lesen vermag. Und dass dein Körper sich an seinen Tod erinnert, ist wahrlich kein Wunder. Daher das Missverständnis. So eine Spur ist die perfekte Tarnung. Sie ist dir bestimmt noch nützlich – glaub mir.«

»Vor wem sollte ich mich denn verstecken?«, fragte ich großspurig. »Doch wohl nicht vor Lady Melamori?«

»Wenn du erst einige Jahre im Kleinen Geheimen Suchtrupp gearbeitet hast, wirst du dir ein paar mächtige Feinde gemacht haben«, sagte mein Chef nüchtern und wandte sich an Melamori: »Seien Sie mir bitte nicht böse, Lady. Ich habe Sie nicht erschrecken wollen, aber eine Verfolgungsmeisterin sollte immer neue Erfahrungen sammeln. Oder sehen Sie das anders? Nun wissen Sie, dass die Spur eines Toten nicht bedeuten muss, dass es eine Leiche gibt.«

»Ich bin Ihnen nicht böse«, sagte Melamori leise, »aber

Sie haben mich wirklich erschreckt. Na gut, ich suche weiter nach der Spur dieses mächtigen Zauberers. Aber ehrlich gesagt habe ich den Eindruck, dass es hier keine solche Spur gibt, denn eigentlich hab ich schon überall gesucht.«

»Sind Sie sicher?«, fragte Juffin finster. »Die Leiche wurde immerhin im Wohnzimmer gefunden.«

»Als ob es so schwer wäre, eine Leiche von einem Zimmer ins andere zu tragen«, meinte ich achselzuckend.

Ich hatte aus der Lektüre der vielen Krimis geschöpft, die ich in meiner alten Heimat gelesen hatte, und war erstaunt darüber, wie Juffin auf meine Frage reagierte.

»Das ist eine seltsame und eigentlich ganz abwegige Idee, Max, aber denkbar ist das natürlich schon. Da bleibt uns wohl nichts anderes übrig, als das ganze Haus abzusuchen. Wo fangen wir an?«

»Vielleicht im Schlafzimmer?«, schlug ich vor. »Oder nein, in der Werkstatt. Denn hier im Wohnzimmer hat Warich das Äußere seiner Kunden sicher nicht geändert.«

»Gut«, pflichtete Juffin mir bei. »Und Sie, Melamori, treten bitte dem Grässlichen Mudlach auf die Spur. Melifaro hat sich gerade per Stummer Rede bei mir gemeldet und gesagt, der neue Gefangene im Cholomi-Gefängnis sei hundertprozentig Mudlach. Daran hatte ich keinen Zweifel. Übrigens entspricht sein Gesicht nicht der Beschreibung, die ich gestern von Warich bekommen habe. Also ist Mudlach danach noch mal hier gewesen, um sein Äußeres erneut ändern zu lassen. Daher dürfte seine Spur in Warichs Werkstatt führen.«

Melamori drehte sich im Wohnzimmer ein paar Mal um die eigene Achse und nahm dann die Treppe nach unten.

Wir kamen in einen kleinen Raum, der als Vorratskammer diente. Wieder drehte Melamori sich um sich selbst, grübelte etwas und zuckte dann die Achseln.

»Hier muss irgendwo eine Geheimtür sein«, stellte sie fest. »Die Spur verschwindet mitten in der Wand.«

»Das wird ja immer interessanter!«, rief Juffin. »Aber eine Geheimtür ist kein Problem für mich.«

Er klopfte mit der Hand gegen die Wand, und ein schwaches weißes Licht beleuchtete die Umrisse einer Tapetentür, die sich quietschend öffnete.

»Irgendwas gefällt mir hier nicht«, bemerkte unser Chef Unheil verkündend, verbeugte sich vor Melamori und sagte: »Bitte nach Ihnen.«

Melamori musste sich etwas bücken, um durch die Tür zu kommen, und Juffin und ich mussten fast auf alle viere runter.

»Je kleiner die Tür, desto besser lässt sie sich unsichtbar machen«, stellte Juffin fest. »Gut, dass wir kein Mäuseloch suchen. Na, Verfolgungsmeisterin, haben Sie was Interessantes entdeckt?«

»Und wie«, seufzte Melamori. »Eine ausgezeichnete Spur. Selbst Max kann ohne Probleme darauf treten, denn ihr Besitzer hat eine enorme Lebenskraft.«

»Ach?«, fragte Juffin. »Sind wir auf einen so starken Mann gestoßen? Na gut, dann soll Max es probieren.«

Ich ging zu Melamori. »Woher weißt du, dass er solche Kraft hat? Ich spüre hier nichts Besonderes. Die Schwester von Atwa Kurajsa war eine starke Person. Erinnerst du dich noch an sie?«

»Du spürst nichts, weil du so bodenlos egoistisch bist«, sagte mein Chef. »Wie jede Verfolgungsmeisterin kann

Melamori die Kraft des Gegners objektiv einschätzen, während du nur siehst, inwieweit der Gegner für dich gefährlich ist. Lady Kurajsa hätte dich beinahe fertiggemacht. Das hast du gespürt, und deshalb warst du ihr gegenüber von Anfang an scheu. Dieser Mann hier bedeutet für dich dagegen offenbar keine Gefahr. Womöglich ist dein Egoismus also besonders gut dafür geeignet, mit Spuren klarzukommen. Schließlich geht es nur darum, am Leben zu bleiben. Verfolge deine Spuren also ruhig auf deine Art. Je schneller du den fängst, dem diese Spur gehört, desto besser für uns alle. Es hängt zwar nicht allein von dir ab, aber versuch mal, diesen Mann nicht umzubringen, einverstanden? Ich muss mit ihm reden. Und Sie, Melamori? Worauf warten Sie noch? Gehen Sie zurück ins Wohnzimmer und treten Sie auf die Spur von Warichs Sohn. Mit dem müssen wir uns intensiv beschäftigen, wenn selbst Max Vorahnungen hat, was seine Person anlangt.«

Ich spürte, dass ich nicht stillstehen konnte. Ich musste einen Fuß vor den anderen setzen, immer schneller. Ich wollte wieder nach oben, stellte aber zu meinem Erstaunen fest, dass die Spur nicht die Treppe hinaufführte, sondern direkt in die nächste Wand. Ich blieb dort stehen, wo sich die Spur verlor.

»Juffin«, rief ich verlegen. »Hier ist schon wieder eine Geheimtür. Bitte helfen Sie mir.«

Mein Chef kam sofort, untersuchte die Wand und schüttelte den Kopf.

»Hier ist keine Geheimtür. Der Mann hat das Treppenhaus auf dem Dunklen Weg verlassen. Das ist für erfahrene Verfolgungsmeister eigentlich ein Klacks, aber wenn du das nicht schaffst, erledigt Melamori das für dich.«

»Aber Sie haben doch gesagt, dieser Mann sei für mich nicht gefährlich. Wie er auf Melamori wirkt, wissen wir dagegen nicht. Ich probiere es allein. Sagen Sie mir bitte, was ich tun soll.«

»Ganz einfach: Bleib stehen und warte, bis die Spur sich wieder meldet. Du musst dich auf deine Sinneswahrnehmungen konzentrieren. Alles klar?«

»Natürlich nicht«, antwortete ich lächelnd. »Aber ich versuch es trotzdem.«

Das war wirklich eine leichte Aufgabe! Ich spürte ein solches Kribbeln in den Beinen, dass ich mich auf nichts anderes mehr konzentrieren konnte.

Nach ein paar Minuten spürte ich einen kalten Wind im Gesicht, öffnete die Augen und sah mich um.

Ich befand mich auf einer Brücke, die nach dem Helden Kulug Menontsch benannt war, und sah auf die Burg Jafach hinüber, die Hauptresidenz des Ordens des Siebenzackigen Blatts. Aber die Spur trieb mich weiter.

Zu meiner Überraschung endete sie vor der Geheimtür in die Burg. Und wie ich schon erzählt habe, können nur Mitglieder des Ordens diese Tür öffnen.

Das darf doch nicht wahr sein, dachte ich verwirrt. Der Mörder gehört also zur näheren Umgebung des Großen Magisters Nuflin Monimach oder bekleidet ein wichtiges Staatsamt. Und ich kleines Nachtantlitz verfolge so ein hohes Tier! Na ja, eigentlich verfolge ich niemanden, weil ich nicht durch diese Tür komme.

Da hatte ich eine Erleuchtung: Ich konnte mich doch an

Lady Sotowa wenden, eine der mächtigsten Frauen des Ordens und eine alte Freundin von Sir Juffin, die obendrein ein Faible für mich hatte! Ich meldete mich per Stummer Rede bei ihr.

»Lady Sotowa, hier spricht Max. Wären Sie so lieb, mich einzulassen? Ich stehe gerade vor der Geheimtür in die Burg.«

»Junge, was gibt's? Was ist in dich gefahren, dass du hier auftauchst?«

»Ich hab ein Problem.«

Die runde alte Dame stand nun lächelnd vor mir. Wie sie es geschafft haben mochte, binnen Sekundenbruchteilen vor mir aufzutauchen, mögen die Magister wissen. Sie umarmte mich zur Begrüßung, und ich staunte: Ihre Herzlichkeit übertraf all meine Erwartungen.

Sie nahm mich an die Hand, befahl mir, die Augen zu schließen, und führte mich. Nach ein paar Sekunden roch ich den Duft der Schottbäume und öffnete die Lider. Wir standen im Obstgarten der Ordensresidenz.

»Was hast du die letzten anderthalb Jahre gemacht? Seit deiner Rückkehr aus Kettari hast du nicht mal für eine Sekunde vorbeigeschaut.«

»Stimmt«, sagte ich beschämt. »Ich hatte es zwar vor, aber …«

»Ich weiß, du hast über ein Jahr geschlafen. Und was ist jetzt mit dir los? Erzähl mal.«

»Warten Sie kurz. Ich muss mich erst etwas beruhigen. Ich verfolge gerade eine merkwürdige Spur und kann jetzt nicht alles erklären.«

»Oh doch, das kannst du – keine Sorge. Du verfolgst weiter deine Spur, aber bitte nicht so schnell, und ich leiste dir Gesellschaft. Unterwegs erzählst du mir alles. Warum bist du eigentlich einem Mitglied unseres Ordens auf die Spur getreten?«

Ich berichtete Lady Sotowa in aller Kürze, was am Abend geschehen war. Sie wirkte nun sehr ernst und sagte: »Das ist ja ein starkes Stück! Gut, dass du so klug warst, dich bei mir zu melden. Weißt du, ich bin mir sicher, dass niemand von uns den Mord an Warich Ariam auf dem Gewissen hat. Warum sollte ein Mitglied unseres Ordens versuchen, seine Spur durch das Benutzen von Geheimtüren zum Verschwinden zu bringen?«

»Wir sind fast da. Das spür ich«, sagte ich. »Wissen Sie, wie sich ein Verfolgungsmeister kurz vor dem Ziel fühlt?«

»Keine Ahnung. Muss ich das wissen?«, fragte Lady Sotowa. »Aber was immer du sagst: Ich glaube dir.«

»Er sitzt hier irgendwo«, flüsterte ich und zeigte auf ein dichtes Gebüsch.

»Wirklich?«, fragte Lady Sotowa. »Was kann ein normaler Mensch dort in der Nacht treiben? Schauen wir doch mal nach … Sündige Magister – da hockt ja der Alte Magister Jorinmuk Wanzifis, der neue Liebling unseres Nuflin Monimach. Nach meinem Eindruck ist er ein talentloser Schmeichler, aber Nuflin gefällt so was natürlich. Schläft er?«

»Ich glaube, es steht schlimmer um ihn, als Sie denken. Ich fürchte, Lady Melamori hat seine Kraft überschätzt, und ich hab ihn aus Versehen getötet. Juffin hat mich gebeten, ihn lebendig ins Haus an der Brücke zu bringen, und wenn er das erfährt, wird er mich lynchen.«

»Keine Sorge – der döst nur«, meinte Lady Sotowa und rüttelte den Schlafenden, der den weißblauen Lochimantel seines Ordens trug, wach. »Das ist ja gar nicht Jorinmuk! Der sieht ihm nur täuschend ähnlich! Wo treibt sich wohl der echte Jorinmuk herum? Das ist ja ein starkes Stück!«

»Sehen Sie!«, sagte ich. »Wenn wir den Fall erst gelöst haben, melde ich mich per Stummer Rede bei Ihnen und erzähle Ihnen alles.«

»Ich hab eine bessere Idee. Wenn du nächstes Mal vor der Geheimtür stehst und um Einlass bittest, trinken wir zusammen eine Tasse Kamra – einverstanden?«

»Vielen Dank für die Einladung, Lady Sotowa.«

»Jetzt nimm deinen Schatz und geh mit ihm zu Juffin. Der Alte wird sich sicher freuen.«

Das unglückliche Opfer meiner Verfolgung landete – wie schon so mancher vor ihm – zwischen Daumen und Zeigefinger meiner linken Hand. Lady Sotowa führte mich am Ellbogen einen Pfad entlang, der in der Dunkelheit unsichtbar war. Vor der Mauer blieb sie kurz stehen und musterte mich.

»Wie gefällt dir dein zweites Herz, Junge?«

»Ich hab noch kaum einen Unterschied bemerkt.«

»Du wirst mit deinem Doppelherzen noch die interessantesten Dinge erleben – das weiß ich. Die Tochter von Lojso Pondochwa hat dir wirklich einen großen Dienst erwiesen. Sie gefällt dir, stimmt's?«

Ich nickte verlegen.

»Lustig«, sagte Lady Sotowa und lächelte, was süße Grübchen auf ihr Gesicht zauberte. »Wer hätte geglaubt, dass ihr zwei zusammenkommt! Aber das Schicksal weiß, was es tut – egal, was die Leute sich gedacht haben mögen.

Vergiss nicht, dass die Kinder von Lojso ganz anders sind als andere Menschen – auch wenn dir das nicht gleich auffallen sollte.«

»Aber auch ich unterscheide mich von anderen, stimmt's?«

»Ja, aber dir kann nichts passieren, womit du nicht fertig wirst. Na schön, geh jetzt zu Juffin. Er sehnt sich bestimmt schon nach dir. Und vergiss nicht, mich ab und an zu besuchen.«

»Bestimmt nicht. Wenn ich lange nicht aufkreuzen sollte, heißt das nur, dass ich Scheu vor Ihnen habe. So was passiert mir gelegentlich.«

»Vor mir? Da könntest du dir wirklich Schlimmere aussuchen. Aber jetzt gute Nacht!«

Sie berührte mich leicht an der Schulter, und ehe ich mich versah, stand ich wieder vor der Burg Jafach auf der Straße. Sofort meldete ich mich per Stummer Rede bei Juffin.

»Unser Kunde ist schon verpackt«, sagte ich lakonisch. »Könnten Sie mir vielleicht ein A-Mobil schicken? Ich stehe vor der Burg Jafach.«

»Und was machst du da?«, fragte mein Chef.

»Ich hatte ein Tête-à-Tête mit Lady Sotowa«, gab ich zu. »Aber sie hat mich wieder auf die Straße geschickt.«

»Gut, ich will dich nicht weiter mit Stummer Rede quälen. Erzähl mir alles im Haus an der Brücke. Das A-Mobil holt dich in einer Viertelstunde ab.«

»Ich hab Ihnen schon lange sagen wollen, dass die Fahrer geschult werden müssen. Sie sind einfach viel zu langsam. In einer Viertelstunde könnte ich zu Fuß bei Ihnen sein!«

Ich blieb auf der nach Kulug Menontsch benannten Brücke stehen und rauchte eine Zigarette. Nach kurzem Überlegen meldete ich mich per Stummer Rede bei Lady Techi. Ich fürchtete, sie sei schon schlafen gegangen, hoffte aber, sie würde sich dennoch gern mit mir unterhalten.

»Was machst du? Schläfst du schon?«

»Ach was. Um diese Zeit kommen immer viele Gäste ins Lokal. Ich denke, sie spekulieren darauf, dass du auftauchst. Sie schauen mich streng an, und ich kann mir schon vorstellen, welche Gerüchte gerade in Echo umlaufen.«

»Wie schnappen die Leute bloß all den Blödsinn auf? Na, zu den Magistern mit ihnen. Ich hoffe nur, dass dich niemand nervt. Leider hast du das Pech, dich mit einem unberechenbaren Menschen eingelassen zu haben. Deshalb komme ich vielleicht morgen bei Sonnenuntergang oder etwas früher zu dir. Oder ein wenig später … Findest du es schlimm, dass ich dir nicht auf die Minute genau sagen kann, wann ich auftauche?«

»Ich werde es überleben.«

»Das wollte ich hören. Und jetzt kannst du langsam deine Kunden verjagen und schlafen gehen. Das ist mein guter Rat für dich. Ende.«

»Ende? Wie meinst du das?«

»Das bedeutet nur, dass wir die Stumme Rede beenden. Dieses Wort gehört zu meinen dümmsten Erfindungen.«

»Alles klar«, rief Techi erfreut. »Also Ende!«

Schließlich tauchten am anderen Ende der Brücke Scheinwerfer auf. Kurz darauf bremste ein Dienstwagen vor mir.

»Lassen Sie mich ans Steuer«, befahl ich.

Der Fahrer tat, wie geheißen, und nach drei Minuten hielten wir vor dem Haus an der Brücke.

Im Saal der allgemeinen Arbeit traf ich Melamori. Fürsorglich flößte sie einem jungen Mann, der einen Verband um den Kopf trug, Kamra ein, die sie im *Fressfass* bestellt hatte.

»Ah, der Sohn von Sir Warich Ariam«, begrüßte ich ihn freundlich. »Wie geht es Ihnen?«

»Noch vor kurzem hat es schlecht um ihn gestanden«, sagte Melamori. »Gut, dass du unbedingt getrennt von mir die Verfolgung aufnehmen wolltest, Max. Als ich ihn gefunden habe, war er beinahe tot. Aber wofür, wenn nicht für Wunder, haben wir Sir Juffin?!«

Der junge Mann nickte traurig, und Melamori fuhr fort: »Dieser Held aus Arwaroch – ich meine den Grässlichen Mudlach – hat Sir Warichs Sohn auf der Straße getroffen, ihm ohne Vorwarnung auf den Kopf geschlagen und ihn ins Gebüsch geworfen. Wahrscheinlich war er nervös oder wollte nicht, dass ihn irgendwer in Echo erkennt.«

»Sie haben Glück gehabt, Sir«, sagte ich. »Mudlachs Schlag hat Sie davor bewahrt, einen viel mächtigeren Kunden Ihres Vaters zu treffen. So gesehen ist es glimpflich für Sie ausgegangen.«

»Aber mein Vater tut mir leid«, seufzte der junge Mann. »Wir haben uns so gut verstanden. Ich möchte nur wissen, warum man ihn umgebracht hat.«

»Ihr Vater hatte einen gefährlichen Beruf«, sagte ich streng. »Nur selten wollen Menschen ihr Äußeres ändern, weil sie mit ihrem Kinn oder ihrer Nase unzufrieden sind. Gut, trinken Sie in Ruhe Ihre Kamra aus und erholen Sie sich dann zu Hause. Melamori, ich gehe zu Juffin. Ich hab was Besonderes für ihn«, sagte ich und hielt ihr meine Linke unter die Nase.

»Ist er da drin?«, fragte Melamori. »Toll. Juffin hat mir übrigens erlaubt, nach Hause zu gehen, Max. Ich mache mich jetzt auf den Weg. Gute Nacht!«

Bei Sir Juffin saß eine kleine, aber interessante Gesellschaft zusammen. Sir Kofa hockte in meinem Lieblingssessel. Melifaro schwang sich auf den Tisch und landete gefährlich nah bei dem Tablett, das ein Bote eben aus dem *Fressfass* gebracht hatte. Ich hatte den Eindruck, Melifaro würde mit offenen Augen schlafen, denn ich hatte ihn noch nie so schweigsam erlebt.

Ich goss mir eine Tasse Kamra ein und machte es mir auf der Fensterbank bequem.

»Was hast du denn bei Lady Sotowa gemacht?«, fragte Juffin ungeduldig.

»Nichts, was ich nicht auch der Presse erzählen könnte«, sagte ich lächelnd. Dann berichtete ich meinen Kollegen kurz von meiner Jagd nach dem Unbekannten.

»Ihr habt ihn also bewusstlos und ohne Turban im Gebüsch gefunden?«, fragte Juffin überrascht. »So ein Glück! Und jetzt zeig uns deinen Schatz.«

»Bitte schön!«

Ich schüttelte meine Linke, und der Mann landete zu Füßen von Sir Kofa, kam aber nicht zu Bewusstsein.

»Der sieht ja genauso aus wie Jorinmuk Wanzifis! Ich bin mir nicht sicher, ob Nuflin den Unterschied bemerken würde«, sagte Juffin verzückt. »Kofa, gib ihm bitte sein eigentliches Gesicht zurück. Das ist wirklich interessant.«

»Da haben Sie mir eine Nuss zu knacken gegeben«, murmelte Kofa. »Warich Ariam war einer der besten Verwandlungsmeister.«

»Du bist genauso gut. Keine falsche Bescheidenheit. Aber sorg dafür, dass er weiterschläft und uns keine Probleme macht. Wir sitzen hier so nett, trinken Kamra und knabbern Gebäck, und ich würde uns gern ein Abendessen bestellen. Dabei würde er nur stören.«

»Abendessen? Das ist eine gute Idee!«, sagte ich erfreut.

»Bitte Ruhe!«, rief Sir Kofa und beugte sich über den Unbekannten. Melifaro zuckte die Achseln und nahm in dem von Kofa geräumten Sessel Platz. Ich hatte den Eindruck, er sei gerade erst aufgewacht.

»Wo ist Sir Schurf?«, fragte Melifaro plötzlich.

»Vor einer halben Stunde nach Hause gegangen«, sagte Juffin. »Das solltest du auch tun. Du schläfst ja schon im Sitzen und im Stehen.«

»Ich hab geschlafen, und jetzt bin ich wach. Was soll ich zu Hause, wenn es hier gleich Abendessen gibt?«

»Dann bleib. Je mehr Leute sich mit einem spannenden Fall beschäftigen, desto glücklichere Erinnerungen habe ich.«

»Seht euch dieses Gesicht an!«, rief Sir Kofa und präsentierte uns stolz den Mann zu seinen Füßen. »Sir Juffin, den erkennen Sie doch, oder?«

»Das ist Hechta Bonbon, der ehemalige Große Magister vom Orden des flachen Bergs«, rief Juffin frappiert und musterte die hohlen Wangen und buschigen Augenbrauen des Mannes. »Das ist eine Sensation. Ich dachte, er hätte irgendwo in Uriuland eine Obstplantage und wüsste schon nicht mehr, dass es eine Hauptstadt namens Echo gibt. Ich bitte um Verzeihung, aber Sir Bonbon und ich müssen euch gleich verlassen. Das Abendessen schafft ihr sicher auch ohne uns. Ich muss unbedingt wissen, wie Hechta es geschafft hat, sich in die Burg zu schleichen.«

»Aber das erzählen Sie uns dann doch, oder?«, fragte ich hoffnungsvoll.

»Natürlich. Außerdem hast du ihn gefangen und sollst deshalb auch alles über ihn erfahren. Gut, ihr habt jetzt Zeit, das Leben zu genießen. Ich an eurer Stelle würde noch Lady Tuotli und Sir Blaki von der Stadtpolizei einladen. Die beiden haben in letzter Zeit viel für uns getan und langweilen sich bestimmt bei ihrem Bereitschaftsdienst.«

»Ich geh die beiden holen«, meinte Melifaro.

Ich wandte mich zu ihm um, sah aber nur noch seinen Mantel durch die Tür verschwinden.

Juffin zog den Großen Magister Hechta Bonbon behutsam vom Boden hoch und führte ihn wie ein betrunkenes Familienmitglied zum Ausgang.

»Gehen Sie mit ihm runter?«, fragte Sir Kofa.

»Wohin sonst!? Ihr denkt doch wohl nicht, dass Hechta uns seine Geheimnisse bei einer netten Tasse Kamra anvertraut? Ohne Magie bekommen wir nichts aus ihm heraus.«

Ich wusste, wovon er sprach: Im Keller des Hauses an der Brücke befindet sich ein kleines, ungemütliches Zimmer, das völlig isoliert ist. Dafür haben die Zaubersprüche von Sir Juffin und Nuflin Monimach gesorgt. In diesem Zimmer kann man sogar Magie höchsten Grades anwenden, ohne dass dadurch das Gleichgewicht der Welt bedroht wäre. Ich war nur einmal dort gewesen, als ich einen Kurs zur Anwendung Verbotener Magie besuchte, und hatte mich dort nicht gerade wohl gefühlt. Unser Büro reichte mir für meine Zwecke vollständig.

Kaum hatte der verschlafene Bote aus dem *Fressfass* uns ein üppig beladenes Tablett auf den Tisch gestellt, kehrte Melifaro in Gesellschaft des sympathischen Leutnants Apura Blaki zurück.

»Wo ist Lady Tuotli?«, fragte ich erstaunt.

»Sie hat uns einen kurzen, aber aufschlussreichen Vortrag darüber gehalten, wie unnötig Partys während der Arbeitszeit sind«, murmelte Melifaro beleidigt. »Soll die geheime Königin der Stadtpolizei doch zu den Dunklen Magistern gehen!«

»Keine Ahnung, was mit ihr los ist«, seufzte Apura Blaki. »Kekki ist nett und freut sich eigentlich, wenn sie eingeladen wird. Vielleicht ist sie krank.«

»Sie hat wohl mal wieder eine menschenscheue Phase. Es ist erschreckend, wie diese Scheu sie bremsen kann.«

Ich sprang von der Fensterbank. »Ich geh mal zu ihr. Melifaro, Bruderherz, wenn es mir gelingt, sie herzubringen, halt bitte den Mund, ja? Und wenn du etwas Böses sagen willst, sag es bitte mir. Ich kann viel ertragen. Strapaziere diese empfindliche Frau bitte nicht.«

»Seit wann bist du der Beschützer der Damenwelt?«, rief Melifaro erstaunt. »Ist das eine dauerhafte Metamorphose?«

»Das wird sich zeigen. Und vergreift euch ja nicht an meiner Portion!«

»Das werde ich verhindern, Max«, sagte Kofa, der offenbar auf meiner Seite stand.

Ich ging rüber zur Stadtpolizei. Auf Zehenspitzen schlich ich zu dem Büro, in dem früher der nette Hauptmann Schichola gearbeitet hatte, und lauschte ein wenig. Hinter der Tür war ein Schniefen zu hören. Ich beschloss, das Zimmer nicht zu betreten und mich stattdessen per Stummer Rede zu melden. Schließlich möchte niemand beim Weinen überrascht werden.

»Lady Kekki«, begann ich vorsichtig. »Verzeihen Sie meine Aufdringlichkeit, aber Partys während der Arbeitszeit sind bei uns ganz normal – das können Sie mir glauben. Unter anderem deshalb mache ich weiter diesen verrückten Dienst.«

Ich spürte, dass meine unsichtbare Gesprächspartnerin lächelte.

»Sir Max, Sie klingen wirklich lustig, jedenfalls per Stummer Rede.«

»Ich bin sowieso ein lustiger Typ«, gab ich schlagfertig zurück. »Und was die Stumme Rede anlangt, hab ich damit so meine Probleme. Darf ich reinkommen?«

Lady Kekki schwieg einen Moment, öffnete dann die Tür und sah mich mit ihren wunderbaren grauen Augen keck und doch hilflos an.

»Sind Sie den blöden Melifaro leid?«, fragte ich. »Er ist wirklich ein sehr netter Kerl, aber alle Mitarbeiter unseres Suchtrupps klopfen starke Sprüche. Sein Benehmen mag manchmal schockierend wirken, aber man sollte darüber hinwegsehen.«

»Wie kommen Sie ausgerechnet auf Sir Melifaro?«, fragte Kekki erstaunt. »Er ist zwar nicht der besterzogene Mann auf dieser Seite des Churon, aber im Vergleich zu General Bubuta ist er ein Klacks.«

Genüsslich malte ich mir aus, wie Melifaro reagieren würde, wenn ich ihm diesen Vergleich unter die Nase rieb.

»Umso besser – dann können wir doch zusammen …«

»Sir Max, Sie sind ein netter Mensch«, sagte Lady Kekki freundlich. »Sie können zwischen den Zeilen lesen – und das sogar, wenn es keine Zeilen gibt. Richten Sie Sir Melifaro bitte aus, dass ich mein Fernbleiben bedauere. Ich möchte Sie alle um Entschuldigung bitten, doch ich glaube, ich bleibe besser hier.«

»Wie Sie wollen«, seufzte ich. »Ich finde zwar, dass das keine glückliche Lösung ist, aber tun Sie, was Sie für richtig halten.«

Ich wollte gerade gehen, da meldete sich mein zweites Herz. Es pochte leicht, und ich bekam eine Vorahnung. Fast hätte ich den Kopf verloren, doch auch diesmal wirkten die Atemübungen von Sir Schurf wahre Wunder – und das, obwohl ich letzthin so selten dafür Zeit gefunden hatte.

»Ich bitte um Verzeihung, Lady Kekki«, murmelte ich. »Ich möchte nicht indiskret sein, aber warum haben Sie solche Angst vor Sir Kofa? Er ist ein ungemein netter Mensch.«

»Was? Können Sie Gedanken lesen?«

»Aber nein, ich hatte nur kurz Einblick in Ihre Gefühle. Nehmen Sie das nicht zu ernst – ich kenne Ihr Gefühlsleben eigentlich so gut wie gar nicht. Wissen Sie, manchmal ist es für mich schwer, mich zu kontrollieren.«

»Das ist nicht so schlimm«, flüsterte Lady Kekki. »Meine Gefühle sind kein großes Geheimnis.«

Plötzlich heulte sie los wie ein kleines Mädchen, und ich

stand an der Tür und fühlte mich wie eine Kinderfrau, die ihren Sonnenschein zum Weinen gebracht hat.

»Sollen wir ein bisschen zusammen weinen?«, fragte ich schließlich. »Das kann ich auch.«

»Vielen Dank, ich schaff das schon allein«, sagte Kekki, hob ihr verheultes Gesicht und lächelte schwach. »Wirklich nett, dass Sie mir Ihre Gesellschaft angeboten haben. Aber Sie haben mich missverstanden: Ich habe keine Angst vor Sir Kofa. Im Gegenteil – ich träume seit meiner Kindheit davon, ihn kennen zu lernen«, sagte sie und schniefte energisch. »Meine Eltern haben alte Zeitungen aufbewahrt – die ersten Nummern der *Königlichen Stimme*. Dort gab es eine Serie über die Geschichte unserer Stadt. Ich hab alles verschlungen, was es da über die Erfolge von Sir Kofa zu lesen gab.«

»Das verstehe ich gut«, flüsterte ich.

»Sie verstehen noch gar nichts«, gab sie zurück. »Ich hab auf eine Karriere am Hof verzichtet und mich mit der ganzen Familie überworfen, weil ich unbedingt zur Stadtpolizei wollte, deren Chef Sir Kofa damals war. Den Alltag bei der Polizei hatte ich mir ganz anders vorgestellt. Wissen Sie, ich bin sehr scheu und sage manchmal etwas unpassende Dinge. Außerdem heißt unser Chef nun leider Bubuta, und seinetwegen sehen uns alle Mitarbeiter des Kleinen Geheimen Suchtrupps an wie Schießbudenfiguren. Und was Sir Kofa über mich denkt, kann ich mir gut vorstellen.«

»Er denkt nicht schlecht über Sie, im Gegenteil. Schon wie er Sie anschaut!«

Einen Moment war ich überzeugt, die Wahrheit zu sagen. Was tut man nicht alles, damit jemand aufhört zu weinen!

»Meinen Sie das ernst, Sir Max?«

Sie hörte auf zu heulen und wirkte erleichtert. Ich hätte mir am liebsten die lügnerische Zunge abgebissen. Aber Sir Kofa hatte sich doch wirklich verdächtig gefreut, als ich gesagt hatte, ich würde Lady Kekki holen, oder?

»Haben Sie es sich jetzt vielleicht doch anders überlegt, was unsere Party drüben angeht?«, fragte ich. »Wir werden dort erwartet. Außerdem sind wir nette Leute, mit denen man sich prima unterhalten kann.«

»Gut, ich versuche es«, flüsterte Lady Kekki. »Aber nur, wenn Sie mich davor bewahren, etwas Unpassendes zu sagen.«

»Ich hab eine bessere Idee: Ich sage einfach was Dummes. Dann fällt es gar nicht auf, wenn Sie einen kleinen Schnitzer machen.«

Lady Kekki lächelte und fuhr sich vorsichtig mit den Händen durchs Gesicht, das daraufhin längst nicht mehr so verheult aussah.

»Ich kann zwar meine Gesichtszüge nicht so gut verändern wie Sir Kofa, doch ich kann mich aufbrezeln, ohne auf Kosmetik zurückgreifen zu müssen«, erklärte sie kokett.

»Toll! Können Sie mir das beibringen?«

»Soll das ein Witz sein?«

»Aber nein. Ich kann mich einfach nicht herausputzen – weder mit noch ohne Kosmetik.«

So wechselten wir in den Teil des Hauses an der Brücke, in dem der Kleine Geheime Suchtrupp untergebracht ist. Lady Kekki hielt sich an meinem Lochimantel fest wie eine Erstklässlerin am Einschulungstag an der Hand eines älteren Bruders. Ich fand das ziemlich rührend.

»Na endlich«, begrüßte uns Sir Kofa. »Ich hab eure Portion verteidigt wie ein Held aus der guten alten Zeit.«

»Das glaub ich dir«, meinte ich lächelnd und geleitete Lady Kekki zum leeren Stuhl von Sir Juffin. Dann wandte ich mich an Melifaro. »Wie ich sehe, hat man dir nicht erlaubt, das Tablett leerzufressen.«

»Dafür hab ich genug zu trinken bekommen«, sagte er und lächelte beschwipst. »Und ich sage euch: Wenn das Schiff aus Arwaroch nicht bald in seine Heimat segelt, werde ich mich sinnlos betrinken.«

»Verständlich«, nickte Kofa mitfühlend. »Du hast die Schönlinge wirklich satt, was?«

»Und wie! Schenk mir bitte nach. Und du, Max, sieh mich nicht an wie ein Ausbund an Nüchternheit.«

»Mir liegt nur mein Wohl am Herzen. Ich hab nämlich keine Lust, dich am Abend wieder ausziehen zu müssen, weil du eingeschlafen und nicht mehr wachzurütteln bist.«

Melifaro wollte schon protestieren, winkte dann aber kichernd ab. Auch Sir Kofa und Leutnant Apura Blaki lachten laut, und selbst Lady Kekki lächelte freundlich.

Nanu, ich hab doch gar nichts Lustiges gesagt, dachte ich erstaunt und biss genüsslich in eine noch warme Pirogge. Dabei warf ich Kekki einen Seitenblick zu, doch sie hatte offenbar keinen Appetit. Manche Leute sollten einfach ein, zwei Glas trinken, damit sie ihre Hemmungen verlieren.

»Kofa, gieß Lady Kekki und mir bitte ein Gläschen ein«, bat ich. »Wir müssen unbedingt Brüderschaft trinken.«

»Wie Sie meinen«, sagte Lady Kekki schicksalsergeben. In ihrer Stimme lag inzwischen eine angenehme Leichtigkeit, die sie langsam zu einer guten Gesprächspartnerin machte.

Wie oft habe ich mir schon vorgenommen, mich nicht in die Angelegenheiten anderer einzumischen – umsonst! Manchmal stürzen sich Freunde auf mich, und ich bin gleich bereit, ihnen zu helfen, ihr verpfuschtes Leben zu verbessern. Bisher haben solche Aktionen aber stets ins Fiasko geführt.

An diesem Abend nun trank ich nur mit Lady Kekki eine ganze Flasche Dschubatinischen Säufer. Das Getränk hatte auf sie eine wunderbare Wirkung. Sie lächelte entspannt und aß sogar etwas. Ich beobachtete sie kurz und meldete mich dann per Stummer Rede bei Sir Kofa.

»Auch wenn du mir nicht glaubst: Lady Kekki ist verrückt nach dir. Aber bewahre bitte die Ruhe, denn sie soll nicht merken, dass ich dir das verraten habe. Als Kind hat sie von deinen Abenteuern gelesen, und seither träumt sie davon, dich kennen zu lernen. Kein Wunder, dass sie etwas Angst vor dir hat. Also behandele sie rücksichtsvoll.«

»Vielen Dank für die nette Nachricht«, gab Kofa per Stummer Rede zurück und wandte sich dann laut an Melifaro: »Mein Süßer, was hast du da gefunden?«

»Das hier!«, rief Melifaro und zeigte allen sein Glas, in dem eine grüne Raupe kroch. »Wie ist die nur hierhergeraten?«

»Durch die Luft«, erklärte ich mit einer Stimme, die keinen Widerspruch duldete. »Vermutlich will sie was trinken.«

Melifaro besah sich sein Glas. »Na ja, ein paar Tropfen sind noch drin. Die dürften reichen.«

Sekunden später allerdings beförderte er die Raupe aus seinem Glas und murmelte: »Schluss jetzt.« Leutnant Apura Blaki schlug gleich vor, sie zu füttern. Eigentlich wollte ich die weitere Entwicklung der Dinge abwarten, aber Sir Juffin meldete sich per Stummer Rede bei mir.

»Komm her, Max. Das dürfte dich interessieren.«

Ich sprang von der Fensterbank, zog die Flasche mit Kachar-Balsam aus dem Schreibtischversteck und nahm einen kräftigen Schluck. Die Schläfrigkeit, die mich nach einer halben Flasche Dschubatinischem Säufer befallen hatte, war wie weggeblasen. Ich nickte zufrieden, schob die Flasche ins Versteck zurück und ging zur Tür.

»Wo willst du hin?«, fragte Sir Kofa finster.

»Zu Juffin, wohin sonst? Er hat mich eben gerufen«, sagte ich und hob schuldbewusst die Arme. »Mästet mir die Raupe nicht zu sehr – sie muss noch ein Schmetterling werden.«

»Meinst du, dafür ist sie zu dick?«, fragte Melifaro erschrocken.

»Das kann ich noch nicht sagen, aber bleibt hübsch brav.«

Im Keller erwartete mich Juffin. Er stand neben dem Eingang zur Isolationskammer und sah müde und besorgt aus.

»Geh lieber nicht rein«, meinte er und wies mit dem Kopf auf die Tür. »Dort drin war es so nett! Wie kann ich ohne dieses Zimmer arbeiten?«

»Zaubern Sie sich doch eine neue Kammer. Hier im Keller ist Platz genug. Was ist da drin überhaupt passiert?«

»Na ja, nachdem ich mich beim Zaubern etwas angestrengt und Hechta Bonbon wieder zum Bewusstsein gebracht hatte, hat er meine Fragen ausführlich beantwortet. Dann aber hat er plötzlich gemerkt, dass er nichts zu verlieren hat, und mit mir zu kämpfen begonnen. Sehr romantisch.«

»Und vor allem sehr unvorsichtig«, murmelte ich.

»Na ja, er hat mich überrumpelt. Einige Zeit sah es sogar aus, als könnte er mich besiegen, aber am Ende war ich ihm doch über. Eigentlich hab ich dich gerufen, um dir zu zeigen, wie ein Zimmer nach der Anwendung Offenkundiger Magie 234. Grades aussieht.«

»Ist das der höchste Grad?«, fragte ich.

»Eigentlich ja ... Es gibt zwar Indizien dafür, dass Lojso Pondochwa Magie 235. Grades benutzt hat, aber Lojso ist eine Legende, und man sollte nicht alles glauben, was über ihn erzählt wird. Na schön, jetzt schau dir das Zimmer mal an.«

Juffin führte mich zur Tür und machte sie einen Spalt weit auf. Erwartungsvoll steckte ich die Nase in die schmale Öffnung, doch bis auf grelles Licht gab es nichts zu sehen. Das Licht kam mir lebendig und irgendwie böse vor.

»Oh«, seufzte ich und drehte mich zu Juffin um. »Kein übles Feuerwerk. Wird das so bleiben?«

»Kommt Zeit, kommt Rat, aber ich fürchte, es wird noch einige Zeit dauern.«

»Und was passiert, wenn ich da reingehe?«

»Das lässt sich ganz und gar nicht sagen. Ich kann dir nur raten, es zu lassen. Ein normaler Mensch verschwindet einfach darin – genau wie der verrückte Hechta. Offen gesagt habe ich diesen Trick heute zum ersten Mal angewandt, Max.«

»Wahnsinn!«, rief ich. »Ich hätte nie gedacht, dass es noch Dinge gibt, die Sie zum ersten Mal tun.«

»So kann man sich täuschen«, meinte Juffin und lächelte müde. »Na schön, fahr mich jetzt bitte nach Hause. Unterwegs erzähle ich dir Details aus dem Verhör. Oder kannst du dir schon denken, wie alles gelaufen ist?«

»Einigermaßen. Ich vermute, Magister Hechta Bonbon wollte in die Burg Jafach, um alte Rechnungen mit Sir Nuflin Monimach zu begleichen – hab ich Recht?«

»Nicht schlecht. Weiter.«

Während des Gesprächs waren wir aus dem Keller gestiegen und traten nun auf die Straße.

»Ich hoffe, Kimpa verübelt mir nicht, dass ich seine Pflichten übernehme«, sagte ich und setzte mich ans Steuer von Sir Juffins Dienstwagen. »Immerhin ist es sein Privileg, Sie nach Hause kutschieren zu dürfen.«

»Kimpa ist in Landland, um die Hochzeit seines Enkels zu feiern. Das wird er sicher ausgedehnt tun. Ich hab lange gebraucht, ihn davon zu überzeugen, dass ich seine Abwesenheit verkraften kann. Aber jetzt rede weiter, Max. Deine Version der Geschehnisse interessiert mich, denn sie kommt dem sehr nahe, was tatsächlich passiert ist.«

Ich fuhr schnell los und erzählte weiter: »Hechta hat offenbar Kontakt zur näheren Umgebung von Sir Nuflin Monimach gesucht. Das ist ihm mit Hilfe von Warich Ariam auch gelungen. Und den armen Jorinmuk, dessen Gesicht er übernommen hat, hat er irgendwann später umgebracht, stimmt's?«

»Nicht erst später, Max – gleich am Anfang! Wo bleibt deine Logik? Unser Verbrecher konnte doch nicht von Anfang an wissen, an wen aus der Umgebung von Nuflin Monimach er sich würde heranmachen können.«

»Verstehe. Hechta Bonbon hat Jurinmuk also umgebracht, aber was hat er mit der Leiche getan?«

»Für einen Großen Magister stellt eine Leiche keine große Herausforderung dar.«

»Auch das verstehe ich. Doch warum hat Hechta Bonbon, wenn er so ein erfahrener Zauberer war, ständig die Hilfe von Warich Ariam gebraucht?«

»Um einen Menschen äußerlich zu verwandeln, braucht man nicht nur Zaubermacht, sondern auch viel Erfahrung. Genialität reicht dafür nicht aus.«

»Verstehe. Warich Ariam musste also auch deshalb sterben, weil er ein unbequemer Zeuge war.«

»Genau. Weiter.«

»Ich hab nicht mehr zu sagen. Ich möchte nur noch einige Fragen stellen – auch wenn Sie an meinem Verstand zweifeln mögen. Warum konnte Hechta eigentlich in der Burg Jafach kein Unheil anrichten? Er hatte doch vierundzwanzig Stunden Zeit dafür. Was hat er die ganze Zeit da drin gemacht?«

»Glaubst du, es ist für einen Außenstehenden leicht, die Geheimtür in die Burg zu benutzen? Dafür braucht man den passenden Zauberspruch, und der ist anstrengend. Es ist ihm zwar gelungen, in die Burg zu gelangen, doch dann bist du auf seine Spur getreten, und von da an ging es ihm schlecht. Es war wirklich Glück, dass Lady Melamori dich diese Spur hat verfolgen lassen. Hast du noch weitere Fragen?«

»Jede Menge! Ich verstehe zum Beispiel nicht, was der Grässliche Mudlach in der ganzen Geschichte zu suchen hat und wie es ihm gelingen konnte, am Leben zu bleiben. Wie mag er es geschafft haben, im Cholomi-Gefängnis zu landen, um dort die Verbrechen eines anderen abzusitzen? Wissen die Leute dort nicht, wen sie inhaftieren?«

»Tja, Max, deine Fragen sind berechtigt, aber du hattest offenbar noch nie mit einem so begabten Magier wie Hechta Bonbon zu tun. Er ist nämlich imstande, seine Schuld auf jemand anderen zu übertragen, und niemand erkennt diese Täuschung. Und was deine anderen Fragen angeht: Ich glaube, da hat eher der Zufall entschieden. Mudlach hat Warich Ariam einfach im unpassenden Moment überrascht. Ich glaube, er war in Panik, als seine Anhänger es nicht schafften, Alotho umzubringen, und beschloss, sein Äußeres ein weiteres Mal zu ändern. Aber in diesem Moment war gerade unser Held Hechta Bonbon bei Warich Ariam. Die Arbeit an Hechtas Gesicht war fast beendet. Hechta hatte Warich erlaubt, einen neuen Kunden zu behandeln, sich im Zimmer nebenan versteckt, gelauscht und mitbekommen, dass auch Mudlach untertauchen wollte. Für Hechta war das ein günstiger Zufall. Er wollte Warich Ariam ohnehin nicht am Leben lassen und konnte ihn nun umbringen und die Schuld auf einen anderen übertragen. Du weißt ja, Max, wozu Menschen in aussichtsloser Lage fähig sind. Auf alle Fälle hat Warich Ariam sich erbittert verteidigt und sogar den 117. Grad der Offenkundigen Magie angewandt. Nach dem Tod von Warich hat Hechta Mudlach davon überzeugen können, dass das Cholomi-Gefängnis für ihn die beste Lösung ist. Oh, wir sind schon da. Vielen Dank fürs Bringen. Ich muss jetzt unbedingt schlafen. Deshalb lade ich dich nicht ein, noch mit hereinzukommen.«

»Ich bin auch fix und fertig«, sagte ich und unterdrückte mühsam ein Gähnen. »Aber als Nachtantlitz muss ich heute Abend im Haus an der Brücke bleiben, stimmt's?«

»Das ist zwar nicht obligatorisch, aber an deiner Stelle würde ich es tun. Du kannst dort auch schlafen, denn mit

Kachar-Balsam solltest du dich nicht ewig über Wasser halten. Aber jetzt Gute Nacht.«

»Warten Sie, ich habe noch eine allerletzte Frage. Warum hat Mudlach nicht auch den Sohn von Warich Ariam umgebracht?«

»Das musst du Mudlach selber fragen«, meinte Juffin nur und ging ins Haus.

Das abendliche Treffen in unserer Abteilung war längst beendet, und das Haus an der Brücke war fast leer.

»Hast du eine Pirogge bekommen?«, fragte ich den schläfrigen Kurusch und strich ihm übers Gefieder.

»Sogar vier. Lass mich bitte schlafen.«

»Natürlich. Ich werde jetzt auch pennen«, sagte ich, rückte meinen Stuhl vor den Sessel von Sir Juffin und machte es mir auf seinem Platz bequem.

»Warum kannst du nicht bei dir zu Hause pennen?«, fragte Sir Kofa und riss mich aus allen Träumen.

»Ist es schon Morgen?«, fragte ich verschlafen.

»Beinahe. Wir haben hier gestern wirklich ziemliche Unordnung hinterlassen«, sagte er und stellte einen Rest Kamra auf den Herd, um sie anzuwärmen.

»Kofa, pennst du eigentlich auch manchmal?«, fragte ich müde und griff nach dem Kachar-Balsam, dem einzigen Mittel, das mich wach werden ließ.

»Natürlich, aber ich komme zum Glück mit zwei, drei Stunden Schlaf pro Nacht aus.«

»Das würde ich auch gern.«

»Ich glaube, Juffin wäre darüber nicht froh. Er meint, zu schlafen sei ebenso wichtig wie wach zu sein. Und er ist überzeugt, dass wir aus unseren Träumen Kraft schöpfen, die uns den Alltag bewältigen hilft. Aber jetzt geh nach Hause und leg dich hin.«

»Gerne. Aber erst trinken wir noch eine Tasse Kamra.«

Weißt du eigentlich, dass ich in deiner Schuld stehe? Was du mir über Lady Kekki erzählt hast, war wirklich nett. Dass eine so sympathische Frau sich für mich interessiert, hat mir sehr gefallen.«

»Gut, ich verschwinde dann mal, wie Ande Pu – der Hüter meiner Katzen – zu sagen pflegt. Den hab ich übrigens schon seit einer halben Ewigkeit nicht gesehen. Weißt du zufällig, wie es ihm geht?«

»Ganz gut. Er verdient in der Redaktion der *Königlichen Stimme* viel Geld, und doch kann man ihn jeden Abend in einem anderen Wirtshaus treffen, wo er sich über sein hartes Schicksal beklagt.«

»O je! Na dann, gute Nacht, Sir Kofa!«

In meinem Kopf herrschte ein heilloses Durcheinander, weil ich vor meinem Treffen mit Lady Techi furchtbar aufgeregt war.

Ich setzte mich in mein nagelneues A-Mobil, das zwischen den Dienstwagen des Hauses an der Brücke geparkt war.

Mein Wagen sah aus wie ein Wunder. Ich hatte ihn ein paar Tage zuvor von einem Mechaniker gekauft, der ihn monatelang nicht losgeworden war, weil er allen Kunden zu modern war. Was Mechanik angeht, sind die Einwohner von Echo sehr konservativ. Ich hingegen war mit meinem avantgardistischen A-Mobil sehr zufrieden, denn es erinnerte mich an die Wagen meiner Heimat.

Genüsslich öffnete ich die grün schillernde Fahrertür und setzte mich ans Steuer. Ich wollte schon losfahren, da spürte ich einen dicken Kloß im Hals. Mir wurde schwarz vor Augen, und erstaunt stellte ich fest, dass sich der Tod schon wieder für mich interessierte.

Jetzt reicht's!, dachte ich genervt. Dann hörte ich auf zu denken – zum Glück nicht für immer.

Natürlich war ich nicht tot. Als ich erwachte, war ich an Händen und Füßen gefesselt und hatte als Paket Probleme, das Leben zu genießen. Dann stellte ich fest, dass ich in einen Teppich gewickelt war. Weil er hin und her ruckelte, musste er in einem A-Mobil liegen.

»Was ist hier los?«, rief ich.

»Fangachra, nehmt es uns bitte nicht übel, aber Ihr müsst zu Eurem Stamm zurückkehren!«

Mit Schrecken erkannte ich die Stimme. Sie gehörte dem alten Mann, der im Namen seiner Landsleute mit mir verhandelt hatte. Ich wollte weinen, doch plötzlich überkam mich der Zorn, und ich schimpfte los. Ich hätte nicht gedacht, so viele Schimpfworte zu kennen.

Meine Entführer reagierten allerdings gar nicht auf meine Tirade, und ich hörte irgendwann damit auf. Ich musste unbedingt etwas unternehmen. Meine Kräfte würden sicher reichen, den Wagen in tausend Teile zerspringen zu lassen, aber dafür musste ich die Hände frei haben. Ansonsten konnte ich nur Gift spucken. Das allerdings hatten meine Landsleute offenbar gewusst und mich deshalb in den Teppich gepackt.

Vorsichtig bewegte ich die Finger der linken Hand und versuchte zu schnippen. Erstaunlicherweise klappte das.

Zum Glück kannten meine Entführer diesen Trick nicht. Sonst hätten sie mir sicher auch die Finger verschnürt.

So konnte ich endlich zur Sache kommen. Der Teppich würde den tödlichen Blitzen sicher keinen Widerstand entgegensetzen.

Aber das war eigentlich eine Schnapsidee, denn ich wollte nicht als jemand gelten, der an seinen angeblichen Landsleuten ein Massaker verübt hatte. Ich sehnte mich eigentlich nur in ein kleines, gemütliches Zimmer über dem Wirtshaus *Armstrong und Ella*.

Also machte ich den Versuch, meine Landsleute durch ein Gespräch davon zu überzeugen, mich freizugeben.

»Leute, was denkt ihr euch eigentlich? Ihr fahrt mich also nach Hause, ja? Und dann? Wollt ihr mich an den Thron ketten? Soll ich mit gefesselten Händen und Füßen über euch regieren? Wenn ihr mich nicht festsetzt, fahre ich bei erstbester Gelegenheit nach Echo zurück, und das wisst ihr.«

»Eure Füße sollen endlich Heimaterde berühren, Fangachra – das wird Euch helfen, für immer dort zu bleiben«, sagte der widerspenstige Alte überzeugt. »In Echo gibt es schreckliche Zauberer aus Uguland, die Euch verhext haben. Deshalb habt Ihr Euch von Eurem Stamm abgewandt. Wenn Ihr aber wieder in Euer Heimatland kommt, wird Euer Herz erwachen.«

»Wenn ihr mich nicht sofort freigebt, wird es euch übel ergehen. Ich hoffe, ihr lasst es nicht darauf ankommen.«

»Könnt Ihr Euch etwa aus unseren Fesseln befreien?«, fragte der alte Mann ungläubig.

»Na gut«, sagte ich verärgert. »Ich hatte euch gewarnt.«

Ich konzentrierte mich. Eigentlich wollte ich diese lustigen Leute, die mich für ihren König hielten, nicht töten. Sie gehörten zu einem kleinen, aber durchaus sympathischen Stamm, und ihr hartnäckiger Wunsch, mich zu ihrem Herrscher zu machen, ging mir zwar auf die Nerven, schmeichelte aber auch meiner Eigenliebe.

Also entspannte ich mich, um meinen Zorn loszuwerden. Wenn es hart auf hart kam, blieben mir als letzte Waffe noch immer die tödlichen Blitze. Es musste mir nur gelingen, meine Wünsche zu zähmen. Hoffentlich besaß ich dafür Disziplin genug. Dazu allerdings musste ich diese hartnäckigen Menschen zwingen, nach meiner Pfeife zu tanzen – und zwar sofort, denn eine Reise bis an die Grenze des Vereinigten Königreichs harmonierte schlecht mit meinen abendlichen Plänen.

Nach ein paar Minuten spürte ich, dass ich mit meiner Befreiung beginnen konnte. Vorsichtig schnippte ich mit der linken Hand, und grüne Kugelblitze drangen durch den Teppich nach draußen. Mir blieb nur zu hoffen, dass sie ihr Ziel erreichten.

Etwas später merkte ich, dass ich Erfolg gehabt hatte, denn eine Stimme sagte: »Ich stehe Euch zu Diensten, Herr.«

Ausgerechnet der hartnäckige Alte war mein erstes Opfer geworden.

»Ich stehe Euch zu Diensten, Herr«, hörte ich alsdann verschiedene Stimmen sagen.

»Prima«, meinte ich. »Und jetzt lasst mich bitte frei.«

Meine Landsleute wickelten mich aus dem Teppich, schauten mich begeistert an und schnitten mit zitternden Händen die Schnüre durch, mit denen sie mich an Händen und Füßen gefesselt hatten.

Ich bewegte meine eingeschlafenen Arme und Beine und sah mich um. Wir saßen in einem großen Leiterwagen und standen mitten in einem seltsamen Wäldchen. Ringsum spazierten Elche und schauten uns gleichgültig an.

Mühsam kletterte ich vom Wagen. Dann warf ich meinen Landsleuten einen bitterbösen Blick zu und rief: »Wehe, ihr behandelt mich noch mal auf diese Art und Weise! Wie habt ihr mich überhaupt fangen können? Na los, erzählt!«

»Wir haben die Leute in Echo nach Eurem Wagen gefragt und uns unterm Sitz versteckt. Dann haben wir Euch von hinten überwältigt und gefesselt. Euer Leben war nie in Gefahr.«

»Gut, Leute, fahrt nach Hause. Na los, schiebt ab. Viele Stämme kommen gut ohne König aus. Ihr solltet das auch mal probieren. Das ist kein Befehl, sondern nur ein freundlicher Rat. Außerdem solltet ihr aufhören, diese merkwürdigen Sachen zu tragen. Die stehen euch wirklich nicht. Ein Turban würde euch besser kleiden. Darf ich?«, fragte ich und griff nach einem Stück Stoff, das einer meiner Landsleute in der Hand hielt. Leider gelang es mir nicht, es zu einem Turban zu binden, doch ich bekam wenigstens ein Piratentuch hin.

Offenbar war Antschifa Melifaros Einfluss auf mich stärker als vermutet.

»Ihr könntet eure Tücher zum Beispiel so tragen«, meinte ich. »Habt ihr das kapiert?«

»Wir tun, was Ihr befehlt, Fangachra«, versprach mir der Alte.

Die Bewohner der Grenzgebiete waren nun fleißig damit beschäftigt, ihre Kopfbedeckung zu revolutionieren. Nach ein paar Minuten sahen sie aus, als wären sie dem *Fluch der Karibik* entsprungen. Nur Johnny Depp war nirgendwo zu sehen.

»Toll«, rief ich begeistert. »Und jetzt, meine Adler, hab ich eine neue Aufgabe für euch. Ihr legt euch auf den Boden, schließt die Augen, konzentriert euch und … befreit euch von der Macht, die ich über euch habe.«

Meine Landsleute taten, wie ihnen geheißen. Als sie sich nach ein paar Minuten wieder erhoben, wirkten sie erschrocken und verlegen, waren aber wenigstens wieder zurechnungsfähig.

»Was habt Ihr mit uns getan, Fangachra?«, fragte der Alte. »Kein Mensch kann so was mit anderen anstellen. Vielleicht seid Ihr ein Gott!«

»Das wird ja immer schlimmer mit euch. Vorhin war ich noch euer König, jetzt bin ich schon euer Gott. Für mich ist dieses Gespräch beendet. Lebt wohl, meine Herren. Ich wünsche euch eine schöne Heimreise.«

»Ihr kommt also nicht mit?«, fragte der Alte hartnäckig. »Dabei hatte ich so darauf gehofft.«

»Hoffnungen sind trügerisch. Das hab ich euch schon mal gesagt. Es wird euch auch ohne mich gut gehen.«

Ich sah meinen angeblichen Landsleuten nach, bis sie um die nächste Biegung verschwunden waren. Dann schüttelte ich erleichtert den Kopf und meldete mich per Stummer Rede bei Sir Juffin. Mein Chef überraschte mich mit einem langen Monolog:

»Prima, dass du dich endlich bei mir meldest, Max. Ich wollte dich gerade fragen, ob dir klar ist, dass du ab und an im Haus an der Brücke auftauchen solltest. Dein A-Mobil steht zwar vor der Tür, doch von dir ist weit und breit nichts zu sehen. Ich wüsste gern, wie du gestern nach Hause gekommen bist. Was ist überhaupt mit dir los?«

»Sie vermuten mich offenbar in Echo«, gab ich zurück.

»Wo solltest du sonst sein, Max?«

»Das weiß ich selbst nicht. Jedenfalls bin ich nicht in Echo. Man hat mich entführt.«

»Wer?«

»Meine so genannten Untertanen. Und ich dachte, die ganze Stadt würde fieberhaft nach mir suchen.«

»Davon hab ich nichts mitbekommen«, seufzte mein Chef. »Tut mir wirklich leid.«

»Nachdem Sie Magie 234. Grades anwenden mussten, haben Sie sicher tief geschlafen«, meinte ich verständnisvoll. »Außerdem war es halb so wild. Meine angeblichen Landsleute wollten mir nichts tun. Ich hab mich ziemlich leicht befreien können und bin wohlauf.«

»Gut, mein Held. Willst du wieder nach Hause?«

»Unbedingt. Schicken Sie bitte Lady Melamori. Sie soll auf meine Spur treten und mich aus dieser Einöde retten.«

»Alles klar, Max. Ende.«

Nach diesem Gespräch meldete ich mich kurz bei Lady Techi. Wir waren verabredet, und sie hätte gute Gründe gehabt, mir Vorwürfe zu machen, klang aber sehr nett.

»Wohin haben die Dunklen Magister dich verschleppt?«, fragte sie besorgt.

Ich erzählte ihr kurz von meinem neuesten Abenteuer.

»Ich hoffe, so was passiert mir nicht so bald wieder«, setzte ich abschließend hinzu.

Eine halbe Stunde später spürte ich, wie müde ich

war. Stumme Rede erschöpft mich ungemein. Also verabschiedete ich mich von Techi, legte mich ins Gras und betrachtete den wolkenlosen Himmel. Ich war vollkommen glücklich, und das passiert mir selten. Gleich darauf schlief ich ein.

Das Fauchen eines A-Mobils weckte mich. Ich träumte gerade, ich würde vor zwölf Ärzten im weißen Kittel fliehen, die ständig riefen, sie wollten mir doch nur ein wenig bei meinem zweiten Herzen helfen. Ich wollte mich allerdings nicht von meinem doppelten Organ trennen. Na ja – ein ganz normaler Albtraum eben. Ich erwachte zwar in kaltem Schweiß gebadet, war aber herzlich froh, diese Szene nicht wirklich erlebt zu haben.

»Was ist passiert?«, fragte Melamori erschrocken. »Geht's dir nicht gut?«

»Keine Sorge, ich hab nur schlecht geträumt.«

»Das ist auch nicht angenehm«, meinte sie und lächelte. »Ich hab deinen Wagen genommen, weil ich mir dachte, du würdest dich darauf freuen. Auf der Rückbank liegt übrigens dein Turban. Setz ihn bitte auf, denn du siehst wahnsinnig zerzaust aus. Ich hab schnell hergefunden, was? Es ist noch nicht mal dunkel.«

»Stimmt«, meinte ich und sah in ihr glückliches Gesicht. »Du machst gewaltige Fortschritte und hast durchaus Chancen, unseren Wettbewerb irgendwann zu gewinnen.«

»Langsam beginne ich, an mich zu glauben – besonders nach der heutigen Fahrt. Deine Untertanen haben eine ganz hübsche Strecke mit dir zurückgelegt.«

»Lass uns fahren. Und diesmal setze ich mich ans Steuer. Du musst mir nur den Weg weisen.«

Ich fuhr höchstens eine Stunde und erreichte dabei eine atemberaubende Geschwindigkeit. Meine angeblichen Untertanen aus Fangachra hatten es wirklich geschafft, mich fast bis ans Ende der Welt zu kutschieren. Ihre Transportelche waren offenbar sehr effizient. Unterwegs erzählte ich Melamori die kurze Geschichte meiner Befreiung, und sie lachte.

»Gibt's bei euch was Neues?«, fragte ich.

»So einiges. Mudlach muss im Cholomi-Gefängnis bleiben, hat aber nur zwei Jahre Haft wegen Lügens bekommen. Juffin wollte, dass er schneller entlassen wird, doch Kamschi ist stur geblieben. Gesetz ist Gesetz, hat er gesagt.«

»Das ist nichts Neues«, meinte ich. »Kamschi hat sich immer penibel an die Gesetze gehalten. Nur hatte er früher keine Gelegenheit, Juffin seine Dickköpfigkeit zu demonstrieren. Aber diese Eigenschaft ist für einen Gefängnisdirektor gar nicht schlecht.«

»Das sag ich ja auch gar nicht. Außerdem hat Alotho seine Kämpfer um das Gefängnis herum Position beziehen lassen. Dort müssen sie zwei Jahre aushalten, da unser Adonis befürchtet, der Grässliche Mudlach könnte entkommen. Toll, was?«

Wir passierten ein Stadttor und fuhren durch die riesigen Obstplantagen am linken Ufer des Churon.

»Du bist wahnsinnig schnell gewesen«, meinte Melamori neidisch. »Tolle Zeit! Es wird lange dauern, bis ich dir das Wasser reichen kann.«

»Irgendwann wird es dir gelingen. Wart's ab. Und die Schönlinge aus Arwaroch wollen wirklich noch zwei Jahre bei uns gastieren?«

»Eigentlich nicht. Eine Hälfte der Soldaten bleibt beim

Gefängnis, die andere Hälfte kehrt mit Alotho nach Arwaroch zurück. Er hat seinem Herrscher versprochen, spätestens zum Jahreswechsel wieder da zu sein, und weil es in Arwaroch keine Stumme Rede gibt, kann unser Adonis seinem König nicht ausrichten, dass sich die Sache verzögert. Du weißt doch, dass diese seltsamen Leute sich sklavisch an ihr Wort halten. Aber er kommt in zwei Jahren wieder, um den Grässlichen Mudlach persönlich zu empfangen. Ist das nicht romantisch?«

»Ziemlich«, meinte ich und sah Melamori mitleidig an. »Ist es sehr schlimm für dich, dass Alotho wegfährt?«

»Ich weiß nicht«, sagte sie seufzend. »Vielleicht, aber nicht unbedingt. Außerdem will ich nicht darüber reden. Ach, sind wir schon da?«

»Was dachtest du denn?«, meinte ich stolz und hielt vor dem Haus an der Brücke.

»Gute Nacht, Max«, sagte Melamori lächelnd. »Ich muss nicht zum Dienst und gehe nach Hause.«

»Gute Idee. Ich will nur unserem Chef mein leidendes Gesicht zeigen, damit er mir erlaubt, in seinem Sessel zu schlafen.«

»Du klopfst Sprüche wie eh und je«, stöhnte Melamori. »Dabei seht Ihr gar nicht so fertig aus, Hoheit.«

»Ich bin noch nie beraubt worden«, rief Juffin und sah mich mitleidig an. »Und jetzt hat man mir gleich mein Nachtantlitz gestohlen! Aber ich glaube, du hast die Ehre des Kleinen Geheimen Suchtrupps verteidigt.«

»Sie reden schon wie ein gebürtiger Arwarocher«, sagte ich und setzte mich in meinen Lieblingssessel.

»Mit Alotho werde ich mich nicht so bald messen können. Hast du Hunger? Du siehst ganz schön mitgenommen aus.«

»Das kann ich mir vorstellen. Melamori war allerdings der Meinung, ich wirke nicht besonders fertig.«

»Sie ist in letzter Zeit ein tapferes Mädchen geworden«, erklärte Juffin, »und kann inzwischen einiges vertragen.«

Ich erzählte erneut mein exotisches Abenteuer und aß dabei eine so leckere wie riesige Pirogge aus der Produktion von Madame Žižinda, denn Sir Juffin hatte behauptet, das sei das Einzige, was mein müdes Gesicht entspannen könne.

»Und jetzt geh nach Haus und erhol dich, Max. Du kannst bis übermorgen faulenzen. Nach so einer Thronbesteigung braucht man Zeit, um sich zu erholen.«

»Sind Sie sicher?«, fragte ich und wollte meinen Ohren nicht trauen. »Haben Sie eigentlich schon gemerkt, dass immer ich das Opfer bin, wenn etwas Unangenehmes passiert? Ich werde sicher als Erster erfahren, dass in Echo schon wieder ein Verbrechen geschehen ist.«

»Soweit ich weiß, widerfahren dir nicht nur unangenehme Dinge. Aber jetzt husch, husch.«

Ich ging nervös zu meinem Wagen. Vielleicht hatten sich meine angeblichen Untertanen ja noch was Besonderes für mich ausgedacht?

Einmal mehr bestätigten sich meine Vorahnungen: Auf der Rückbank saß jemand. Ich näherte mich meinem Wagen und wollte mich mit meiner giftigen Spucke verteidigen.

»Großer König! Darf ich vor dir auf die Knie fallen, um dich zu begrüßen?«

Jetzt erkannte ich das zufriedene Gesicht von Melifaro.

Ich sprang vor Überraschung in die Luft und legte dann die Hand auf meine beiden Herzen.

»Das war ganz schön riskant von dir, mein Freund, denn meine Nerven sind so gut wie am Ende«, kicherte ich.

»Aber offenbar ist es dir gelungen, dich zu beherrschen. Wollen wir eine Tasse Kamra trinken?«

»Du hast wirklich Glück. Ich wollte gerade ins Wirtshaus *Armstrong und Ella* fahren.«

»Max, ich freue mich, nicht nur dich, sondern auch deinen Kollegen Melifaro zu sehen«, sagte Lady Techi und lächelte uns freundlich über den Tresen an. »Heute haben sich zwei Krüge verhakt. Melifaro, würdest du sie bitte kaputt machen? Das kannst du doch so gut.«

»Ich bin zwar nicht in Form, aber ich schau mal, was sich machen lässt«, sagte Melifaro mit der Stimme eines Salonlöwen. »Ich muss deine Bitte erfüllen, weil ich große Angst vor dem Tyrannen habe, mit dem ich gekommen bin. In dieser Stadt gibt es nicht viele Orte, an denen man wirklich Spaß haben kann, doch dein Bistro gehört auf jeden Fall dazu.«

Techi lächelte und stellte uns zwei Tassen von ihrer Kamra hin, die als eine der besten der Stadt galt.

Die Eingangstür quietschte, und Ande Pu stand vor uns.

»Max, das gibt's ja nicht, dass ich Sie endlich treffe. Und ausgerechnet hier! Warum haben Sie es abgelehnt, König von Fangachra zu werden? Sie glauben ja nicht, wie sehr ich Ihre süßen Kätzchen vermisse!«

Als Melifaro diesen Sermon hörte, musste er so lachen, dass er beinahe vom Stuhl fiel.

»Arbeitet dieser Junge etwa auch für euren Suchtrupp?«, fragte Techi neugierig.

Der nächste Tag war einer der glücklichsten meines Lebens. Die ganze Zeit herrschte dichter Nebel, der sich erst gegen Abend zugunsten eines grandiosen Sonnenuntergangs lichtete. Während ich die sinkende Sonne bewunderte, drang ein merkwürdiger Dialog an mein Ohr:

»Morgen reise ich ab«, flüsterte Alotho Aliroch, doch seine Stentorstimme klang sogar geflüstert ziemlich laut. Dann setzte er hinzu: »Dabei möchte ich Echo gar nicht verlassen.«

»Doch du musst fahren, stimmt's?«, fragte Melamori.

»Ja.«

»Aber bald kehrst du zurück. Schließlich musst du den Grässlichen Mudlach persönlich erledigen. Diese zwei Jahre gehen sicher schnell vorbei.«

»Zwei Jahre sind eine halbe Ewigkeit«, seufzte Alotho. »Ich will nicht fahren und darf nicht bleiben, und du möchtest nicht mit mir nach Arwaroch gehen. Was für ein Drama!«

»Am besten, du verschwindest schnellstens und lässt uns alle in Ruhe«, brummte ich und wandte mich an Kurusch. »He, süßer Vogel, hörst du, was da draußen los ist?«

»Nein, was denn?«, fragte der Buriwuch und öffnete seine Bernsteinaugen.

»Dieser Adonis aus Arwaroch will unsere Lady Melamori unter Druck setzen. Und er gefällt ihr. Das macht die Sache gefährlich. Kurusch, kluger Vogel – dieser Alotho vergöttert dich. Misch dich also bitte in das Gespräch der beiden ein.«

»Wenn du so weitermachst, gehe ich mit Alotho nach Arwaroch«, drohte Kurusch mir. »Dort wird mich kein Mensch mit solchen Kleinigkeiten behelligen.«

»Glaubst du etwa, dort gibt es so leckere Piroggen wie hier?«, fragte ich listig.

»Nur wegen der Piroggen lasse ich diesen Worten keine Taten folgen. Gut, wenn du wirklich meinst, ich sollte mich in das Gespräch der beiden einmischen, dann mach ich das eben.«

Kurusch flog durch die halb offene Tür in den Saal der allgemeinen Arbeit, während ich mein Büro durchs Fenster verließ, damit die beiden Turteltäubchen nicht auf die Idee kämen, ich hätte ihnen Kurusch auf den Hals geschickt.

Nach einer halben Stunde kehrte ich ins Haus an der Brücke zurück. Natürlich hatte ich nicht vergessen, Kurusch Piroggen mitzubringen. Die hatte er sich redlich verdient. Diesmal betrat ich das Haus durch die Geheimtür und lief gleich Alotho über den Weg. Sein Gesicht war verzückt – ein untrügliches Zeichen dafür, dass er mit dem Buriwuch gesprochen hatte. Das spinnenartige Wesen schlief ruhig auf seinem Rücken.

»Wo hast du dich rumgetrieben?«, fragte Melamori.

»Ich war zum Mittagessen im *Gesättigten Skelett* und kann dir nur empfehlen, es mir nachzutun. Das Essen dort ist heute ausgezeichnet.«

Alotho sah mich erstaunt an.

Diese Helden aus Arwaroch spüren es bestimmt, wenn man sie übers Ohr hauen will, dachte ich. Und er versucht jetzt sicher, meine Absichten herauszufinden.

Zum Glück beschäftigte sich Alotho nicht lange mit mir, und ich verschwand schnell in mein Arbeitszimmer. Kurusch döste unschuldig auf seiner Sessellehne. Ich weckte ihn nicht, sondern legte ihm nur das Päckchen mit Piroggen hin.

Am nächsten Tag musste ich schon mittags zum Dienst. Alotho und die Hälfte seiner Mannschaft segelten nach Arwaroch zurück, und wir Mitarbeiter des Kleinen Geheimen Suchtrupps mussten sie feierlich verabschieden.

Melifaro schien der glücklichste Mensch des Vereinigten Königreichs. Er setzte sich auf den Tisch, schlenkerte mit den Beinen und machte ein verträumtes Gesicht.

»Die Abwesenheit von Rulen Bagdasys tut dir gut«, meinte ich beiläufig. »Was sollen wir eigentlich mit ihm machen?«

»Das weiß ich schon lange. Aber warte kurz, Nachtantlitz. Du wirst bald sehen, was ich mit ihm vorhabe.«

»Das sehe ich bestimmt irgendwann«, meinte ich, gähnte breit und griff nach der Flasche mit dem Kachar-Balsam.

Eine halbe Stunde später waren alle in Juffins Büro. Melamori kam als Letzte. Auf ihrem Rücken saß das Spinnenwesen von Alotho und wirkte sichtlich erschrocken.

»Du hast heute aber eine schöne Brosche!«, rief Melifaro begeistert. »Ein Geschenk des Königs, vermute ich.«

»Das ist Leleo. Er ist Beschützer aller Seelen von Arwaroch. Hat man dir schon einen Seelenbeschützer geschenkt, Melifaro?«

»Einen Seelenbeschützer? Der hat mir noch gefehlt!«

»Nicht frech werden!«, rief Melamori herrisch.

»Das ist eiserne Logik«, rief Sir Kofa belustigt. »Darf ich deinen Leleo kennen lernen?«

»Warum nicht.«

Von der Straße hörte ich die monotonen Schritte der hundert Soldaten, mit denen Alotho Echo verlassen wollte.

»Keine Sorge, die bleiben draußen«, erklärte Melamori. »Alotho sieht seine Soldaten vor allem als Schmuckstücke, und wenn er ein wichtiges Treffen hat, lässt er sich von ihnen eskortieren.«

»Und als ihr beide euch getroffen habt? Waren sie da auch dabei?«, fragte Melifaro listig.

»Zum Glück nicht. Vielleicht ist das Treffen mit einer Dame für ihn kein so wichtiges Ereignis.«

Alotho Aliroch kam in Gesellschaft nur eines Soldaten zu uns. Er war sehr jung, aber ebenso hübsch wie seine Kameraden und so groß wie ich, also gar nicht klein, doch im Vergleich zu seinen Genossen natürlich winzig.

»Das ist Thota, mein Schamane«, sagte Alotho feierlich und wirkte dabei sehr aufgeregt. »Er ist einer der besten Vermittler zwischen mir und unseren Göttern.«

»Wir freuen uns sehr auf dieses ungewöhnliche Treffen«, sagte Sir Juffin, und seine blauen Augen blinzelten neugierig.

»Die Götter haben uns erlaubt, euch unsere Waffen zu schenken«, sagte der Schamane. »Unser erstes Geschenk ist für Euch, Sir«, sagte er und verbeugte sich vor Juffin.

Alotho nahm seine große Machete vom Gürtel und schenkte sie meinem Chef. Der wirkte sehr zufrieden.

»Das zweite Geschenk ist für den, dem wir es zu verdanken haben, dass wir nicht auf unseren Anführer verzichten müssen«, sagte der Schamane und sah Melifaro an. Mein Kollege bekam die große Fliegenklatsche und wirkte ebenfalls sehr zufrieden.

Dann wandte sich der Schamane an Lonely-Lokley. »Unser Gott bedankt sich auch bei Euch, Sir, sagt aber nicht, wofür.«

»Schade«, antwortete Schurf ernst. »Ich wüsste gern, womit ich diese unerwartete Sympathiebekundung verdient habe.«

»Ihr bekommt keine Waffe, da Eure Handschuhe bereits sehr effektive Waffen sind. Doch ich habe eigens für Euch diesen Fisch gefangen«, sagte er und überreichte ihn meinem Kollegen.

»Das ist ja ein wunderbares Geschenk«, sagte Lonely-Lokley sichtlich gerührt.

Der Schamane verbeugte sich nun vor Sir Kofa und überreichte ihm ein Etui.

»Diese Reitpeitsche ist eine sehr gefährliche Waffe. Aber Ihr seid klug und wisst sicher, wie Ihr sie einsetzen müsst.«

»Vielen Dank«, sagte Kofa lächelnd. »Eine Reitpeitsche hab ich noch nie bekommen.«

»Und Ihr, gnädige Frau, bekommt etwas ganz Besonderes«, fuhr der Schamane fort. »Unser Gott hat uns wissen lassen, dass Ihr die Seelen der Arwarocher zu schützen vermögt. Ihr habt schon Leleo von uns bekommen. Er muss sich noch an Euch gewöhnen. Wenn er mit Euch zufrieden ist, wird er singen.«

»Und wann wird das sein?«, fragte Melamori. »Noch weint er die ganze Zeit und jammert nach Alotho.«

»Wenn ich nicht da bin, wird er singen«, versprach Alotho ihr. »Leleo macht immer alles zur rechten Zeit.«

»Das sagst du immer, aber ich hab den Eindruck, er möchte zu dir zurück.«

Der Schamane verbeugte sich nun vor Lukfi Penz. So respektvoll wie mit ihm hatte er nicht mal mit Sir Juffin gesprochen.

»Sir, Ihr seid es, der mit den Buriwuchen spricht. Seid Ihr bereit, unser Geschenk zu empfangen?«

»Sehr nett von Ihnen, meine Herren. Ich bin gespannt.«

»Kurz vor meiner Abreise nach Echo kam unser Herrscher zu mir und hat mir diesen Mantel gegeben«, sagte Alotho. »Er wird glücklich sein, wenn er erfährt, dass ihn jemand trägt, der mit den Buriwuchen spricht.«

Dann wandte sich der Schamane an mich.

»Unser Gott kennt Euch gut. Er hat mir viel von Euch erzählt, doch ich habe kaum etwas davon verstanden. Er sagte, Ihr habt alles und braucht kein Geschenk von uns.«

»Ihr seid aber nett zu meinem Kollegen«, unterbrach Melifaros amüsierte Stimme die feierliche Stille.

»Ich würde Euch gern einen meiner Schätze anvertrauen, Sir Max«, sagte Alotho feierlich. »Aber ich darf mich dem Willen unserer Götter nicht widersetzen.«

»Ihr habt mir schon einen Eurer Schätze gegeben – ich erinnere mich sehr gut an das Lied, das Ihr gesungen habt.«

»Wie schön, dass Ihr Euch an solche Details erinnert«, sagte Alotho, der meine Worte für ein Lob gehalten hatte.

Während wir Komplimente drechselten, wandte sich Melifaro an den Schamanen.

»Haben Eure Götter etwas dagegen, wenn ich Alotho ein Geschenk mache?«

»Ihr könnt tun, was Euch beliebt. Ihr habt die Ehre unseres Anführers gerettet – und die Ehre unseres Landes.«

Melifaro nickte zufrieden, griff in die Manteltasche und zog den Ring mit dem winzigen Rulen Bagdasys hervor. Jetzt wusste ich, was er vorhatte. Dieser wunderbare Mensch wollte die beiden Ursachen seiner Depression zusammenbringen und sehen, was passierte.

Juffin merkte, dass ich mich vor Lachen kaum beherrschen konnte, und meldete sich per Stummer Rede.

»Was ist los, Max?«

»Das soll Ihnen Melifaro erzählen. Jedenfalls besteht keine Gefahr für Alotho – Ehrenwort.«

»Ich wüsste gern, was für den eine Gefahr bedeuten würde«, bemerkte Juffin seufzend.

Melifaro hob zu einer feierlichen Erklärung an: »Das ist ein tolles Geschenk, Alotho. Ihr könnt den Ring in der Tasche oder am Finger tragen – das spielt keine Rolle. Und wenn Ihr mal sehr traurig seid, werft ihn auf den Boden und wartet ab, was passiert. Der Anblick wird Euch sicher erfreuen.«

»Vielen Dank. Ich hoffe, ich werde Euer Geschenk im richtigen Moment benutzen.«

Alotho steckte sich den Ring an die Rechte. Der kleine Rulen Bagdasys passte sehr gut zu seinem übrigen Schmuck.

»Ich muss jetzt gehen, meine Herren«, sagte Alotho dann und senkte den Kopf. »Je früher ich Eure Stadt verlasse, desto eher kehre ich zurück.«

»Ich begleite dich«, sagte Melamori.

»Nein, es ist kein gutes Zeichen, wenn ein Schiff die Anker lichtet und jemand am Ufer zurückbleibt.«

Als Alotho und seine Leute endlich abzogen, machte ich ein trauriges Gesicht.

»Ich hab als Einziger kein Geschenk bekommen«, meinte ich kapriziös. »Darunter leide ich wirklich sehr.«

»Dafür haben sie dir ein Kompliment gemacht, das ich nie bekommen habe«, meinte Juffin. Als er meinen erstaunten Blick bemerkte, fügte er hinzu: »Sie haben gesagt, du hast alles, was du brauchst.

»Ja und? Was soll das bedeuten?«

»Im Heiligen Buch von Arwaroch steht: ›Menschen bleiben Menschen, solange ihnen etwas fehlt‹«, erklärte Lonely-Lokley.

»Sie haben dich also als Gott eingestuft«, sagte Juffin und lachte.

»Hoffentlich kommt der Schamane nicht jede Nacht zu mir, um Rat zu suchen«, meinte ich. »Woher kennst du eigentlich das Heilige Buch von Arwaroch, Schurf?«

»Meine große Bibliothek enthält auch ein paar seltene Ausgaben. Unter anderem besitze ich eins von etwa fünfzehn erhaltenen Exemplaren dieses Buchs.«

Melifaro erzählte Juffin unterdessen alles über Rulen Bagdasys.

»Zuerst war ich auf die beiden stinksauer: auf den Mann aus Isamon und den aus Arwaroch. Dann hab ich mich an sie gewöhnt und sie sogar gemocht. Irgendwann wollte ich Rulen befreien, aber schließlich hab ich mich entschieden, Alotho den Ring zu schenken. Wer könnte seine Stimmung besser heben als Rulen mit seinen dummen Witzen.«

Sir Juffin sah nun wirklich glücklich aus.

»Max«, begann er belustigt, »da du König und Gott bist, sollte ich dich vielleicht fragen, ob ich nach Hause gehen darf. Ich möchte mich erholen – schlafen und lesen und so.«

Ich schwieg, weil ich nicht wusste, was ich sagen sollte.

»Na, meine Herren, vergesst bitte nicht, Sir Max jeden Abend kurz anzubeten. Und überhaupt: Tut alles, was er euch sagt. Ich gehe jetzt schlafen.«

»Verrückt«, meinte Sir Kofa, als Juffin verschwunden war. »Dieser Mann aus Kettari geht vor Sonnenuntergang schlafen. Er nimmt sogar Urlaub. Ich kenne ihn länger als ihr alle, und glaubt mir: Das ist noch nie passiert.«

»Ich kann nur sagen, dass das Abendessen im *Fressfass* auf die Minute pünktlich auf dem Tisch steht.«

»Vielen Dank, Max. Du bist ein netter König und Gott«, meinte Sir Kofa lächelnd. »Du hast doch nichts dagegen, wenn ich ein paar Leute von der Stadtpolizei mitnehme, oder?«

»Lady Kekki Tuotli kannst du gern mitbringen. Aber komm ja nicht auf die Idee, General Bubuta anzuschleppen.«

Wir aßen lange und ausgiebig, doch Lady Melamori tauchte nicht auf. Ich verstand, dass ihr der Sinn jetzt nicht gerade nach unserer Gesellschaft stand.

Melamori erschien um Mitternacht im Haus an der Brücke. Sie war allein und stand reglos auf der Schwelle zu meinem Büro. Mein zweites Herz spürte ihren Schmerz und blieb aus Mitleid kurz stehen.

»Ich glaube, ich hab schon wieder eine Dummheit begangen, Max«, gab sie traurig zu.

»Wir Menschen machen ab und zu Dummheiten, wie die Buriwuche zu sagen pflegen. Was hast du denn angestellt?«

»Ich hatte Angst und bin deshalb nicht mit Alotho nach Arwaroch gesegelt.«

»Das kann ich gut verstehen«, sagte ich.

»Du? Angst wäre für dich bestimmt kein Hindernis gewesen, so eine Reise anzutreten.«

Sie setzte sich zu mir, und wir plauderten bis zum Sonnenaufgang über alles Mögliche. Irgendwann unterbrach uns Leleo, der mit dünner Stimme leise ein Lied summte.

»Siehst du«, meinte ich, »er kann tatsächlich singen. Das ist ein gutes Zeichen.«

»Das ist wirklich toll. Entschuldige, aber ich muss jetzt nach Hause. Ich bin zwar todmüde, aber auch erleichtert.«

Ein paar Minuten später kam Sir Kofa. Er wirkte wie immer froh und munter. Jetzt durfte auch ich endlich nach Hause. Ich schaffte es, rechtzeitig bei Techi zu erscheinen.

»Max, du kannst ruhig ab und zu bei dir schlafen«, meinte sie, als sie mir die Tür öffnete. »Das meine ich ehrlich. Du hast doch ein Zuhause, oder?«

»Ich hab sogar zwei Wohnungen – genau wie ich zwei Herzen habe.«

Schließlich kam ich zur Ruhe und schlief bis Sonnenuntergang. Dann stand ich auf, wusch mich und ging runter. Ich konnte doch von Techi nicht verlangen, dass sie mir Kamra ans Bett brachte.

Unten im Wirtshaus erlebte ich einen Schock. An der Theke stand Sir Schurf und unterhielt sich mit Techi, die ihm fürsorglich Kamra nachschenkte.

»Du hast ganz schön lange geschlafen«, bemerkte Lonely-Lokley beiläufig.

Das klang, als hätte er mir das Ausschlafen beigebracht und wäre nun mit dem Ergebnis zufrieden.

»Ich hab dich gesucht«, fuhr er fort, »und wollte mich per Stummer Rede bei dir melden, hab dich aber nicht stören wollen. Ich hab dir das seltene alte Buch mitgebracht, über das wir gestern gesprochen haben. Eigentlich verleihe ich solche Raritäten nicht. Wenn du etwas von mir lesen willst, komm vorbei – kein Problem. Aber heute Nacht hab ich geträumt, dieses Buch will zu dir. Also nimm es«, sagte Schurf und gab mir den kleinen, dicken Band.

Ich öffnete das Buch vorsichtig. Es schien mir anfangs warm, bald aber heiß. Plötzlich verschwand es einfach.

»Hast du das gesehen?«, fragte er leise. »Ich hab keine Ahnung, wie das passieren konnte. Nun verstehe ich, warum das Buch unbedingt zu dir wollte. Du hast es von dem Zwang befreit, in unserer Welt zu sein. Jetzt ist es nicht mehr im Vereinigten Königreich. Ich kann das nicht gut erklären, aber du weißt doch, dass du immer für ein Wunder gut bist.«

Lonely-Lokley sah mich an, und in seinen Augen lag weder Mitleid noch Kritik. Ich hatte immer Probleme, seine Blicke zu deuten.

»Du kannst mit guten Dingen eben einfach nicht umgehen«, unterbrach uns Techi und schob mir eine Tasse Kamra vor die Nase.